KB262273

最初의 모더니스트 鄭芝溶
— 일본근대문학과의 비교고찰 —

最初의 모더니스트 鄭芝溶

― 일본근대문학과의 비교고찰 ―

사나다 히로코(眞田博子)

도서출판 역락

〈도시샤대학〉

창영관(彰榮館)

1884년 완공. 현재 교토시내에 있는 벽돌건축물 중 가장 오래된 건물.

유종관(有終館)

1887년 완공. 처음에는 도서관으로, 후에 전문학교, 대학 예과 등의 교실로 사용되고, 현재는 사무실로 사용되고 있다.

예배당

1886년 완공된 채플. "주일날 채플에서 肅肅然히 혹은 嬉嬉然히 열을 지어 돌아가는 여학부 기숙생 일행을 볼 때마다 그들 화원의 호접 같은 생활을 얼마쯤 羨慕하지 않을 수 없었습니다마는 (…)"(「合宿」)

聖프랑시스코 사비엘 天主堂(가와라마치교회)

지용이 다닌 성당. "날 듯한 고딕聖堂은 오늘도 높구나! 기폭을 떼인 마스트 같은 첨탑! 어루만질 수 없고 폭 안기일 수도 없는 '巨大'한 향수여!"(「素描 1」)

정지용 영세기록

그는 1928년 7월 22일, 교토 가와라마치 교회에서 천주교의 세례를 받았다.

가족과 함께

1938년 서울 북아현동 옛 애기능터에서 촬영. 앞줄 왼쪽부터 장남 구관(당시 10), 삼남 구인(5), 차남 구익(7). 뒷줄 왼쪽부터 아내 송재숙(36), 정지용(36), 장녀 구원(4).

책머리에

한국문학연구는 나에게 '필연'이 아니라 선택의 문제였다. 그것은 임의의 x에 대입된 어떤 수치 같은 것이다. 어쩌다 보니 이렇게 되었지만 어쩌면 이렇게 안 되었을 수도 있었다. 나는 이것이 마지막이 될 지도 모른다는 위기감 속에서 논문을 썼다. 앞날은 항상 막막했고, 한때는 몸이 많이 아파서 그 생각은 더 절실했다.

이 책은 2001년 2월 仁荷大學校 대학원에 제출한 박사학위논문 「모더니스트 鄭芝溶 硏究—日本近代文學과의 比較考察을 中心으로」에 약간의 수정을 가한 것이다. 정지용 선생 탄생 100주년의 해에 책이 햇빛을 보게 되어 겨우 한 시름을 놓게 됐다. 할 말은 일단 다 한 것 같다. 평가를 내리는 일은 내 몫이 아니니 기다리기로 하겠다.

감사의 말씀

나에게 한국근대시를 가르쳐 주시고 박사과정에서 공부할 계기를 만들어 주신 시인 申庚林 선생님.

대학원 수업을 통해서 많은 것을 가르쳐 주시고 논문심사 주심을 맡아 주신 崔元植 선생님, 시 연구의 기본적 태도를 깨우쳐 주신 尹永川 선생님, 입국할 때부터 여러 가지를 도와주신 洪廷善 선생님을 비롯한 인하대 선생님들. 그리고 현재 중국 吉林大學에서 교편을 잡고 있는 尹海燕 학형을 비롯한 인하대 국문과 대학원 선·후배들.

논문심사 때 문제점을 자세히 지적해 주시고 좋은 의견을 들려주신 李癸陣(李嘉林) 선생님, 全炯俊(성민엽) 선생님, 鄭明敎(정과리) 선생님. 이 모든 분들의 도움이 없었으면 이 논문도 없었습니다. 이 기회에 감사의 말씀을 올립니다.

일본근대시에 조예가 깊으신 시인 閔瑛 선생님의 칭찬은 내 마음을 든든하게 해주고, 鄭求寬 선생님의 싹싹한 웃음은 늘 나에게 친아버지를 만난 듯한 편안함을 안겨줍니다. ……나는 참 고마운 분들의 도움을 많이 받아 온 것 같군요.

그리고 鄭芝溶 선생님. 나는 당신의 그림자를 찾아 교토와 '京城, 그리고 서울의 거리를 헤맸습니다. 이 책을 보고 어떤 말씀을 해 주실 건가요? 나중에 만나 뵈면 천천히 듣겠습니다. 할 얘기가 많아요.

2001년 12월
사나다 히로코 올림

차 례

Ⅰ. 서론 : 비교고찰의 필요성

1. 비교연구의 목적과 방법

이 논문은 시인 鄭芝溶(1902~1950?)의 업적에 대한 재평가를 목적으로 하고 있다. 1920년대부터 창작되기 시작한 그의 구어자유시 작품은 당시 한국문단에 있어 유례를 찾기 힘들만큼 높은 완성도를 보였으며 후대에 큰 영향을 미쳤지만 지금까지 그에게 내려진 평가는 반드시 호의적인 것만은 아니었다. 문학사가들은 정지용이 한국근대시를 언어예술로서 높은 수준에 끌어 올렸다는 점은 한결같이 인정하면서도 작품에 사회성이 결여되어 있다 또는 부족하다는 '한계'를 지적해서 비교적 가벼운 취급을 하는 경우가 적지 않았다.

그런데 '예술지상주의자' 정지용의 작품은 정말 사상성이 없다고 할 수 있는가, 또 사상성·사회비판성이 뚜렷하게 안 나타나는 작품을 어떻게 평가할 것인가. 그것은 시인의 '한계'로 봐야 할 것인가, 좀더 옹호할 여지는 없는가. 이것이 이 논문이 풀어야 할 문제 중 가장 큰 화두다.

그리고 그 화두를 풀기 위해 검토하는 문제는 다음과 같다. 외국문학의 '영향'을 어떻게 생각할 것인가. 70년대이래 남한 국문학계에 큰 영향력을 발휘해 온 '내재적 발전론'에 학문적 기반을 둔 연구자들이 주로 부정적으로 취급해 온 외국문학의 '영향'을, 본고에서는 문학발전에 불가피한 것으로 보고 적극적인 의의를 인정하려고 한다. 아울러 가톨릭 신앙은 그의 문학활동에 어떤 영향을 미쳤는가, 그의 작품 중 산문시라는 형식은 무엇을 뜻하는가 하는 문제도 검토한다. 그리고 최종적으로는 정지용 작품이 한국문학의 '근대화'에 어떤 기여를 했는가, 즉 그는 어떤 뜻으로 '최초의 모더니스트'(金起林)인가 하는 문제에 답함으로써 정지용 평가의 새로운 가능성을 제시한다.

이 논문의 전반에 걸쳐서 큰 비중을 차지하고 있는 것은 비교문학적 연구방법, 특히 일본문학을 중심으로 한 외국문학과의 비교연구방법이다. 서양문학을 성급하게 수용하면서 출발한 일본근대시의 흐름은 많은 점에서 한국근대시의 그것과 비슷해서 여러 면에서 중요한 시사를 제공해준다. 그것은 어떤 때는 '영향'이며 어떤 때는 유사한 상황에 있었기 때문에 필연적으로 생기는 유사점일 수도 있다. 또 유사한 상황에 놓여 있는데도 전혀 다른 양상을 보일 때는 왜 그런지를 구명하는 것도 비교연구의 중요한 실마리가 된다. 그리고 문학연구에 있어 무엇보다도 중요한 것은 작품 자체를 세밀하게 분석하고 평가하는 작업이며 작품분석 없이 이루어지는 시인평가는 공론에 지나지 않기 때문에 본고에서는 문제가 되는 작품을 꼼꼼히게 분석해 보려고 노력했다.

본고는 정지용에 대해 지금까지의 연구가 만들어놓은 '권위 있는 통념'에 구애받지 않고 문헌연구와 작품분석을 통해 나름대로 다시 평가를 내리려고 시도했다. 따라서 본고는 한국근대시사의 상식을 일탈하는 데가 적지 않으며 그러한 점에서 이 논문은 래디컬(급진적)하다. 동시에 모든 고찰이 한국근대문학이란 무엇인가, 나아가서는 인간에게 있어 문학이란 무엇인가, 근대란 무엇인가 등의 문제와 항상 연결되어 있다는 점에서도 본고는 래디컬(근본적)하기도 하다.

　본 논문의 구성은 다음과 같다. 제1부는 서론이며 제2부는 정지용이 시작활동을 시작한 1920년대 전반부터 1930년대 중반까지를 중심으로 한 논의로 대체로『정지용 시집』(1935)에 수록된 작품을 대상으로 하고 있으며 제3부는 그 이후를 중심으로 하고 있으나 테마에 따라서는 고찰은 가끔씩 그 연대를 벗어난다. 정지용 작품의 시대구분에 관해서는 크게 3기로 나누어서『가톨닉 청년』등에 게재된 종교적 내용의 작품을 초기시와 구별해서 논하는 게 타당할지 모르지만, 이 논문에서는 가톨릭 시편을 질적으로 중시하지 않았기 때문에 그 시기의 작품에 관한 고찰의 분량이 많지 않아, 편의상 초기시와 같이 논하기로 한 것으로 그 이상의 의미는 없다.

　정지용을 '시문학파'로 분류하는 경우가 종종 있지만 그는『시문학』에 두 번에 걸쳐서 작품을 발표했을 뿐, 그것도 대부분 교토시절에 씌어지고 이미 다른 잡지에 발표된 것을 다시 게재한 것이었으니 그가『시문학』에 특별한 관심을 가지고 활동했다고 보기는 어렵다. 그래서 이 논문에서는 『시문학』에 대한 논의는 제외했다.

　제2부 제1장에서는 일본시인 기타하라 하쿠슈와의 관계를 고찰했으며 다음 제2장에서는 정지용이 왜 일본어로 창작을 했는지를 생각해 본다. 제3장은 '이마지슴'을 전제로 해서 정지용 작품을 읽는 것의 문제점을 지적하고 그것과 다른 시각을 제안한다. 제4장은 「카페·프란스」의 작품분석, 제5장은 한국근대시에 처음 도시적 기제와 도시인을 등장시킨 작품에 대해서 논한다. 제6장은 그가 유학 간 도시샤(同志社)대학 영문과에 대한 실증적 자료와 거기서 추론되는 것, 및 졸업논문으로 취급한 윌리엄 블레이크 작품의 영향에 관해서 검토한다. 제7장은 가톨릭 신앙에 관한 실증적 자료와 신앙이 작품에 미친 영향을 생각한다.

　제3부 제1장은『문장』지 및 정지용이 1930년대의 '문단'제도 확립에 어떤 영향을 미쳤는지에 대한 고찰이며 제2장은 시집『백록담』에 수록된 산문시의 분석을 중심으로 해서 작품에 사회성이 어떻게 반영되어 있는지를 검토한다. 제3장은 1930년대 후반부터 정지용이 정말 '동양회귀'를

했는지에 대해서 생각한다. 제4장은 시와 현실과의 관계에 대해서 정지용이 어떻게 생각했는지 그 사색의 흔적을 추적한다.

제4부는 결론으로 앞에서의 논의를 바탕으로 정지용에 대한 통념을 수정하면서 재평가를 제안하고 있는 내용이다.

2. 정지용과 외국문학

여기서 정지용이 외국문학 중 어떤 것을 읽었는지에 관해서, 특히 시를 중심으로 해서 대강 정리해 둔다. 다만 한시에 대해서는 여기서 제외한다.

잡지 『요람(搖籃)』시절의 동료 朴八陽은 『요람』지 멤버들 사이에서 화제에 오른 문학자로서 톨스토이, 타고르와 함께 다카야마 조규(高山樗牛), 도쿠토미 로카(德富蘆花), 나쯔메 소세키(夏目漱石), 후타바테이 시메이(二葉亭四迷), 이시카와 다쿠보쿠(石川啄木), 가가와 도요히코(賀川豊彦)를 들고 있어 메이지·다이쇼의 일본문학이 그들의 공통적인 교양이었음을 알 수 있다.[1] 특히 도쿠토미 로카, 가가와 도요히코라는 이름은 기독교에 대한 『요람』지 멤버들의 관심을 엿보이게 한다. 이것에 관해서는 제Ⅱ부 제6장에서 다시 언급한다.

정지용이 일본유학시 도시샤대학에서 공부한 것이 영문학이기 때문에 영시를 대단히 좋아했을 거라고 생각하기 쉽지만 영시의 영향은 의외로 크지 않아 보인다. 1936년 인터뷰에서 그는 "윌리엄 블레이크의 시는 전공학과니까 할 수 없이 많이 읽었"[2]다고 대답해서 졸업논문의 소재로 선택한 블레이크의 작품조차 "할 수 없이" 즉 주로 교수의 권장으로 인해 읽은 것이라고 밝히고 있다. 그 밖의 영국시인에 대해서도 그가 특별한 흥미를 가지고 읽은 작품이 있는지에 관해서 알려진 것도 없고 작품상 추측

---

1) 「搖籃時節의 追憶」, 『中央』 1936년 7월호.
2) C記者, 「詩人 鄭芝溶氏와의 漫談集」, 『新人文學』, 1936년 8월호.

되는 것도 없어 보인다. 블레이크와의 관계에 대해서는 제Ⅱ부 제6장에서 논할 것이다.

흔히 거론되는 이마지슴과의 관계에 대해서는 제Ⅱ부 제3장에서 논한다.

해방 후 정지용은 미국시인 휘트먼의 작품을 번역해서 발표했지만 『산문』의 머리말3)을 보면 그것이 그 작품을 무척 좋아했기 때문에 그랬던 것이 아니라 시인의 사회적 책임에 눈을 뜬 정지용이, 민주주의를 노래한 시인 휘트먼의 정치성이 강한 작품에서 무엇인가를 배우려고 접근한 것이라 볼 수 있으며 해방 전의 정지용 작품에 휘트먼 작품이 영향을 끼친 흔적은 안 보인다.

앞에서 든 인터뷰 자리에서 정지용은 "기타하라 하쿠슈(北原白秋), 하기와라 사쿠타로(萩原朔太郎)의 시를 좋아하지요"라고 대답하기도 했는데 특히 기타하라 하쿠슈는 젊은 날의 정지용의 동경의 대상이었으며 스승으로 '사숙(私淑)'했던 사람이라 정지용에게 준 영향은 가장 큰 것으로 보인다. 하쿠슈에 대해서는 주로 제Ⅱ부 제1장에서 논한다. 사쿠타로에 관해서는 제Ⅲ부 제2, 3장에서 언급된다.

「최근의 외국문단」4)이라는 제목의 좌담회에서 정지용은 러시아문학, 프랑스문학, 영국문학 등에 대해서 약간씩 언급하고 있어 그가 여러 종류의 외국문학을 섭렵했었다는 사실을 알 수 있다. 투르게네프 작품의 이미지는 「카페·프란스」, 「황마차」 등 초기 작품에 나타난다. 또 다른 좌담회에서는 사회적 관심을 '신변화(身邊化)' 한 하이네 작품에 언급한 바 있지만 작품 상 하이네의 영향을 추적하기는 어려워 보인다.5)

「조택원(趙澤元)6) 무용에 관한 것」이라는 글에서 정지용은 "택원이가

---

3) "휘트먼 시 몇 편을 내가 반드시 신이 나서 번역한 것이 아니라 휘트먼 당시의 휘트먼의 시적 심경을 8·15 이후에 나도 이해할 수 있어서 눈물겨운 사정으로 번역한 것이다", 「머리에 몇 마디만」, 『散文』, 同志社, 1948.
4) 『삼천리』 1934년 9월호.
5) 「문학문제 좌담회」, 『조선일보』 1937.1.1.

휘문중학 3학년 때 나는 5학년이었다. 그러고도 한 집에서 한 방을 썼고 한 상의 밥을 먹었다. 택원이는 정구 전위선수로 날리었고 나는 인도 타고르의 시에 미쳤던 것이다"라는 추억을 말하고 있다. 정지용이 5학년 때라면 1922년이다. 타고르가 노벨 문학상을 수상한 것은 1913년의 일이었고 일본에서도 1915년경부터 여러 사람으로 의해 타고르 작품이 활발하게 번역·소개되고 있었다. 하지만 1922년에는 한국에서는 아직 金億의 번역시집도 안 나와 있었고 겨우 잡지에서 소개되기 시작한 무렵이었으니 정지용의 타고르 수용은 이른 편에 속한다.

정지용 작품 중 타고르의 영향을 읽을 수 있는 작품으로서는 「풍랑몽(風浪夢) 1」정도 밖에 없어 보이는데 이 작품이 바로 1922년의 3월에 씌어진 것이다("1922.3 麻浦 下流 玄石里"라는 附記가 있다. 당시는 4월 초에 학교가 시작했으니 3월이라면 정확하게는 5학년이 되기 직전이다). "당신 께서 오신다니/당신은 어찌나 오시랴십니가.", "물건너 외딴 섬, 銀灰色 巨人이/바람 사나운 날, 덮쳐 오듯이,/그모양으로 오시랴십니가."라는 시구의 어조와 관념적인 낱말이 사뭇 타고르 작품을 연상시킨다. 여기에 나오는 '당신'은 현실의 인간이 아니라 어떤 절대적인 존재라고 느끼게 하는 점이 특히 타고르적이며 韓龍雲이나 김억이 사용하는 '님'에 해당된다고 봐도 될 것이다. 이렇게 추상적인 절대자가 나타나는 것은 초기작으로는 이색적이다.

『개벽(開闢)』25호(1922.7)에 김억이 타고르 작품을 아홉 편 번역해서 게재(그 이전에도 한용운, 吳天錫 등이 잡지에 타고르 시를 번역한 바 있었다)했지만, 「풍낭몽 1」는 『개벽』25호가 나오기 전에 씌어졌으니 이 작품에 관해서는 김억의 번역은 관계가 없다고 봐야 한다. 또 김억의 번역시집은 『기탄잘리』가 1923년 4월, 『신월(新月)』이 1924년 4월, 『원정(園丁)』이 1924년 12월에 출판되었는데 정지용은 적어도 1923년 5

---

6) 무용가 조택원(1907~1976)은 이시이 바쿠(石井漠) 문하생으로 崔承喜보다 먼저 조선무용의 부활을 생각한 사람인데 최승희의 그늘에 가려서 크게 각광을 받지 못했다. 해방 전 무라야마 도모요시(村山知義) 각색·연출의 영화 「춘향전」의 주역이 되었다고 한다. 石井漠, "조선무용 부활'에 최승희보다 조택원이 먼저", 『춤』1987년 12월호.

월 초에는 벌써 교토에 가 있었다. 당시 영어나 일어역의 타고르 시집은 어렵지 않게 입수되었다는 사실과 徽文高普의 선배 露雀 洪思容이 "정지용에게 타골의 각종 시집을 사주며 읽도록 하여 문학에의 개안을 하게"했다는 증언(朴鍾和, 李瑄根 등)을 생각하면 정지용은 영어 또는 일어역 시집으로 타고르를 접한 가능성이 더 많다고 볼 수 있다.7)

　1927년에 발표된 「말 1」에는 "마리―·로―란산에게"라는 헌사가 있다. 마리 로랑생(Marie Laurencin)은 유명한 프랑스의 여류화가인데 로랑생과 "말아, 다락 같은 말아."라는 시의 내용이 어떤 관련이 있는 것일까. 이것은 정지용이 당시의 문학청년들의 대부분이 그랬듯이 호리구치 다이가쿠(堀口大學)의 역시집 『月下의 一群』(1925)을 애독했을 거라고 생각하면 쉽게 이해될 문제다. 로랑생의 친지였던 다이가쿠는 많은 시인의 작품을 번역해서 모은 이 시집에 로랑생의 「말」이라는 짧은 시를 역출하고 있기 때문이다. "다친 말은 울음소리도 없이 죽어간다/상냥한 말이여/나는 네가 죽는 모습을 보러 올께"(로랑생, 「말」 전문, 호리구치의 일역에서 중역). 또 로랑생은 말을 그림의 소재로 자주 등장시킨 화가로 알려져 있다.

　정지용이 평생 애독한 책―성경이나 프랑스 등의 소위 가톨릭문학이 작품에 미친 영향도 생각해 봐야겠지만 너무나 큰 주제라 취급하기가 힘겹고 또 뚜렷하게 보이는 것이 많지 않기 때문에 이 논문에서는 별로 취급하지 않는다. 정지용이 문예지 『近代風景』에 일본어로 발표한 글 「봄 3월의 작문(春三月の作文)」에는 프랑스의 가톨릭 시인 폴 클로델의 시를 좋아한다는 구절이 나오지만 클로델 작품과 정지용 작품의 직접적인 관련성은 찾기 힘든다. 그러나 산문시 「백록담」에서는 기독교적 낙원의 이미지를 볼 수 있음을 지적한다(제Ⅲ부 제2장). 『가톨닉 청년』 등에 발표

---

7) 이것은 1978년도 「월탄 문학상」 시상식이 끝난 후 휘문고교 재학생 대표들과의 간담회 석상에서 박종화, 이선근 등의 선배들이 이야기한 에피소드라 한다. 鄭義弘, 「정지용 시의 연구」, 동국대 박사논문, 1992, p.23 참조.

한 종교적 내용의 작품이 성경의 영향을 받은 것은 물론이겠지만 표현에 있어서 직접적인 영향을 지적할 수 있는 것으로 「슬픈 偶像」이 있다. 여기에 나오는 '그대'는 어떤 존재인지 잘 드러나지는 않지만 여성의 이미지로 묘사되어 있으며, 화자가 인체의 각 부분을 일일이 아름답게 묘사해 가는 기법은 어느 나라 문학에도 있을 법하지만, 일단은 솔로몬의 「雅歌」에 그 원류를 찾을 수 있을 것이다. 그러나 「슬픈 우상」은 무엇을 말하고 싶은지 호소하는 바가 분명치 않고 작품 수준이 별로 안 좋기 때문에 이것에 관해서는 더 이상 논하지는 않는다.

그밖에 『조선중앙일보』 1933년 1월 1일자 「내가 감명 깊게 읽은 작품과 조선문단과 문인에 대하여」라는 설문조사 속에서 지용은 과거 1년간에 감명 깊게 읽은 외국작가와 작품을 묻는 질문에 답해서 "역시 Thomas Hardy[8]의 短篇/보는 劇보다도 '읽는 劇'으로 James Barrie[9]와 岸田國士[10]의 劇作集"이라고 쓰고 있다. 또 태평양전쟁 말기에 친구 朴容九(음악평론가)는 지용이 세 권짜리의 두꺼운 『萬葉集詳解』라는 책을 가지고 다니는 모습을 목격했다고 한다.[11]

文德守는 정지용이 안자이 후유에(安西冬衛), 기타가와 후유히코(北川冬彦) 등이 大連에서 발행했던 동인지 『亞』(1924.11~1927.9)에 "특별한 관심을 가졌던 것으로 추측된다"고 말하고 있지만 기타가와와 지용의 작품에 '유리', '고래', '海峽'이라는 시어가 공통적으로 나온다는 것 이상의 구체적인 근거는 제시되지 않고 있으며 인용된 작품 사이에 영향관계가 있다고 말하기에는 근거가 부족한 것 같다.[12] 기타가와 작품의 상쾌한 톤이 정지용 작품의 그것과 너무 다르기 때문이다. 짧고 감각적인 시

---

8) 영국의 소설가, 시인(1840~1928).
9) James Matthew Barrie(1860~1937). 영국의 극작가, 소설가. 「피터 팬」의 작자로 알려져 있다.
10) 기시다 구니오. 일본의 극작가, 소설가, 번역가, 평론가. 1890~1954.
11) 박용구, 「毒舌 속의 童心·鄭芝溶」, 『東亞春秋』 1963년 4월호. 『萬葉集』은 나라(奈良)시대에 엮인 日本 最古의 詩歌集.
12) 『한국 모더니즘시 연구』, 시문학사, 1981, pp.136~138.

는『亞』이전부터 있었으니 지용이 감각적인 단시를 썼다 해도 꼭『亞』의 영향이라고 말할 수는 없다.『亞』에 등장한 '短詩'는 각양각색이지만 짧아도 한 줄의 호흡이 긴 작품이 많고 感傷을 거부한, 건조한 대륙적 톤이 주류를 이루는 것도 초기 정지용의 짧고 서정적인 작품과 다른 점이다. 또 문덕수의 글은『亞』의 '短詩運動'과『詩와 詩論』의 '新散文詩運動'을 혼동하는 오류도 범하고 있다.

1924년부터 27년까지 대련에서 발행된 동인지『亞』를, 교토유학시절의 정지용이 볼 수 있었는지도 의문이다. 일본국내에서 현재 이 잡지의 실물을 소장하고 있는 도서관이 별로 없다는 사실로 미루어 봐도 부수가 그리 많지 않았을 거라고 추측되기 때문이다. 기타가와 등이『亞』에 게재한 작품은 시단에서 화제가 되기는 했지만 그것이 널리 일반적으로 읽히게 되는 것은『시와 시론』(1928.9~1931.12) 이후의 일이다.『시와 시론』에 관해서는 30년대 문학청년들의 교과서처럼 많이 읽힌 잡지라 이것에 대해서는 객관적 증거가 없어도 정지용이 알고 있었을 거라는 추측이 충분히 가능하다. 필자는 정지용이 받은 일본 모더니즘의 영향으로서는 다다, 아나키즘의 영향이 초기의 일부 작품(「파충류동물」,「草の上」,「카페·프란스」)에 있다고 보고, 30년대 이후, 특히『白鹿潭』수록의 산문시에 '신산문시운동'의 영향이 있다고 본다.

3. 기왕의 문예사조적 평가가 지닌 문제점

김기림이 1939년에 쓴 글 속에서 정지용을 '최초의 모더니스트'라고 명명한 이래 지용은 모더니즘의 대표적 시인으로 간주되어 왔다. 그러나 후술하는 바와 같이 지용 작품에는 초기부터 일본 상징주의시인 기타하라 하쿠슈 작품의 영향이 명확히 관찰된다. 본론에 들어가기 전에 정지용을 모더니즘과 결부시켜서 생각하는 게 타당한지 또 모더니즘이 상징주의와 모순이 되지 않는지 검토해 보려고 한다.

먼저 각 나라의 모더니즘 개념에 대해서 간략하게 정리해 두겠다. 프랑스에서는 다다이즘, 초현실주의 등의 운동은 있지만 '모더니즘 운동'이라는 개념은 없는 데에 대해서 영미시사에서는 모더니즘을 문학운동으로 파악해서 초현실주의 등과 대립하는 것으로 본다. 아베 요시오(阿部良雄)는 어떤 좌담회에서 대륙의 전위문학운동에 따라붙으려는 운동이 英美의 모더니즘이 아닌가 하는 견해를 밝히고 있다.1)

일본에서는 쇼와 초기 도회지의 풍속을 그린 소위 신흥예술파의 경박한 소설에 관해서 '모더니즘 문학'이라는 말이 흔히 씌어졌다. 시의 영역에서는 다이쇼시대에 시작한 다다이즘, 아나키즘 등은 모더니즘과는 다른 것으로 파악되어 있으며『亞』에서부터 출발해서 쇼와 초기 『시와 시론』 등에 참가한 시인들의 작품을 주로 '모더니즘詩'라고 부른다. 그러나 『시와 시론』의 실질적 주도자인 하루야마 유키오(春山行夫)는 주로 '포에지의 시', '에스프리 누보(Esprit nouveau)' 등의 말을 즐겨 썼으며 당시에는 '모더니즘 운동'이라는 말은 별로 사용 안 했던 것 같다.『시와 시론』의 시인들은 형식주의, 초현실주의, 新卽物主義 등 각양각색의 시론을 주장했고 전체적으로『시와 시론』은 당시 초현실주의의 잡지로 간주되어 있었다. 그것이 문학사적으로 정리되면서 '모더니즘'운동으로 분류된 것이 아닐까 싶다. 후일 하루야마는 잡지『新領土』의 창간호(1937)에서 모더니즘을 "환경에 대한 적응성"이라는 말로 정의했다. 일본문학의 모더니즘을 간단하게 말하면 새로운 사회환경에 맞게 문학을 변화시키려는 움직임이라고 할 수 있을 것이다. 그리고 이런 일본 모더니즘시의 흐름 속에서 '이마지즘'은 외국의 문학조류의 하나로서 소개되었지만 큰 비중을

---

1) "(뉴욕에서 열린 국제비교문학회의 대회에서) 英美系 학자들은 모더니즘을 하나의 문학운동으로 파악해서 다른 운동과의 관계, 초현실주의와의 관계가 어떻다는 식으로 立論하는데요. 그것에 대해서 프랑스나 벨기에 학자들은 그런 식의 立論은 있을 수가 없다고 해서 대립합니다", "모더니즘이라는 말을 研究社의『英美文學事典』에서 찾으면 1910년대 중반에 스타인(Gertrude Stein)이나 에즈라 파운드가 시작한 문학운동이라고 나와 있어요. (…) 후발적인 것, 무엇인가를 따라붙으려는 것이 모더니즘이라 불리고 있는 게 아닌가 하는 생각이 들었습니다". 「座談會 日本モダニズムとは何か」,『現代詩手帖』, 東京:思潮社, 1986년 10월호, p.77.

차지하지는 않았다.

한국 모더니즘시의 대표적 시인 김기림은 「모더니즘의 역사적 위치」(1939.10)에서 한국에 모더니즘시 운동은 없었다고 말하고 있다. 그는 모더니즘은 시를 언어예술로서 인정하고 현대문명을 받아들이고 문명의 가치를 인정하는 것이라고 생각했다(이것에 대해서는 제Ⅱ부 제3장에서 다시 논한다). 한국에서도 모더니즘문학은 근대화되어 가는 사회에 맞게 문학을 변화시키는 작업이라 할 수 있을 것이다. 그리고 근대사회에 적응하려는 모더니즘문학이라는 것은 어느 나라에 있어서도 비판적인 안목을 잃고 환경을 맹목적으로 긍정하게 될 때에는 파시즘과 연결될 위험성을 가지고 있었다.

좁은 뜻의 모더니즘은 상징주의 이후 발생한 한 유파를 가리키지만 넓은 뜻의 모더니즘과 상징주의는 모순되는 개념이 아닐 것이다. 김기림이 상징주의를 공격할 때, 그의 머리 속에 있었던 시인은 베를레느나 말라르메가 아니라 『廢墟』나 『白潮』파의 시인들이었을 것이다. 시단의 주도권을 잡으려고 한 하루야마가 일본 상징시인을 공격한 것처럼, 김기림도 문단적 전략으로 한국에서 상징주의와 모더니즘의 대립구도를 만들려고 했었던 것인지도 모른다. 사실은 『폐허』나 『백조』의 시인들이 '상징시'를 쓰고 정지용이 모더니즘시를 쓴 게 아니라 『폐허』나 『백조』의 시인들이 서투른 상징시를 썼고 정지용이 잘 된 상징시를 썼다고 볼 수도 있을 것이다. 모더니즘의 이론가인 김기림 자신도 시의 실제 시작에서는 「금붕어」, 「바다와 나비」처럼 상징적(금붕어나 나비가 억압적 시대상황 속에서 허덕이는 화자의 상징이라는 것은 누구나 쉽게 알아차릴 수가 있다)이고 약간은 감상적인 작품으로밖에 성공하지 못했다는 사실을 생각하면 모더니즘과 상징주의와의 거리는 이외로 멀지 않음을 짐작할 수가 있다.

또 좁은 뜻의 모더니즘시도 상징주의를 계승하는 부분이 상당히 있다. 일본시사에서 예를 들면 상징시의 대표자로 간주되는 기타하라 하쿠슈는 상징시 기법을 풍부하게 사용한 것은 물론이지만 『근대풍경』을 주재하는 동안에 모더니즘적 기법에도 관심을 가지게 되었다. 당시 그가 발표한 홋

카이도·사할린의 기행문「흐렙 토립」2)(1925~1927)은 모더니즘적 측면을 보여주는 글로 알려져 있으며 일본에 '시네포엠'이라는 말이 정착되기 전에 이루어진 시네포엠적 산문이다.3) 또 하쿠슈는 하루야마 유키오, 곤도 아즈마(近藤東), 다케나카 이쿠(竹中郁), 미요시 다쯔지(三好達治), 마루야마 가오루(丸山薫) 등, 뒤에『시와 시론』의 중심이 될 인물의 작품을『근대풍경』에 등장시켰다. 그러므로『근대풍경』의 경향은 모더니즘과 전면적으로 대립되는 것은 아니다(잡지 이름부터가 '근대'의 '풍경'이다).『시와 시론』을 주도한 하루야마가 하쿠슈의 애제자인 요시다 잇스이(吉田一穂)의 시를, 그것도 한번『근대풍경』에 실린 것을 다시『시와 시론』에 게재하고 있는 것을 봐도『근대풍경』과 모더니즘 사이의 간격은 이외로 작았음을 알 수가 있다. 일본 모더니즘은 일본 상징시에 반발하면서 등장했지만 기실 그것은 상징시의 많은 부분을 계승하고 있는 것이다. 젊은 날의 하루야마가 친구와 함께 나고야(名古屋)에서 발행했던『青騎士』(1922~1924)는 고답적인 상징시의 잡지였다.『시와 시론』으로 시단의 주도권을 탈취하려고 도모한 하루야마가 전략적으로 상징시를 공격한 글을 곧이들어서는 안된다.

金容稷은「主知主義系 모더니즘」이라는 글 속에서 "김기림의 주지주의 선택은 거꾸로 정지용에게도 상당한 영향을 미쳤다"고 쓰고 있다.4) 그에 의하면 주지수의계 모더니즘의 시란, 감상을 배제하고 "명증한 말, 선명

---

2) 제목의 뜻은 하쿠슈의 말에 따르면, "흐렙의 열매는 붉고 토립의 열매는 검다. 다 사할린 툰드라지대에 나는 小灌木이 이름"이라 한다.「解說」,『白秋全集 19』, 東京:岩波書店, 1985, p.408에서 재인용. 필자에 생각으로는 이것은 러시아어 또는 아이누어의 낱말이 아닐까 싶다.

3) 일부분을 예로 든다. "曇天,/망망한 검은 水平線,/가끔가다 번득이는 白光.//간다, 간다,/畵面은 왼쪽으로 왼쪽으로. //點, /點, / 點. / 海獸의 대가리다./아, 潛水했다./있다. 있다. 있다./숱한 廢殘者,/바다 속의 遁走者, 물개,/弱者, 負傷者,/늙은 큰 짐승, /힘이 다해서 약해지는 자, 波濤와 함께 솟아오르는 屍體, 腐爛한 대가리./(…)".「フレップ・トリップ」,『白秋全集 19』, pp.320~321.

4)『한국현대시사 1』, 한국문연, 1996, p.221.

한 이미지"5)로 이루어진 작품이다. 그래서 이번에는 정지용을 주지주의와 연결하는 것의 타당성을 검토해 보겠다.

먼저 정지용 자신이 주지주의에 관해서 쓴 글은 역시 없는 것 같다.

「月坡와 시집『望鄕』」이라는 글 속에서 "浪漫派 主知派라는 게 있으니 이왕이면 匕首派라는 것도 있을만하지 않은가?"하고 '주지파'라는 말을 남 이야기처럼 적고 있을 뿐이다.

그런데 '주지주의'라는 말로 사람들은 무엇을 뜻하려고 하는가. 일본 모더니즘시에 나타난 주지주의에 관해서 자주 거론되는 저작이 아베 도모지(阿部知二)의 『主知的文學論』(1930.12)이다. 『시와 시론』의 주요 멤버의 한 사람인 아베는 흄, 엘리어트, 리드, 리처즈, 헉스리 등의 사상을 (각인의 입장 차이는 고려하지 않고) 일괄해서 하루야마 유키오流의 주지주의와 연결시키고, 그것을 문학 일반으로 적용하려고 도모했다. 하지만 아베가 말하는 '지성'의 내용은 애매했고 주지주의문학의 구체적인 방향도 제시 못했기 때문에 이 책이 미친 영향은 크지 않았다.6) 또 시론에 관해서도 아베는 하루야마의 주지주의시론의 내용을 한치도 넘어서지 못하고 있다.

그러면 그 하루야마의 주지주의시론이란 어떤 것이었을까. 다음은『시와 시론』창간호에 하루야마가 쓴 편집후기의 일부다. "이 책자『시와 시론』간행의 주요한 목적은 우리가 시단에 대해서 이래야 한다고 믿는 바를 모두 실천하는 데에 있다. 우리가 지금 여기서 舊詩壇의 無詩學的 독재를 타파해서 오늘의 포에지를 정당하게 제시할 수 있는 기회를 얻었다는 것은 얼마나 기쁜 일인가". 다른 글에서 하루야마는 다이쇼시대의 일본시단을 데카당, 감상파, 민중파, 인생파 등으로 분류하면서 앞 세대의 시인들을 '無詩學'이라고 매도하고 있다. 그러나 그렇게 말하는 하루야마도 자신이 '포에지'라고 말하는 게 어떤 것인지를 명확히 제시하지 못했다. 그는 체계적인 이론을 세우지 않은 채 다만 감상을 배제하고 '포에지'

---

5) 같은 글.

6)『日本近代文學大事典 4』, 日本近代文學館 編, 講談社, p.195의 '主知主義'의 항목 참조.

에 따라 시를 써야한다고 주장했을 뿐이다. '포에지'가 구체적으로 무엇을 뜻하는지를 하루야마 작품에서 미루어 보면 그것은 형식주의적 시작법에 따라 시를 쓴다는 것 정도의 내용밖에 없어 보인다. 하루야마의 대표작 「植物의 斷面」은 다음과 같다.

하얀 少女 하얀 少女 하얀 少女 하얀 少女 하얀 少女 하얀 少女 하얀 少女
하얀 少女 하얀 少女 하얀 少女 하얀 少女 하얀 少女 하얀 少女 하얀 少女
하얀 少女 하얀 少女 하얀 少女 하얀 少女 하얀 少女 하얀 少女 하얀 少女
(후략, 똑 같은 행이 전부 열 여섯 줄이 된다. 인용자)

오오카 마코토는 "하루야마 유키오는 자연주의적 묘사를 부정하려고 하다가 또 다른 형식주의적 묘사에 빠진 것에 불과하다. 그것은 당시 새로운 착상처럼 보인 만큼 지금은 더 낡아 보이는, 유행의 意匠 같은 것"7) 이라고 말한다. 비슷한 시기, 기타가와 후유히코도 감상주의를 과감하게 부정하고 시인을 '技師'로 비긴 바 있었다. 오오카는 그들의 경박한 '주지주의'를 다음과 같이 비판한다. "주지주의라는 용어는 본래 가볍게 사용할 수 있는 성질의 것이 아니다. 그것을 그런 식으로 가볍게 주지, 주지, 하고 외쳤던 것에 이 시대의 풍조의 하나가 뚜렷이 나타나 있다. 그건 그렇고 기타가와가 시인을 技師라고 단정한 데에 하루야마의 '無詩學時代' 비판 등에 호응하는 하나의 새로운 주장이 정착한 것은 확실하다".8) 1930년대 일본 모더니스트 시인들의 '주지주의'의 내실은 그 정도의 것이었다.

이와 같은 이유로 모더니즘시에 관한 한국의 대표적 논저9)에서 주지주의를 설명하기 위해 아베나 하루야마의 글을 원용하는 것은 문제가 있다고 할 수 있다. 그들의 '주지주의'는 유럽의 주지주의가 가지고 있는 문명비판적 측면을 捨象한 것이기 때문이다.

---

7) 大岡信, 『昭和詩史』, 東京:思潮社, 1980, p.64.
8) 오오카 마코토, 같은 책, pp.80~81. 그런데 그 후 현실과 遊離된 하루야마의 사고방식이 싫어진 기타가와 등은 『시와 시론』을 떠나 새로 『詩・現實』이라는 잡지를 만들고, 서정성의 결여를 견디지 못한 시인들은 뒤에 詩誌 『四季』에 참가하게 된다.
9) 김용직 『한국현대시사 1』, 문덕수 『한국 모더니즘시 연구』 등.

하지만 주지주의문학이란, 하루야마가 생각했던 것 같은 단순한 기법상의 문제는 아닐 것이다. 1930년대 주지주의논의에 관해서 가장 중요한 평론가는, 한국문학에 지성의 결여를 통절하게 느끼고 아카데미즘의 세계에서 저널리즘의 세계로 뛰어 든 崔載瑞일 것이다. 최재서는 정지용을 주지주의자라고 부르지 않았다. 반대로 그는 정지용 작품에서 '지성의 결여'를 본다.

최재서가 한국문학에 위기의식을 가지고 평론활동을 시작한 것은 1934년의 일이었다. 이 시기 프롤레타리아 문학은 벌써 퇴조기에 들어갔었으니 최재서에게 프로문학은 논파하기에 벅찬 적은 아니었을 것이다. 만만치 않은 상대는 당시 절대적인 인기를 누렸던 정지용, 李泰俊 등의 예술파였다. 물론 최재서는 그들을 적으로 생각했던 것이 아니라 그들의 예술성에 높은 평가를 부여하면서도 그들의 '지성의 결여'를 아쉬워하고 모랄의 부족에 대한 경고를 울린 것이다.

1938년에 발표된 「文學·作家·知性」10)이라는 제목의 글은 최재서가 생각하는 '지성'의 내용을 단적으로 보여준다. 이 글에서 "조선의 대표적 작가"로서 정지용과 이태준이 거론되어 있다. 정지용에 관해서 그는 순수한 한국어의 어휘를 많이 알고 있다는 점과 한국어로 풍부한 표현력을 보였다는 것을 인정한다. 또 그는 정지용이 감정을 잘 억제하고 재주를 부리면서 시를 쓰는 '두뇌의 시인'이라는 것도 인정한다. 하지만 최재서는 정지용 시가 '재기의 유희'에 빠지고 현대성을 결여하고 있다는 점에서 비판을 받아야 한다고 생각한다. 최재서는 그것을 '지성의 결핍'이라고 부른다. 즉 최재서의 주지주의에 있어서 '지성'이란 하루야마가 생각하는 것 같은 시의 방법론이나 감상주의의 배제라는 기술적 문제가 아닌 것이다.

최재서가 말하는 '지성'이란 무엇인가. 그는 "예술가의 있어서의 지성이란 예술가가 자기 내부에 가치의식을 가지고 그 가치감을 실현하기 위하여 외부의 소재—즉 언어와 이미지를 한 의도 밑에 조직하고 통제하는 데

---

10) 1938년 8월 20일자 『동아일보』에 실린 글. 『최재서 평론집』, 靑雲出版社, 1961, pp.304~311에서 인용.

서 표시되"는 것으로 "시인이 지적으로 진보하여 간다면 그가 조만간 현
대성에 부딪치지 않을 수 없을 것"이라고 말한다. 그리고 정지용은 현대
성에 부딪치지 않고 가톨리시즘으로 회피하고 말았다고 아쉬워한다. 그
는 또 "시인이나 소설가가 일개의 예술가로서 사회적 자각(그것은 지성의
각성이다)을 가지게 된 이후 이 요구(지성의 요구, 인용자)는 거지반 자
동적으로 생겨난다"고 해서 작가의 사회의식과 지성을 결부시키고 있다.
단적으로 말해서 '지성'이란 "知力의 문제보다는 오히려 태도의 문제"인
것이다. 다른 글11)에서 최재서는 1935년 4월에 니스에서 열린 '知的協
力國際協會'의 논지를 요약하고 있는데, 발레리(Paul Valèry)를 위시한
유럽의 지식인들이 모인 이 회의에서는 각 개인의 지적 수준이 낮아질 수
록 전체주의에 휘말리는 위험이 커진다는 점이 지적되었다. 최재서 자신
이 뒤에 그 '지성'을 스스로 포기하기에 이르렀다는 것은 잘 알려진 사실
이지만, 「문학·작가·지성」을 쓴 시점에서 최재서가 보인 비판적 안목
은 참으로 주목할 만하다. 그는 시인이나 작가의 사회의식, 사회현실을
분석하고 비판하는 능력 또는 의식의 부족을 '지성의 결핍'이라고 부르며
문인들에게 경고의 메시지를 발했던 것이다.

　주지주의 비평의 대표논자인 최재서가 30년대 후반에 주장한 '지성'의
참뜻을 헤아리고 '지성'이라는 말의 무게를 생각하면 하루야마가 사용한
것 같은 뜻으로 지용 작품을 '주지주의계 모더니즘'이라고 부르는 것은 별
로 의미가 없을 것이다.

---

11) 「知性擁護」, 『文學과 知性』, 人文社, 1938.

기 타

* 「호수」, 「말」 등, 같은 제목의 작품이 몇 개 있는 경우, 구별하기 위해 민음사 판 『정지용 전집』(제2판)에서 채용된 제목을 답습했다.
* 인용된 번역문 중 번역자의 이름이 안 나와 있는 것은 인용자에 의한 번역이다.
* 시 작품에 대해서는 기본적으로 『정지용 시집』(시문학사, 1935), 시집 『백록 담』(문장사, 1941)에 나오는 표기를 따랐다. 산문에 관해서는 읽기 쉽도록 현 대적 표기로 고쳐서 인용했다.
* 初出誌(紙)와 시집 『정지용 시집』(1935), 『백록담』(1941) 수록시에 제목이 달라진 작품의 경우 시집 수록시의 제목을 쓰기로 하되, 필요에 따라 초출지 에서의 제목을 괄호 안에 놓고 倂記했다. 예: 「小曲(明水臺진달래)」
* 위의 두 시집에 수록되지 않은 작품은 주로 민음사판 『정지용 전집』(1988, 제 2판)에서 인용했다. 게재지에서 직접 인용한 작품에는 잡지명 등을 병기했다.
* 외국어로 씌어진 작품에 관해서는 읽는 이의 편의를 도모해서 제목도 적의 번 역해서 사용하고 필요에 따라 괄호 안에 원제를 표기했다. 예: 「고아의 꿈(み なしごの夢)」
* 작품 뒤에 연대가 있는 경우, 단서가 없는 것은 初出誌(紙)에서의 발표연도이 며 제작연도를 적을 때는 '제작'이라는 말을 붙였다.

Ⅱ. 『정지용 시집』까지
(1920년대 전반~1930년대 중반)

1. 기타하라 하쿠슈(北原白秋)의 영향

1) 스승 하쿠슈

알려진 바와 같이 정지용의 본격적인 문학활동은 유학시절에 쓴 일본 어시에 비롯되었다. 무명의 문학청년 정지용의 재능을 재빨리 발견하고 시 중심의 문예잡지 『근대풍경』[1]에 소개한 사람은 이 잡지를 主宰했었던 일본의 대표적 시인이자 歌人(=단카〈短歌〉작가) 기타하라 하쿠슈(北原白秋, 1885~1942)다. 하쿠슈란 어떤 사람이었는가. 그는 日本近代 詩史에 있어 유례가 없을 만큼 다방면에 걸쳐 큰 업적을 남긴 시인이다. "메이지 이래 일본은 뛰어난 시인을 다수 배출했지만, 그 事業이 광범위

---

1) 1926(다이쇼 15)년 11월의 창간부터 1928(쇼와 3)년 8월까지 전부 스물 두 권을 내고 종간했다.

하고 韻文學의 모든 영역을 개척해서 불세출의 천재를 발휘한 시인은 실로 기타하라 하쿠슈 씨 밖에 없다"(하기와라 사쿠타로 萩原朔太郎). "근대일본시인 중에서 정말로 총합시인의 이름이 어울리는 사람은 기타하라 하쿠슈 밖에 없을 것이다. 메이지, 다이쇼, 쇼와의 삼대에 걸쳐 시의 온갖 장르에 제일급의 빛나는 업적을 남긴 하쿠슈의 생애는 참으로 거대한 詩魂의 역사라 해도 과언이 아니다"(기마타 오사무 木俣修). "우리나라 시인 중에 그만큼 넓은 문학의 영역에 '시'를 듬뿍 흩뿌린 사람은 없었다. 시인으로서의 그는 확실히 메이지, 다이쇼, 쇼와의 삼대에 걸쳐 태양처럼 하늘에 뜬 大天才였음은 틀림없다"(무라노 시로 村野四郎). 하쿠슈는 문어체 정형시·자유시, 구어체 자유시는 물론, 동요(동시, 또는 창작동요의 가사), 민요시(민요조의 시, 또는 창작민요의 가사), 연극의 삽입가의 가사 등 새로운 영역을 개척하고 몇 천 편에 달하는 방대한 작품을 남겼다. 그런데도 하쿠슈는 시보다 단카에서의 업적이 더 훌륭하다고 평가하는 사람도 많으니 그의 재능은 참으로 헤아릴 수 없는 공전절후의 것이었다고 할 수 있다. 산문에서의 업적도 무시할 수 없는 것으로 감각적으로 씌어진 『추억(思ひ出)』(하쿠슈의 제2시집, 1911)의 서문을 신감각파의 선구라고 보는 사람도 있으며 기행문 「흐렙 토립(フレップ・トリップ)」2)은 시에 가까운 산문으로, 일본에 시네포엠(ciné poem)이라는 말이 정착되기 전에 영화적 기법을 응용해서 씌어진 독창적 작품이다.

하쿠슈의 시 창작은 크게 4기로 나눌 수 있다. 기마타 오사무의 구분3)에 따라 간략하게 살펴본다.

제1기(1900~1905년경까지)—잡지 『文庫』에 투고했던 습작시대.
제2기(1912년경까지)—시집 『邪宗門』, 『추억』, 『東京景物詩』의 시대. 서구 문학을 수용하면서 감각적이고 관능적인 화려한 작품을 썼다. 그의 작품 중 일반적으로 가장 잘 알려져 있는 것은 대체로 이 시기의 작품이다.
제3기(1917.8년경까지)—『밤의 축제』(미간시집), 『眞珠抄』, 『白金팽이』의

---

2) 제 I 부 제3장 각주15 참조.
3) 木俣修, 「解說」, 『北原白秋詩集』, 東京:旺文社, 1978, pp.271~286.

시기. 光明禮讚, 法悅主義時代. 현란한 언어를 구사한 서양적, 도회적
색채가 사라지고 종교적인 短詩가 주류.
　제4기(1940년경까지)—시집 『水墨集』, 『海豹와 구름』, 『新頌』까지의 枯淡
閑寂時代. 일본의 전통으로 돌아가 마지막으로 古代神의 세계에 이른
窮極의 시기.

　하쿠슈가 정지용에게 미친 영향은 지용의 작품에서 확인할 수 있지만
그것뿐이 아니라 시인으로서의 삶 자체에 의외로 비슷한 점이 많이 발견
된다. 동요(동시), 전통민요의 가락을 살린 시 등 새로운 영역을 개척한
것도 그렇고 초기에 修飾이 많은 화려한 시를 많이 쓰다가 중간에 종교적
법열로 노래한 시를 제작한 시기가 있고 후에 자연에 몰입한 동양적 문인
취미처럼 보이는 시를 쓰게 되는 것도 그렇다. 잡지에서 신인의 작품을
전형해서 새로운 재능을 발견하고, 문단의 당파성을 혐오하면서도 스스
로 시단의 두목처럼 되어 버리는 점도 그렇다. 언어를 다루는 데 남의 추
수를 불허하는 뛰어난 재능을 보였다는 점에서는 널리 인정받고 있으면
서도 작품이 사회성이 별로 안 보이는 감각만의 시라는 부정적 평가도 많
이 받아 왔다는 점에서도 이 두 시인은 비슷하다.
　이 글은 지용이 하쿠슈에게서 받은 영향만이 아니라 두 시인이 가지고
있는 비슷한 문제성을, 비교고찰을 통해 검토해 보려고 한다.

　하쿠슈는 자신이 주재하는 잡지에 시를 투고해 온 이국청년 정지용을
어떻게 봤을까, 또 지용은 하쿠슈에게서 무엇을 배웠을까. 그러나 그것을
검토하기 전에 먼저 하쿠슈의 또 다른 한국인 제자 金素雲(1907~
1981)에 대해서 생각해 보는 것은 무척 흥미롭다. 같은 시기에 문학수업
을 시작한 두 사람이, 스승으로 우러러본 하쿠슈를 대하는 태도가 너무나
대조적이기 때문이다.
　김소운은 1929년에 『朝鮮民謠集』(일본어, 東京:泰文館)을, 1933년에
는 한글로 쓰여진 『諺文 朝鮮口傳民謠集』(東京:第一書房)을 일본에서 출
판한다. 『조선민요집』은 엄필진의 『조선동요집』(한글, 서울:彰文社, 19

24)에 수록된 동요(민요)와 친구인 손진태, 안창해가 채집한 것을 일본어로 번역한 것이며 『언문 조선구전민요집』은 김소운이 도쿄에서 막노동을 하는 조선인 노동자에게서 채집한 조선민요와 그가 매일신보에 재직했던 시절 학예부를 통해서 각지에서 모집한 민요, 그리고 다나카 하쯔오, 손진태, 김지연 등이 모은 자료를 가해서 일본어로 번역한 것이다. 『언문 조선구전민요집』에 수록된 민요의 일부를 일본어로 번역한 『조선민요선』, 『조선동요선』(東京:岩波文庫)도 같은 해(1933)에 출판된다.

정지용의 경우처럼 김소운을 일본문단에 소개한 사람은 역시 하쿠슈였다. 빈손으로 도쿄에 건너가 떠돌이 간판쟁이를 하면서 겨우 입에 풀칠하던 무명의 문학청년 김소운은 어느 날 밤 일본어로 번역한 조선민요의 원고를 들고 안면이 없는 하쿠슈의 저택을 느닷없이 방문한다. 제자들의 시중을 받으면서 감기 때문에 누워 있던 시인은 그 원고를 보고 "이런 기막힌 詩心이 조선에 있었다니!"라는 감탄의 말을 발하고, 밤에 찾아온 이 무례한 청년에게 격려를 아끼지 않았다. 그후 하쿠슈는 출판사를 소개해 주고 김소운을 일본문인들에게 소개하는 자리를 마련해 주고 『조선민요집』에 「한 줌의 꽃다발」이라는 제목의 발문을 써 주기도 했다.

> 이 조선 동·민요의 채집·출판에 관해서 엄청난 고난이 김군에게 계속되었다. 처음부터 잘 알고 있었던 나는 이제 겨우 어깨의 짐 하나 내린 것 같은 느낌이다. 이 한국청년은 마땅히 받아야 할 보답을, 이 일본에서 받게 될 것이다. 김군의 기쁨을 내 기쁨으로 여길 수 있음을 유쾌하게 생각한다.
>
> (「한 줌의 꽃다발」4))

김소운은 하쿠슈에게 "평생 갚지 못할 큰 빚"을 졌다고 술회하고 있다. 소운과 지용이 하쿠슈에게 가지는 존경의 정도를 엿보게 하는 글을 여기서 인용해 둔다.

---

4) 金素雲 역·편, 『朝鮮童謠選』, 東京:岩波書店, 1933, p.251.

후일 시인 지용이 내게 한 말이 있다.

『레오나르도 다빈치가 되라면 어떻게라도 해서 흉내는 내질 것 같애──, 허지만 기타하라 하쿠슈 노릇은 어림도 없어──.』(…)

일본말에다 새 목숨, 새 숨길을 불어넣은 시인──, 일본의 어린이의 정서에 새 紀元을 그은 시인──, 귀천과 빈부를 가릴 것 없이 일본 국민의 어느 누구 하나도 기타하라 하쿠슈의 간접적인 혜택을 입지 않았다는 사람은 아마 없을 것이다. 시에서나, 단가나, 그 어느 부문에서도 언제나 제일인자이던 기타하라 하쿠슈는, 몇 세기에 하나 있을까 말까한 찾아보기 어려운 한 민족의 보배이기도 했다.

다빈치보다도 본뜨기 어렵다고 한 지용의 말은 그런 의미에서 내 귀에 과장으로 들리지는 않았다.

(김소운, 「白秋城」5))

소운의 한국근대시나 전승민요·동요의 번역은 일본에서 名譯이라는 평가를 받았으며 이와나미(岩波)문고의 『조선시집』, 『조선민요선』, 『조선동요선』은 현재까지 롱셀러로 사랑을 받고 있다.

일본어 실력에 있어서 지용은 소운의 적이 못된다. 일본사람보다 일본어를 잘 구사한다는 평을 받은 소운에 비해 지용의 일본어는 「편지 하나」나 「봄 삼월의 작문」을 봐도 알 수 있듯이 어색하고 문맥이 잘 안 통하는 데가 많아 외국인이 쓴 글이라는 것은 금방 알아차릴 수가 있다. 소운이 10대 중반의 나이로 일본으로 건너가 필사적인 노력으로 언어를 익힌 데에 비해 지용은 스무 살 넘어서 처음 도일했다. 또 그가 졸업한 휘문고보는 친일적 학교가 아니었기 때문에 지용의 재학시절에는 아직 일본어수업의 비중이 크지는 않았을 것이며 그가 일본에서 공부한 것은 영문학이었고 졸업논문도 영어로 써야 했기 때문에 일본에서도 일본어 공부에 많은 시간을 할애할 수는 없었을 것이다.

하지만 그런 외적 요건만이 아니라 두 젊은이는 일본어에 대한 태도가 근본적으로 달랐던 게 아닌가 싶다. 소운의 경우 일본시단에서 인정받고

---

5) 『하늘 끝에 살아도』, 同和出版公社, 1977, pp.174~175. 일부 표기는 현대식으로 고쳤다.

활약하려고 했었던 것처럼 보이지만 지용은 후술하는 바와 같이 일본어 창작을 문학수업의 한 과정으로 생각했던 것처럼 보인다. 소운의 번역시는 하쿠슈가 시에서 쓴 사투리나 속어, 그리고 우에다 빈(上田敏)의 번역시집『海潮音』에서 쓰인 일본의 고어까지 열심히 익힌 흔적이 역력하다. 지용은 하쿠슈가 애용한 어휘나 이미지는 어느 정도 수용했지만 일본인 못지 않게 일본어를 구사하려는 욕심은 별로 없어 보인다. 그것보다 그는 하쿠슈가 일본의 옛말이나 방언, 외국어 등 다양한 어휘를 발굴해서 새로운 표현방법을 창출한 것처럼 한국어를 깊이 연구해서 한국어를 새로운 언어로 만드는 것을 목표로 했었을 것이다. 한마디로 소운의 일본어는 모방이며 지용의 일본어는 한국어를 연마하기 위한 밑거름이었다. 그렇다고 해서 여기서 김소운의 업적을 낮게 평가하려는 것은 아니다. 그의 번역만큼 한국인의 정서의 아름다움을 일본인에게 호소한 책은 그때까지 없었다. 여하간 하쿠슈의 영향에서 출발한 두 젊은이는 각기 다른 길을 향하고 각기 다른 종류의 꽃을 피운 것이다.

2)『근대풍경』

정지용이 하쿠슈를 대하는 태도는 어땠을까.『근대풍경』에 그의 작품이 처음 실린 것은 제1권 제2호(1926. 12)의「かつふえ・ふらんす(카페・프란스)」였다. 그 후에도 그의 시는 매호 같이 등장한다. 정지용이『근대풍경』에 발표한 시 및 산문 작품은 다음과 같다.

권, 호	발행일	장르	작품 제목
1-2	1926(다이쇼15). 12. 1	시	かつふえ・ふらんす(카페・프란스)
2-1	1927(쇼와2).1.1	시	海(바다)
2-2	1927.2.1	시	海
2-2		시	海
2-2		산문시	みなし子の夢(고아의 꿈)
2-3	1927.3.1	시	悲しき印像画(슬픈 인상화)

2-3		시	金ぼたんの哀唱(금당추의 哀唱)
2-3		시	湖面
2-3		시	雪(눈)
2-3		산문	手紙一つ(편지 하나)
2-4	1927.4.1(散文詩號)	산문시	幌馬車
2-4		시	初春の朝(이른 봄 아침)
2-4		산문	春三月の作文(봄 삼월의 작문)
2-5	1927.6.1	시	甲板の上(갑판 위)
2-6	1927.7.1	시	まひる(한 낮)
2-6		시	遠いレール(먼 레일)
2-6		시	夜半
2-6		시	耳(귀)
2-6		시	帰り路(帰路)
2-9	1927.10.1(三人集)	시	郷愁の青馬車(향수의 청마차)
2-9		시	笛(피리)
2-9		시	酒場の夕日(술집의 석양)
2-11	1927.12.1(新人推薦號)	시	真紅な汽関車(새빨간 기차)
2-11		시	橋の上(다리 위)
3-2	1928(쇼와3).2.1	시	旅の朝(旅路의 아침)

이 중 정지용이 하쿠슈에 대해서 가지고 있었던 思慕의 마음을 잘 나타내고 있는 글이 「편지 하나」다. 전문을 역출해 보겠다.

편집부의 O씨에게,

모험 삼아 투고해 봤습니다만 그것이 하쿠슈 씨의 눈에 띈 모양이군요.

내가 쓴 글이 예쁘게 조판된 활자의 향기는, 사랑과 피부 같은 것이었습니다.

무척 기뻤습니다.

하쿠슈 씨에게 편지를 드려야 도리일 것 같습니다만 이런 종류의 편지는 등롱을 그리워하는 7월의 나방 무리처럼 엄청 많이 날아 들어오겠지요.

그리고 섭섭하게 묵살 당할 때도 있겠지요.

편지는 삼가겠사오니 그러한 제 마음도 헤아려 주십시오.

오직 寡默함과 遠慕로 동양식으로 私淑하겠습니다.
슬픈 조가비가 빛나는 수평선을 꿈꾼다.

시와 스승은 저의 먼 수평선이었습니다.
시의 時評 같은 것을 써 보라는 말씀이었습니다만, 저는 아직 논할 수는
없습니다. 돌연히 시인이 되어 돌연히 논한다는 것은, 돌연히 얼굴이 팽창하
는 것과 같은 짓이지요. 언젠가는 다른 사람들을 압도할 만큼 훌륭한 말을
해 보고 싶습니다만, 그것이 혈기에 치우치기 쉬운 20대의 격정 때문에 푸
른 기염이 될 뿐입니다.
푸른 기염은 참아두지요.
일본의 피리나 빌려서 연습하겠습니다.
저는 아무래도 피리꾼이 될 것 같습니다.
사랑도 민중도 국제문제도 피리로 불었으면 합니다.
黨派와 群集, 宣言과 結社의 시단은 무섭다.
피리. 피리. 피리꾼은 어디서나 언제나 있는 거겠지요. 안녕히 계세요.
(「편지 하나」, 『근대풍경』 제2권 제3호, 1927.3)

"편집부의 O씨"란, 하쿠슈의 제자이자 『근대풍경』 편집에 종사했던 시
인 오키 아쯔오(大木篤夫＝惇夫)일 것이다. 이 글의 내용으로 봐서 오키
가 먼저 편집자로서 편지를 보내서 시에 관한 평론을 기고하라고 청했는
데 대해 지용이 그것을 대신하는 것으로 위의 글을 보낸 모양이다. 제목
이 「편지 하나」로 되어 있지만 물론 이것은 편집자에게 보내는 사무적인
편지가 아니고 잡지에 게재하기 위한 수필이다(정말 편집자 앞으로 쓴
편지라면 적어도 제목은 안 붙였을 것이다).

하지만 이 글은 무엇보다 먼저 하쿠슈의 눈을 의식하면서 씌어진 것에
틀림없다. 지용은 하쿠슈에게 직접 편지를 쓰고 싶은데 혹시 답장을 받지
못해서 마음이 상할까 봐 편지를 보내는 것조차 못하고 있다고 지면을 빌
려서 하쿠슈에게 고백하고 있는 것이다. 지용은 하쿠슈를 말 그대로 '畏
怖'하고 있다. 실제로 당시 하쿠슈는 많은 숭배자에게 둘러싸여 있었고
그는 만나러 오는 사람들에게 시달려서 자신의 시간을 가지지 못하고 있
으니 제발 정해진 면회일을 지켜 달라고 『근대풍경』 지면을 통해서 몇 차

례씩이나 호소하고 있다. 하쿠슈의 제자 중 이미 일가를 이룬 삼총사 시인은 하기와라 사쿠타로, 무로 사이세이(室生犀星), 오테 다쿠지(大手拓次)였지만 그 이외에도 많은 신진시인들이 있었고 또 동요, 단카의 제자도 있었으니 제자나 숭배자들을 만나거나 그들의 편지에 답장을 써 주는 것은 여간 힘든 일이 아니었을 것이다. 정지용은 그런 사정을 알고 있어서 위와 같은 말을 쓴 것이다.

「편지 하나」에서 지용은 먼 수평선을 동경하면서도 가까이 가지 못해서 슬퍼하는 조가비처럼 멀리에서 하쿠슈에게 사숙하겠다는 의지를 밝히고 있다. 즉 그는 이 글을 통해서 하쿠슈에게 나는 당신의 제자가 되겠다고 선언하고 있는 것이다. 『근대풍경』에 관해서는 하쿠슈가 전면적으로 책임을 지고 작품 전형을 하고 있다는 것이 주지의 사실이었으니 지용은 내 작품을 인정해 준 하쿠슈가 그런 식의 입문쯤은 기꺼이 허가해 줄 거라는 자신이 있었을 것이다. 지용은 하쿠슈가 이 글을 보고 미소를 지을 거라고 확신하면서 쓰고 있다. 그리고 하쿠슈는 분명 미소를 지었을 것이다.

그런데 정지용이 여기서 보인 수치심과 겸손함은 심상치가 않다. 늘 호탕하고 모진 말을 잘하기로 알려진 그가, 하쿠슈 앞에서는 애인 앞에서 고개도 들지 못하고 볼을 붉히는 처녀처럼 수줍어하고 있다.6) 이것은 감기로 누워 있었던 대시인을 억지로 일어나게 해서 번역원고를 읽힌 김소운과는 아주 대조적인 태도다.

하쿠슈는 김소운의 번역원고를 일일이 고쳐주기도 하고 어려운 경제사정에도 불구하고 김소운의 출판기념파티를 자기 호주머니를 털어서 열어줄만큼 소운과는 직접적인 교류가 있었다. 그것에 비해 지용은 아마 한번도 만날 기회가 없었을 것이다. 그러나 하쿠슈의 제자 삼총사 중의 한 사

---

6) 정지용의 평상시 모습을 친구 김환태는 다음과 같이 적고 있다. "그는 사교의 왈패군이다. 사람에 섞이매 눈을 본 삽살개처럼 감정과 이지가 방분하여, 한 데 설키고 얼키어 폭소, 냉소, 재담, 해학, 경귀가 한 목 쏟아진다. 이런 때 그는 남의 언동과 감정을 돌아볼 겨를이 없다. 이에 우리는 그에게서 감정의 무시를 당하는 일도 없지 않으나, 연발해 나오는 폭죽 같이 찬란한 그의 담소 속에 황홀하게 정신을 빼앗기고야 만다." 「정지용론」, 『삼천리문학』 1938년 4월호, 『金煥泰全集』(현대문학사, 1972)에서 인용.

람인 오테 다쿠지가, 편지왕래는 있었으나 실제로 하쿠슈를 만난 적은 단한 번밖에 없었다는 사실을 생각하면 지용이 하쿠슈를 직접 보지 못했다하더라도 그를 하쿠슈의 제자라고 말하는 것도 틀린 말은 아닐 것이다. 지용은 스승 기타하라 하쿠슈에게서 무엇을 배웠을까. 이제 하쿠슈 시와지용 시에 관한 비교고찰을 구체적으로 해야겠지만 그 작업에 앞서 정지용 작품이 『근대풍경』에서 어떤 평가를 받았는지를 확인해 두겠다.

『근대풍경』 창간호 「편집후기」에는 "본지는 실력 있는 新作家를 위해 널리 문을 연다. (…) 상당한 佳作이 아니면 싣지 않는 대신에 한번 소개되면 그 작가를 위해서는 그 후에도 십분 책임을 질 것이다. 본지를 하나의 登龍門으로서 신뢰하셔도 된다"고 말하고 있다. 정지용이 이 글을 보고 "모험 삼아" 일본어로 쓴 작품을 투고해 본 결과 그 다음호인 제1권 제2호에 「카페·프란스」가 기성시인의 작품과 같은 크기의 활자의 2단 조판으로 실린 것이다. 그 호의 「편집후기」에는 다음과 같은 말이 나온다. "그리고 本號에서도 여느 때와 같이7) 싱싱하고 발랄하고 실력이 있는 신진이 각기 특색 있는 시풍을 가지고 눈부신 활약을 보이고 있다. 그가운데에서도 鄭芝溶, 青島友美, 長江道太郎, 鹽原天鈴의 네 사람(의 작품)은, 몇 백 편의 투고 중에서 엄선한 것인데, 각자의 좋은 소질을 존중하고 금후의 정진을 촉구하기 위해 특별히 우대해서 本欄(독자투고작품의 코너가 아니라 기성시인과 같은 페이지라는 뜻, 인용자)에 넣은 것이다". 서명은 없으나 이것은 하쿠슈가 쓴 글이다.

그 이외에 정지용에 대해서 언급한 것으로 제2권 제3호에서 오키 아쯔오가 "『근대풍경』이 새로 발견한 소질이 좋은 시인들"을 일곱 명 드는 가운데 정지용이 들어 있는 것, 제2권 제5호에서 역시 하쿠슈의 직계 제자인 시인 야부타 요시오(藪田義雄)가 "나카무라(仲村渠), 鄭芝溶 (…), 이 두 명의 젊은 시인은 『근대풍경』이 새로 발견한 많은 시인 중 가장 빛나고

---

7) 제1권 2호는 『근대풍경』으로서는 두 번째 나온 잡지이지만 그 전에도 하쿠슈가 주재하는 잡지 『詩와 音樂』 등에 우수한 신인시인이 다수 투고했었기 때문에 "여느 때와 같이"라는 표현을 쓴 것이다.

있다고 말할 수가 있다. ―나는 兩君의 장래에 기대를 걸고 있다"고 쓰고 있다. 또 제2권 제9호에서는 오카자키 세이이치로(岡崎淸一郎), 鄭芝溶, 仲村渠 세 신인의 작품을 「三人集」라는 제목 아래 모으고 있다.

이상으로 알 수 있듯이 정지용은 『근대풍경』에서 등장한 신인 가운데 주목을 받는 존재였다고 할 수 있다. 그런데 『근대풍경』은 많은 시인을 배출한 잡지로 알려져 있지만 이 잡지에서 주목을 받았던 신인들이 다 뒤에 크게 성공한 것은 아니다. 예를 들어 제2권 제5호에서는 기미즈 야사부로(木水彌三郎), 후카와 게이조(府川惠造)라는 두 신인의 작품을 열두세 편씩이나 모아서 게재하고 있지만 현재 일본에서 이 두 시인의 이름을 기억하는 사람은 거의 없다. 정지용의 이름이 마지막으로 『근대풍경』에 나온 것은 1928년 2월이다. 잡지는 그 해 8월까지 발행되고 있었다. 그가 「여로의 아침」 이후에도 투고를 해 봤는지 스스로 일본어시의 투고를 포기한 건지에 대해서는 알 길이 없으나 이 시기 그는 급속히 카톨릭에 기울고 있었으니 창작에 대한 열정이 일시적으로 약해져 있었는지도 모른다(제Ⅱ부 제7장 참조). 어쨌든 "일본의 피리나 빌려서 연습하겠습니다"라는 말투로 미루어 봐서 일본어 시작은 문학수업의 하나로서 시도한 것이었다고 볼 수 있다. 적어도 그가 일본시단에서의 활동을 최종적인 목표로 삼고 있었던 것은 아닐 것이다.

이미 말한 바와 같이 그의 일본어는 그리 정확한 편은 아니었고 단어나 문법을 잘못 쓴 부분이 많이 눈에 띈다. 그럼에도 불구하고 이 무명의 이국청년의 빛나는 詩才를 알아차려서 약간씩 어법이 틀린 그의 작품을, 기성시인의 작품과 똑같은 대우로 게재한 하쿠슈는 역시 大人이며 炯眼의 소유자였다고 인정할 수밖에 없다. 그러나 정지용 본인으로서는 자신의 일본어능력에 한계를 자각하고 일본시단에서의 활동을 오래 계속하지 못할 거라고 생각했을지도 모른다. 또 귀국할 수밖에 없는 상황이었다면 그가 일본어시보다 모국어로의 시작을 앞으로의 목표로 삼는 것은 당연한 일이라 하겠다.

지용은 『근대풍경』과 같은 시기 『學潮』, 『新民』, 『朝鮮之光』 등에 작품을 활발하게 발표함으로써 한국에서도 신인 시인으로 주목을 받게 되었다.[8] 1929년 그는 화려한 경력을 들고 귀국한다. 그리고 일본 이름 속에서 이채를 발하고 있었던 '鄭芝溶'이라는 이름은, 많은 신인 시인들의 이름과 함께 일본시단에서 잊혀져 갔다.

3) 비교고찰

일본시단에 있어 민요조의 시는 메이지 30년대부터 요코세 야우(橫瀨夜雨) 등으로 인해 시도된 바 있었지만 본격적으로는 기타하라 하쿠슈 등으로 인해 시작됐다고 해야 한다. 하쿠슈는 1922년에 창작민요집『일본의 피리』—정지용의 "일본의 피리나 빌려서 연습하겠습니다"라는 발언은 이 제목에 유래된다—를 출판할 만큼 창작민요에도 힘을 주었다. 하쿠슈가 전승민요·동요에 관심을 가지면서 새로운 민요·동요·동시 창작에 착수한 것의 배경에는 다이쇼 2(1913)년 야나기타 구니오(柳田國男)가 중심이 돼서 발간한 잡지『향토연구』를 계기로 해서 싹튼 민속학의 유행이 있다. 이 시기 민속학자들은 각지의 설화나 민요 등을 채집하는 작업을 활발하게 하고 있었고 하쿠슈를 비롯한 예술파 시인도 민중파 시인도 한결같이 옛날부터 내려오는 노래에 대해서 깊은 관심을 보이고 있었다.

하쿠슈의 창작동요·민요는 난해한 말이 많은 제1시집『邪宗門』의 고답적인 분위기와는 정반대로 어떤 경우에는 놀랄 만큼 속된 말을 서슴없이 사용히기도 하고 방언이나 중세·근세가요에서 채취한 옛말 등도 효과적으로 사용한 것이다. "이러쿵저러쿵 잔소리 말아라, 반했으면 어때,/집에서 들켜도 함께 살고 말겠어,/세상 사람들이 다 뭐야. /오사, 야레, 야레."(「농사꾼의 노래」 일부분, 1914)[9]

---

8) 『중외일보』가 1928년에 실시한 「文壇諸家의 見解」라는 설문조사에 정지용도 회답(7월 4일자)을 기고하고 있는 것을 봐도 그가 이미 문인으로 인정받고 있었음을 알 수 있다.

9) 원문은 전승민요에서 채용한 방언으로 재미 있게 씌어져 있다. "오사, 야레, 야레"는 의미 없는 말.

정지용의 시적 출발이 바로 민요조의 시에서부터였다. 그는 잡지 인터뷰에서 중학 4, 5학년때부터 시를 쓰기 시작했으며 처음 쓴 작품은 『정지용 시집』에 수록되어 있는 "민요체의 시들"이라고 대답하고 있다.10) 『정지용 시집』에 수록된 작품 중 「내맘에맞는이」, 「무어래요」, 「숨ㅅ기내기」, 「비듥이」 등은 『조선지광』 64호(1927.2)에 '민요풍 시편'으로서 발표된 것들이라 그가 말하는 '민요체의 시'란 이들 작품일 것이다. 혹은 「산엣 색씨 들녁 사내」도 '민요체의 시'에 포함될 지도 모른다. 이중 「내맘에맞는이」에는 1924년 10월, 「산엣 색씨 들녁 사내」에는 1924년 4월 22일이라는 제작연도가 있으니 일단 유학시절의 작품이라고 봐야 하지만 그의 앞의 발언을 감안하면 이것들은 다 휘문고보(나중에 중학교로 개칭) 시절에 쓴 것을 고쳐 쓴 것이 아닌가 싶다.

정지용이 고보 4, 5학년이었던 시기는 1921년 4월부터 23년 3월까지로, 이것은 하쿠슈가 활발하게 민요시를 창작했던 시기와 합치된다. 물론 민요에 대해서 관심을 가졌던 사람은 하쿠슈만이 아니었지만, 「편지 하나」에 '일본의 피리'라는 말을 쓴 것을 생각하면 정지용은 고보시절부터 하쿠슈의 강한 영향하에 있었다고 봐도 될 것이다. 정지용의 동시 중에도 한국전승동요(민요)의 가락이 효과적으로 사용된 것이 있다. "말아, 다락 같은 말아,"(「말」, 1927)나 "중, 중, 때때 중," (「딸레(人形)와 아주머니」, 1926) 등은 그 예다. 그가 하쿠슈에게서 배운 것들 중의 가장 중요한 것은 시작에 있어서의 창작기법이나 시작에 임할 때의 태도 같은 것이겠다. 일본의 피리를 빌려서 연습하겠다는 말처럼, 그는 하쿠슈의 '일본의 피리'를 빌려서 새로 그만의 한국의 피리를 창작한 것이며 그것은 단순한 모방과는 다른 차원의 것이다.

그런데 정지용의 '동시'—그 자신은 이 말을 사용한 적은 없었지만—는 앞에서 든 것 같은 몇 편을 제외하면 대부분이 전승민요·동요와는 발상

---

10) 「詩人 鄭芝溶 氏와의 漫談集」, 『新人文學』 1936년 8월호. 또 박팔양은 지용의 동시, 민요풍의 작품을 고보시절에 시작한 잡지 『요람』에서 봤다고 증언하고 있다. 제Ⅱ부 제5장 제1절 각주2 참조.

도 언어도 판이하다. 이번에 정지용과의 관련에 있어서 살펴보려고 하는 것은 하쿠슈의 '동시' 개념이다. 하쿠슈는 동시·동요의 창작, 아동을 위한 예술잡지 『빨간 새(赤い鳥)』 등에서 투고작품을 전형한 것, 아동문학에 관한 여러 가지 에세이, 영국의 전통동요집 『마더 구스(Mother Goose)』를 일본어로 옮긴 것(『빨간 새』에 연재, 1921년에 단행본 출판) 등 아동 문학 분야에서도 개척자적인 역할을 했다. 1918년의 『빨간 새』 창간이 래 그는 죽기 전까지 25년에 걸쳐 거의 매년마다 동요(동시)를 썼고 그 작품수는 무려 1200편에 달하며 그 중 약400편은 곡이 붙어 있다고 한 다. 그리고 '동시'라는 말을 만든 것도 바로 하쿠슈였다.

하쿠슈가 '동시'라는 말을 쓰기 시작한 것은 다이쇼 말기에 와서부터다. 그러면 여기서 잠시 '동시' 개념이 탄생하는 장면에 立會해 보겠다. 하쿠 슈는 1923년(다이쇼 12)년에 '동시'의 필요성을 이렇게 예고한다.

> 노래하기 위한 이런 童謠 이외에, 조용히 읽게 하고 또는 감상시키기 위 한 시——童詩——도 아동에게 주어야할 것이다. 아동 자신도 지금은 주로 自由律의 시를 짓고 있다. (…)
> 그것을 생각하면 나는 歌謠 이외에, 新風으로서의 童詩(주로 自由律)의 방면에도 앞으로는 더욱 개척의 쟁기를 휘둘러야겠다. 이미 두세 편의 試作 은 있지만, 일간에 나에게 중대한 (뜻을 가지는) 제작이 될 것이다.
> 나는 내 염원의 성취를 향해 매진한다.
>
> (「童謠私觀」, 『詩와 音樂』 1923년 1월호11))

이 글은 말하자면 하쿠슈의 '동시 선언'이다. 1926(다이쇼 15)년에는 다음과 같이 동요와 동시의 구별을 명확하게 정의하고 있다.

> 童謠는 童心童語의 歌謠다. 童詩는 童心童語의 詩다. 童謠는 노래하기 위 한 것이며, 童詩는 오히려 조용히 읽고 느끼게 하는 것이다.
>
> (「童詩」, 出典 未詳)

---

11) 하쿠슈의 동시에 관한 부분은 주로 하타지마 기쿠오 畑島喜久生, 『北原白秋再發見』, (大阪:リトル·ガリヴァー社, 1997)에서 재인용했다.

물론 '동시'개념이 당장 일반화된 것은 아니다. 하쿠슈 자신도 1927 (쇼와 2)년이 되어도 위의 '동시'에 해당되는 개념을 아직 '동요'라는 호칭으로 부르고 있다.

> 동요는, 이 「근대풍경」에는 시의 향기 높은 고급 예술작품을 투고해 주시기 바란다. 유아를 위한 것은 그림잡지가 따로 있으니 本誌에서는 '시'로서의 동요를 확립하고 최고표준을 세상에 보이는 것이 제일이라 생각한다.
>
> (『근대풍경』 제2권 제4호, 1927.4)

이와 같이 하쿠슈가 생각하는 '동시'는 어른이 어린아이의 마음과 언어로 쓰는 예술작품이다. 그리고 정지용이 최초기에 발표한 작품 중에는 이 '동시' 개념에 잘 맞는 게 많다. 『학조』에 '동요'로서 발표한 일련의 작품12) 등은 그 예인데 그 외에도 동시라고 불러도 될 작품이 많이 있다. 그것은 동요의 가사로서가 아니라 눈으로 감상하기 위한 예술작품으로 씌어진 것들이다.

이제 정지용의 동시 또는 동시에 유사한 작품을 하쿠슈의 그것과 비교해 보는 차례다. 하쿠슈가 스즈키 미에키치(鈴木三重吉)와 함께 주도한 『빨간 새』의 아동예술운동에는 당대 일류의 예술가들이 대거 참가해서 문학청년들의 관심을 끌었다. 거기에 발표된 예술적 동요(동시)는 文部 省이 선정한 唱歌와는 달리 애수를 띤 것이 적지 않았으며 어린아이가 느끼는 슬픔, 공포, 어린아이가 의식하지 못하면서 지니고 있는 잔혹성 등을 테마로 한 것이 적지 않았다. 정지용의 동시도 그 시대의 그런 분위기를 반영한 것으로 보인다.

하쿠슈와 정지용의 동시 중에서 유사한 이미지를 사용한 것을 비교해 보겠다. 정지용의 작품 「굴뚝새」(1926)13)의 전문은 다음과 같다.

---

12) 「서쪽한울」, 「띄」, 「감나무」, 「하눌 혼자 보고」, 「딸레(人形)와 아주머니」(이상, 『학조』지 게재시의 제목)가 그것이다.

13) 初出『新少年』1926년 12월호. 류희정 편찬, 김창현 편집『현대조선문학선집 18』(평양:문학예술종합출판사, 1993)에서 인용.

굴뚝새 굴뚝새//어머니—/문 열어놓아주오, 들어오게/이불안에/식전내—
재워주지//어머니—/산에 가 얼어죽으면 어쩌우/박쪽에다/숯불 피워다주지

추운 겨울에 밖에서 우는 작은 새에 대해 동정을 보인다는 내용이 하
쿠슈가 『빨간 새』에 발표한 「칭칭 치도리」14)(1921)를 연상케 한다.

칭칭 치도리가 우는 밤은,/우는 밤은,/유리문 닫아도 계속 춥네,/계속 춥
네.//칭칭 치도리의 울음소리,/울음소리,/불 꺼도 아직 안 사라지네,/아직
안 사라지네.//칭칭 치도리는 부모 없나?/부모 없나?/밤바람 쐬면서 강 위
에,/강 위에.//칭칭 치도리야 너 잠 안 자?/잠 안 자?/샛별이 벌써 희어지
네,/벌써 희어지네.

(하쿠슈 「칭칭 치도리」 전문)

하쿠슈 초기시에서는 빨간 색이 죽음이나 공포의 이미지로 나타나는
경우가 많다.

바다 저쪽에 뜬 달이/오늘밤은 주홍색,/꼭두서니 빛.//혹시 아버님인가
해서 나와 보지만,/배의 연기도/아직 안 보이네.//전쟁이 끝났나, 돌아가셨
나,/비둘기 편지도/아직 안 오네.//오늘밤 달님 왜 빨개,/피로 물든 색으로/
왜 밝은 거야.

(하쿠슈, 「오늘밤의 달님」, 1921)

정지용의 「지는 해(서쪽 한울)」에서도 서해 건너 멀리 간 오빠를 생각
하는 여동생이 빨개진 하늘을 보고 무서워하고 있다. '난리'가 나고 '불'이
난다는 것은 전쟁 같은 동란을 연상케 한다.

우리 옵바 가신 곳은/해님 지는 西海 건너/멀리 멀리 가섰다네./웬일인가
저 하늘이/피ㅅ빛 보담 무섭구나!/날리 났나. 불이 났나.

혼자 집에 남겨진 어린 아이도 하쿠슈 동시에 자주 등장한다.

---

14) 치도리(千鳥)는 물떼새이며 '칭칭'은 의미 없는 말.

(…)나는 보고 있어요. 기다리고 있어요./왠지 싱숭생숭 기다려져요./집 안에서는 시계도 울고 있어요./방울이에요. 울어요. 들려요./어머나, 썰매예요. 이제 와요./아니, 아니, 바람이에요. 눈보라예요. (…)

(하쿠슈, 「눈보라의 밤」, 1921)

이것은 정지용의 「무서운 시계」의 화자가 "산모루 돌아가는 차"의 소리에 신경이 쓰이고 혼자 있는 방안에서 시계소리를 무서워하는 장면과 통하는 점이 있다.

또 "파랑병을 깨치면/금시 파랑바다.//빨강병을 깨치면/금시 빨강 바다"(정지용, 「병(하늘 혼자 보고)」, 1926)라는 구절을 보면 "빨간 새, 작은 새,/왜 왜 빨개?/빨간 열매 먹었으니까.//하얀 새, 작은 새,/왜 왜 하얘?/하얀 열매 먹었으니까./파란 새, 작은 새,/왜 왜 파래?/파란 열매 먹었으니까."(하쿠슈, 「빨간 새 작은 새」, 1918) 가 상기된다.

지금은 상상하기 어려운 것이지만 일본의 거물 시인, 소설가, 화가, 음악가가 참가한 『빨간 새』는 아동을 위한 잡지인 동시에 고급한 예술운동의 잡지였으며 청년들에게 상당히 큰 영향을 주었다. 하쿠슈의 제자들은 모더니즘시의 요소를 수용한 동시를 시도하기도 했었고 한국에서도 『어린이』지의 멤버만이 아니고 『金星』지 동인들도 동시를 활발하게 창작했다. 요컨대 당시 시인지망생에게는 동시의 하나 둘쯤 써 보는 것은 자연스러운 일이었다. 어린아이의 마음과 언어로 쓴, 눈으로 보기 위한 예술작품으로서의 시라는 것 자체가 잡지 『빨간 새』의 아동예술운동 이전에는 존재하지 않았던 것이며 『어린이』지의 아동문학운동에 직접적으로는 참가한 적이 없는 정지용의 동시는 그가 '사숙'했던 하쿠슈의 영향 아래 씌어졌다고 봐야 한다.

하쿠슈 시와 지용 시의 작품전체가 유사한 예로서는 하쿠슈의 「初秋의 朝飯」과 지용의 「朝餐」을 들 수 있다.

눈앞에 보는
흰 芙蓉.

희미하게 들리는 것은
潮水 소리.

가을에는 시원한 山水에
어쩌다 잠기는 내 마음.

흰 朝飯,
흰 芙蓉.

오늘 아침에도 몸에 스며드는
물보라.
       (기타하라 하쿠슈, 「初秋의 朝飯」, 『水墨集』, 1923)

햇살 피여
이윽한 후,

머흘 머흘
골을 옮기는 구름.

桔梗 꽃봉오리
혼들려 씻기우고.
차들부디
촉 촉 竹筍 돋듯.
물 소리에
이가 시리다.

앉음새 갈히여
양지 쪽에 쪼그리고,

서러운 새 되어

흰 밥알을 쫏다.
　　　(정지용, 「朝餐」, 1941)

　하쿠슈의 「초추의 조반」은 『사종문』 시절의 작품과 정반대로 모든 장식을 베어낸 듯한, 즉물적 이미지로 점철된 작품이다. 이것은 이마지즘이나 독일의 신즉물주의와 연관짓고 생각하기 전에 먼저 그가 젊을 때부터 단카에서 닦아 온 이미지 파악법의 발로라 봐야 한다. 이 시에서는 감정이 억제되고 자연의 풍경이 간결하게 묘사되어 있는데, 「조찬」은 각 연이 두 줄씩으로 구성되어 있고 각 행이 아주 짧고 각 연의 마지막에 구두점이 있는 등 형식면에서도, 산 속에서 화자가 꽃을 보고 물소리를 들면서 '흰밥'으로 아침식사를 한다는 내용면에서도 비슷하다. 다만 두 작품의 톤은 다르다. 「초추의 조반」은 상쾌한 기분을 감각적으로 표현한 것처럼 보이는 데에 비해 탄압이 가장 혹독했던 시기에 씌어진 「조찬」은 인내하는 사람의 무거운 마음을 직접적으로 표현할 수가 없기 때문에 자연풍경에 가탁해서 표현하고 있는 것 같은 느낌을 준다.

　하지만 이렇게 작품 전체가 닮은 예는 사실은 별로 많지 않다. 그런데도 지용 시 어디선가 하쿠슈 냄새가 풍기는 것처럼 느끼는 것은 하쿠슈가 애용했던 시어나 이미지가 지용 작품에 散見되기 때문이다. '남만문학(南蠻文學)'의 어휘에 대해서는 「카페·프란스」의 작품분석 속에서도 자세히 설명하기로 하고 여기서는 하쿠슈 시의 키워드의 하나인 '白金'에 대해서 논하겠다.

　　感淚 흐르고, 몸은 부처님,
　　팽이가 돈다, 손끝에.

　　반짝이는 손가락 하늘을 가리키고,
　　至極한 팽이는 눈에 안 보이고.

　　圓轉, 無念無想界,

白金팽이 소리까지 맑아진다.
(하쿠슈, 「白金팽이」, 『白金팽이』, 1914)

朱紅이 빛나면, 金이 되고,
검정이 至極해지면, 銀이 된다.

內心의 라듐15) 팽이
빛이 쌓이면 白金昇天.
(하쿠슈, 「究竟」, 같은 시집)

이와 같이 짧지만 단카나 하이쿠 같은 정형이 아니고 자유로운 리듬으로 마음의 외침을 노래하는 형식의 시를 하쿠슈는 '短唱'이라 명명했다. 초기의 향락적 데카당 취미에서부터 일변해서 내면으로 沈潛하게 된 데에는 시단의 총아였던 그가 간통죄로 고소당하고 감옥에 수용되어 세상의 비난공격을 일신에 떠맡게 되었다는 사정이 있었다. 그는 어촌에 거처를 옮기고 깊은 늪에서 빠져나가기 위한 빛을 찾아 정신적 방황을 거듭한 끝에 종교적 법열의 경지에 달한 것이다. 하지만 그에게 특별한 신앙이 있었던 것이 아니고 그것은 말하자면 '의사 종교'라고 할 만한 것이다. 여러 색깔로 나눠 칠한 팽이를 고속도로 회전시키면 흰색이 되는 것처럼 하쿠슈의 '백금'이나 팽이는 인간사의 모든 것을 삼킨 궁극의 상태를 상징하는 것이다.

'백금'이라는 시어는 지용 시 초기부터 『가톨닉 청년』 시절을 거쳐 1938년의 「슬픈 우상」에까지 발견되는데 팽이가 아니면 태양, 빛, 하늘, 노가니 등과 연결되어 사용되어 있는 것도 위와 같은 뜻을 나타내기 위해서다. "바다는/푸르오,/모래는/희오, 희오,/水平線우에/살포ー시 나려안는/正午 한울,/한 한가온대 도라가는 太陽,/내 靈魂도/이제/고요히 고요히 눈물겨운 白金팽이를 돌니오."(「바다 7」 전문, 1930), "나지익 한 하늘

---

15) radium. 알칼리 토류 금속 원소의 하나이며, 알파선·베타선·감마선의 세 가지 방사선을 낸다. 원래는 은백색이지만 공기 중에 산화해서 검은 색으로 변한다고 한다.

은 白金빛으로 빛나고"(「甲板우」, 1927), "해는 하늘 한 복판에 白金도 가니처럼 끓고, 뚱그란 바다는 이제 팽이처럼 돌아간다."(「갈메기」, 1927 제작), "白金도가니 같은,/6월의 태양 밑./반짝 반짝 빛나는,/먼 레일을 본다."(「먼 레일」, 1927, 원문 일본어), "나의 평생이오 나종인 괴롬!/ 사랑의 白金도가니에 불이 되라."(「임종」, 1933). 그런데 「시계를 죽임」(1933)의 "소리없이 옴겨가는 나의 白金체펠린의 悠悠한 夜間航路여!"는 약간 경우가 달라 설명을 요한다. 체펠린(Zeppelin)호는 1900년 독일의 체펠린이라는 사람이 발명한 비행선으로 제1차 대전 때 폭격용으로 사용되었는데 그 후 세계각국을 巡航하는 도중 일본에도 들려서 사람들의 흥미를 끌었다. 전쟁 때는 무서운 兵器였겠지만 訪日(1928) 당시에는 두둥실 하늘에 뜬 백금색의 동그란 선체는 한가롭고도 무척 근대적이고 신선한 인상을 남겼기 때문에 일본문학이나 회화의 소재로 체펠린호 또는 약칭 Z호가 자주 등장한다.16) 「시계를 죽임」에서는 시간에 쫓기면서 고달픈 삶을 사는 화자가, 목적 없이 하늘에 유유히 떠 있는 것처럼 보이는 체펠린호를 동경의 대상으로 보고 있는 것이다.

하쿠슈의 마지막 시집 『해표와 구름』(1929)에 수록된 작품은 하쿠슈가 『근대풍경』 시절에 쓴 것으로 많은 부분은 『근대풍경』에 발표되었으니 정지용도 읽었을 것이다. 이 시집에 「흰 花鳥圖」라는 이름 아래 모아진 열 여덟 편의 시에는 여러 가지 물새가 등장하는데 그 이미지는 정지용 작품에 나오는 물새의 그것과 연결되는 것이다.

　無爲여, 아아,
　흰 물새.

---

16) 체페린호가 시에 등장한 예를 들어본다. "페인트칠이 벗겨진 발코니 끝까지/당신의 그네는 다가온다/그때마다 당신은/그 한계에서 비약하지 못한다/당신은 새된 목소리를 타고/Z호 같이/단단한 배를 보이면서/내 위를 날아갔다/(…)"(무라노 시로, 「그네」, 『體操詩集』, 1939). 고가 하루에(古賀春江)의 그림에 나오는 체페린호는 너무나 유명하다. 또 고바야시 히데오(小林秀雄)의 글(「からくリ」)에는 「체페린伯號 세계일주」라는 영화를 보는 장면이 나온다.

놀 뿐,
오로지, 자맥질할 뿐.
                (하쿠슈, 「和睦」의 마지막 두 연, 『海豹와 구름』)

오리 모가지는
湖水를 감는다.

오리 모가지는
자꼬 간지러워.
                (정지용, 「湖水 2」 전문, 1930)

　조용하게 노는 물새의 이미지만이 아니라 한 줄이 아주 짧고 한 연이
두 줄로 이루어져 있다는 형식면이 비슷한데 이 시형은 『해표와 구름』에
많이 보인다. 다음 시를 살펴보자.

蘭草닢은
차라리 水墨色.

蘭草닢에
엷은 안개와 꿈이 오다.

蘭草닢은
한밤에 여는 담은 입술이 있다.

蘭草닢은
별빛에 눈떴다 돌아 눕다.
蘭草닢은
드러난 팔구비를 어짜지 못한다.

蘭草닢에
적은 바람이 오다.

蘭草닢은

칩다.
(정지용, 「蘭草」 全文, 1932)

이 시에서는 각 연이 "蘭草닢은…"으로 시작되고 어느 연도 아주 짧다. 또 연과 연 사이에 연속적인 요소가 별로 없고 마지막의 두 연 이외에는 순서를 바꿔도 또는 연을 몇 개 줄여도 추가해도 별로 상관없이 보인다. 기노시타 모쿠타로(木下杢太郎)가 하쿠슈의 제1시집 『사종문』의 시를 평해서 "『사종문』의 시는 아름다운 여러 가지 동사로 綴된 아름다운 여러 가지 名詞의 행렬이다. 그 詩章의 제1연과 다음의 제2연과의 사이에 Intellectual consequence(智的合理)는 거의 발견되지 않는다"[17]고 말한 것처럼 연과 연 사이에 합리적 연결이 없는 작품은 하쿠슈가 초기부터 많이 지어온 것이다. "즉 그는 하나의 情調를 암시하기 위해 어떤 物象을 제시한다. 그러면 그는 거꾸로 그 물상이 환기하는 상상에 이끌려서 최초의 動機와는 동떨어진 새로운 물상을 잇따라 추구하고 상당한 시간이 경과한 후 비로소 출발점으로 돌아온다는 식이다"(야노 호진 矢野峰人).[18] 하쿠슈의 『해표와 구름』에는 두 줄씩의 연이 계기적 요소 없이 연속되는 형식의 작품이 많이 보인다.

墓地는 嗟歎의, 사랑의 동산,
혹은, 추억의 떡갈나무의 숲.

墓地는 現世의 이슬의 벌판,
혹은 幽世의 이끼 낀 흙.

墓地는 童子의 풀 마당,
혹은 密會의 나뭇잎 울타리.
(후략, 연은 전부 스무 개나 된다. 하쿠슈, 「墓地」, 『海豹와 구름』, 1929)

---

17) 「詩集 『邪宗門』 を評す」(1909.5), 『文藝讀本 北原白秋』, 東京: 河出書房新社, 1978, pp.138~141.
18) 「北原白秋」(1952), 『文藝讀本 北原白秋』, p.33.

이런 식으로 비슷한 연의 바리에이션이 열거되는 형식은 하쿠슈의 독창이 아니라 일찍이 구르몽(Rémy de Gourmont)의 「薔薇의 連禱」19) 등에서도 볼 수 있었던 것이기도 하지만 앞의 모쿠타로의 말에 있듯이 하쿠슈 시의 특징의 하나임은 틀림없다.

위에서 인용된 하쿠슈와 정지용 작품에 공통되는 또 하나의 특징은 화자의 존재가 시 뒤에 숨어 있어 前景에 나타나지 않는다는 점이다. 정지용의 「향수」나 「슬픈 인상화」를 봐도 거기서 묘사되는 풍경과 화자와의 사이에는 어쩔 수 없는 거리가 있어 마치 화자가 풍경 속으로 들어가지 못해 슬픈 눈으로 멀리에서 바라보기만 하고 있는 것처럼 느껴진다. 「슬픈 인상화」라는 제목이 단적으로 말해주듯이 이 기법은 인상주의 회화에 비길 수가 있다. 인상주의 회화의 가장 큰 특징이 "어떤 일정한 거리에서 감상해야 하고 사물을 얼마간의 생략이 불가피한 遠景에서" 그리는 것이다.20) 하쿠슈는 메이지 말부터 프랑스 유학에서 돌아온 화가들과 친하게 지냈으며 인상주의 회화 기법에서 많은 영향을 받았다. 제1시집 『사종문』에서는 「시원해질 무렵의 인상」, 「분수의 인상」, 「얼굴의 인상」 등의 시를 모아서 「外光과 印象」이라는 소제목을 붙였고 제2시집 『추억』의 수록된 시편도 "그 印象派風의 감각표현이 시단에서 획기적 작품으로 인정되었다".21)

나카 다로(那河太郞)는 하쿠슈에 관한 좌담회에서 "일반적으로 근대시인은 자아의 표출에 시적 주제를 두고 있지만 하쿠슈 경우에는 그게 아니고 일종의 無私의 존재로서 시를 쓰고 있는 것처럼 느껴지거두요"라는 발언을 한 적이 있다.22) 초기의 일부 시편을 제외하면 하쿠슈 작품은 대부

---

19) "赤銅色의 薔薇꽃, 人間의 기쁨보다 더 의지하기 어려운 赤銅色의 薔薇꽃, 너의 거짓 많은 香氣를 옮겨 다오, 僞善의 꽃, 無言의 꽃.//娼女처럼 化粧한 薔薇꽃, 遊女의 마음을 가진 薔薇꽃, 얼굴을 예쁘게 바른 薔薇꽃, 情다운 氣色을 보여 다오, 僞善의 꽃, 無言의 꽃."(구르몽, 「薔薇의 連禱」의 일부분. 전체는 육십 여 연 있다. 우에다 빈의 일본어역에서 重譯.)

20) 백낙청·염무웅 역, 아르놀트 하우저, 개정판 『문학과 예술의 사회사 4』, 창작과비평사, 1999, p.204.

21) 『추억』增訂新版의 후기.

분 시인개인의 자기표현이라기 보다는 시인이 투명한 존재로서 작품 뒤에 숨어 있는 것처럼 보인다. 자아가 철저히 억제되어 있다는 점에서 정지용의 많은 작품도 하쿠슈 작품과의 공통점을 가지고 있다.

하쿠슈에게는 많은 숭배자가 있었지만 한편으로 그의 시가 사상성을 결여하고 있다는 비판도 일찍부터 나왔었다. 1915년 야나기사와 겐(柳澤健)은 하쿠슈 작품을 "암시성이 결여되고 표면적인 光輝로만 사는, 陰影이 없고 함축성이 없는 작품"이라면서 "요컨대 그것뿐이다. 그 이상 아무 것도 없다"고 매도했다. 1960년대 후반 무라노 시로는 하쿠슈에 대해서 다음과 같은 평가를 내렸다. "하지만 그의 그 眩暈的 작품을 지금 冷靜하게 볼 때 그가 금일의 현대시에 남긴 유산이, 그 명성에 비해서 의외로 적다는 사실을 느끼지 않을 수가 없다. 그 최대의 원인은 그가 너무나 '하쿠슈的'이었다는 점에 있을 것이다. 즉 그가 문명의 근대성을 감각적으로만 받아들이려고 하고 그가 사는 시대의 밑바닥에 널리 깔려 있는 역사성의 근원에 접촉하려고 하지 않았다는 것, 말하자면 너무나 개인주의적인 예술관에 사로잡혀 현대라는 시대를 배경으로 한 사회적 인간으로서의 고뇌의 체험을 작품 속에서 보이려고 하지 않았다는 점에 있다고 생각된다. 현실을 시인의 특수한 눈으로 보고 인간의 눈으로 보지는 않았다는 점에 이 천재의 한계가 있었다".23) 하쿠슈의 놀라운 재능과 여러 방면에 미친 그의 영향력은 누구나 인정하면서도 그의 작품이 별로 높은 평가를 받지 못하는 경우가 있는 것은 그것이 사회비판성, 사상성을 결여한 감각만의 시처럼 보이기 때문이다. 그리고 한국문학사에서 내려진 정지용에 대한 부정적인 평가도 대체로 이와 비슷한 문제에 집중되어 왔다. 그러므로 하쿠슈의 그런 특성을 어떻게 평가하느냐는 문제는 정지용의 재평가에도 통한다. 이것에 관해서는 결론에서 검토하겠다. 또 「향수」와 하쿠슈의 「서시」의 비교고찰은 제Ⅱ부 제3장 제3절에 넘긴다.

---

22) 座談會 「北原白秋の再評價」, 『文藝讀本 北原白秋』, p.108.
23) 「解說」, 『現代日本文學全集89』, 東京:筑摩書房, 1957.

『문장』 시절의 정지용이 한국문단에서 차지했던 위치를 『근대풍경』시절의 하쿠슈가 일본시단에서 차지했던 위치와 비교해 보는 것은 흥미로운 일이다. 그는 하쿠슈가 받아온 것 같은 賞讚과 비난을 그대로 듣게 되기 때문이다. 『근대풍경』 2권 1호의 「편집후기」에 하쿠슈는 다음과 같이 적고 있다. "詩欄은 더욱 많은 신진을 뽑았다. 동요·민요란도 신설했다. 특히 투고를 투고로 다루지 않고 수준 이상의 사람은 一家로서 우대할 방침을 이 『근대풍경』이 세웠다는 것을 알아주었으면 한다. (…) 본지의 사명은 시의 眞價를 普薰하는 한편 문예의 각 방면에 걸쳐서 未出世의 무명작가를 연달아 발견하고 추천하는 일에 있다. 그러는 동안은 어떤 당파심도 없이 할 것이다. 우수한 인물과 작품을 존중할 뿐이다." 세 번 추천 받으면 기성시인으로 인정한다는 『문장』의 추천제는 이태준이 만든 것이겠지만, 시 부문의 전형을 담당한 정지용은 투고작을 보면서 자신이 『근대풍경』에 등장했을 때의 감격을 상기하지 않을 수가 없었을 것이다. 그리고 하쿠슈가 그 형안으로 정지용을 뽑아서 추천했듯이 정지용도 공평하고 엄격한 전형으로 숨어 있는 신선한 재능을 발굴하려고 했다. 이와 같은 추천제는 빛나는 재능을 발견해서 세상에 소개하기도 했으나 선자의 시풍을 모방하는 많은·아류를 낳고 마치 선자가 숭배자들 위에 군림하는 두목처럼 되어 버리는 문단적 악폐도 『문장』의 추천제와 함께 시작한 것이다.

하쿠슈는 『근대풍경』의 투고작품에 하쿠슈 냄새가 너무 강하게 풍긴다는 비난에 대해서 "하쿠슈가 상당한 見識을 가지고 편집하는 잡지에 하쿠슈 향기가 강하게 풍기는 것은 당연한 일이 아니겠는가"라고 반론하면서, 하쿠슈와 가까운 시인들이 『근대풍경』이 발간되기 전에는 적당한 발표기관을 얻지 못하고 있었으니 새로 창간된 이 잡지에 그들의 작품이 모여드는 것은 당연하며 차차 새로운 시풍의 신인도 나올 것이라고 말하고 있다.24) 그의 말대로 그는 후에 『시와 시론』의 중심이 될 모더니스트들의 작품을 포함한 개성적인 신인의 작품을 다수 등장시켰다. 하지만 전체적

---

24) 「朝は呼ぶ」, 『근대풍경』 2권 1호, 1927.1.

으로 봐서 이 잡지에 하쿠슈 냄새가 강하게 풍기는 것도 사실이다.

　그로부터 십여 년 후 지용은 비슷한 문제에 부딪치게 된다.『문장』12호(1940.1)의 좌담회「문학의 諸問題」에서 梁柱東이 지용의 시풍이 시단을 풍미하는 나머지 많은 신인시인이 지용의 모방이 되고 말았다고 지적하고 있다.『문장』지의 추천제에 관해서 지용이 “가장 공평하지 뭐” 하고 말하는 데 대해 “그만두는 게 좋아요. 선자를 바꾸든지”(毛允淑), “선자를 바꾸는 게 좋지요. 경향이 다른 사람이 選해야지 그렇지 않으면 ‘에피고넨’만 만들어 내게 되지요”(李源朝)라는 의견이 잇따라 지용은 “나한테 가까운 놈한텐 가장 엄하게 했는데 모두들 저렇게 ‘에피고넨’이란단 말이야”하고 비명을 지르고 있다.『문장』지가 에피고넨을 낳으려고 추천제를 시작한 것은 아니었다 하더라도 그 시스템은 그것 자체가 필연적으로 선자의 에피고넨을 낳고 선자에게 문단적 권력을 부여하는 결과를 낳았다. 그리고 그 문단적 병폐는 해방 후에도『현대문학』지 등으로 인해 계승되어 간다.

2. 일본어시가 의미하는 것

1) 일본어 창작의 필연성

　1988년의 해금·전집발간 이래 정지용에 관한 연구논문이 다수 나왔지만 그의 작품 중에 대부분의 논자가 검토를 안 하고 지나가 버리는 것이 있다. 지용이 교토 유학시절에 일본어로 발표한 시들이 그것이다. 1920년대에 발표된 이들 일본어작품은 친일행위를 강요당해서 쓴 게 아니라 그가 써 보고 싶어서 스스로 쓴 것이었으며 내용도 ‘국책’과는 거리가 먼 것들이다.

　정지용의 일본어시는 민음사에서 간행된『정지용 전집1 시』2판 1쇄(1988년 7월 30일)부터 수록되었다(초판 간행은 1988년 1월 30일). 그 후 발굴된 작품(도시샤대학 학생들이 발간한 동인지『街』에 게재된 작품)도 포함해서 지금까지 스물 일곱 편의 일본어시1)가 알려져 있으며 그중 열 편은 그것에 대응하는 한국어시가 없다. 현재까지 정지용의 일본어시는 거의 연구대상이 되지 않은 채 묵살되어 왔다고 해도 과언이 아니다. 하지만 그의 일본어작품이 같은 시기의 한국어작품에 비해서—문법이나 단어를 잘못 쓴 부분은 있어도— 질이 떨어지는 것은 아니다. 또 대응하는 한국어시가 있는 경우에도 한국어시와는 내용을 약간씩 달리 하고 있는 경우가 많다는 사실을 생각하면 이들 일본어 작품도 중요한 연구대상이 되지 않을 수 없다. 정지용의 작품 수는 시인으로서의 활동기간에 비하면 그리 많지 않은 편이다. 그런 속에서 스물 일곱 편이나 되는 일본어작품에 눈을 감은 체 초기 정지용에 대해서 제대로 논할 수가 있겠는가. 앞으로 이 방면에서의 연구도 많이 나와야 할 것이다. 아울러 그가 왜 일본어로 시를 썼을까 하는 문제도 냉정하게 생각할 필요가 있다.

그는 왜 일본어로 시를 지었을까. 당시 그가 구어 자유시의 본보기로 삼을 만한 시로서는 일본어와 영어 또는 일본어나 영어로 번역된 프랑스 등 서양시인의 작품이 대부분이었기 때문에 문학수행을 하는 과정에서 일본어로 시를 써 보는 것은 어쩌면 자연스러운 일이다.2) 그는 동인지

---

1) 『전집』(2판)에 수록된 일본어시는 스물 여섯 편이지만 그중 「ふるさと」는 정지용의 시 「고향」을 金素雲이 일본어로 번역한 것이 잘못 수록된 것으로 정지용이 일본어로 쓴 작품은 아니다. 동인지 『街』에는 「新羅の柘榴」, 「草の上」, 「まひる」가 있고 그중 「まひる」는 『근대풍경』에도 실렸기 때문에 『전집』에 수록되어 있다.

2) 朱耀翰은 토쿄 유학시절 일어로 번역된 프랑스 시인들의 작품을 흉내내서 일본어시를 지어 보았다고 쓰고 있다(「『創造』時代의 文壇」, 『自由文學』창간호, 1956.6). 또 『創造』, 『學友』 등에 발표한 초기시에 관해서 "그 작품들의 내용은 전혀 불란서 및 일본 현대작가의 영향을 받아 외래적 句文이 많았고(그렇기 때문에 조선문학상으로는 독창력이 아니라고 할 수 있으나 아무 본뜰 데도 없는 당시에 어린 필자의 경우로는 그 이상을 요구할 수 없었습니다)" (「노래를 지으려는 이에게」, 『朝鮮文壇』창간호, 1924. 10, p.63)라는 말로 외국문학의 영향의 필연성을 강조하고 있다.
그만이 아니라 당시의 문학청년 유학생들은 일본어로 습작을 해보는 경우가 의외로 많았던 게 아닐까 싶다. 예를 들어 생전에는 발표 못했지만 金素月도 영어시와 일본어 시가 발견된 바 있고, 南宮璧의 유고시 「말(馬)」 등도 원래 일본어로 씌어진 것이었다. 또 일본시인 미키 로후(三木露風)과 교류가 있었던 黃錫禹도 1918년 로후의 추천을

활동도 했었지만, 역시 일본 시인들이 참가하는 잡지는 독자 수가 비교가 안될 만큼 많은 화려한 발표무대였기 때문에 그런 잡지에 투고해 보고 싶은 심정을 이해하는 것도 어렵지 않다. 다만 그가 일본시단에서의 활약을 최종적인 목표로 삼고 있지 않았다는 것은 이미 앞에서 말한 바와 같다.

그러나 더 근본적인 이유로서 1920년대에는 한국어 구어체가 지금보다 미성숙한 상태에 있었다는 문제를 상기해야 한다. 정지용과 비슷한 시기에 창작활동을 시작한 八峰 金基鎭의 회고에 따르면 "우리나라에서 1923년 이전의 문단이라면 최남선·이광수·김동인·염상섭·전영택·주요한·오상순·남궁벽·한용운·황석우·변영로·김안서·나도향·현진건·박종화·홍노작·이상화·박영희·김운정·노춘성·김동명 등 20명 남짓한 시인·소설가들을 가리킨 말이 된다. 이은상·방정환·김소월 등은 나나 마찬가지로 1923년 후반기부터 작품 활동을 했었다고 기억하는데, 그때까지의 전기 여러 사람의 시와 소설은 간단히 말해서 감상적 인도주의와 퇴폐적 낭만주의로 물들어 있었다."3) 여기서 김기진이 자신보다 앞선 사람으로 이름을 든 20명 남짓한 문학자들 중에 시를 쓴 사람이 몇 명쯤이 되는가, 그들이 정지용이 시 창작을 시작하기 전에 쓴 시 가운데 배울 만한 작품이 몇 편 있었는가. 정지용이 자신 보다 앞선 한국 근대시인의 작품에 대해서 언급한 글은 거의 발견되지 않는다.

정지용 이전에도 미끄러운 구어체의 한국어로 자유시를 쓴 예는 있었지만 그것들의 어떤 것은 관념적이거나 감상적이었고 어떤 것은 전근대적인 사회에서 억압받는 여성의 슬픔이나 농경사회의 정서를 노래한 것이었다. 지용이 그들의 작품에서 배운 점도 있었겠지만 유학 가서 근대적

받고 일본어시를 잡지에 발표한 바 있다. 정지용과 동갑인 작가 蔡萬植이 쓴 소설 「過渡期」에서는 작가 자신을 모델로 한 것처럼 보이는 '정수'라는 유학생(와세다 대학 문과)이 일본어로 시나 동화의 습작을 하고 있다. 廉想涉도 문학소년시절, 시조는 지은 적이 없었는데 일본 단카는 지어 봤다고 회상하고 있다.

주요한, 황석우에 관해서는 나기, 「잊혀진 선구자—황석우 연구 1」,계간문예『다층』 2001년 12월호 참조.

3) 「20년대의 문인들—측면으로 본 신문학 60년·2」, 洪廷善 편, 『金八峰文學全集 Ⅱ』, 文學과知性社, 1988.

도시의 기제 속에서 살게 된 젊은 시인으로서는 선배들의 그런 작품과는 다른 정서를 담을 만한 문체나 어휘를 개척할 필요가 있었다.

또 지용이 시 창작을 시작한 게 1921,2년경이며 1922년에는 「풍랑몽 1」, 1923년에는 「향수」를 썼다는 사실을 생각하면 朱耀翰의 「불노리」(19 19)는 명확히 지용 초기작보다 앞선 작품이지만 지용이 金素月이나 『백조』의 영향하에 출발했다고 말하기는 어려울 것이다. 휘문고보 선배인 露雀 洪思容은 지용 등 후배들에게 여러 가지 가르쳐 주고 시집을 사 주기도 했지만, 『백조』 동인들과 지용을 비교해 보면 실제 나이 차이는 한 두 살 밖에 안되고 자유시 창작을 시작한 시기도 거의 비슷했다. 다만 『백조』파가 화려한 활동을 했던 것에 비해 지용의 활동무대는 『요람』이라는 등사판 잡지에 불과했기 때문에 『백조』파가 지용보다 훨씬 앞에 있는 것 같은 착각을 주는 것이다. 기실 그들은 비슷한 시기에 새로운 언어를 창조하려고 각기 분투했었다고 보는 게 타당하겠다.

새로운 개념, 사상, 정서 같은 것을 표현하려고 하는데 자기 나라말이 그것을 충분히 표현하지 못한다고 느껴지면 외국어의 표현을 빌려 보는 것은 선택의 문제가 아니라 불가피한 營爲이다. 메이지시대의 일본 소설가 후타바테이 시메이(二葉亭四迷)는 처음에는 일본어로 글 쓰는 것이 어려워 러시아어로 글을 써 본 다음에 그것을 일본어로 옮김으로써 일본어 구어체를 완성했다고 한다. 또 모더니스트 시인 니시와키 준자부로(西脇順三郎)가 젊었을 때 일본에는 벌써 신체시나 화려한 문어체 상징시의 업적이 있었지만 그는 그런 것에는 전혀 관심을 가지지 못하고 옛날의 일본문인들이 한시를 지어본 것처럼 영어나 불어로 시를 습작했다고 한다. 그가 일본어로도 시를 쓸 수 있구나 하고 처음 느낀 것은 하기와라 사쿠타로의 시집 『달에 짖는다(月に吠える)』(1917)에 접했을 때였다. 오오카 마코토는 그것에 대해서 다음과 같이 설명하고 있다. "니시와키 씨가 여기서 강조하는 것은 사쿠타로 시에 접함으로써 비로소 '文學語'가 아닌 말로 시를 쓸 수 있음을 알게 되었다는 것인데 그것과 동시에 『달에 짖는다』를 런던에서 읽을 때까지는 '무척 좋아하는' 시도 영어나 불어로밖에

쓸 줄을 몰랐다는 술회도 간과할 수 없다. 그것은 일본어의 '문학어'로는 표현하지 못했던 그의 '시'가, 외국어라면 그럭저럭 표현할 수 있었다는 것을 뜻한다. 그가 생각하는 '시'와, 세련된 일본의 '문학어'의 전통은, 그에게 있어 이미 뚜렷이 대립하고 있었던 것이다."4)

주요한이나 정지용, 김소월 등의 일본어시 창작도 그런 의미로 불가피하게 거쳐야 할 과정이었을 것이다. 새로운 어휘나 문체를 만든다는 것은 전인미답의 황무지를 개척하는 험하고 고독한 작업이다. 혹 父祖의 고생을 모르는 후대의 사람들이, 한국어로 쓸 수 있었는데 왜 외국어로 시를 썼느냐고 비난한다면 그것은 우스운 일이다. 지금 그들이 당연한 것처럼 자유자재로 사용하고 있는 한국어 구어문체는 개척자들의 그런 외로운 분투 끝에 얻어진 것이기 때문이다.

정지용의 '일본어시'가 먼저 일본어로 씌어졌는지 한국어로 쓴 것을 일본어로 번역한 것이었는지에 대해서는 알 길이 없다. 먼저 한국어로 쓴 다음에 일본어로 고쳤을 거라고 생각하기 쉽지만 꼭 그런 것도 아닐 것이다. 일본어를 먼저 생각해서 한국어로 고친 것처럼 보이는 부분도 약간씩은 발견되기 때문이다. 하나의 예가 「술집의 석양(酒場の夕日)」이다. 이것에 해당하는 한국어시로 「저녁해살」이 있지만 여기서는 일본어시에 필자의 축어적 한국어역을 붙인다.

火のような酒を ぐうっと、/飲みほしても ひもじいぞ。/おとなしいグラスを/めぢやめぢや5) 食べても ひもじかろ。//おまへの眼は 高慢な 黒ぼたん。/おまへの唇に 寒しい6)　秋西瓜の一切れ。//なめてなめて ひもじかろ。//バー(酒場)の窓が、/あかあかと燃えて ひもじいぞ。(불같은 술을 주욱,/들이켜도 배고파.//점잖은 글라스를/마구 먹어도 배는 고프겠지.//네 눈은 高慢한 黑단추./네 입술에 추워 보이는 가을 수박 한 조각.//핥아도 핥아도 배고프겠지.//바(술집)의 창구가,/새빨갛게 불타고

---

4) 大岡信, 『蕩兒の家系』, 東京:思潮社, 1969, p.49.
5) 'めちゃめちゃ(막)', 'むしゃむしゃ(냠냠)' 등의 誤用, 또는 그런 이미지를 합해서 만든 造語로 보인다.
6) 'さむざむしい(추워 보인다)'의 오용, 또는 'さむい'와 'さみしい'를 합해서 만든 造語.

배고파.)

이것으로 연상하는 것이 기타하라 하쿠슈의 「空に眞赤な(하늘에 새빨간)」라는 작품이다.

空に真赤な雲のいろ/玻璃に真赤な酒の色。/なんでこの身が悲しかろ。/空に真っ赤な雲のいろ。(하늘에 새빨간 구름 빛깔./유리잔에 새빨간 술 빛깔./어찌 내 몸이 슬프랴./하늘에 새빨간 구름 빛깔).

이것은 하쿠슈가 유행가의 멜로디에 맞추어서 지은 것으로 '판의 회'7)의 예술청년들이 술에 취할 때마다 합창하는 노래였다. 내용상 별다른 뜻은 없고 다만 각 연의 마지막이 'いろ(iro)', '…かろ(karo)'라는 비슷한 음으로 끝나는 음운적인 재미로 사랑 받는 시다. 그런데 '…かろ("…일 것이다"라는 뜻)' 는 표준적으로는 '…かろう'라고 쓰는 것을 'いろ'에 맞추어서 한 글자 줄인 것이다. 또 '…かろ'는 일본의 전통적 속요에 쓰이는 어미이기도 하다. 이런 식으로 속된 말이나 상스럽게 보이는 말까지 서슴지 않게 시어로 사용하는 것은 하쿠슈의 하나의 특징이라 할 수 있다. 정지용의 「술집의 석양」도 먼저 하쿠슈의 그런 속된 표현이 재미있어서 빌려 본 것처럼 보인다. 한국어시 「저녁해ㅅ살」의 "배곯으리"를 그대로 일본어로 고쳐도 'ひもじかろ'라는 상스러운 말투는 보통 안 나온다.

예를 하나 더 들어본다. 한국어시 「柘榴」(1924)에 대응하는 일본어시 「新羅の柘榴(신라의 석류)」(1925)와 그것의 축어역이다.8)

薔薇のやう咲きゆく火炉の炭火/立春節の夜は藻汐草焼く香りする(장미꽃처럼 피어 가는 화로의 숯불/立春節의 밤은 藻汐草 태우는 냄새가 난다)

---

7) 제Ⅱ부 제4장 참조.

8) 이 작품은 도시샤대학 학생끼리 만든 동인지 『街』에 게재된 일본어시이며, 민음사판 전집(2판)에는 수록되지 않았다. 호테이 토시히로 「정지용과 동인지 『街』에 대하여」(『관악어문연구』, 1996년 12월호) 참조. '柘榴(자류)'는 '石榴(석류)'와 같은 뜻으로 일본에서 쓰이는 말.

한국어시 「柘榴」에서 이것에 해당되는 부분은 "장미꽃 처럼 피여 가는 화로에 숫불,/立春때 밤은 마른 풀 사르는 냄새가 난다."로 되어 있다. 이 대조에서 문제가 되는 것은 바로 '藻汐草(もしおぐさ)'와 '마른 풀'이다. '藻汐草'는 '藻鹽草'라고도 표기하는데, '藻鹽'는 바닷물에서 만든 소금을 말한다. 옛날에는 해초에 바닷물을 적셔 염분을 함유시킨 다음 그것을 태워서 물에 풀고 그 웃물을 끓여서 소금을 만들었다. '藻鹽草'는 '藻鹽'를 만드는 데 쓰는 해초를 뜻한다. 그런데 和歌(단카의 옛 이름)에서 '藻鹽草'는 '燒く(태우다)'의 緣語9)다. 이 낱말로 맨 먼저 떠오르는 것은 후지와라 데이카(藤原定家, '사다이레'라고도 함. 1162~1241)의 "来ぬ人を松帆の浦の夕なぎに焼くや藻塩の身もこがれつつ"라는 和歌다. 5·7·5·7·7의 리듬이나 각 낱말이 지니는 상징성을 한국어로 옮길 수는 없지만 산문적으로 해석하면 "안 오는 사람을 기다리는 나는 松帆の浦(마쯔호노우라)의 저녁 뜸에 태우는 藻鹽草가 불에 타는 것처럼 내 몸까지 그리움으로 불타는 것 같이 느낀다"는 내용이다. 해초를 태워서 소금을 만드는 장면을 직접 볼 기회는 없으니 '藻汐草'라는 말을 쓰려면 최소한 이 정도의 문학적 교양이 있어야 한다. 정지용도 당연히 이 낱말의 뜻을 알고 그 상징성을 살리면서 썼을 것이다. 한편 한국어시 「柘榴」에서 이 부분은 '마른 풀'이라는 극히 간단한 표현에 지나지 않는다. 앞에서 언급했듯이 '藻汐草'는 해초이라 그냥 '풀'이라고 말하는 것은 좀 무리가 있다. 즉 이 경우 '마른 풀'의 역어로서 '藻汐草'를 연상한다는 것은 거의 불가능한 일이라 한국어시가 먼저 생겼다고 생각하기는 어렵다. 반대로 정지용은 일본어시를 먼저 쓰고 그 것에 '藻汐草'라는 우아한 말을 놓고 싶어서 써 봤는데 한국어로 고칠 때 그것에 딱 맞는 단어를 찾지 못해서 그냥 '마른 풀'로 바꿔버렸다고 생각하는 게 자연스러울 것이다.

그러나 그의 일본어시는 대부분 어느 쪽이 먼저인지 분간하기가 어렵고 또 어느 쪽이 먼저인지 하는 문제 자체가 그다지 중요한 것도 아니다. 설령 일본어를 먼저 썼다고 하더라도 생각할 때는 머리 속에 일본어와 한

---

9) 수사법의 하나로, 수식하기 위해 쓰이는, 의미의 연관성 있는 말.

국어가 섞여 있었을 것이다. 일본어의 네이티브 스피커가 아니고 일본어에 아주 능숙하다고 말하기가 어려운 정지용의 경우 백 퍼센트 일본어로 생각한다는 것은 불가능한 일이다.

대응하는 한국어시가 없는 일본어 작품의 경우에도 원래는 한국어시도 있었던 가능성이 높다. 그것은 '일본어시'라기보다는 '아직 발견되지 않은 한국어시의 일본어역'일 가능성도 있고 일본어로만 쓴 것일 수도 있다. 단, 정지용의 일본어시의 경우 한국어시와 거의 같은 내용의 작품도 있고 일부를 바꾸거나 전혀 다른 제목을 붙여서 발표하거나 하는 경우도 있었으니 일단 각각 독립된 작품으로 취급해야 옳을 것이다.

2) 「고아의 꿈」 분석

다음은 한국어시가 없는—또는 아직 발견되지 않은—정지용 일본어 작품 중 산문시 「고아의 꿈(みなし子の夢)」을 필자가 한국어로 번역해서 분석을 시도하려고 한다.

먼저 일본어 원문과 그것을 한국어로 고친 것을 소개한다. 일본어시 중 정지용의 일본어 문장이 서툴러서 해석하기가 어려운 부분에는 주석을 달았다.10) 또 한국어 번역시에는 분석의 편의상 번호를 붙였다.

(일본어원문)

みなし子の夢

　橋の下をくぐると、乞食でもありさうなみじめさになるものを11)——何んで私は橋の下がすきなんだらう。/ 蜘蛛たちがアンテナをはつてすましこんでゐる下で私ばかりが好きなことばかりを考へこんでゐるのが楽しい。/ 五拾銭銀貨を、ひとつひろつた。嬉しいこと! ここはまつたく好きになつた。 神さまは今でも有りがたいな。/ 蜜柑の皮をむいて食べたり夢にもならないことばかり考へたり 綺れいな流れに足を ざんぶりこ と入れる。ちろろちろろ 木琴(ザイ

---

10) 일본어시 중 ( ) 로 표시한 말은 발표지에서는 루비가 되어 있었던 것이다.
11) 乞食にでもなったようなみじめな気持がするはずなのに

ロフオーレン)12)　を鳴らすばかりにこころもちが涼しい13)。／　夜はこういふ所に　いつそう こんもりと　より蒲(た)まつてゐる。私のこころは蝙蝠でもつかまふとするのか。／　がつたん・が つたん・がつたん・・・　ほ━　誰れだ? 私がここに　ゐるよ。／　のそり のそり と橋の影14) をぬけでる。／　大きい空よ。星よ。むらがつてゐる夜の群れよ。魔の円舞(ロンド)を踊るビロー ドの夜よ。／　こんな大きい夜とともに遊ばう。私が躍ねる。蛙が　いつぴき　躍ねる。私が躍ね る。蛭15)が　いつぴき　躍ねる。／　流れる水をさかのぼつてゆくのは　びつこを引く野鶴ばか りでもない。砂に埋められる私の足ゆびが白い魚たちのやうにかしこくなる。／　このままでだ んだんさかのぼつてゆく。どこまでもゆかう。／　山の奥、岩のかげま16)、しづくのしたたる辺り。 蟹たちが逢ひびきしてゐた。そこに古し17)のお母さんが蝋を明かしてゐりやつさる18)。／　こ のままでだんだん下つてゆく。どこまでもいかう。椰子の葉がひとつ漂流(なが)れてきた。／ 溺れじにした悪い人がひとり漂流れてきた。眼が生きてゐた。／　小婦(エミナイ)たちは　みい んな　子指さきを鳳仙花で紅く染めてゐた。水かめを頂いた19)列が黄い20)夕暮れの中 を帰つてゆく。／　小供 (オリナイ)たちは　みいんな　人さしゆびを口にくはへてゐた。遠く霞んだ 島島をほれぼれと見とれてゐる。ふくよかにふくらんでゐる帆かけ船が独楽のやうにすべつて ゆく。／　生れ故郷の海辺は秋西瓜のやうに淋しい。／　風が少し吹いてきた。しめつたるい風 だ。／　蛍が草むらに逃げまどつてゐる。／　星が菖蒲のお湯から出たばかりに21)　びつしより 濡れてふるへてゐる。雨模様だ。／

私は又橋の下にひき蛙のやうにひきこまねばならない。濡れやすい心はブランケツトを欲し がる。あそこに暖かい火が咲いてゐる━━//━━十年立つても恋でもない　みなし子の夢 がつづく。//窓がらすがあわただしう22)わななく。風。どこかで水鶏が　ぷん! ぷん!

(『근대풍경』 2권 2호, 1927.2)

---

12)　木琴은 영어로 xylophone. ザイロフオーレン은 ザイロフオーン의 오기일 듯.

13)　木琴でも鳴らしたかのように気持が爽やかだ

14)　陰

15)　蛙

16)　岩の陰

17)　懐かし

18)　蝋燭を灯していらっしゃる

19)　戴いた

20)　黄色い

21)　出たばかりのように

22)　あわただしく

(한국어 번역)

고아의 꿈

(1) 다리 밑을 지나가면 고아라도 된 것처럼 비참한 기분이 들 것 같은데—
어째서 나는 이다지도 다리 밑을 좋아할까?

(2) 거미들이 안테나를 쳐서 새침을 떨고 있는 밑에서 나 혼자서 제멋대로
생각에 빠지는 게 즐겁다.

(3) 50전짜리 은화를 하나 주웠다. 기쁘다! 여기가 무지무지 좋아졌다. 하
느님은 여전히 고맙구나.

(4) 감귤 껍질을 벗겨 먹거나 꿈에도 되지 않는 일을 상상해 보거나. 맑은
냇물에다 발을 첨벙 처넣는다. 치로로 치로로 자이로폰(木琴)을 울리기
라도 한 것처럼 마음이 시원하다.

(5) 밤(夜)은 이런 곳에 더 붕긋하게 밀려 쌓여 있다. 내 마음은 박쥐라도
잡으려고 하는가?

(6) 쾅·쾅·쾅 · · · 허, 누구야? 내가 여기 있어.

(7) 느릿느릿 다리 그늘에서 벗어난다.

(8) 큰 하늘이여. 별이여. 떼지어 모인 밤의 무리여. 魔의 론도(圓舞)를 춤
추는 빌로도의 밤이여.

(9) 이런 큰 밤과 같이 놀자. 내가 뛴다. 개구리가 한 마리 뛴다. 내가 뛴다.
개구리가 한 마리 뛴다.

(10) 흐르는 물을 거슬러 올라가는 것은 다리를 저는 두루미만이 아니다.
모래에 묻히는 내 발가락이 흰 물고기들처럼 영리해진다.

(11) 이대로 점점 거슬러 올라간다. 어디까지든 가 보자.

(12) 산 깊은 곳, 바위 그늘. 물방울이 떨어지는 곳. 게들이 밀회를 하고 있
었다. 거기서 그리운 어머님이 촛불을 켜고 계신다.

(13) 이대로 점점 내려간다. 어디까지든 가 보자. 야자 잎이 하나 떠내려 왔다.

(14) 익사한 나쁜 사람이 하나 떠내려 왔다. 눈이 살아 있었다.

(15) 에미나이[23]들은 모두 새끼손가락 끝을 봉선화로 빨갛게 물들였다. 물
항아리를 머리에 인 행렬이 노란 석양 속을 돌아간다.

(16) 어린아이들은 모두 집게손가락을 입에 물고 있었다. 멀리 흐릿하게 보
이는 섬들을 황홀히 바라보고 있다. 보동보동 불룩해진 돛배가 팽이처

---

23) '계집아이'의 방언.

럼 미끄러져 간다.

(17) 태어난 고향의 바닷가는 가을 수박처럼 적적하다.

(18) 바람이 약간 불기 시작했다. 습기찬 바람이다.

(19) 개똥벌레가 풀숲에서 도망치려고 허둥대고 있다.

(20) 더운 창포물에서 막 나온 것처럼 별이 젖어서 떨고 있다. 비가 오나 봐.

(21) 나는 다시 다리 밑으로 두꺼비처럼 물러나야 한다. 젖기 쉬운 마음은
블랭킷을 갖고 싶어한다. 그곳에 따뜻한 불이 피어 있다.——

(22) ——10년 지났는데도 사랑이 아닌 고아의 꿈이 계속된다.

(23) 창유리가 어수선하게 떨린다. 바람. 어디선가 뜸부기가 풍! 풍!

우선 전체적인 구성을 살펴보고 이 시를 네 개의 부분으로 나누어 본다.

(1)-(9) 화자가 사는 현실세계(강가, 다리 밑)
(10), (11) 꿈 세계로의 이동과정
(12)-(17) 꿈 세계
(18)-(23) 현실세계로의 귀환

이와 같이 이 시는 화자가 異界(꿈 세계)에 잠시 갔다가 돌아오는 이야기로 되어 있다. 말하자면 신화나 민담에서나 흔히 볼 수 있는 이야기 구조를 가지고 있다.

시간은 밤이며 화자가 냇물의 시원함을 즐기고 있다는 점, 개똥벌레가 나온다는 점, 불이나 담요를 그리워하고 있는 점, '가을 수박'이라는 말이 나오는 점을 생각하면 계절은 아침저녁에는 약한 쌀쌀해진 늦여름쯤이 될 것이다. '감귤'이 나오는 것을 보니까 작품무대는 일본일 것이다. 당시 감귤은 한반도에서 많이 생산되는 과일이 아니었기 때문이다. 고향의 풍경을 묘사하는 부분에서는 'エミナイ(에미나이)', 'オリナイ(어린아이)'라는 한국어 낱말을 그대로 일본어 속에 섞어 쓰고 있어 이 시의 화자는 한반도에서 일본에 건너온 사람이라는 것을 알 수가 있다.

제목은 「고아의 꿈」이지만 화자는 고아가 아니면서도 고아의 고독함을 즐기고 있는 것이다. '강가'라는 장소는 옛날부터 사회질서에서 소외된 사

람들이 잠시 안식을 취하는 곳이 되어 왔다. '다리 밑'에 관해서는 어린애를 보고 "너는 다리 밑에서 주워 온 애다"하고 놀리는 것은 일본에서도 마찬가지다. 그곳은 다리 위를 지나가는 사람에게서는 잘 안 보이는 폐쇄적 공간이며 화자가 거기에 일부러 들어가고 싶어하는 것을 보니까 그에게는 母胎回歸의 욕망이 있는 게 아닌가 싶다. 다리 밑에 쳐진 거미줄은 폐쇄공간을 더욱 폐쇄적으로 만든다. "밤은 이런 곳에 더 붕긋하게 밀려 쌓여 있다"고 하는 것처럼, 어두운 밤 속에서도 다리 밑은 한층 더 농밀한 어두움이 깔려 있는 공간으로 이계로 통하는 신비한 장소다. 짐승과 새의 양면성을 가지는 박쥐는 거기가 두 가지 세계의 중간에 위치함을 암시한다. 또 '강' 자체에도 '이승과 저승과의 境界'라는 이미지가 있다. 불교에서는 사람이 죽어서 冥途로 가는 길에는 三途川이라는 강이 있다고 하기 때문이다.

이어서 화자는 쾅 소리를 듣는데 이것은 이계에서의 사자가 찾아오는 소리로 화자는 마치 그것을 기다리고 있었듯이 다리 밑을 빠져나간다. 밖에서 화자를 기다리고 있는 것은 '魔의 론도'를 춤추는 '밤의 무리'다. 그것은 신비스럽고도 빌로도 같이 부드럽고 따뜻한 감촉을 가지고 있으며 화자와 함께 놀아주는 요정 같이 인격화된 밤이다.

화자는 흐르는 강물 속에 맨발로 들어가 물의 원천을 향해서 거슬러 올라가기 시작한다. 발가락이 물고기가 된 것처럼 느끼는 것은 화자가 제가 갈 곳을 본능적으로 잘 알고 있음을 뜻한다.

(12)에서 화자는 드디어 이계에 완전히 들어간다. 그리운 어머니가 촛불을 켜고 계시는 "산 깊은 곳, 바위 그늘. 물방울이 떨어지는 곳"은 어머니의 자궁을 연상케 한다. 게들의 밀회도 성적 이미지를 가한다. 즉 화자는 현실세계를 빠져나와 아기의 모습으로 퇴행해서 모태로 회귀한 것이다. 그래서 지금까지는 거슬러 올라갔던 것이 갑자기 내려가는 길로 바뀌는 것도 이 경우 모순이 되지 않는다. 화자는 방향을 바꾼 것이 아니라 과거의 기억을 향해 내려가고 있는 것이기 때문이다. 야자 잎은 멀고 따뜻한 나라 즉 과거의 행복한 기억의 세계에서 오는 기별이며 따뜻함은 다

리 밑의 쌀쌀함과 대조된다.24) 야자 잎이 떠내려 오는 곳은 강이 아니라 태평양 쪽의 바닷가이라는 것만 생각해도 이곳이 아까 강가와 다른 세계임을 알 수가 있다. 강을 거슬러 올라가서 산 속에 들어간 화자는 어느 사이에 바닷가에 와 있는 것이다. 그런데 화자의 고향은 한반도이라서 야자 잎이 떠내려 올 수는 없겠지만 이것은 꿈속이기 때문에 그런 비논리적인 공간이동도 가능한 것이다.

나쁜 사람의 시체가 무엇을 뜻하는지는 확실하지 않지만 어린 마음이 여러 상황에서 느끼는 무서움, 특히 어렴풋하게 이해하기 시작한 죽음에 대한 공포감 같은 것의 상징이 아닐까 싶다. 정지용이 애독한 기타하라 하쿠슈의 『추억』은 어린아이의 섬세한 감정의 움직임을 묘사하는 감각적인 언어로 가득 차 있는 시집인데 그 중의 하나로 「敵」이라는 제목의 시는 어린아이가 이유 없이 느끼는 공포감을 잘 표현한 것이다. 이 시에서는 화자인 어린아이가 거리를 혼자 다닐 때 왠지 "어딘가에 적이 있어,/적이 있어 숨어 있는 것 같"다고 무서워하고 있다. 또 같은 시집에 있는 「푸른 항아리」라는 시는 하쿠슈가 일곱 살이 되던 해의 여름, 콜레라가 유행했을 때의 추억을 쓴 작품이다. 이 시에서는 죽은 환자의 시체를 넣은 푸른 항아리(座棺)를 나르는 초라한 장례의 행렬이 몇 차례나 집 앞을 지나가는 것을 화자(어린아이)가 식구들과 함께 집안에서 숨을 죽이고 지켜보고 있었을 때, 푸른 항아리가 돌연히 화자의 아버지로 변해서 화자를 쏘아본다. 그 다음의 행렬의 푸른 항아리는 어머니로 변해서 화자를 비웃고 그 다음의 항아리는 화자 자신이었다. "그 찰나 보았노라, 지옥의 공포를". 「고아의 꿈」의 "눈이 살아 있었다"는 말도 쏘아보는 항아리와 같이 어린아이가 삶과 죽음을 앞에 두고 느끼기 시작하는, 설명하기 어려운 두려움의 상징일 것이다.

---

24) 이 부분에서 연상되는 것은 시마자키 도손(島崎藤村)의 신체시 「椰子の実(야자 열매)」(1900)다. "이름도 모르는 먼 섬에서/떠내려오는 야자 열매 하나/고향 물가를 떠나/당신은 도대체 몇 개월을 물결 위에서 지냈느냐(…)열매를 들고 가슴에 대면/유랑의 슬픔이 새로워라(…)." 이 시는 노래로 만들어졌기 때문에 일본에서는 너무나 잘 알려져 있다.

에미나이들은 화자의 어릴 때 여자 친구들이며 어린아이들 속에는 화자 자신도 있다. 먼 섬을 바라보는 어린아이는 넓은 세계로 떠나기를 꿈꾸던 소년시절의 화자의 모습이다.

목을 휘감는 듯한 바람은 현실세계에서 불어오는 바람이다. 습기찬 바람은 화자의 정신을 차리게 해서 현실세계로 돌아오게 만든다. 허둥대는 개똥벌레는 화자의 헤매는 자아의 상관물이다.25) 마찬가지로 더운 창포물에서 나온 것처럼 젖어서 떨리는 별도 어릴 적의 기억의 포근함에서 나와서 현실세계의 추위에 떨리는 화자 자신이다. 창포물은 말할 나위도 없이 음력 5월 5일의 단오절에 머리를 감거나 몸을 씻는 데에 쓰는 물이다. 그래서 따뜻한 창포물은 명절의 특별한 음식이나 민속놀이 그리고 창포물에 머리를 감은 여자들의 특별한 치장 같은 즐거운 기억과 쉽게 연결된다. 그 추억의 세계에서 갑자기 차가운 현실로 돌아오면 추워서 떨릴 수밖에 없을 것이다. 다시 현실에 돌아왔지만 화자는 사람들이 있는 곳으로 가는 것보다 혼자서 다리 밑으로 가고 싶어한다. 화자는 여전히 현실의 세상에 적응 못하고 있는 모양이다. 보기 흉한 두꺼비의 모습은 "나는 사람들에게서 사랑을 받지 못하고 있다"고 스스로 믿어버린 화자의 고독감을 나타내기도 하고, 또 두꺼비의 앉는 자세는 태아의 자세와 비슷하기 때문에 혹독한 세상에 나오기 전의 태아의 상태로 돌아가기를 갈망하는 화자의 마음을 나타낸다.

하지만 독립한 한 줄(22)에서 화자는 어릴 때부터는 많은 세월이 지났다는 것, 내가 꿈을 꾸고 있다는 것을 스스로 냉정하게 인식한다. 마지막에 세진 바람 때문에 소리를 내고 떨리는 창유리는 화자가 완전히 꿈이 깨고 혹독한 현실에 직면하고 있는 것을 나타내는 것이며 멀리서 들리는 뜸부기 소리만이 꿈의 여음을 남기고 있다.

앞에서 작품자체를 대강 해석했지만 이번에는 작품 내용을 정지용의

---

25) 개똥벌레는 일본고전문학에서는 그리움을 견디지 못해 사람 몸에서 빠져나가는 영혼이라 한다.

전기적 측면과 대비해서 고찰해 보려고 한다.

「고아의 꿈」은 1927년 2월(『근대풍경』 제2권 제2호)에 발표되었으니 유학시절의 작품임은 틀림없다. 그때 지용은 어떤 상황에 있었을까.

정지용은 고아가 아니다. 그의 부친은 그가 38세 때, 모친은 45세 때 세상을 떠났으니 일찍 부모를 잃은 것은 아니다. "열네살부터 나가서 고달펏노라."(「녯니약이 구절」)라는 시구에 있듯이 지용은 휘문고보 입학 (1918, 17세) 이전부터 고향을 떠나 서울에서 한문을 배우고 있었지만 그것은 고아가 되는 것과는 거리가 먼 이야기다. 고아는커녕 조혼한 그에게는 유학 당시 벌써 아내까지 있었다.26)

그러면 왜 시인은 '고아의 꿈'을 꾸었을까. 먼저 생각해야 할 것은 그가 이 시를 일본에서 썼다는 점이다. 언어소통에 일단 문제는 없었겠지만 기후도 생활습관도 다른 타향에서 사는 것만 해도 처음에는 힘들었을 것이고 식민지 청년으로서의 소외감을 느낄 때도 있었을 것이다. 또 어릴 때부터 몸에 베었던 유교사상과는 전혀 다른 것을 배워야 하기 때문에 문화적인 고아의식을 가졌을 수도 있다. 일본어 작품 속에 '小婦(エミナイ=에미나이)', '小供(オリナイ=어린아이)'라는 식으로 한국어 낱말(그것도 '에미나이'는 방언이다)을 그대로 노출시킨 것도 화자의 고국이 한반도임을 나타내고 있다. 그래서 이 시의 '고아'는 식민지 현실을 상징적으로 나타낸 것이 아닐까 하는 생각이 먼저 떠오른다.

하지만 자세히 읽어보면 화자가 그리워하고 돌아가고 싶어하는 고향은 시적 현재의 실제 고향이 아니라 화자의 기억 속에서 아름답게 純化된 어릴 때의 추억이라는 것을 알아차릴 수가 있을 것이다. 화자가 그리워하는 곳은 "늙으신 아버지"도 "사철 발벗은 안해"(「향수」)도 존재하지 않는, 즉 그가 가장으로서의 무거운 책임을 느끼지 않아도 되는, 언제나 반갑기만 하는, 그야말로 꿈의 세계다. 그래서 화자는 거지가 아닌데도 꿈 세계로의

---

26) 2000년 11월 18일 지용의 장남 鄭求寬 씨와의 면담에서 얻은 증언에 의하면, 지용은 휘문고보에 입학하기 전에 서울에 있는 처가 친척집에서 漢學의 개인교수를 받았다고 한다.

통로인 다리 밑으로 기꺼이 들어가서 고아의 고독감을 즐기는 것이다.

사실, 실제 상황을 보면 정지용의 경우 그리 고독했을 리가 없다. 그는 대학에서 선과나 별과가 아닌 예과·본과 과정을 정식으로 밟는 학생이었고 기숙사에서 생활하고 유학생끼리 내는 동인지는 물론 일본인 친구들이 하는 동인지에도 참가해서 작품을 발표하고, 다니는 성당에서도 활동했었으니 친구가 꽤 많았을 것이다. 창씨개명은 아직 안 하고 본명을 그대로 쓸 수가 있었다.27) 같은 도시샤대학이라 해도 태평양전쟁 말기라는 억압이 가장 혹독한 시기에 유학 간 윤동주의 어렵고 고독한 상황과는 여러 면에서 큰 차이가 난다.28)

도시샤대학 시절 정지용이 즐겨 찾던 산책길은 가모가와(鴨川) 강가인데 화려한 번화가 가까운 곳에 있으면서도 가모가와는 예나 지금이나 물새가 한가로이 노는 도회지 속의 안식처다. 정지용은 강가에 누워서 시험공부로 지친 머리를 식히기도 하고 혹은 친구와 이야기도 하고 혹은 여자친구와 산책해 보기도 했다. 우리는 그럴 때 이 젊은 시인의 머리 속에 간간이 고향인 옥천의 강줄기가 떠올랐을 거라고 상상해 봐도 될 것이다. 가모가와 강가를 거닐다가 어느 사이에 어릴 때 추억 속에 들어가 버리는 것은 공상에 빠지기 쉬운 시인이라면 극히 자연스러운 일이겠다.

현실세계가 어둡고 추운 데에 비해 꿈속의 고향은 따뜻하고(화자는 현실에 돌아오자마자 추위를 느낀다) 어스름한 상태(바위 사이에서 어머니가 켠 촛불, 노란 저녁 노을)라는 대조를 보이고 있다. 꿈속의 고향은 부드럽고 감미롭다. 거기서는 어머니 뱃속에 있는 태아처럼 아무 근심 없이 살 수가 있다. 그 달콤한 세계로 들어갈 수 있기 때문에 화자는 고아가 되기를 즐기는 것이다.

20년대에 씌어진 정지용 초기시 중에서도 「고아의 꿈」은 「황마차」(제

---

27) 수업시간에도 『同志社文學』에 시를 발표할 때도 졸업논문을 낼 때도 그는 항상 "鄭芝溶"이었다(다만 발음은 일본식으로 해서 "데이 시요"다).
28) 윤동주는 본과 학생은 아니었고 히라누마 도츄(平沼東柱)＝윤동주를 기억하는 일본인 동창생은 거의 없다고 한다.

작:1925)와 함께 가장 산문에 가까운 산문시로 비교적 긴 편이다. 19 23년에 씌어진「향수」가, 똑같이 고향에 대한 그리움을 주제로 하고 있으면서도 정연한 형식미를 갖추고 있는 데에 비해「고아의 꿈」은 형식에 얽매이지 않고 자유로운 문체로—유감스럽게도 이 작품에 관해서는 한국어 문체를 검토할 수가 없지만—씌어져 있다.

　돌이켜보면 주요한의「불노리」이후 20년대에도 한국에서 구어 자유시로서 성공한 작품은 그리 많지 않았다. 20년대에는 외국시를 피상적으로 흉내낸 천박하고 퇴폐적인 작품이 쏟아져 나왔고 현재 읽을 만한 작품이라고 평가할 수 있는 한용운의 일련의 작품이나 이상화의「나의 침실로」등의 작품도 너무 관념적이라는 인상을 면하기 어렵다. 또 산문시라는 형식으로 씌어진 작품자체가 이 시기에는 많지 않다.

　그것에 비교하면「고아의 꿈」은 산문시 형식으로 성공했다는 점이 우선 특이하고 누구의 모방도 아닌 정지용만의 개성이 뚜렷하게 보이는 작품이라는 점에서 돋보인다.「고아의 꿈」은 자유롭고 서정적이고 밝고 건강하다. 적어도 세기말적 데카당 취미와는 무관하다. 관념적인 단어를 사용하지 않고 구체적인 이미지를 풍부하게 씀으로써 읽는 이의 공감을 산다. 강가에서 놀다가 어느 사이에 어릴 때의 고향에 들어가 버린다는 줄거리도 독창적이다.

　이 시는 무엇보다도 화자의 내면심리의 묘사가 절묘하다. 어릴 때의 추억에 대한 그리움, 소년시절에 느낀, 새로운 세계에 대한 동경이나 삶에 대한 이유 모를 두려움 등 잔물결 같은 감정의 미세한 떨림을 남김 없이 표현하기 위해 시인은 산문시라는 형식을 택하고 성공한 것이다. 정지용의 초기시를 논할 때 시각적 이미지의 多用이 흔히 거론되지만 이 작품에는 시각적 이미지는 말할 것도 없고 청각 이미지(“치로로 치로로 자이로폰을 울리기라도 한 것처럼”, “쾅·쾅·쾅···”, “창유리가 어수선하게 떨린다”, “뜸부기가 풍! 풍!”, 미각·후각 이미지(감귤이나 수박의 맛과 냄새로 계절을 나타냄), 촉각 이미지(따뜻함과 차가움, 바람, 습기나 물의 젖은 감각) 등 인간의 五官을 십분 활용한 감각적 이미지가 사용되어 있음을 알 수 있다. 말로 나타내기 어려운 미묘한 감정을 묘사하기 위해 시인은 온몸의 감각을 총동원해서 비유로 만든 것이다.

또 하나 독창적인 것은 이 시가 '도회지에서의 고독'을 그리고 있다는 점이다. 이 시에서는 화자가 어떤 곳에 사는 사람인지 분명치 않지만 강가에서 유리창이 떨리는 소리가 들린다면 적어도 민가가 밀집해 있는 도시라는 것은 알 수 있다. 또 고향을 그리워한다는 것은 고향과 멀리 떨어진 곳에 화자가 있기 때문에 가능한 것이다. 지금 보면 아무렇지도 않은 것 같지만, 도회지에 머물면서 변모하는 고향을 그리워한다는 것은 근대화 이전에는 있을 수가 없는 테마로, 한국근대시에서는 20년대 이후 특히 서울이 근대적 도시로 변모한 30년대에 활발하게 나타나기 시작한 정서다. 아마도 보들레르의 『파리의 우울』에 발단된 이 근대적 정서를 느껴 보는 것 자체가, 젊은 날의 시인에게는 신선하고 기쁜 경험이 아니었을까. 아름다운 벽돌 건축이 늘어선 대학에서 공부하는 것, 새로운 형식의 시를 짓고 그것을 활자로 인쇄해 보는 것, 다방에 들어가 커피를 마셔 보는 것, 양장한 여학생이나 카페의 여급과 말을 주고받는 것, 그리고 간간이 향수에 잠겨 보는 것은 그 이전의 사람들이 맛본 적이 없는 근대적 생활의 일환이었다. '도회지에서의 고독'이라는 새로운 정서를 시로 표현했다는 점에서 「카페·프란스」, 「황마차」, 「향수의 청마차(鄕愁の靑馬車, 일본어시)」와 함께 「고아의 꿈」은 선구적인 뜻을 가지고 있다.

한편으로는 「고아의 꿈」은 감상적이고 현실도피적인 면이 없지 않다. 일본 땅에서 고향을 생각하기는 하지만 그것은 식민지의 현실이 아닌 달콤한 꿈에 불과하고 무엇을 비판하려는 자세는 느껴지지 않는다. 그런 점에서 이 작품은 일견 연애를 테마로 하고 있는 것 같이 보이면서도 화자의 무언가 깊은 고뇌를 느끼게 하는 「불노리」나 화자가 자기 자신의 모순을 가차없이 규탄하는 「카페 프란스」, 근대적 기제를 비판적으로 바라보는 「황마차」의 힘은 가지지 못한다.

그러나 「고아의 꿈」은 개성적이고 자유로운 목소리로 서정적으로 근대적 감정을 표현한 산문시라는 점에서 정지용 작품 중에서, 나아가 한국시사에서도 간과해서는 안될 작품의 하나라 평가할 수 있다.

3. 이마지슴 논의에 관한 고찰

1) 이마지슴이란 무엇인가

이마지슴은 에즈라 파운드(Ezra Pound, 1885~1972)가 옛 애인인 H. D.(Hilda Doolittle) 그리고 그녀의 약혼자 리차드 올딩톤(Richard Aldington)과 함께 셋이서 1912년에 런던에서 시작한 현대시의 변혁운동이다. 이마지슴이라는 말을 최초로 만든 사람은 흄(T. H. Hulme)이지만 흄 등의 그룹에 명확한 이마지슴 이론이 있었던 것은 아니고 이마지슴의 내용은 파운드가 만들었다 해도 과언이 아니다. 파운드가 처음 이마지스트라는 말을 사용한 것은 H. D.의 「길의 헤르메스(Hermes of the Ways)」라는 시를 *Poetry*誌에 보낼 때 "H. D. Imagiste"라고 적었을 때였다.[1]

이마지슴 시는 원래 작품수가 적을 뿐더러 볼 만한 수준의 것이 많지 않아 이마지스트 시집은 현재 영국이나 미국에서도 읽는 사람이 거의 없다고 한다. 중요한 것은 작품보다 파운드가 만든 '이마지슴 3원칙' 그리고 '금지사항' 등의 이론이었다. 그 산뜻한 지침은 후대의 영미시인들에게 큰 영향을 남겼다. 이 글에서는 파운드를 이마지슴의 핵심인물로 간주하고 주로 파운드의 이마지슴 이론을 참조하면서 논의를 진행하도록 한다.[2]

---

1) Hugh Kenner, "Imagism", *The Pound Era*, University of California Press, 1971, p.174.
2) 金在根, 『이미지즘 연구』(正音社, 1973)는 한국에서 나온 많지 않은 이마지슴 연구의 하나지만, 저자 자신이 서문에서 인정하는 바와 같이 이마지슴 연구에 있어서 가장 중요한 파운드에 관한 기술이 절대적으로 부족하다는 점에 주의할 필요가 있다.
  본론은 일본에서 새로운 파운드 역시집(城戶朱理 편・역, 『海外詩文庫 パウンド詩集』, 東京:思潮社, 1998)이 나오면서 시작된 파운드 재평가의 움직임에 힘을 입고 있으며,

처음 나온 이마지슴 시집은 파운드가 편집한 앤솔러지 *Des Imagistes: An Anthology*[3] (1914)이다. 그 운동은 영국과 미국의 젊은 시인들의 관심을 끌었지만 부유한 여류시인 에이미 로웰(Amy Lowell)이 *Some Imagist Poets: An Anthology*(1915)를 편집할 무렵 파운드는 이미 그 운동에서 손을 뗀 상태였다. 거기에 수록된 아류들의 작품은 단지 '영어로 씌어진 짧은 자유시'에 지나지 않았기 때문이다. 그래서 파운드의 이마지슴 운동은 길게 잡아도 불과 2, 3년에 지나지 않는다. 케너(Hugh Kenner)는 파운드의 이마지슴 운동은 1912년 중반부터 1913년 중반의 불과 1년 밖에 안 된다고 말한다. 다만, *Egoist*誌의 이마지슴 특집이 1915년에, *Des Imagistes*가 1914년에 나왔다는 것과 로웰의 당파적 그룹이 같은 이름을 사용했던 것 등의 요인이 파운드가 1914, 15년경까지 이마지슴에 관심을 가지고 있었던 것처럼 보이게 만들고 있는 것이다. 이마지슴을 선전하고 통속화시킨 로웰의 업적에 대해서는 "그녀는 기껏해야 열심히 일하는 방문판매원이었다"[4]는 엘리어트의 평가를 확인해 두면 될 것이다. 파운드가 '에이미지즘(Amygism)'이라고 야유한 에이미 로웰의 변질된 '이미지즘' 운동도 1917년에는 일단 종결되었고 그들의 작품은 영국에서조차 잊혀졌다.

'英美系 모더니즘＝이마지슴'이라고 착각해서는 안된다. 이마지슴은 프

특히 잡지 『現代詩手帖』의 파운드 특집(思潮社, 1998년 9월호)에 게재된 여러 논문을 참고로 했음을 밝혀 둔다.

3) 파운드는 imagisme, imagiste라는 말을 프랑스의 여러 문학유파에 비겨서 擬似 프랑스어'로서 만들었다. 그래서 본론에서는 '이미지즘'이 아니라 '이마지슴'이라는 불어식 발음을 채용하기로 한다. 단 image에 관해서는 영어식으로 '이미지'로 읽기로 한다. imagisme은 후에 로웰이 운동을 주도하게 되자 철자가 영어식의 imagism으로 바뀐다.

4) "I am not forgetting Miss Lowell, but it seems to me that the work she did, in putting over American poetry upon an American public, was on a lower level. She was a kind of demon saleswoman."
(T. S. Eliot, "Ezra Pound"(1946), *EZRA POUND*—A collection of critical essays, Edited by Walter Sutton, Prentice-Hall, Inc., 1963.

랑스 등에 비해서 상대적으로 뒤떨어져 있었던 영국과 미국의 시를 현대로 끌어올린 모더니즘 운동의 발단이 된 문학운동으로 몇 편의 뛰어난 작품만을 남기고 곧 영국과 미국을 연결하는 모더니즘 운동의 큰 흐름 속에 발전적으로 해소되었다. 그래서 이마지즘은 영미 모더니즘의 일부분에 지나지 않는다. 또 파운드에 관해서도 그가 영미시사에 있어서 매우 중요한 사람이라는 것은 확실하지만 그런 평가에는 이마지즘 운동의 업적만이 아니라 엘리어트 등 유능한 시인을 다수 세상에 소개한 파운드의 비평적 안목이라든가 *Cantos* 등 이마지즘 운동 이후의 작품이 크게 작용하고 있는 것이다. 파운드에 있어서도 이마지즘은 초기의 업적의 일부분에 불과하다.

이마지즘이 무엇인지 알아내기 위해 여기서 잠시 이마지즘의 '이미지'가 무엇을 뜻하는지 확인해 두겠다. 정지용을 이마지스트로 규정하는 논자의 대부분은 지용 작품의 시각적 측면을 강조하고 있지만 파운드의 정의에 의하면 '이미지'란 "순간적으로 지적·정서적 복합을 표현하는 것"(「이마지즘」)으로, 이미지의 시각적 측면만을 특별히 강조하는 뉘앙스는 보이지 않는다. 기계적인 운율은 부정했지만 파운드는 늘 시의 음악성을 중요시하는 시인이었다. 반대로 흄은 시의 시각 이미지를 청각 이미지보다 중요시했다.5) 그래서 한국근대시에 있어서 이마지즘의 이미지를 시각 이미지로 파악하는 경향은 흄의 영향이라고 생각해 볼 수도 있겠지만 여기서는 다른 원인을 고찰해 보겠다.

林和가 「曇天下의 詩壇1年」에서 김기림에게는 하루야마 유키오(春山行夫)의 영향이 있다고 지적하고 있듯이 김기림의 초기 평론(東北帝國大學 영문과에 유학하기 전의 시론)은 1920년대 말부터 문학청년들에게 절대

---

5) "The new verse resembles sculpture rather than music; it appeals to the eye rather than the ear. It has mould images, a kind of spiritual clay, into definite shapes. It builds up a plastic image which it hands over to the reader, whereas the old art endeavoured to influence him physically by the hypnotic effect of rhythm." 金在根, 『이미지즘 연구』, p.176에서 재인용.

적인 영향을 준 일본 잡지『시와 시론』의 영향에 깊이 물들어 있다. 하루
야마의 영향은 아무 정의도 없이 남용되는 "포에시(포에지)" "에스프리" 등
하루야마가 애용한 낱말을 봐도 알 수가 있다. 또 김기림이 이마지스트
(이미지스트)를 寫像派, 이미지를 映像이라는 말로 번역한 것은 다이쇼시
대부터 일본에서 그렇게 번역·소개된 것을 계승한 것인데 사실은 이들
역어에는 약간 문제가 있다. 영어의 'image'가 좁은 뜻으로는 시각 이미
지를 뜻하는 것은 사실이지만 넓은 뜻으로 이미지가 시각 이외의 청각·
후각 등 인간의 五官에 관한 모든 감각 이미지를 포함한다는 것은 또한
누구나 시인할 것이다. 하지만 이미지를 영상, 이마지스트를 사상파로 번
역한 순간, 시각 이미지 이외의 감각의 요소는 단숨에 잘라버린다. 김기림
이 여러 곳에서 시의 내재적 리듬의 중요성을 강조하고 있는데도 불구하
고 왠지 '이미지=시각적(회화적) 이미지'라는 인상을 주는 것은 사상파,
영상이라는 역어를 사용한 것에 원인의 일단이 있어 보인다.

　한편『시와 시론』의 중심적 인물의 한 사람인 시인 기타가와 후유히코
의 '新散文詩運動'도 '이미지'라는 낱말에서 청각 이미지를 제거하는 데 한
역할을 했다. 기타가와의 「詩人의 行方」(1929.4)이라는 글을 인용해 보
겠다. "일본의 시에 '음악'을 요구하는 것은 無意義하다. 일본어는 프랑스
어 같은 음악적 말이 아니기 때문이다. 일본시는 속히 말의 음악을 포기
하고 말의 결합이 낳는 '메카니즘'의 힘 속에, 그 本然의 모습을 봐야 한
다." 오오카 마코토는 기타가와의 그런 사고방식이 뒤에 '이미지=영상'이
라 생각하고 청각보다 시각을 편중하는 사고방식으로 이어졌으며 차세대
사람들에게 '이미지'라는 말에 대한 그릇된 이해를 심어주었다고 지적하
고 있다. "말할 나위도 없이 이미지는 시각적인 뜻으로서의 영상에 그치
는 것이 아니라 청각 이미지도 특히 시에 있어서는 결정적으로 중요한 뜻
을 가지고 있다."6)

　하지만 더 근본적 원인에 대해서 말하자면 시각의 우위는 서구의 근대
화와 함께 시작된 것이라고 할 수 있을 것이다. 물리학이 시간과 공간을

---

6) 大岡信,『昭和詩史』, 東京:思潮社, 1980, p.81.

計量可能한 것으로 만들고 근대적 투시화법의 기하학적 원근법에 전형적으로 나타나듯이 인간과 자연과의 사이에 거리가 생기고 인간은 시각으로 인해 자연을 객관적 대상물로 바라보게 되었고 촉각이 시각에서 분리되었다. 이 시각만능주의가 다른 감각을 억압해 온 것이다. 활자 미디어의 보급은 이 흐름을 더욱 밀어 나아갔다. "대부분의 일본 근대시인은 지방출신이었으며 각 지방에서 사용했던 언어를 버리거나 유보시켜 놓고 새로운 말을 써야할 운명에 놓여 있었다. (…) 그때 근대시가 朗唱 또는 음독하거나 이야기하는 시에서부터 묵독하는 시로 급속히 변해갔다. 예를 들어 집에 어린이 방이 생기고 혹은 신문이나 문고책을 도서관이나 전철이라는 도시의 공공공간에서 읽을 때 목소리를 내지 못하게 되었다는 것과도 연관된다. 그러므로 '활자'라는 투명하고 균질의 미디어를 통해서 시각적 차원에서만 발신·수신되는 것 같은 수용의 場에 있어서 특히 시각시(視覺詩)라는 경향이, 파리에서도 뉴욕에서도 베르린에서도 도쿄에서도 강해져 가는 것은 당연한 일이었다".(다카하시 세오리, 高橋世織)7) 하여간 여기서는 이마지슴의 이미지는 시각 이미지가 전부가 아니라는 점을 확인해 둔다.

2) 정지용은 어떻게 '이마지스트'라 불리게 되었는가

이마지슴이 일본에 소개된 것은 다이쇼 7(1918)년에 가와지 류코(川路柳虹) 주재의 잡지 『現代詩歌』 2호(1918.3)의 이마지슴 특집이 아마 처음일 것이다.8) 그후에도 『白孔雀』 7호(1922), 『明星』(1923.4), 『日本詩人』(1924.3, 1925.6) 등에서 소개되었지만 다이쇼시대의 일본시단

---

7) 「詩の20世紀」, 『國文學』1996년 11월호, 東京:學燈社, p.70.

8) 일본에서 소개되자 가와지의 제자 朱耀翰은 그것을 수용했다. "『現代詩歌』(日文)雜誌에 이마지스트 紹介特輯에 있어서 프로스트, 아미·로웰 等의 作風의 소개되었고, 나는 그 作風을 숭내낸 日語詩를 發表한 일도 있다."(주요한, 『創造』時代의 文壇, 『자유문학』 창간호, 1956.6). 프로스트(Robert Frost)도 한때 이마지슴 운동에 관여한 시기가 있었다.

에 이마지슴이 어떤 영향을 남겼는지는 분명치 않다. 쇼와에 들어 문학청년들에게 널리 읽힌 잡지 『시와 시론』의 별책(1930.11)에 실린 니시와키 준자부로의 「20세기의 영국문학평론」은 이마지슴도 소개하고 있다. 고대 그리스의 정신세계와 현대를 결부시킨 니시와키의 작품에 관해서는 파운드의 영향을 읽을 수 있겠지만 그 니시와키조차 자신의 시론을 '초현실주의'라고 말할 뿐, 자신과 이마지슴과의 관련에 대해서는 언급한 바 없다. 전체적으로 보면 일본근대시가 이마지슴에서 받은 영향이라는 것은 별로 눈에 띄지 않는 게 사실이다. 하이쿠나 단카의 오랜 전통을 몸에 지닌 일본시인들9)에게는 영국의 젊은 무명시인들이 하이쿠 등을 흉내내서 시도한 작품의 대부분은 진부하게 보였을 것이다. 하기와라 사쿠타로10), 야마무라 보초(山村暮鳥) 등이 자신의 작품에 대해서 '이마지스틱'이라는 형용사를 쓴 바 있지만 그것은 그들이 이마지슴 작품에서 영향을 받았다는 것이 아니라 자기들이 사용해 온, 응축적 이미지를 이론적으로 뒷받침해주는 서양이론을 만나서 반가웠던 것이라고 보는 게 타당할 것이다. 사쿠타로도 보초도 자유시를 쓰기 시작하기 전에 단카를 습작하면서 언어감각을 연마해온 사람이기 때문이다. 물론 파운드의 이마지슴이 생기기 전에 이야기다.

한편, 한국에서의 이마지슴 소개는 岸曙 金億이 시몬즈(Arthur Symons) 작품을 번역한 시집 『잃어진 眞珠』에 붙인 「서문 대신에」(1922)라는 글 속에서 서양시의 여러 유파를 소개하면서 '寫像詩'로서 올딩톤과 로웰의 시를 한 편 씩 번역한 것이 처음이라고 한다. 하지만 Parnassian을 '寫實詩'로 번역하는 등 이때 김억의 서양시 이해는 피상적이고 잘못이 많은 것이었다. 「서문 대신에」의 내용에 대해서는 김억 자신이 후에 무척 부끄러워하고 있다.11)

---

9) 대부분의 일본근대시인들은 소년시절에 하이쿠나 단카에 열중한 경험을 가지고 있다. 모더니스트 시인들도 예외가 아니다.

10) 일반적으로 사쿠타로는 기타하라 하쿠슈와 함께 일본의 대표적 상징시인의 한 사람으로 간주되어 있다.

11) "只今의 눈으로 보면 불에 던져버려야 할 곳이 많습니다. 더욱 '序文 代身에'와 같은

여러 연구자가 정지용 시 특히 1930년대 중반까지의 작품에 이마지슴의 영향이 있다는 지적을 해 왔지만 정지용 자신이 이마지슴에 관해서 언급한 글은 발견되지 않고 있다. 그가 1923년부터 1929년까지 도시샤대학에서 영문학을 공부했다고 하더라도 일본 영문학계에서 이마지슴 연구가 활발하게 이루어진 적이 없었으며 문헌적인 연구를 주로 하는 일본의 전통적 학풍으로 봐서 불가 10년 전에 유행한 시운동을 대학 강의로 취급한 가능성은 그리 높지 않다고 봐야 한다.12) 또 정지용이 졸업논문으로 다룬 시인도 이마지슴과 관계없는 블레이크(William Blake)였다. 정지용이 유학 가서 영문학을 전공했다는 사실만으로 그가 이마지슴에 깊은 관심을 가졌을 거라고 생각하는 것은 무리가 있다.

정지용이 이마지슴의 주요한 소개자인 김기림과 함께 1933년부터 九人會에 참가했었다는 사실도 정지용과 이마지슴을 직접적으로 연결하는 근거로는 부족하다. 김기림이 평론활동을 시작했을 때 정지용은 이미 시작방법의 골격을 나름대로 갖춘 한 사람의 기성시인이었기 때문이다. 어떤 논자는 로웰 시와 정지용 작품을 비교한 바 있지만 필자가 보기에는 별다른 연관성이 없는 듯하다.13)

정지용과 이마지슴을 연결하는 객관적 증거가 없는데도 연구자들은 지용에 대한 이마지슴의 영향을 강조하고 때때로 그를 이마지스트라고 부른다. 하지만 그들이 '이마지스트的'이라고 부르는 정지용 시의 어떤 측면은, 사실은 굳이 이마지슴의 개념을 꺼내지 않아도 상징시의 개념으로 설명 가능한 것이다. 이제부터 '정지용＝이마지스트'라는 도식이 어떻게 만들어졌는지를 추적하고 또 정지용의 이마지스트적 측면이 잘 나타나 있

것은 참을 수가 없습니다", 『잃어진 眞珠』, 「序文 代身에」 말미에 추가한 글(1924.2. 20). 『岸曙 金億全集 2-1』, 한국문화사, 1987, p.465.

12) 단, 이것은 일본만의 학풍은 아니었던 모양이다. T.S. 엘리어트는 파운드를 회상하는 글의 서두에서, 자신은 하바드대학의 학생이었을 때 살아 있는 시인의 작품을 읽어 본 적이 거의 없었다고 적고 있다. T. S. Eliot, 같은 글, p.17.

13) 文德守, 같은 책, pp.132~134. 여기서 인용되고 있는 정지용의 「비」라는 작품은 산문시가 아니라 수필이다. 원래 『백록담』(1941)의 제5부에 수록되었다가 나중에 『산문』(1949)에 再錄되었다는 사실을 봐도 이것이 시가 아님은 알 수가 있다.

다고 간주되어 온 작품 「향수」의 '이마지스트적' 요소는 상징시의 개념으로 설명할 수 있음을 구체적인 작품분석을 통해서 제시해 보겠다. 그리고 한국근대시사에 있어서 정지용 연구의 테두리가 되어 있는 '정지용=이마지스트'라는 도식의 문제성을 지적해 보려고 한다.

이번에는 정지용의 동시대인 가운데에서 중요한 증인을 소환해 보겠다. 이마지슴의 주요한 소개자이자 정지용과 구인회를 같이 했던 동료 김기림이 그 사람이다. 그가 정지용 작품을 어떻게 보고 있었는지에 대해서 시대순으로 검토해 보기로 한다. 정지용에 대한 언급은 없지만 먼저 「시의 모더니티」(『新東亞』1933년 7월호)[14]라는 글을 참조하겠다. 이 글 속에서 김기림은 "(시인은) 항상 즉물주의자가 아니면 아니된다"고 말한 후에 근대시가 나아갈 길을 다음과 같이 제시하고 있다.

「과거의 시」	「새로운 시」
독단적	비판적
형이상학적	즉물적
국부적	전체적
순간적	경과적
감정의 편중	정의와 지성의 종합
유심적	유물적
상상적	구성적
자기중심적	객관적

시의 비판적 측면을 중요시하고 있는 것을 보니까 그가 말하는 '즉물주의'란, 제1차 세계대전 후 독일에서 시작된 新卽物主義(노이에 자하리히카이트, Neue Sachlichkeit)를 뜻하는 모양이다. 일본에서는 1929년부터 활발하게 소개된 이 예술사조의 근저에는 "영혼의 고뇌를 표현파 같

---

14) 『김기림 전집 2 시론』, 尋雪堂, 1988. 김기림의 시론은 『시론』(1947)에 수록되었을 때 신문·잡지 발표 당시와 다르게 제목을 붙인 게 상당히 있는데 본론에서는 『시론』의 제목을 그대로 사용하기로 한다.

은 방법으로 외쳐봐도 기계화되고 冷情하게 계량되고 계획된 전쟁 그리고 그 전쟁으로 상징되는 20세기의 매스(mass)化된 거대 공업사회에 대한 비판을 나타낼 수가 없다는 쓰라린 인식"(오오카 마코토)이 흐르고 있었다.15) 그래서 일본 신즉물주의의 대표적 시인 무라노 시로(村野四郎)는 "하루에 몇 번 죽음을 생각하느냐/이 겁장이야"(「跳開橋」)라고 데카단 시인들의 현실도피를 질타한 것이다.16) 여하간 여기서는 30년대 전반부터 김기림이 시의 현실비판성을 중요시했었다는 사실을 확인해서 다음 글로 가겠다.

「1933년 시단의 회고」(『조선일보』, 1933.12.7~12.13)에서 김기림은 낡은 로맨티시즘이나 센티멘탈리즘의 시를 비판한 후 정지용을 "조선 신시사상에 새로운 시기를 그으려고 하는 어린 반역자들의 유일한 선구자"로 찬양하고 특히 1933년 『카톨닉 청년』에 발표한 일련의 작품을 "完美에 가까운 주옥같은 시편"이라고 극찬했다. 그가 이 글을 쓰기 전에 『카톨닉 청년』에 발표된 정지용 시는 「해협의 오전 두 시」, 「비로봉」, 「임종」, 「별」, 「은혜」, 「갈닐네아 바다」, 「시계를 죽임」, 「귀로」의 여덟 편이며 그 중 네 편은 종교적인 내용이다.

김기림은 음악성만을 중요시해 온 시에 공간성(회화성)을 도입한 것은 寫像派(이마지스트) 등 "20세기에 들어서의 중요한 신시운동의 산물"(여기까지는 유럽의 이야기다)이라고 하면서 "우리 가운데서" 즉 한국에서는 정지용이 그런 '포에시'의 요구를 가장 잘 파악하고 있는 시인이라고 말한다. 하지만 이때 김기림은 정지용이 이마지슴 이론 수용의 결과 그런 경지에 달했다고 말하고 있는 것은 아니다. 게다가 김기림이 정지용은 말의 "무게와 감촉과 光과 陰과 形과 音"을 잘 식별하고 단어와 단어의 결합으

---

15) 오오카 마코토, 같은 책, p.83.
16) 무라노의 작품은 주관적 서정성을 배제한 결과 생기는 새로운 지적 서정을 풍기고 있다. "나에게는 사랑이 없다, 나는 權力을 가지지 않는다, 흰 샤쯔 속의 個다/나는 構成하고 解體한다/地平線이 와서 나와 交叉한다//나는 周邊을 無視한다, 그런데도 外界는 整列하는 것이다/내 목구멍은 號角이다, 내 命令은 소리다//나는 부드러운 손바닥을 뒤집혀서 深呼吸을 한다/이때 形態에 꽂아지는 薔薇 한 송이"(「體操」全文).

로 언어의 향기를 빚어내는 수완을 가지고 있다고 말하는 부분은 말라르메(Stéphane Mallarmé) 등의 상징주의 시론에 가까운 것이다. 또 김기림은 "하여라" "있어라" 식의 낡은 리듬을 버리고 내재적 리듬을 창조했다는 점에서 정지용을 높이 평가한다. 이 글에서는 정지용에 대해서 '이마지스트'는커녕 '모더니스트'라는 호칭조차 아직 사용하고 있지 않다.

「현대시의 발전」(『조선일보』 하기예술강좌·문예편, 1934.7.12~7.22)에서는 정지용의 「歸路」와 張瑞彦의 「古花瓶」이 전문 인용돼서 비교되고 있다. 「귀로」에 관해서는 "지용 씨의 시풍을 일관하고 있는 어떠한 영탄이 그 속에서 흐르고 있"지만 그것은 "淫奔한 센티멘탈리즘"과는 다른 "근대적 애수의 가장 리얼한 숨결"이라고 말한다. 그리고 이 작품에는 "이미지(영상)의 비약이라든지, 결합에서 오는 美라느니보다는 메타포어(은유)의 미가 더욱 뚜렷하게 눈에 뜨인다"고 말한다. 김기림은 장서언의 「고화병」에 대해서 "이 시는 지용 씨의 「귀로」와는 거의 대척적으로 가청적이 아니고 가시적이며, 음악성을 가지고 있다느니보다는 아주 명료하고 투명한 회화성을 가지고 있는 것을 발견할 것이다. 억지로 말한다면 寫像派(이마지스트)의 계통에 속하는 시일 것"이라고 규정한다. 즉 여기서 「귀로」는 (김기림이 생각하는) '이마지슴'과는 대척적인 것으로 규정되어 있다. 또 장서언에 관해서도 "억지로" 말하면 이마지스트의 계통에 속한다고 말하고 있으니 김기림은 장서언도 이마지슴의 영향을 받지는 않았을 거라고 생각하고 있는 듯하다.

「乙亥年의 시단」(『學燈』 1935년 12월호)에서 김기림은 "이 글을 쓰는 때까지는 안 나왔으니 불일간에 정지용 시집이 나오리라고 전하는데 이것은 금년 시단 아니 우리 신시사상의 한 피라미트를 지시할 것으로 여기 정지용 이전과 정지용 이후라는 말이 명실 함께 확립될 것이라고 믿는다"고 정지용 시집에 대한 기대를 나타낸다. 그리고 「정지용 시집을 읽고」(『朝光』, 1936년 1월호)에서, 사람들은 1933년까지(즉 김기림이 극찬할 무렵까지) 정지용 시의 가치를 잘 인식하지 못했다고 말하면서 시집 발간을 기뻐하고 있다.

그러는 한편 30년대 중반경부터 김기림은 기교주의 시에 대한 회의를 나타내서 임화의 환영을 받기도 했다(임화, 「담천하의 시단 1년」, 1935. 12). 김기림은 프롤레타리아 문학 쪽으로 그리고 임화는 모더니즘 쪽으로 한 거름씩 다가간 것이다. 김기림은 「시와 현실」(『조선일보』 1936.1. 1~1.5)에서 30년대 전반의 시단을 압도한 '기교주의'를 고전주의, 형이상학파, 寫像派로 분류하면서 "그들은 모두 현실에 대하여 도망하려는 자세를 가지는 점에서 일치한다"고 비판했지만 어떤 시인이 어느 파에 속하는지는 분명치 않다.

김기림이 정지용을 '모더니스트'로 규정한 것은 「모더니즘의 역사적 위치」(『인문평론』, 1939년 10월호)에 와서부터다. 이 글에서 김기림은 모더니즘이 한국 근대시사에서 차지할 자리를 부여하려고 시도한다. 그는 30년대 말에 시단이 혼미해진 원인은 모더니즘이 순조롭게 발전하지 못하고 시인들이 모더니즘의 역사적 필연성을 망각한 데에 있다고 말하면서 모더니즘의 의의를 재확인하려고 한다. 그에 의하면 "신시의 선구자"는 로맨티시즘과 세기말 문학이었는데 이것들은 현실도피적인 자세를 가지고 있었다. 그것에 대해서 최초에 반격을 가한 것은 20년대 중반부터의 경향문학이었다. 하지만 시가 19세기적 성격을 탈피한 것은 30년대에 와서 모더니즘이 ①로맨티시즘과 세기말 문학=센티멘탈 로맨티시즘과 ②경향문학의 偏內容主義를 부정했을 때부터다. 또 모더니즘은 시를 언어의 예술로서 인식하고 근대문명을 받아들이고 문명의 가치를 의식한다. "(모더니즘은) 현대의 문명을 도피하려고 하는 모든 태도와는 달리 문명 그것 속에서 자라난 문명의 아들이었다. (…)제재로부터 우선 도회에서 구했고 문명의 뭇면이 풍월 대신에 등장했다. 문명 속에서 형성되어 가는 새로운 감각·정서·사고가 나타났다." 그는 조선에서 모더니즘은 집단적 시운동의 형태를 취하지 않았으며 모더니스트 시인들도 꼭 의식적으로 모더니즘시를 쓴 것은 아니고 "시인적 민감에 의한 천재적 발현인 경우가 많았다"고 말한 다음 "가령 최초의 모더니스트 정지용은 거진 천재적 민감으로 말의 주로 음의 가치와 이미지17), 청신하고 원시적인 시각적 이미지를 발견하였고 문명의 새 아들의 명랑한 감성을 처음으로 우리 시에 이끌어 들였다"고 말한다. 이와 같이 김기림에 의하면 정지용은 의식적으로 모더니스트가 된 것이 아니고 "천재적 민감"으로 시를 창작한 결과 언어의 청각 및 시각 이미지를 발견한 것이다. 말하자면 정지용은 자연발생적 모더니스트였던 것이다.

같은 글에서 김기림은 한국 모더니즘이 30년대 중반에 위기에 닥쳤다고 말한다. 그것은 안으로는 모더니즘의 기교주의가 '末流詩人'의 손으로 말초화되고 타락해 갔다는 것, 밖으로는 문명의 현실이 점점 어두워져 가고 있는데도 시인들이 그것에 대한 비판적 태도를 갖지 못하고 있다는 것이다. 여기에 와서 김기림이 제시하는 방향은 모더니즘시와 경향시의 지양이다.

그런데 주의해야 할 것은 김기림이 이 글을 쓴 시점에서 정지용의 대표작 「長壽山」(『문장』 1939년 3월호), 「白鹿潭」(같은 잡지, 1939년 4월호) 등이 이미 발표되었는데도 불구하고 그것에 대한 언급이 없다는 점이다. 당시의 중요한 문예지『문장』에, 김기림 자신이 그토록 주목했었던 시인 정지용이 발표한 작품을 김기림이 안 봤을 리가 없는데도 이것에 대한 언급이 없다.

그것은 같은 해의 「30년대 掉尾의 시단 동태」(『인문평론』 1939년 12월호)라는 글을 봐도 알 수가 있다. 여기서도 김기림은 시가 현대의 가치의식을 표현해야 한다고 주장한다. "唐詩나 古時調는 결코 이러한 것으로서는 우리의 감상을 받지 못한다.", "근년에 우리 고전에 대하 관심과 열의가 팽배한 것은 매우 좋았으나 그것이 시뿐 아니라 문화의 넓은 영역에 의외에도 동양적 부동성마저를 지지하는 경향을 가져왔다면 모처럼 발흥된 좋은 기운에서 가장 원치 않았던 열매를 따게 된 셈이다." 이 글에서 김기림은 임화의 「시단의 신세대」라는 글을 이어받아 추천할 만한 시인으로써 金光均과 吳章煥을 들고 김광균의 시각 이미지와 오장환의 청각

---

17) 여기서 사용된 '이미지'라는 말은 이마지슴 운동과 연결되어 있는 것은 아니고 일반적인 뜻으로 사용되고 있다.

이미지를 높이 평가하고 있다. 하지만 이것이 30년대 말의 시단 동태를 논하는 글인데도 불구하고 왕년의 '모더니스트' 정지용이 『문장』에 발표한 작품은 역시 묵살되고 있다.

요컨대 김기림은 30년대 중반까지의 정지용 시에 대해서는 현대적 상황을 반영한 것으로 환영했지만 39년에 발표된 「장수산」, 「백록담」 등은 현대적 문제에 대한 비판적 힘이 없는 복고주의적 작품이라고 생각해서 묵살해 버린 게 아닐까 싶다. 여하간 김기림은 30년대 중반까지의 정지용을 모더니스트라고 평가했을 뿐이다.

임화의 이름이 나온 김에 여기서 임화의 의견도 검토해 보겠다. 임화는 "금일의 寫像主義的 시인들이나 지용 씨 등"(「기교파와 조선시단」, 1936)이라는 표현을 쓴 바 있어 정지용을 이마지스트와 구별해서 생각하고 있었음을 알 수 있다. 또 같은 글 속에서 "氏(정지용, 인용자)에 의하면 시는 '고귀한 영혼'만이 감지할 수 있는 세계이고, 시란 한 개의 '마술'이라 한다. (…) '감정은 하나의 온전한 상태'라는 것은 낡은 말로 하면 '本能說' 요새 말로 하면 생물학주의이다"하고 말하면서 정지용을 비판하고 있어 임화도 역시 정지용을 이마지슴이나 주지주의와 연결하지 않았음을 확인할 수가 있다. 임화는 정지용에 대해서 주지주의는커녕 '본능'이라는 말까지 쓰고 있다.

한편 정지용보다 늦게 시작활동을 시작한 徐廷柱가 『詩人部落』(1936. 11 창간)시절에 지양·극복의 목표로 삼았던 것은 장식이 많은 '정지용류의 시'였다. 이것에 대해서 뒤에 다시 논한다.

영문학자 李敭河는 「바라던 정지용 시집」에서 정지용을 "우리 조선말, 그 가난하고 너그럽지 못한 것을", "불란서말같이 아름답고 또 어느 나라에 못지아니한 아름다운 음향과 너그러운 여운을 가진 것"으로 만든 천재라고 극찬했지만 그를 이마지슴이나 모더니즘, 주지주의와 관련짓고 논하지는 않았다.

이번에는 정지용의 동시대인들조차 생각하지 못했던 "정지용＝이마지스트"라는 불가사의한 도식이 언제 어떻게 생겼는지 추적해 보겠다.18) 『新文學思潮史』(1953)에서 白鐵은 일단 모더니즘과 주지주의를 구별하기는 했지만 한편으로는 모더니즘의 특색은 에즈라 파운드 등을 받아들인 "주지적 창작태도"라고도 말함으로써 모더니즘, 이마지슴, 주지주의를 혼용하고 있다. 이어서 趙演鉉은 『한국현대문학사』(1969)에서 "주지주의는 주로 최재서에 의해서 소개되고, 김기림에 의해서 주장되고, 김광균에 의해서 실천된 모더니즘시 운동으로 나타났으며, 이의 대표적인 사람은 김기림이었다"라고 말하고 "주지주의＝모더니즘"으로 보고 있음을 나타내고 있다. 김윤식은 『한국현대시론비판』(1975)에서 '협의의 모더니즘＝英美 이미지즘'이라는 등식을 만들었다. 김용직은 『한국현대시사 1』(1996) 제3장에 「주지주의계 모더니즘」이라는 제목을 붙이고 "이제부터 검토할 모더니즘은 주지주의계, 또는 이미지즘-모더니즘의 흐름을 이은 것을 가리킨다"는 말로 시작하고 있어 그도 역시 모더니즘, 이마지슴, 주지주의를 결부시킨 백철의 후계자임을 나타내고 있다.

이렇게 보니까 모더니즘＝주지주의, 모더니즘＝이마지슴, 이마지슴＝주지주의 등의 등식은 해방 후 현대문학사가들로 인해 만들어진 것임을 알 수 있다. 물론 모더니즘이라는 말은 나라마다 약간씩 다른 뜻으로 사용되고 있으니 '모더니즘＝이마지슴', '모더니즘＝주지주의'라는 등식이 다른 나라에 없다고 해도 한국에 있어서 안될 이유는 없다. 우리가 지금 문제삼으려고 하는 것은 '정지용＝이마지스트'라는 등식이 타당한지 하는 문제이기 때문에 한국 모더니즘 전체에 관해서 모더니즘＝주지주의, 모더니즘＝이마지슴, 이마지슴＝주지주의 등의 등식이 성립하는지에 대해서는 여기서 검토를 삼가한다.

살펴본 바와 같이 김기림이 정지용을 이마지스트라고 말한 적은 없었고 1939년에 와서 처음 '최초의 모더니스트'라는 호칭을 (1930년대 전

---

18) 이것에 관해서는 문덕수, 「모더니즘, 이미지즘, 주지주의」, 『한국 모더니즘시 연구』를 참조했다.

반까지의 작품에 관해서) 그에게 붙여 준 것에 불과하다. 그러나 해방 후에 문학사가들이 만든 '모더니즘＝주지주의', '모더니즘＝이마지슴', '이마지슴＝주지주의' 등의 등식에서 한 걸음만 더 나아가면 '정지용＝이마지슴＝주지주의'라는 등식이 만들어진다. 즉 "정지용은 모더니스트다"라는 김기림의 말에다가 "모더니즘은 이마지슴이다"라는 등식을 합하면 "정지용은 이마지스트다"라는 '三段論法'이 성립된다. 정지용 자신이 이마지슴에 대해서 언급한 적이 없는데도 불구하고 많은 논자가 정지용과 이마지슴과의 연관성을 당연한 것처럼 착각하게 된 원인은 아무래도 이런 곳에 있어 보인다.

정지용을 이마지슴과 결부시킨 대표적 논자들도 정지용이 이마지슴의 영향을 받았다는 객관적 근거가 전혀 없다는 것을 한결같이 인정하고 있다. 金春洙는 「'시문학파'와 자유시」19)라는 글 속에서 정지용의 「향수」를 예로 들면서 "지용과 imagism을 결부시켜 생각해 보는 것은 그리 우스운 일은 아닐 것 같다"고 조심스러운 어조로 적고 있다. 金宗吉도 『시론』20)에서 정지용을 이마지스트라고 부르면서도 "지용이 이마지스트의 이론이나 실천에 어느 정도 공명했는가는 알 수 없"다고 구체적 증거가 없음을 시인한다.

그런데도 정지용＝이마지스트라고 단정하는 논자가 70년대 이후에 속속 나타난다. 하지만 그렇게 단정하는 논자 중의 대표격인 김용직조차도 "전공 범위 내에서 이미지즘 운동 내지 모더니즘 운동과 그들의 시에 접했을 공산은 물론 적지 않았던 것이다. 그러나, 이와 같은 가능성이 어디까지나 추측의 범위를 벗어나지 못하는 이유는 우선 우리에게 그것을 사실이라고 밑받침해 줄 증거가 떠오르지 않기 때문이다"21)라고 인정하고 있다.

그러나 이들 논자들이 객관적 근거가 없음을 인정하면서도 정지용이

---

19) 『김춘수 전집 2 시론』, 문장社, 1982, p.45~50. 이 글을 수록한 『한국현대시형태론』(海東文化社)이 1959년에 출판되었으니 이것은 50년대에 씌어진 글이다.
20) 探求堂, 1965, p.115.
21) 「시문학파 연구」, 『한국현대시연구』, 一志社, 1974, p.249.

이마지스트임을 주장하는 것은 꼭 앞의 삼단논법 때문만이 아니라 정지용 작품과 이마지즘 작품 또는 이론 사이에 연관성을 발견했기 때문일지도 모른다. 그렇다면 우리는 정지용과 이마지즘과의 연관성을 확인할 작업에 착수해야겠다.

3) 「향수」 분석 — 표층과 심층

하지만 그 작업을 하기 전에 우선 이마지즘이란 무엇인지 하는 문제를 다시 확인해 둬야 한다. '정지용=이마지스트'라고 주장하는 논자들은 주로 그의 작품에 시각 이미지가 선명하다는 점을 근거의 하나로 들지만 시각적 이미지는 이미지즘만의 전유물이 아니다. 상징시인이 "그 무엇보다 먼저 음악을/(…)/여전히, 그러나 언제나 음악을!"(베를레느 Paul Verlaine, 「詩法 Art poétique」)라고 외친 것은 사실이지만 상징주의가 말의 음악성을 중시하고 이마지즘이 말의 회화성을 중시한 것은 상대적인 이야기에 불구하고 이마지즘도 음악성을 중요시하고 상징시도 회화성을 중시한 것은 말할 나위도 없다. 사실은 이마지즘 이론은 상징주의의 이론가 구르몽의 이론을 이어받고 만들어진 것이라 상징주의와는 의외로 큰 연속성을 가지고 있다. 말라르메가 "나는 꽃이여! 라고 말한다. 그러자 내 목소리가 어떤 가두리도 멀리하는 망각 밖에서, 알려진 술잔과는 다른 어떤 것으로서, 음악적으로 어떤 꽃다발에도 없는 부재자가 솟아오른다."(「시의 위기 Crise de Vers」)[22]고 말할 때 그 꽃의 이미지는 청각, 시각, 후각 등의 이미지를 종합한 것임은 분명하다. 예를 들어 보들레르(Charles Baudelaire)의 「가을의 노래 Chant d'Automne」에서 장작이 鋪石에 뿌려지는 소리는 화자의 심리를 나타내는 청각 이미지라고 할 수 있지만 동시에 그는 자신의 마음을 破城망치를 맞고 무너지는 탑에 비기는 등 시각 이미지도 효과적으로 사용하고 있다. 요컨대 정지용 시에 선명한 시각 이미지가 있다는 이유로 그것이 이마지즘의 영향을 받은 작품이라고 말할

---

22) 김현, 『프랑스 批評史―현대편』(문학과지성사, 1981, p.162)에서 인용.

수는 없다. 케너는 짧은 시에 회화적 이미지를 도입한 사람은 1890년대 후기 상징주의자들이라고 말하고 있다.23)

그런데 '映像=시각 이미지'가 이마지슴의 본질이 아니라면 이마지슴이란 무엇인가. "그(파운드, 인용자)가 이마지슴 시대에 요구했던 시의 언어란 '매는 매다', '스페이드는 스페이드다'라고 하는 것 같은 것이다. 그것은 '말'이 탄생한 순간에까지 말을 初期化하고 그런 차원에서 시적언어를 사용해야 한다는 것이다. 그 초기화는 단지 의미만이 아니라 그것에 부속되는 소리, 냄새, 이미지, 느낌 등 知覺上의 온갖 속성을 물건 자체나 事象 자체에 가까워지게 하려는 요구다"(이와하라 야스오 岩原康夫).24)

이마지슴에서 말하는 이미지란 상징주의의 상징(symbol)과 어떻게 구별되는가. 파운드는 이마지슴과 상징주의의 차이점을 다음과 같이 설명한다. "이마지슴은 상징주의가 아니다. 상징주의자들은 연상을 즉 어떤 암시 내지 알레고리 같은 것을 취급한다. 그들은 상징을 단순한 언어의 상태로 깎아 내린다. 그것은 메트로놈 같은 일정한 상태로 만든다. 예를 들어 감히 '상징적'인 것을 말하려면 '십자가'(cross)라는 용어를 사용해서 '재판'(trial)을 뜻할 수 있다. 상징주의자의 '상징'은 산술의 1, 2, 7, 의 수처럼 고정된 값이다. 이마지스트의 이미지는 대수학의 a, b, c의 기호처럼 가변적 의미를 지니고 있다."25) 여기서 상징을 알레고리와 같은 것으로 보고 있는 것은 약간 지나친 해석이라 할 수 있지만 요컨대 상징시의 상징은 그것이 무엇을 뜻하는지가 전통적인 관습으로 인해 어느 정도 추측이 가능한 데에 비해 이마지슴의 이미지는 그러한 기성의 연상을

---

23) "It was the post-Symbolists of the 1890′s who brought pictorial images into short poems:theirs was the dead end we are frequently told Imagism was". 케너, 같은 책, p.187.

24) 「詩劍士ダルタニャン・パウンドの挑戦」, 『現代詩手帖』 1998년 9월호, 東京:思潮社 p.48.

25) 「Vorticism」, 1914. 앞의 이와하라 씨의 글에서 재인용. 여기서 파운드가 상징을 알레고리와 같은 것이라고 말하는 것은 지나친 말이다. 상징주의의 상징은 알레고리같이 자동적으로 의미가 결정되는 것은 아니고 이마지슴의 이미지처럼 추측하기가 어려운 것도 아니다. 그 중간쯤으로 생각하는 게 좋을 것이다.

배제한다는 것이다. 김기림이 「현대시의 발전」에서 정지용의 「귀로」와 장서언의 「고화병」을 비교하면서 「고화병」이 이마지슴에 가까운데 비해 「귀로」에 관해서는 이미지의 비약보다 은유의 아름다움이 돋보인다고 해서 이마지슴과 구별짓고 있는 것도 '喪章' 등의 시어가 무엇을 상징하는지 짐작이 쉽게 가기 때문이다.

여기서 파운드가 1912년에 만든 유명한 '이마지슴 3원칙'을 읽어 두겠다.

1. 주관적이든 객관적이든지 간에 사물(thing)을 직접 취급할 것.
2. 제시(presentation)에 도움이 안 되는 말은 절대로 쓰지 말 것.
3. 리듬에 관해서는 메트로놈에 의거하지 말고(즉 틀에 박힌 운율을 쓰지 말고, 인용자) 음악의 樂句(phrase) 같은 흐름으로 시를 지을 것.

문덕수는 정지용을 이마지스트로 규정하고 "정지용의 시는 종교시를 제외하고는 모두 事物詩(physical poetry)"[26]라고 말한다. 랜섬(John Crow Ransom)의 정의에 의하면 사물시란 "관념을 내용으로 삼기 이전의 시"[27]이며 이것은 대체로 이마지슴 시 같은 시를 가리킨다고 볼 수 있다. 그렇다면 어떤 작품을 '사물시'(또는 '이마지슴 시')로 규정한다는 것은 그 작품 속에 있는 시어의 상징성을 부정하는 것과 다름이 없다. 문덕수는 「장수산」이나 「백록담」을 '사물시'라고 하지만 이들 작품은 '이마지슴 3원칙' 중의 1인 "사물을 직접 제시하라"는 조항에는 맞는 것처럼 보여도, 兀然히 서 있는 장수산이나 髑髏 같은 白樺나 올라갈수록 키가 작아지는 뻑국채 등이 화자의 내면 심리의 투영이라는 것을 쉽게 알아차

---

26) 문덕수, 같은 책, p.117.
27) "For the purpose of this note I shall give to such poetry, dwelling as exclusively as it dares upon physical things, the name Physical Poetry. It is to stand opposite to that poetry which dwells as firmly as it dares upon ideas.", John Crow Ransom, "Poetry：A Note on Ontology", 문덕수 같은 책, p.118에서 재인용. 사물시는 物理詩라고도 번역된다.
  그런데 이 책에서 문덕수는 이마지슴과 모더니즘, 주지주의를 구별해야 한다고 주장하고 정지용은 주지주의 시인이 아니라고 말하고 있으니 앞의 세 가지를 혼동하는 다른 연구자와는 견해를 달리 하고 있음을 알 수 있다.

릴 수가 있음으로 파운드의 맥락에 비춰 보면 이마지슴의 이미지보다 상징시의 '상징'에 더 가깝다고 볼 수 있는 것이다.

덧붙여서 '이마지스트의 금지사항'(1913)으로 알려져 있는 글 속에서 파운드는, "불필요한 말과 형용사를 쓰지 말 것. 그것은 아무것도 啓示하지 않는다", "추상을 두려워하라" 등 구체적인 교훈을 내리고 있다. 이런 파운드의 이마지슴 이론을 전제로 해서 「향수」를 자세히 검토해 보자.

넓은 벌 동쪽 끝으로
옛이야기 지줄대는 실개천이 회돌아 나가고,
얼룩백이 황소가
해설피 금빛 게으른 울음을 우는 곳,

──그 곳이 참하 꿈엔들 잊힐리야.

질화로에 재가 식어지면
뷔인 밭에 밤바람 소리 말을 달리고,
엷은 조름에 겨운 늙으신 아버지가
짚벼개를 돋아 고이시는 곳,
──그 곳이 참하 꿈엔들 잊힐리야.

흙에서 자란 내 마음
파아란 하늘 빛이 그립어
함부로 쏜 활살을 찾으려
풀섶 이슬에 함추름 휘적시든 곳,

──그 곳이 참하 꿈엔들 잊힐리야.

傳說바다에 춤추는 밤물결 같은
검은 귀밑머리 날리는 어린 누이와
아무러치도 않고 여쁠것도 없는
사철 발벗은 안해가
따가운 해ㅅ살을 등에지고 이삭 줏던 곳,

——그 곳이 참하 꿈엔들 잊힐리야.

하늘에는 석근 별
알수도 없는 모래성으로 발을 옮기고,
서리 까마귀 우지짖고 지나가는 초라한 집웅,
흐릿한 불빛에 돌아 앉아 도란 도란거리는 곳,

——그 곳이 참하 꿈엔들 잊힐리야.

(「향수」, 『조선지광』 1927년 3월호)

　　정지용의 「향수」에 대해서 김춘수는 다음과 같이 말한 바 있다. "시조에서나 한시에서 보는 바와 같은 기승전결의 drama를 볼 수 없는 것은 자유시의 두드러진 한 특징을 이 시가 지니고 있다는 證左일 것인데(이 시에는 高低 내지 強弱의 시간적 굴곡이 없고, 장면의 변화뿐이다), 이것은 imagism이 高調한 점으로 상징주의적 혼돈을 피하고 영상의 명확을 중시한 것이다(imagism에 와서 서구의 자유시도 완전한 자리를 잡게 되었다는 것은 주지의 사실이다. 그리고 지용과 imagism을 결부시켜 생각해 보는 것은 그리 우스운 일은 아닐 것 같다)."28) 이 글이 '정지용=이마지스트'라는 도식을 낳을 계기의 하나가 된 모양이다. 김용직 『현국현대시연구』(1974)는 이 글을 답습해서 「향수」에 대해서 "대부분 시각을 원용하면서 향수를 추상적인 개념으로가 아니라 구체적인 표상을 통해 느끼게 해 주고 있는 것", "이 작품은 명백히 선명한 심상들을 보여 주고 있으며 내용이 정확하게 전해져 있는 점, 엄격하고 명확한 작시법을 느끼게 해 준다는 점에서 충분히 이미지즘의 측면을 읽을 수 있는 것임에 틀림이 없다"고 단정하고 있다. 또 김용직은 "「甲板 우」나 「향수」, 「바다」 등의 시편에는 어엿이 드러나는 난점이 있었다. 무엇보다 이들 작품은 너무 바닥이 얕은 감각시에 그쳤던 것"이라고 말한다.29) 「향수」를 이마지

---

28) 김춘수, 같은 책, p.48. 영국과 미국에 한해서만 이마지슴에 비롯된 모더니즘 운동으로 인해 시가 완전히 근대화되었다고 할 수 있을 것이다.
29) 김용직, 『한국현대시사 1』, 한국문연, 1996, p.249~250.

슴으로 해석하는 이들 논자는 이 작품을 선명한 이미지를 주는 "한 폭의 極彩色의 풍경화"30)에 지나지 않고 고향에 대한 그리움을 표현하는 이상의 내용은 없다고 생각한다. 그러나 「향수」는 정말 이마지슴 시이며 깊은 의미를 읽는 것은 불가능한 작품인가.

우선 「향수」가 이마지슴 이론에 잘 맞는 작품인지 검토해 보겠다. 파운드의 이마지슴 3원칙의 첫 번째는 "사물을 직접 취급할 것"이었다. 그런데 「향수」는 일견해서 알 수 있듯이 화려한 형용어구가 명사를 장식하고 있어 짧은 문장과 형용사를 수반하지 않는 명사의 노출을 특징으로 하는 이마지슴 시와는 달라 보인다. 이마지슴 시의 전형적인 예가 파운드의 「지하철 역에서(In a Station of the Metro)」다. "The apparations of these faces in the crowd;/Petals on a wet, black bough." 전형적인 이마지슴의 예를 하나 더 들어 보겠다. 다음은 파운드가 처음 '이마지스트'라는 호칭을 쓴 H. D.의 작품 「길의 헤르메스」의 서두부분이다. "The hard sand breaks/And the grains of it/Are clear as wine. /Far off over the leagues of it/The wind,/Playing on the wide shore, /Piles little ridges, /And the great waves/Break over it." 파운드는 이 작품에 대해서 "객관적이고 미끄러짐이 없고 직접적이고 형용사 등의 과도한 사용이 없다. 검증 못하는 비유가 없다. 이것은 직접적인 會話다. 그리스인처럼 직접적이다!"라는 설명을 했다.31) 그런데 「향수」는 실개천의 흐름을 표현하는데 "옛이야기 지줄대는 실개천"이라고 하고 바람에 날리는 어린 누이의 귀밑머리를 말하는데 "傳說바다에 춤추는 밤물결같은"이라는 길고도 화려한 형용어구를 쓰고 있다. 이것은 암만 봐도 이마지슴의 원칙에서 벗어난다.

정지용보다 늦게 시작활동을 시작한 서정주는 "「花蛇」와 한 무렵에 씌어진 일군의 시들을 쓸 때 내가 탈각하려고 애 쓴 것은 정지용류의 형용수식적 시어조직에 의한 심미가치 형성의 지양에 있었다"고 말한 바 있

---

30) 김용직, 같은 책, p.238.
31) 케너, 같은 책에서 재인용.

다. (서정주, 「나의 시인생활약전」).32) 서정주에 따르면 형용사나 부사 등의 수식어가 많은 정지용류의 시는 인생의 진수와 멀리 있는 것처럼 보였다고 한다. 적어도 당시의 서정주의 눈에는 정지용 시가 이마지슴의 개념과 정반대의 것으로 보였던 것이다.

김춘수는 「향수」의 장면전환을 영화의 몽타쥬 기법33)에 비기고 있으며 김용직도 그것을 이어받아 "여기서 우선 두드러지게 드러나는 것이 이 시가 지니는 선명한 심상들이다. 그것은 대부분 시각을 원용하면서 향수를 추상적인 개념으로가 아니라 구체적인 표상을 통해 느끼게 해 주고 있는 것이다. 그리하여 거의 한 구절이 끝날 때마다 우리 머리에는 영화의 한 장면과도 같은 영상들이 떠오르도록 되어 있다"고 역시 영화의 영상에 비기고 있다.

그런데 「향수」에 나타나는 이미지들은 그렇게 구체적이고 선명한 영상이라고 할 수 있을까. 1연의 "해설피"가 무엇을 뜻하는지 해석하는 사람마다 의견이 다른 부분이며 짚벼개를 돋아 고이시는 늙으신 아버지는 알 수 있어도 "질화로에 재가 식어지면/뷔인 밭에 밤바람 소리 말을 달리고," 라는 부분이나 "傳說바다"는 구체적인 그림으로 그리기가 곤란할 것이다. 4연의 "하늘에는 석근 별/알수도 없는 모래성으로 발을 옮"긴다는 것도 하늘의 별이 발을 옮기는지, 별을 보면서 화자가 걸어갔는지, 모래성이 어디에 있는지 영화로 찍으려면 감독은 꽤 고생해야 한다. "돌아 앉아 도란 도란거리는" 것도 동작의 주체가 무엇인지 분명치 않다. 이런 구절들은 추상적 개념을 늘어놓은 것은 아니지만 그렇다고 구체적 사물의 제시라고 말하기에는 너무나 애매한 표현방법을 쓰고 있어 분명히 이마지슴 원칙에 어긋난다.

이런 표현들은 이마지슴의 개념에 억지로 적용하지 않아도 상징주의의 개념으로 해석하면 자연스레 이해된다. 김기림이 "지금까지 우리 선배와

---

32) 『서정주 문학전집 4』, 一志社, 1972, p.200.
33) 영화의 몽타쥬 기법은 스피드감각과 긴장감을 고조시키는 것이라 「향수」의 조용한 분위기와는 별로 맞지 않는다.

동료가 수입한 외국의 시와 시론의 대부분이 상징과 혹은 그 이전이었음으로 그들이 영향을 받고 薰陶된 것도 역시 주로는 상징주의였던 까닭에 그리고 우리들이 교육을 받던 대학이나 전문학교의 문과도 역시 대체로 이 정도를 벗어나지 못한 까닭에 오늘의 시단에 미만한 것은 대개는 상징주의적 시론과 감상태도"(「현대시의 발전」, 1934)였다고 말하는 것처럼 20년대에 문학수업을 한 청년이라면 일본어 또는 영어로 번역된 프랑스 상징주의 이론과 작품 그리고 그것을 이어받아 일본식으로 변형된 일본의 상징주의 이론과 작품은 가장 친숙한 것이었기 때문이다. 영미계 모더니즘 이론을 활발하게 소개한 『시와 시론』이 창간된 것은 1928년 12월이었으며 김기림의 평론활동은 30년대 이후에 일이었으니 그 전까지는 상징주의 이론의 영향이 압도적이었다고 봐도 될 것이다.

「향수」의 표현방법도 상징시의 이론에 잘 맞는다. 프랑스어를 모르는 정지용이 가장 손쉽게 접할 수가 있었던 일본 상징주의 시인과 일본시인들이 수용한 프랑스 상징주의 이론을 생각해 보면 1905년 간바라 아리아케(蒲原有明)가 시집 『春鳥集』 서문에서 보들레르의 萬物照應(correspondance)이론을 소개한 바 있으며 같은 해에 간행된 우에다 빈은 번역시집 『해조음』.서문에서 상징시란 "시인의 觀想에 유사한 心狀을 환기하는 하나의 心狀을 독자에게 주는 것"이라고 설명했다. 또 역시 거기서 소개되어 기타하라 하쿠슈를 비롯한 일본 상징시인들에게 큰 영향을 미친 말라르메의 시론에 따르면 사물을 명시하는 게 아니고 사물이 환기하고 암시하는 환상을 쓰는 게 상징시다. 또 1913년에 일어번역이 나와 큰 영향을 준 시몬즈의 『상징주의의 문학운동』 서문에는 문학에 있어서의 상징주의란 "그것은 의식으로 인해 파악할 수는 있지만 눈에는 안 보이는 실재를 표현하는 방법의 하나"다. 앞에서 예로 든 "질화로에 재가 식어지면/뷔인 밭에 밤 바람 소리 말을 달리고," 같은 구절은 바로 "그것은 의식으로 인해 파악할 수는 있지만 눈에는 안 보이는 실재"가 아닌가. 이것은 읽는 이에 강한 인상을 남긴다는 뜻에서는 "선명한 심상"이라고 할 수 있지만 이마지슴이 요구하는 구체적 사물과는 거리가 멀다.

또 김용직은 "이미지스트로서 정지용의 측면은 要를 얻은 共美的 心象(Synaesthetic Imagery)의 제시로 그 면모가 더욱 뚜렷한 바 있다. Synaesthetic Imagery란 르네 웰렉 등의 의하면 "'한 감각적인 사실을 다른 감각의 것으로 옮기는 것, 곧 시각적인 것을 청각적인 것으로 하는 따위'를 말"하는 것이라고 하면서 「황마차」나 「太極扇」의 일부를 인용하고 있다.[34] 신비평의 Synaesthetic Imagery라는 개념이 왜 정지용의 이마지스트적 측면을 증명하는 재료가 되는지는 알 수가 없지만, 이 개념은 요컨대 보들레르의 共感覺(synesthésie)을 다른 말로 표현한 것에 지나지 않아 보인다. 일찍이 랭보(Arthur Rimbaud)도 "A는 흑색, E는 흰색, I는 빨간색, U는 녹색, O는 파란 색"이라 해서 母音을 색깔로 표현했다. 메이지 후기에는 일본시인들에게 널리 알려져 있었고 일본어를 읽을 줄 아는 문학청년이라면 상식처럼 알고 있었던 이런 상징시의 기법을 정지용이 자연스럽게 썼을 뿐이라 하겠다.

일본 상징시의 예를 하나 들어 본다. 여기서 인용하는 시는 정지용이 동경하고 '사숙'했던 시인 기타하라 하쿠슈의 초기 대표작으로 시집 『추억』의 「서시」로 씌어진 작품이다.

> 추억은 목덜미의 붉은 개똥벌레를 만지는 손의
> 午後의 막연한 감촉처럼,
> 푸른 기를 슬쩍 띤
> 빛나는데도 안 보이는 빛?
>
> 아니면 곡물의 희미한 꽃인가,
> 이삭 줍는 이의 콧노래인가,
> 포근한 술 곳간 남쪽에서
> 잡아뜯는 비둘기 털의 하얀 화끈함?
>
> 音色으로 말하면 피리 종류,
> 두꺼비 울고

---

34) 『현국현대시연구』, p.248.

> 醫師의 약이 그리운 밤,
> 어스름 속에서 부는 하모니카.
>
> 냄새로 말하면 빌로드,
> 트럼프의 퀸의 눈
> 꽤사 떠는 피에로의 가면의
> 어딘지 쓸쓸한 느낌.
>
> 방탕의 나날 같이는 괴롭지 않고,
> 熱病의 밝은 아픔도 없는 것 같고,
> 그런데도 暮春처럼 부드러운
> 추억인가, 다만, 내 가을의 legend(中古傳說)?

(기타하라 하쿠슈, 「서시」 전문)35)

이 시는 어릴 때 추억을 감각적으로 표현한 것인데 일견해서 알 수 있듯이 시각, 청각, 촉각, 후각 등 보들레르적 공감각이 풍부하게 사용되어 있다. 각 연 사이에 시간적 연속성은 없고, 繼起的으로 일어나는 사건도 없다. 화자에 관한 설명도 전혀 없다. 이 시에서 시인의 사상이나 주장을 읽는다는 것은 거의 불가능하다. 하지만 아무도 말로 표현하지 못했던 미묘한 느낌, 어린 아이가 느끼는 삶에 대한 뭔가 근원적인 두려움이나 불안감, 그리움 등 떨리는 솜털 같이 미세한 감정의 움직임을 감각적인 언어의 마술로 표현한 작품이 읽는 이에게 소름이 끼칠 정도로 강한 인상을

---

35) 필자는 「향수」와 이 시 사이에 직접적인 연관이 있다고 보기 때문에 이 시를 인용하는 것이 아니라 비교대상의 예로서 인용하는 것에 불과하다. 원문은 다음과 같다. "思ひ出は首すぢの赤い蛍の/午後(ひるすぎ)のおぼつかない触覚(てざはり)のやうに、/ふうわりと青みを帯びた/光るとも見えぬ光?//あるひはほのかな穀物(こくもつ)の花か、/落穂(おちぼ)ひろひの小唄か、/暖かい酒倉の南でひき揉(む)しる鳩の毛の白いほめき?//音色(ねいろ)ならば笛の類(るゐ)、/蟾蜍(ひきがへる)の啼く/医師の薬のなつかしい晩、/薄らあかりに吹いているハーモニカ。匂ならば天鵞絨(びろうど)、/骨牌(かるた)の女王(クイン)の眼(め)/道化たピエローの面の/なにかしらさみしい感じ。//放埒(ほうらつ)の日のやうにつらからず、/熱病のあかるい痛(いた)みもないやうで、/それでゐて暮春のやうにやはらかい/思ひ出か、たゞし、わが秋の中古伝説(レヂエンド)?"(「序詩」, 『思ひ出』,東京:東雲社, 1911에 수록)

주었기 때문에 하쿠슈는 '말의 연금술사'라고 불렀다.36) 사상성이 희박한
데도 읽을 만한 시를 창조한다는 점에서 하쿠슈는 일본근대시사상 공전
절후의 재능을 가진 사람이었다. "감각 밖에 없는 시"라고 욕하는 사람도
있지만 기실 사상성이 결여된 시로 사람을 감동시킨다는 것은 극히 어려
운 일이며 아무나 할 수 있는 것이 아니다. 사상의 결여를 견디어 낸다는
것도 쉬운 일이 아니기 때문이다. 젊은 날의 정지용이 하쿠슈를 동경한
것도 바로 이런 언어의 '연금술' 때문이었던 것이다.

그런데 「향수」는 위의 「서시」와 마찬가지로 사상성을 전혀 읽을 수 없
는 작품일까. 「향수」에 표면적으로 나타나 있는 것은 화자의 기억 속에
있는 고향이 아름답게 재현된 장면들이며 "──그 곳이 참하 꿈엔들 잊힐
리야."라고 하면서 고향을 그리워하는 화자의 모습이다. 하지만 겉으로는
감상의 가벼운 표출처럼 보이는 이 작품에 좀 더 심층적인 뜻을 발견하는
것도 가능하다. 그 심층의 문의 열쇠가 되는 것은 되풀이되는 "──그 곳
이 참하 꿈엔들 잊힐리야."라는 말이다. 각 연 사이에 한 줄 씩 간격을 두
고 삽입된 이 독백은, 한 줄로 독립해 있는 점과 "──"로 다른 행보다 두
字분 들어가 있는 점이 고향의 정경에 대한 화자의 심리적 거리감을 나타
내고 있다. 아니, 심리적으로만이 아니라 물리적으로도 화자는 고향을 멀
리하고 있는 것이다. 시골의 정경을 그리워한다는 것은 화자가 도회지에
있지 않으면 있을 수가 없는 것이기 때문이다. 그래서 "──그 곳이 참하
꿈엔들 잊힐리야."라고 한탄할 때마다 또는 한탄할수록 화자는 자신이 지
금 있는 장소가 그리운 고향과 대조적인 곳임을 언외로 표현하고 있는 것
이다.

예를 들어 1연의 정경묘사가 끝난 뒤 화자가 "──그 곳이 참하 꿈엔들
잊힐리야."라고 한숨을 쉼으로써 읽는 이는 화자가 지금 사는 곳은 넓은
벌도 실개천도 황소도 안 보이는, 근대적 건물이 늘어선 도시이라는 것을

---

36) 번역으로는 원문의 리듬이나 한자·히라가나·가타카나를 구별해서 사용함으로써 빚
　　어나는 분위기를 전달할 수가 없다. 그 점을 감안해서 감상해 주시기 바란다.

상상하게 되는 것이다. 또 2, 4연에서는 화자가 따뜻한 가족생활과 멀리 떨어진 곳에서 외롭게 사는 모습이 떠오른다. 고향의 모습이 아름다우면 아름다울수록 그것과 대조되는 화자의 현재의 모습이 초라해진다. "——그 곳이 참하 꿈엔들 잊힐리야."는 화자의 그런 내면심리를 전달하는 장치로서 각 연의 뒤에 교묘하게 배치되어 있는 것이다.

그래서 「향수」의 표층적 의미는 '향수'이지만 심층적 의미는 도시에 사는 자의 고독과 소외감이라고 말할 수 있으며 근대적 도시생활에 적응 못하는 화자의 고뇌가 주제가 되어 있다고 보는 것도 가능할 것이다. "——그 곳이 참하 꿈엔들 잊힐리야."는 보통 반어 즉 "절대로 잊을 수가 없다"는 뜻을 강조하기 위한 rhetorical question으로 해석되겠지만 이 의문형을 그대로의 의문으로서 해석해 보면 어떻게 될까. 그러면 "——그 곳이 참하 꿈엔들 잊힐리야."는 "나는 고향을 잊을 수가 있을까? 잊어야 하는 것일까? 근대생활에 적응해야 하는 것일까? 그러다가 나는 정말 고향을 잊어버리게 되는 게 아닐까?"하고 화자가 자기 자신에게 묻고 되새기는 말이 된다. 되풀이되는 리프레인은 화자가 끝없이 헤매는 모습을 표현하고 있는 것이다.

한국이 식민지 지배하에 있었다는 사정도 물론 있지만 이러한 '고향상실감'은 근대화, 도시화가 진행되면서 생기는 것으로 독일의 하이네를 비롯해 여러 나라에서 시인들이 노래한 것이다. 1920년대의 정지용에게도 근대적 도시와의 조우는 큰 충격이었을 것이다. 정지용 초기시에 식민지 침략에 대한 비판이 별로 눈에 안 띈다는 이유로 현실도피라고 비판하는 사람도 있겠지만 그는 나름대로 현실에 직면하고 있었던 것이다. 김기림은 프랑스 상징시인에 대해서 다음과 같은 말을 한 바 있다. "그러나 나는 시가 상징파에 이르러 얻은 수확은 '현실에 눈뜬 일'이라고 하고 싶다. 왜 그러냐 하면 현실에 대한 인식이 전연 없이는 현실 도피라는 것은 있을 수 없다. 도피하지 아니하면 아니되도록 그렇게 추악한 것으로서 우선 현실이 인식된 뒤에 도피라는 행동이 뒤를 따를 것이다"(「상아탑의 비극」).

'정지용=이마지스트'라는 선입견으로 작품을 본다는 것은 작품의 표층에 나타난 의미에만 주목하고 심층적 의미의 탐구를 아예 포기하는 태도를 취하는 것이다. 어떤 작품이 어떤 경향을 가지고 있는지는 시인에 대한 선입견이 아니라 작품자체의 내재적 분석을 통해 결정해야 하는 문제라 생각한다.

앞에서 말한 것처럼 일반적으로 20년대 문학청년들은 참신하고 응축된 이미지 창출에 관해서는 상징주의 시론을 주로 배웠다. 하지만 그런 이미지를 창출하는 방법은 상징주의 이전에 한자문화권에 속하는 동양인이라면 한시를, 일본어를 잘 아는 사람이라면 하이쿠, 단카 같은 전통적 단시를 통해서 오래 전부터 익히고 있었던 게 아닌가. 정지용은 어릴 때부터 한문을 배워서 한시에는 깊고 넓은 지식을 가지고 있었다. 또 유학 시절의 그가 존경했던 하쿠슈는 시인임과 동시에 뛰어난 歌人(단카작가)이었고 정지용 자신이 시조의 혁신운동과 단카의 혁신을 관련시켜서 의견을 펼친 글(「時調寸感」)도 있으니 일본의 전통적 단시형 문학에 대해서도 얼마간의 흥미를 가지고 있었을 것이다. 그런데 파운드가 한시, 하이쿠, 단카, 우키요에(浮世畵), 그리스 서정시 등에서 착상을 얻고 이마지슴을 창시했다는 것은 너무나 잘 알려진 사실이다. 이미지를 응축하는 기법 등은 파운드가 주로 동양에서 배워간 것이니 혹 정지용 시에 응축된 이미지가 있다고 해도 그것이 이마지슴에서 들어온 것이라고 아무런 근거 없이 단정할 수는 없을 것이다.37)

또 사물의 즉물적 시각 이미지를 연속적으로 던지고 시를 만드는 기법은 다다, 아나키즘, 초현실주의, 신즉물주의 시인들이 많이 사용해 온 것이다. 이것은 영화의 몽타쥬 기법—몽타쥬 기법도 하이쿠에서 착상을 얻

---

37) 서양문학이 일본문학에 대해서 미친 영향의 연구가 주류를 이루는 일본 비교문학계에서도 이마지슴이 일본문학에 대해서 미친 영향은 별로 연구대상이 되지 않았고 오히려 일본문학이 서양문학에 영향을 미친 드문 예로 생각되고 있다. 『시와 시론』의 중요 멤버의 한 사람인 기타조노 가쯔에(北園克衛)가 에즈라 파운드와 친하게 편지 왕래를 했었다는 것은 유명한 이야기지만 그것은 1936년 이후에 일이었으니 1924년경부터 미래파, 입체파, 표현파, 다다 등에 관심을 가지기 시작하고 1928년에는 「일본 쉬르레알리슴 선언」을 냈던 기타조노의 작품이 파운드에 영향하에 씌어졌다고 보는 사람은 없다.

은 것이라고 한다—과도 깊은 관련이 있는 것이다.[38]

　이마지슴이 정지용에게 영향을 미친 가능성을 전면적으로 부정할 수는 없고 정지용 작품 중에는 이마지스트적이라고 말할 수 있는 것도 있다.[39] 하지만 '정지용=이마지스트'라는 도식에는 근거가 없음을 지적할 수는 있으며, 그런 도식을 전제로 해서 지용 작품을 보면 빠뜨리는 게 많을 거라고 생각된다.

　여기서 '정지용=이마지스트'라는 선입견을 가지고 작품을 보는 태도에는 어떤 문제가 있는지 정리해 두겠다. 먼저 이마지슴의 본질을 시각 이미지의 강조로만 보는 것은 잘못이다. 또 이마지슴의 이미지의 뜻을 시각 이미지로 축소해서 '정지용=이마지스트'라고 생각한다면 이마지슴이라고

---

38) "1920년 봄호의 *NRF*(프랑스의 문예잡지, 인용자)는 하이쿠 연구 특집호로, 책임편집장이 놀랍게도 폴 엘뤼아르(Paul Eluard)였다. 그 호에는 젊은 날의 에이젠슈째인도 관여하고 있다. 그는 하이쿠가 몽타쥬적 수법을 가지는 영상언어임을 재빨리 알아차렸다", 다카하시 세오리, 앞의 글.
에이젠슈째인의 시나리오를 흉내낸 시네포엠(ciné poem)이라는 형식의 시를 곤도 아즈마(近藤東)가 1927년에 『근대풍경』에 발표했으며 30년대에도 여러 사람으로 의해 시네포엠이 씌어졌다. 다케나카 이쿠(竹中郁)의 대표작은 다음과 같다.

　　1 밀려오는 물결과 거품과 그것의 아름다운 反射와.

　　2 帽子의 바다.

　　3 Kick off! 시작이다. 운동화 바닥에는 구두징이 있다.

　　4 물과 공기 속에 녹아 가는 공이여. 타원형이여. 비누의 슬픔이여.

　　5 "아, 어디로 가 버렸나?"

(「럭비」 서두부분)

39) 정지용 작품 중 이마지슴에 가장 가까운 작품은, 『白鹿潭』에 수록된, 감정적 표현을 배제하고 말을 극단적으로 아낀 작품들이다. 예를 하나 들어 본다. "담장이/물 들고,//다람쥐 꼬리/숯이 짙다.//山脈우의/가을ㅅ길—//이마바르히/해도 향그롭어/(…)"(「毘盧峯 2」, 1938)

규정된 작품의 음악성을 상대적으로 경시하게 된다. 「향수」에 강한 시각 이미지가 사용되어 있는 것은 사실이지만 "그곳이 참하 꿈엔들 잊힐리야" 라는 아름다운 리프레인을 가지는 이 작품에 있어 과연 회화성이 음악성 을 능가한다고 단정할 수가 있을지 의문이다. 또 정지용 초기시를 시각성 이 강한 시라는 선입견으로 포괄하면 동요, 민요풍의 작품에서 이루어진 리듬의 창출 등의 업적을 상대적으로 경시하게 된다. 이마지슴 시는 비교 적 짧은 작품이 많기 때문에 「황마차」 같이 호흡이 긴 산문시를 경시하는 경향도 생길 수 있다. 또 앞에서 말했듯이 이마지슴 시(=사물시)라는 선 입견을 가지고 작품을 보면 시어가 가지는 상징성을 무시하고 시가 가지 는 깊은 뜻을 안 보는 결과가 된다.

'정지용=이마지스트'라는 도식은 이마지슴 이외의 문예사조와의 영향 관계 고찰을 등한시하게 하지만 20년대 문학청년들에게 가장 큰 영향을 미쳤던 프랑스 및 일본 상징주의를 무시할 수는 없다. 정지용 자신이 좋 아했다고 말한 기록이 있고 작품에도 영향을 받은 흔적(표현기법, 어휘, 어조)이 비교적 뚜렷하게 보이는 하쿠슈 작품 등과의 비교고찰을, 객관적 근거가 거의 발견되지 않는 이마지슴과의 비교고찰보다 우선시키는 것이 타당할 것이다.

4. 보헤미안의 희화

1) 「카페 · 프란스」 분석

제II부 제1장에서 기타하라 하쿠슈와 지용과의 관계에 대해서 논했지 만 여기서는 지용의 초기 대표작 「카페 · 프란스」의 세밀한 분석을 통해 서 지용 작품에 대한 외국문학의 영향을 보다 더 구체적으로 검토하면서 작품 배경에 숨겨진 뜻을 밝히려고 한다.1)

옮겨다 심은 棕櫚나무 밑에
빗두루 슨 장명등,
카페 · 프란스에 가쟈.

이놈은 루바쉬카
또 한놈은 보헤미안 넥타이
뻣적 마른 놈이 압장을 섰다.

밤비는 뱀눈 처럼 가는데
페이브멘트의 흐늙이는 불빛
카페 · 프란스에 가쟈.

이 놈의 머리는 빗두른 능금
또 한놈의 心臟은 벌레 먹은 薔薇
제비 처럼 젖은 놈이 뛰여 간다.

※

『오오 패롵(鸚鵡)서방! 꾿 이브닝!』

『꾿 이브닝!』(이 친구 어떠하시오?)

鬱金香 아가씨는 이밤에도
更紗 커-틴 밑에서 조시는구료!

나는 子爵의 아들도 아모것도 아니란다.
남달리 손이 히여서 슬프구나!

나는 나라도 집도 없단다
大理石 테이블에 닷는 내뺌이 슬프구나!

―――――――――――――――

1) 이 작품에 대해서는 崔元植 「서울 · 東京 · New York」(『문학동네』 1998년 겨울호,
   pp.171~194)에 자세한 분석이 있다.

오오, 異國種강아지야
내발을 빨어다오.
내발을 빨어다오.
　　　　(「카페·프란스」전문)

「카페·프란스」(1926)에는 현재 한국에서는 낯설게 느끼는 낱말이 등장한다. 즉 '루바쉬카', '보헤미안 넥타이', '鬱金香', '更紗' 등이 그것이다. '카페'라는 것 자체도 지금 한국에서 흔히 볼 수 있는 카페와 다르다. 그런데 이 시가 씌어진 1920년대의 문학청년들, 특히 일본에 유학한 지식층 청년들에게는 이런 것들이 다 일상적으로 볼 수 있는 풍물이었을 것이다. 그렇다면 우리가 젊은 시인 정지용의 고뇌에 대해 진실한 공감을 가지기 위해서는 잠시 시간을 역행해서 이 시에 나오는 낱말이 내포하는 뉘앙스를 알아볼 필요가 있다. 이 글은 말하자면 역사적 수수께끼를 푸는 작업이 될 것이다.

방금 '수수께끼'라는 말을 썼지만 기실 일본근대시를 조금이라도 아는 사람이라면 누구나 '棕櫚나무', '鬱金香', '更紗', '大理石'이라는 낱말을 애용한 거물급 시인을 쉽게 상기할 수가 있다. 정지용이 '사숙'했었던 기타하라 하쿠슈가 바로 그 사람이다. 그리고 앞에서 든 낱말들은 하쿠슈와 기노시타 모쿠타로(木下杢太郞)가 메이지 말기에 유행시킨 '南蠻文學'2)의 어휘에 속한다. 「카페·프란스」의 수수께끼를 풀려면 아무래도 하쿠슈와의 관련을 검토할 필요가 있어 보인다.

필자는 최근에 와서 「카페·프란스」를, 하쿠슈를 비롯한 젊은 예술가들이 일본에서 최초로 카페를 무대로 해서 펼친 메이지 말기의 예술운동 '판의 회(パンの会. パン은 牧神＝Pan)'와, '판의 회'의 사람들이 본뜬 19

---

2) 중국에서 '南蠻'은 남쪽 지방에 사는 미개한 민족들을 얕잡아 이르는 말이지만, 일본에서는 16세기 후반 이후 동남아시아를 부르는 말이 되었고 동남 아시아를 식민지로 해서 거기서 일본으로 건너 온 서양 사람들, 주로 포르투갈 사람, 스페인 사람을 '南蠻人'이라고 부르게 되었다. '기리시탄'＝'南蠻宗'은 당시의 천주교를 뜻하며 그것이 금지된 이후에는 邪敎視를 당했는데 南蠻文學이란 그런 기리시탄의 삶을 테마로 한 시, 소설, 희곡 등을 말하는 말이다.

세기 파리의 보헤미안들의 群像과 대비해서 고찰해 볼 필요가 있지 않을까 하는 생각을 가지게 되었다.

"나는 언제나 그림을 그리고 있었다/사랑하는 사람이여 너를 모델로 해서/서로 사랑하던 너와 나의 스무 살 무렵(…)/허기진 배를 안으면서/무지개가 나오기를 꿈꾸던 친구들과 함께/카페 구석에서 보들레르나 베를레느의 시를 읽었지." 이것은 샤르르 아즈나부르(Charles Aznavour)의 상송 「라 보엠」에 붙여진 일본어 가사의 일부분을 번역해 본 것이다.3) 여기에는 현대인이 가지고 있는 가장 통속적인 '보헤미안'의 이미지 즉 가난한 예술청년이라는 이미지가 단적으로 드러나 있다. 이런 유형의 예술 보헤미안의 이미지는 19세기 초 파리에서 태어나 19세기 말엽에 통속화되어서 세계각지에 전파되었다. 일본에서 그것을 모방해서 화려하게 펼쳐진 게 '판의 회'의 예술운동이었으며 정지용은 그 '판의 회'의 예술가들을 동경하면서 문학수업을 시작한 세대에 속한다. 이 시의 제목이 '카페·아메리카'나 '카페·잉글랜드'나 '카페·자만'이어서는 안되고 「카페·프란스」이어야 하는 이유는, 이 시에 나오는 청년들이 바로 19세기 파리의 보헤미안들의 후예이기 때문이다.

그러면 이 시의 첫머리부터 자세히 검토해 보겠다.

카페

옮겨다 심은 棕櫚나무 밑에/빗두루 슨 장명등, /카페 프란스에 가쟈.4)
(제1연)

이 구절로 떠오르는 것은 프랑스 작가 앙리 뮈르제(Henri Murger,

---

3) 상송 「라 보엠」은 1965년경의 작품. 原詞는 Jacques Plante, 일본어 가사는 미와 아키히로(美輪明宏)의 작사.

4) 金時泰는 이부분을 T. S. Eliot의 "The Love Song of J. Alfred Prufrock"의 나오는 "Let us go then, you and I"나 "No! I am not Prince Hamlet, nor was meant to be;"라는 구절과 관련시키고 있지만 내용면으로 봐서 별로 관계가 없어 보인다. 김시태, 『현대시와 전통』, 성문각, 1978, p.186~193 참조.

1822~61)의 소설 「보헤미안의 생활풍경(Scène de la Vie de Bohème)」
을 오페라로 만든 「라 보엠」(푸치니 Puccini 작곡)이다. '보헤미안＝젊
고 가난한 예술가'라는 이미지를 결정적으로 정착시키고 통속화시킨 것은
뮈르제의 이 소설이었기 때문이다. 뮈르제의 소설은 1845년부터 49년에
걸쳐 신문에 연재되었고 1849년에는 연극이 되어 대성공을 거두었다. 그
것을 푸치니가 오페라로 만들어서 1896년 토리노에서 공연을 한 것이 앞
에서 든 것 같은 '보헤미안'의 뜻을 널리 알리는 계기가 되었다.[5] 일본에
전해진 '카페'와 거기에 모이는 젊은 예술청년 '보헤미안'의 이미지의 원천
을, 우리는 「라 보엠」의 무대가 된 19세기 파리에서 찾아야 한다.

　오페라 「라 보엠」에서는 젊고 가난한 시인과 화가와 음악가와 철학자
가 다락방에서 공동생활을 하고 있는데 어느 날 어느 부잣집에서 죽어
가는 앵무새를 위해 음악을 연주하는 일로 돈을 번 음악가 쇼나르는 친
구들에게 돈을 나누어주면서 라틴街에 있는 '카페 모뮈스'에 가자고 한
다. "봐, 카페는 바로 이 근처에 있어./가자, 모뮈스에! (Vedi il caffee
vincin/Audiam la da Momus!)", "그곳 모뮈스에!/가자!(La da
Momus! Audiam!)."[6] 정지용이 「라 보엠」 자체를 의식하고 있었는지
모르지만 카페에서 노는 이러한 예술청년의 모습은 메이지 말기부터 일

---

5) 여기서 보헤미안(불어로는 '보엠')의 뜻을 정리해 둔다. 보헤미안의 기원은 인도 북서
　지역의 낮은 카스트에 속하는 종족이라고 하지만 중세 이래 유럽에서는 이집트에서 온
　사람들이라고 생각해서 Gipsy 또는 보헤미아 지방에서 온 이동민족이라고 생각해서
　보엠이라고 불렀다. 그것이 프랑스 17세기에 외서 산업혁명으로 파리에 들어오는 노
　동자들이 형성하는 하층사회 사람들을 가리키는 말이 되었다. 사회에서 낙오한 위험한
　계급이라는 점에서 그들이 집시를 연상시켰기 때문이다. 하지만 19세기에는 문화적으
　로 사회에서 빠져나간 예술가를 가리키는 말이 된 것이다. 예술가＝기술자는 중세이래
　길드에 귀속하면서 패트런의 비호를 받고 있었지만 7월 왕정시대에 부르즈와 사회가
　발달하면서 그 제도가 무너진다. 젊은 예술가들은 예술지상주의를 주장하게 되고 부르
　즈와 사회에서 고립했다. 젊고 가난하지만 내 재능을 믿고 예술의 정진하는 자유 분방
　한 예술가라는 보엠(보헤미안)의 뜻은 1830년대 후반에 태어나 40년대에 대체로 정
　착했다. 今橋映子, 『異都憧憬—日本人のパリ』 (東京:柏書房, 1993) 참조.
6) プッチーニ, 「ボエーム」, 東京:音楽之友社, 1987. 이야기의 무대는 1830년대의 프랑스
　이지만 오페라 대본은 이탈리아어임.

본과 한국의 지식층 사이에 널리 보급되어 있던 '보헤미안'의 이미지라 할
수 있다.7)

  오페라 「라 보엠」이 공개된 무렵 즉 19세기 말에는 보헤미안 생활은
통속화되어 카페나 캬바레 같은 곳에서 부르즈와가 의사체험으로 즐기는
대상이 되어 버렸고 당시 파리에 머물었던 외국인 즉 영국, 미국, 일본에
서 온 예술가들—대개의 경우 화가였다—이 그런 통속화된 보헤미안의
삶을 흡수하고 자기 나라에 돌아간 후 그것을 전파했다. 일본에서는
1893년에 귀국한 서양미술사 연구가 이와무라 도루(岩村透, 1870~19
17)가 『파리의 미술학생(巴里の美術學生)』(1903)이라는 수필 책 속에
서 시인이나 화가가 카페에 모여서 예술을 논하는 모습을 묘사하면서 일
본에서는 예술가가 모여서 예술담을 하는 장소가 없다고 한탄했으며 이
수필은 당시의 예술지망생들에게 심대한 영향을 미쳤다. 게다가 구로다
기요테루(黑田淸輝), 모리 오가이(森鷗外), 우에다 빈, 호리구치 다이가
쿠, 다카무라 고타로(高村光太郎, 시인, 조각가. 그는 이와무라의 제자였
으며 후에 '판의 회'에도 참가했다), 나가이 가후(永井荷風), 시마자키 도
손 등 유럽의 공기를 호흡한 화가와 문학자들이 귀국해서 그곳의 생활이
나 예술인들의 동향을 생생하게 전해 줌으로써 청년들의 동경을 북돋웠
고 그것이 예술운동의 근거지로서의 카페를 일본에 생기게 하는 계기가
되었다.

  먼저 「카페·프란스」(의 모델이 된 카페)가 어디에 있었는지 하는 문
제부터 검토해 보겠다. 박태원의 「소설가 仇甫氏의 一日」에 보이듯이 19
30년대에는 명동이나 종로의 다방 또는 카페가 한국소설의 중요한 무대
가 되었다. (조용만의 「구인회 만들 무렵」에는 李箱이 여급에게 "요- 숙
녀들, 굿 이브닝!"하고 인사하면서 종로2가에 있는 '낙원 카페'에 들어가
는 장면이 묘사되어 있다).8) 하지만 1920년대 전반에는 아직 서울에 다

---

7) 오페라 「라 보엠」이 일본에서 처음 공연된 게 언제인지는 모르지만 소마 곳코(相馬黑
   光)는 도쿄 제국극장에서 러시아 가극단의 공연으로 이 작품을 구경했다고 적고 있다.
   1920년경의 일이라 추정된다. 相馬黑光, 『默移』, 東京: 女性時代社, 1939.
8) 趙容萬, 『구인회 만들 무렵』, 정음사, 1984, p.74.

방도 카페도 거의 없었다고 한다.9) 金東仁의 증언을 들어보겠다. "백조 파는 보헤미안과 유사한 점이 많았다. (…) 만약 그 때에도 지금과 같이 카페라 하는 것이 盛하였으면 그들은 당연히 카페의 定連(단골손님, 인용 자)이 될 것이다. 그들은 기생네 집에를 다녔다".10) 「카페·프란스」는 『學潮』1926년 6월호에 발표된 것이니 이 시의 집필 당시 아직 서울에 카페가 거의 없었다는 점, 지용이 교토에 유학 중이었다는 점, 그리고 시 적 화자가 "나는 나라도 집도 없단다"고 깊은 고독감을 나타내고 있는 점 등을 감안하면 이 시의 무대는 일본에 있는 카페라고 생각하는 게 타당하 겠다. 쿄토인지 오사카(大阪)인지 도쿄인지는 별로 문제가 안 되지만 하 여튼 일본의 대도시에 있는 카페였을 것이다. 메이지 말에 도쿄에 생긴 유명한 카페 '카페 프랑탄(カフエ·プランタン)'이나 '메이존 고노스(メイゾン 鴻の巣)' 등은 점잖은 서양요리점이었지만 쇼와(昭和)초기에 유행한 카페 는 여급이 시중을 드는, 그리고 가끔가다 그 여급이 매춘부로 탈바꿈하 는, 서양식 술집이다. 염상섭의 「萬歲前」에도 보이듯이 화려한 화장의 여 급들은 학생들이 가장 접근하기 쉬운 여자로 그들의 연애대상이 되는 경 우가 많았다.

종려나무

종려나무는 남국적인 분위기를 풍기는 야자과 상록수로 쇼와 초기 일 본의 카페의 실내장식에 많이 사용되었다. 대도시에 있는 종려나무는 다 옮겨다 심은 것인데 그것을 일부러 "옮겨다 심"었다고 하는 말은 카페의 풍경 자체가 서양문화를 '移植'한 결과물임을 상기시킨다.

---

9) "20년대 후반부터 일본에서 수입된 다방, 바아, 카페 등 새로운 유흥점이 경성 바닥에 생기기 시작"했다고 한다. 김병익, 『한국문단사』, 일지사, 1973, p.154.
10) 「文壇回顧」, 『金東仁 評論全集』, 三英社, 1984, p.393. 20년대 후반의 서울에 카페 가 등장하는 문학작품의 예로서 염상섭의 「사랑과 죄」(1927년 8월부터 1928년 5 월까지 『동아일보』에 연재)가 있다. 하지만 이 카페는 명동이 아니라 일본인 거리인 남산골에 있으며 또 단골손님의 대부분은 일본사람이다.

남만문학의 주요한 무대가 된 규슈(九州)의 아마쿠사(天草) 등지에서는 自生의 종려나무를 흔히 볼 수가 있으며 하쿠슈 시에도 많이 등장한다. 또 하쿠슈가 어릴 때 모리 오가이의 번역으로 감명 깊게 읽은 안데르센의 「즉흥시인」에는 이탈리아의 종려나무가 등장한다.

이놈은 루바시카/또 한놈은 보헤미안 넥타이/뼛적 마른 놈이 압장을 섰다

(제2연)

루바시카

이 시의 전반부에는 적어도 두 명 이상의 남자가 나타난다. 루바시카를 입은 사람과 보헤미안 넥타이를 맨 사람이 그들이다. 러시아의 민속의상인 루바시카는 러시아 예술에 대한 동경을 나타낸다고 일단 볼 수 있다. 1914년부터 일본에 체재한 맹목의 러시아 청년 에로셴코(Vasilii Eroshenko, 1889~1952, 시인, 동화작가, 에스페란티스트)가 입고 있었던 루바시카는 사람들의 눈길을 끌었고 화가 나카무라 쯔네(中村ツ차)가 그린, 루바시카를 입은 에로셴코의 초상화도 유명한데 당시 에로셴코는 아직 사회주의자가 아니었고 평상복으로서 입고 있었던 것에 불과했다. 예술파 시인의 대표격인 기타하라 하쿠슈도 루바시카를 즐겨 입었으니 루바시카가 반드시 좌익사상을 나타내는 것은 아님을 알 수가 있다.11)

하지만 쇼와 초기에는 루바시카는 좌익사상의 상징이라는 의미도 띠게 되었다. 좌익적인 경향의 극단 '쯔키지(築地)소극장'의 배우들은 러시아식 학생모를 쓰고 루바시카를 입고 러시아식 장화를 신었고 관객들도 비슷한 옷차림을 하고 있었다.12) 또 하야시 후미코(林芙美子)의 자전적 소설 「放浪期」(1930)에는 가와바타(川端)미술학교의 畵學生들이 단발머리

---

11) 李箱의 글에 나오는 루바시카도 좌익사상과 관계가 있는지 애매하다. "이러한 幻像 속에 떠오르는 내 自身은 언제든지 光彩 나는 「루바시카」를 입었고 頹發的으로 보인다." 「공포의 기록」, 『이상 문학전집』2, 문학사상사, 1991, p.197.
12) 淺見淵, 『昭和文壇側面史』, 東京:講淡社, 1996, p.75.

에 루바시카를 입고 있다고 묘사하고 있다. 1928~30년은 일본에서 프롤레타리아 미술운동이 가장 성했던 시기였으니 그들의 루바시카도 그런 경향을 나타내는 것인지도 모른다. 아나키즘에 기울이던 쯔보이 시게지(壺井繁治, 시인)도 박팔양도 루바시카를 입고 다녔고 김기진도 그랬다.13) 또 염상섭이 무산문학의 발아기에 "단추가 없이 뒤집어쓰는 (…) 것을 입고, 黑絲로 꼬은 허리띠 끝에 술(總)이 달린 것을 질끈 동여서 늘어뜨리고 다니던 한 시절이 있었"다고 쓰고 있는 것은 바로 이 루바시카의 유행을 가리킨다.14) 그래서 「카페·프란스」에서도 루바시카가 사회주의 등 좌익사상에 대한 동경을 나타내고 있다고 해석하는 게 좋을 것이다.

보헤미안 넥타이

보헤미안 넥타이(Bohemian tie)는 폭 15cm, 길이 120cm 정도로 가슴 앞에서 나비매듭을 하는 타이다. 일본에서는 파리에 유학 갔다 온 화가들이 즐겨 맸던 모양이지만 보헤미안 타이를 애용한 문학자로서 가장 유명한 사람은 보들레르였으며 그것을 일본의 문학청년들 사이에 유행시킨 사람은 메이지 말년 프랑스에서 귀국한 소설가 나가이 가후였다. 가후는 보들레르를 무척 동경했었는데 일본에 돌아와서도 보헤미안 넥타이를 매고 긴자(銀座) 거리를 활보해서 일약 유명해졌다. 또 하쿠슈나 하기와라 사쿠타로도 보헤미안 넥타이의 애용자였다. 그리고 도쿄에 유학하고 있있던 한국인 유학생들도 곧 그것을 흉내내고 서울끼지 그 유행을 가져왔다. "동경에서 물려나온 유학생은 활기 있게 보헤미안 넥타이들과 엷은 바지들을 입고 마도로스 파이프를 물고 다니었다."15) 양주동에 이르러서는 루바시카에 보헤미안 타이를 매고 직접 고안한 독특한 구두를

---

13) "나는 오늘도/단 하나밖에 없는 나의 단벌 「루바시카」를 입고 황혼의 거리 위로 걸어 간다." 朴八陽, 「太陽을 등진 거리 위에서」, 『태양을 등진 거리』, 미래사, 1991. 박팔양(金麗水)은 정지용이 고보시절에 『요람』지를 같이 했던 친구다.
14) 『염상섭 전집 12』, 민음사, 1987, p.238.
15) 洪曉民, 「한국문단측면사」, 『한국문단이면사』, 깊은샘, 1983, p.12.

신은 기묘한 모습으로 도쿄와 서울의 거리를 활보했다.16) 보헤미안 넥타이는 예술애호가의 상징이라고 볼 수 있을 것이다.

이 시의 후반부에는 루바시카나 보헤미안 넥타이의 친구들을 관찰하고 있는 '나'라는 시적 화자가 등장한다. 전반부에 나오는 친구들이 일본사람인지 조선사람인지는 애매하다. 가령 전반부에 나오는 친구들이 일본사람이라고 치면 관념만을 농하는 공산주의자나 예술가를 자처하는 경박한 일본친구들과 겉으로는 어울리면서도 속으로는 혼자 자기 나라를 잃은 슬픔을 느끼고 있다 하는 뜻이 되어 소외감이 한층 더 절실하게 느껴진다. 한편 같은 나라에서 온 친구들이라고 가정한 경우에는 나라를 잃은 심각한 상황 속에서 얼치기 사상가가 된 친구와 퇴폐문화를 즐기는 친구를 경멸하면서 그들과 같이 노는 자기자신에게 혐오감을 느끼고 있다 하는 식으로 해석이 가능하다.

제2연은 제4연에 대응하고 있다. 즉 루바시카를 입은 '이 놈'의 머리가 '빗두른 능금'이며 보헤미안 넥타이를 맨 '또 한놈'의 심장은 벌레 먹은 장미다. '빗두른 능금'이라는 비유는 겉만 빨간빛을 두르고 속은 그렇지 않은, 즉 관념만을 농하고 실행이 따르지 않는 사이비 사회주의자를 의미한다. 우리는 여기서 KAPF나 NAPF가 탄압으로 인해 괴멸적인 타격을 입기 전에 마르키시즘이 일종의 패션처럼 유행한 시기가 있었다는 사실을 상기해야 한다. 이것은 일본의 경우이지만 그 당시 아나도 아니고 보르도 아니기 때문에 시단에서 설자리를 잃어버린 시인 가네코 미쯔하루(金子光晴)는 어떤 친구에게서 "(시단에서) 소멸하는 것보다는, 차라리 아나키스트나 볼셰비키로 전향하는 게 낫지 않을까?"라는 권유를 받았다고 적고 있다.17) 문단에서 활약하기 위해 좌익을 가장하는 사람이나 그리 깊은 생각 없이 유행에 따라가는 사람도 상당수 있었을 것이다. 마찬가지로 보헤미안 넥타이가 상징하는 것은 벌레 먹은 장미 같이 일견 화려한 것 같으면서도 썩어 가고 있는 가짜 예술가의 모습이다.

---

16) 양주동, 「금성시대」, 『한국문단이면사』, 깊은샘, 1983, p.144.
17) 金子光晴, 『詩人』, 東京:講談社, 1954, p.158.

이 시에 관해서는 정지용이 졸업논문으로 다룬 영국시인 위리엄 블레이크(William Blake)의 「병든 장미(The sick rose)」와의 관련이 이미 지적된 바 있다.18) 일본에서 블레이크의 선구적 연구자로 알려진 사람은 뜻밖에도 야나기 무네요시(柳宗悅)였지만 '병든 장미'는 사토 하루오(佐藤春夫)의 소설에 인용되었기 때문에 유명해진 것이다.19)

> 밤비는 뱀눈 처럼 가는데/페이브멘트에 흐늙이는 불빛/카페 프란스에 가쟈. (제3연)

젖은 페이브멘트에 비치는 불빛은 불안정한 느낌을 준다. 여기서 '흐늙이는'라는 단어가 지용이 만든 말인지 단순한 오자인지는 확실하지 않지만 이것으로 연상되는 말은 흔들린다, 흐너지다, 흐느끼다, 흐느적거리다, 흐늘거리다 등이며 모두 다 불길함과 불안정함을 암시하는 말이다.

> 이 놈의 머리는 빗두른 능금/또 한놈의 심장은 벌레 먹은 薔薇/제비 처럼 젖은 놈이 뛰여 간다. (제4연)

제비처럼 가볍고 경박한 놈은 날개가 다 젖어서 날아가지도 못하는 새 같은 앙상한 꼴로 비가 내리는 속을 뛰어간다.

여기까지가 전반부이며 후반부와는 '*'로 명확한 장면전환이 되어 있다 (민음사판 전집에는 이 표시가 없다). 전반부는 '나'라는 사람이 친구들과 카페에 갈 때까지의 장면을 묘사한 것이고 후반부는 카페에 도착한 후의 묘사와 '나'의 독백이 중심이 되어 있다. 연극이나 오페라 무대의 '암전'을 연상시키는 뚜렷한 장면전환이다.

---

18) "O Rose, thou art sick;/The invisible worm/That flies in the night/In the howling storm."("The Sick Rose").

19) 소설「田園の憂鬱(전원의 우울, 1919)」은, 'あるいは病める薔薇(혹은 병든 장미)'라는 부제가 붙어 있는데, 개제하기 전의 원래 제목은 「病める薔薇(병든 장미)」이었다.

오오 패롵(鸚鵡)서방! 꾿 이브닝! //**꾿 이브닝!** (이 친구 어떠하시오?)
(제5, 6연)

고딕체로 표기한 것은 앵무새 목소리가 사람 소리와 다른 것을 시각적으로 표현한 것이다. 활자 크기를 몇 가지 섞여 쓰거나 다양한 글꼴을 쓰거나 하는 것은 지금은 만화책에서도 많이 쓰이는 기법이지만 그 당시에는 다다이스트, 아나키스트 시인들이 많이 썼었다. 정지용이 휘문고보 시절의 『요람』지의 동료로서 金華山, 박팔양 같은 친구들과 친하게 지내면서 그런 영향을 어느 정도 받았지 않을까 싶다.

'패롵(鸚鵡)'이라는 표기법은 무엇을 뜻하는가. 일단은 parrot라는 영어의 뜻을 한자로 설명한 것이라고 볼 수 있다. 하지만 일본어시 「かっふえ・ふらんす」에서는 반대로 '鸚鵡'라는 한자에다가 'ぱろっと'라는 루비를 달고 보통 가타카나로 표기하는 '카페' '커튼' '테이블' 같은 외래어를 히라가나로 표기하고 있다. 이것들은 한결같이 '異國情調'를 풍기는 표기법이다. 한자에 낯선 영어나 불어 등의 외국어로 루비를 붙이는 것은 하쿠슈 등의 일본시인들이 즐겨 쓰던 기법인데 어려운 한자와 서양어의 결합은 그것이 동양적인 것에다 서양적인 것을 접목시켜서 생긴 문화임을 암시한다. 보통 가타카나로 쓰는 외래어를 일부러 히라가나로 쓴 것도 무심코 한 일은 아니고 카페를 'カフエ'라고 쓰지 않고 'かふえ' 또는 'かっふえ'라는 식으로 표기하면 저절로 '다이쇼로맹'(大正ろまん)의 냄새가 풍기는 말이 되는 것이다. '패롵(鸚鵡)'이라는 표기도 그런 효과를 노린 것이라 생각된다.

울금향 아가씨

鬱金香 아가씨는 이밤에도/更紗 커-틴 밑에서 조시는구료! (제7연)

'鬱金'은 열대 아시아 각지에 나는 식물인데 일본어로 'うこん', 영어로 'turmeric'이다. 일본에는 헤이안(平安)초기(800년대)에 먼저 향료로서 도래했다. 그것이 바로 글자 그대로의 '鬱金香'이다. 鬱金은 후에 약용,

염료, 식품 착색료, 향신료 등으로 쓰이게 되었다. 鬱金色은 밝은 황색인
데 하쿠슈에는 색깔을 나타내는 '鬱金'의 사용례가 가장 많다. 그런데 唐
詩 「公子行」(劉延芝)에는 '鬱金香 아가씨'가 등장한다("娼家美女鬱金香").
아름다운 창녀가 옷에 鬱金의 향을 배게 한다는 뜻인데[20] '鬱金'이 요염
한 미녀의 이미지와 연결되어 있다.

　'鬱金香'의 또 다른 뜻은 튤립이다. 이런 뜻의 鬱金香도 원래 중국에서
온 것이겠지만 일본에서는 한자로 '鬱金香'이라고 써서 읽을 때는 'うこんこ
う'라고 읽지 않고 'チューリップ(튤립)'라고 읽는 게 이 경우에는 오히려 표
준적이다.[21] 「카페·프란스」의 '鬱金香'은 향료가 아니고 튤립을 뜻하는
것인데,[22] 하쿠슈나 정지용이 획수 많은 한자를 일부러 쓴 것은 이 한자
가 풍기는 아름답고 요염한 분위기 때문이다. 우울한 '鬱', 화려하고 고귀한
'金', 향기로운 '香'의 결부는 마치 異國의 香氣(Parfum Exotic)를 사랑한
'원조 보헤미안'(?) 보들레르의 『惡의 꽃(La Fleurs du Mal)』나 「우울
과 이상(Spleen et Ideal)」이라는 말과 비슷한 구조라 할 수 있다.

　그렇게 생각하면 「카페·프란스」의 '鬱金香 아가씨'는 진짜 튤립 꽃일
수도 있지만 역시 카페 여급을 가리키는 말이라고 보는 게 자연스러울 것
같다. '튤립'이라는 별명을 가진 예쁘고 젊은 여급이 카텐 밑에서 졸고 있
다고 해석하면 화려하고도 퇴폐적인 카페 분위기가 잘 전달된다. 당시의
여급들은 겉보기는 화려해도 대개의 경우 각자마다 슬픈 사연을 가슴속에
숨기면서 고달픈 생활을 하고 있었다. 봄의 꽃 '튤립' 같이 젊은 아가씨는
밤늦게까지 일하는 술집의 생활에 아직 적응 못하고 있는지도 모른다. 반
대로 문자 그대로의 튤립 꽃이 졸고 있다면 그 꽃은 시든 꽃이라 별로 예
쁘지는 않을 것이다. 동시대인의 증언을 하나 들어 보겠다. 정지용의 『요
람』시절의 친구 김화산은 「惡魔道—엇던따따이스트의 日記拔萃」[23]에서

---

20) 吉川幸次郎, 三好達治, 『新唐詩選』, 東京:岩波新書, 1952, pp.169~174.
21) 하쿠슈 작품에는 鬱金香의 루비로서 「うこんこう」와 「チユウリツプ」의 두 가지 사용례가
　　있다.
22) 『근대풍경』第1卷 第2號(1926.12)에 실린 일본어시 「かっふえ·ふらんす」에서 지용은
　　'鬱金香'에다가 'ちゆうりつぷ'라는 루비를 붙이고 있다.

「카페·프란스」를 패러디하고 있는데 그 속에 "옴겨다 심은 棕櫚나무. 빗두루 슨 장명등. 『오! 나에게술을주시오! 추립브 <u>아가씨</u>』—술.술.술.술.술."이라는 구절이 있어 적어도 김화산은 鬱金香아가씨를 카페 여급으로 보고 있음을 알 수 있다.

사라사

'更紗(사라사)'24)는 포르투갈어 '사라사'에 일본에서 取音으로 한자를 붙인 것으로 중국도래의 한자어는 아니다. 하쿠슈는 그의 처녀시집『사종문』초판의 표지에 사라사를 쓰고25), 短詩集의 시리즈를 기획해서 그것을 「인도사라사」라고 명명할 만큼 사라사를 편애했다. 앞에 나온 '棕櫚'도 『사종문』에 많이 나오는데 이것들은 다 한결같이 이국적·남국적인 분위기를 풍기는 소도구다.

　나는 子爵의 아들도 아모것도 아니란다./남달리 손이 히여서 슬프구나!//나는 나라도 집도 없단다/大理石 테이블에 닷는 내 뺨이 슬프구나! (제8, 9연)

흰 손

여기서 '단다', '란다'라는 종결어미로 끝나는 것은 이것이 뒤에 나오는 이국종 강아지를 향해 친근감을 가지고 말을 거는 형식을 취한 독백임을 나타난다.

도시샤대학 유학 당시 정지용은 결코 경제적으로 풍요롭지가 못했다. 가산이 기울어진 후 그는 휘문고보를 장학금으로 다니고 유학의 경비도 휘문고보가 대 주었다. 이 구절은 부잣집 아들이 아닌 화자가 카페에서

---

23) 『朝鮮文壇』1927년 2월호, p.129.
24) 인물, 花鳥, 동물, 기하학적 무늬를 날염, 또는 손을 그린 무명 또는 비단. 남만무역을 통해서 일본에 전해지고 옷감, 보자기, 이불 등 일상적으로 많이 사용되었다.
25) 이 시집은 裝幀의 역사상 획기적인 것이 되었다.

술을 즐기는 자기자신의 모순을 새삼스레 되새기는 장면인데 이 부분과 김기진의 「白手의 歎息」과의 관련가능성에 대해서 김윤식이 지적한 바 있다.26)

「백수의 탄식」이나 「카페·프란스」에서 흰 손은 노동을 안 하는 지식인을 뜻한다고 봐도 될 것이다. 그런데 '白'이라는 한자 자체의 사전적 의미 중에는 그런 뜻이 없고 '白手'는 원래는 노동을 안 한다는 뜻이 아니라 돈이 없다는 뜻이다. 하지만 「흰 손의 獵人(白き手の獵人)」(미키 로후 三木露風 시의 제목)라는 말을 들면 우리는 돈이 없는 사냥꾼이 아니라 취미로 사냥을 즐기는 유럽 또는 러시아 귀족을 연상할 것이다. 또는 하기와라 사쿠타로는 『卓上噴水』(1915.3~5)라는 잡지를 만들었을 때 "우리들은 귀족이다. 사치스럽고 손은 희고 매끄럽고 노동을 모른다. 그것이 矜持다"하고 선언했다.27) 독일에서도 릴케의 「말테의 手記」에는 덴마크 귀족 출신의 젊은 시인인 주인공 말테가 파리에 있는 국립도서관에서 자신의 깨끗한 손(흰 손이라는 말은 안 나오지만)을 보면서 나는 비록 가난해서 양복이나 구두야 낡아빠졌지만 깨끗한 손을 가지고 있기 때문에 良家의 자녀임을 증명할 수가 있을 거라고 생각하는 장면이 나온다. "왜냐하면 이건 그래도 출신이 좋은 손, 날마다 너댓 번씩 씻는 손이기 때문이다."28) 손에 얽힌 이런 이미지는 과연 언제 어디서 시작했을까.

노동자 출신이 아니면서도 사회주의를 주장해 온 기노시타 나오에(木下尚江)29)는 김기진이나 정지용보다 훨씬 전에 자신의 '흰 손'을 부끄러워했었다. 1903년 10월 非戰論 연설회에서 노동운동가 카타야마 센(片山潛)30)이 "전쟁을 좋아하는 자는 모두 다 손이 흰 遊民이다. 諸君! 손

______

26) 김윤식, 『한국현대시론비판』, 일지사, 1978, p.233.
27) 이 말은 실제로 그들이 귀족이라는 게 아니라 가난해도 정신적으로는 귀족 같은 긍지를 가지고 문학을 하자는 뜻이다.
28) 전영애 역, 라이너 마리아 릴케, 『말테의 手記』, 서울대학교 출판부, 1997, pp.30~31.
29) 1869~1937, 사회운동가, 평론가, 소설가.
30) 1859~1933. 그는 1901년에 고토쿠 슈수이(幸德秋水) 등과 함께 사회민주당을 결성했지만 이틀 후에 금지 당했다.

을 내밀어 보아라!"하고 외쳤을 때 나오에는 엉겁결에 손을 넓적다리 밑으로 숨겼다. "그 순간 나는 '사회주의를 주장할 자격이 없다'고 외치는 마음속의 소리를 들었다. ─나도 정말 손이 흰 遊民이다."31) 기노시타 나오에의 羞恥가 「백수의 탄식」이나 「카페·프란스」의 화자의 그것과 동일함은 명백하다.

또 다른 예를 들어 보겠다. 이시카와 다쿠보쿠(石川啄木)의 친한 친구로 도키 아이카(土岐哀果)라는 歌人이 있다. 다음은 아이카가 1911년에 발표한 단카를 직역한 것이다. "손이 흰 노동자는 슬프구나./나는 國禁의 書를, /눈물 흘리면서 읽었노라."32) 여기서 손이 흰 노동자는 당시 신문사에 근무하고 있었던 아이카 자신이나 다쿠보쿠와 같이 지식인이면서도 유복하지 않고 힘들게 일하는 사람을 가리킨다. 아이카는 또 1915년 3월에 출판한 『街上不平』에 「손」이라는 제목으로 다음과 같은 시를 실린 적도 있다. "나는 언제나 진심으로 우리 노동자에게,/한 줌에 눈물을 흘린다, ─/그의 환경, 그의 운명,/그의 지식,/그의 사상, 그의 감정./그래, 그의 생활전체에 대하여.//하지만 또 나는 언제나 주저하면서,/「손을 내밀어라, 그 손을 보여라.」/이렇게 나 자신을 향해서 외치는 것이다.//손을 내밀어라, 그 손을 보여라. ─/정말 이렇게 외치고, 나는/아무런 주저 없이, 아무런 수치 없이,/이 내 양손을 나 자신의 얼굴 앞에 내밀 수가 있을까?/아아, 그것은 너무나 희고, 너무나 부드럽고/펜을 잡기 위해서만 있는 우아한 손인 것을.(…)"33)

아무래도 '흰 손'에는 꽤 오랜 역사가 숨어 있다고 봐야 한다.

필자는 여기서 「카페·프란스」의 '흰 손'의 이미지가, 혹시 투르게네프

---

31) 木下尙江, 「墓場」, 『筑摩現代文學大系5 德富蘆花·木下尙江·岩野泡鳴集』, 筑摩書房, 1977, pp.197~198. 山極圭司, 「木下尙江論」, (『現代日本文學大系9 德富蘆花·木下尙江集』, 筑摩書房, 1971)을 참조할 것.

32) "手の白き労働者こそ哀しけれ。/国禁の書を、/涙して読めり。"『創作』(1911년 6월)에 발표된 작품. 『日本近代文學大系 55 近代短歌集』, 東京:角川書店, 1973, p.170에서 인용. "國禁의 書"는 크로포트킨 아니면 고토쿠 슈수이의 저작일 것이다. 다쿠보쿠에게 크로포트킨의 영역본을 빌려 준 사람은 바로 도키 아이카였다.

33) 같은 책, p.453.

(1818~83)의 작품에서 온 것이 아닐까하는 가능성을 지적하려고 한다. 투르게네프의 산문시로 1923년 11월 14일자『동아일보』에 金東鎭의 번역으로 '소설'로서 소개된 「노동자와 손 흰 사람」이라는 제목의 작품이 있다.34) 이 시의 전반부는 노동자와 '손 흰 사람'의 대화다. 왜 왔느냐고 노동자가 묻는 데에 대해 '손 흰 사람'은 자신은 노동자들의 동지이며 그들을 위한 투쟁을 해서 감옥까지 갔었다고 말한다. 후반부는 그부터 2년 뒤에 두 명의 노동자끼리 대화하는 장면이다. 노동자나 농민을 위해 관헌에 저항했다는 이유로 '손 흰 사람'이 교수형을 당했다는 소식을 그들은 지나가는 말처럼 이야기한다. "놀고 먹는 놈들은 없어도 관계치 않아."

그러나 굳이 이 시가『동아일보』에 실렸다는 것만을 강조할 필요는 없다. 당시의 지식층 청년들은 일본어 또는 영어로 투르게네프 작품을 보는 것은 어렵지 않았기 때문이다. 예를 들어『백조』창간호(1922년 1월)와 2호(같은 해 5월)는 투르게네프의 산문시를 羅彬(稻香)의 번역으로 싣고 있으며『창조』1921년 5월호도 岸曙역 산문시를 게재하고 있다. 정지용과 동갑인 채만식도 1920년 전후에 투르게네프를 애독했다.『조선일보』는 1933년 8월 22일부터 26일에 걸쳐서 투르게네프 사후 50년을 기념하는 특집을 했는데 거기서 洪曉民이 "문학청년의 초기시대는 대개 투르게네프의 작품을 읽"었다고 쓰고 있듯이 20년대의 문학청년들 사이에서는 투르게네프 작품이 꽤 널리 읽혔다. 산문시에 관해서도 岸曙가 "내가 투르게네프라는 이름을 듣고 그의 작품『언·디·이·브』와『산문시집』을 알게 된 것은 건혀 春園先生의 덕이었습니다"35)고 쓰고 李鍾鳴이 "내가 처음으로 투르게네프를 안 것은 1925년경이었다. 生田春月의 譯인 그의 산문시집을 읽어보고 나는 단박에 이 문호에게 무릎을 꿇었다"라고 쓰고 있으니 투르게네프의 산문시집을 구하는 것도 그리 어렵지 않았을 것이다. 앞의 글에 보이는 '生田春月'란, 일본시인 이쿠타 슌게쯔이며 그

---

34) 李徽 역,『뚜루게네프 全集 5』(尙書閣, 1974)에서는 「검은 人夫와 손이 흰 사람—對話—」라는 제목으로 번역되어 있다(pp.373~374). 1878년 4월의 작품이다.
35) 「『前夜』의 깊은 感銘」,『조선일보』1933.8.22.

는 투르게네프의 산문시를 번역해서 1917년에 출판한 바 있다.36) 19
33년 8월 22일 젊을 때 투르게네프를 애독한 사람들이 모여서 투르게네
프의 사후 50년을 기념하는 모임을 '樂浪파라'에서 열었는데 異河潤이 사
회를 본 이 모임에 정지용도 출석했으며37), 지용이 1925년 11월에 교
토에서 쓴 시 「황마차」에 '그전날밤'이라는 단어가 보인다는 사실을 생각
하면 정지용도 투르게네프에 관심을 가진 청년들 중의 한 사람이었다고
단정할 수 있다. 앞에서 든 도키 아이카도 물론 투르게네프의 애독자였다.

  투르게네프를 열렬하게 존경했던 크로포트킨에 의하면 투르게네프의
소설은 러시아의 각 시대에 발자취를 남긴 주요한 지식인의 전형을 창출
했다고 한다.38) 그렇다면 투르게네프가 '흰 손'의 이미지를 만들고 널리
보급시켰을 것이다 하는 상상도 그런대로 설득력이 있지 않을까. 그리고
'흰 손'의 슬픔은 브나로드를 외친 1870년대 러시아의 귀족 인텔리겐차,
즉 "거의 첫사랑의 남녀와도 같은 사랑과 정열로 '나로드'(민중-농민)이라
는 추상적 개념을 사랑"39)하다가 좌절한 지식인들의 고뇌에 발단되었고
그들의 상징으로서의 '흰 손'의 이미지가 적어도 1920년대 전반에는 한
국의 젊은 지식인들 사이에도 벌써 알려져 있었다고 생각한다면 굳이 김
기진의 「백수의 탄식」과의 관련가능성만을 강조할 필요는 없을 것이다.

자작의 아들

  그런데 여기서 '자작'이 아니고 '자작의 아들'이라고 말하고 있는 점에
주목해야 한다. 柳宗鎬는 이와 관련해서 당시 '한일합방'에 공헌했다는 이
유로 爵位를 받은 한국인들이 있었음을 지적한 바 있다.40) 그들의 자식

---

36) 生田春月 譯, ツルゲーネフ, 『散文詩』, 新潮社, 1917.
37) 『조선일보』 1933.8.24. 「투르게넵흐 사후 50년 기념제」.
38) 伊藤整 역, クロポトキン, 『ロシヤ文学講話 上』, 東京:改造社, 1938. p.166. 원제는
    Russian Literature, ideals and realities.
39) 昇曙夢, 『ロシヤ文芸思潮』, 東京:壯文社, 1948.
40) 1910년 10월 7일. 조선인 76명이 작위를 받았다. 侯爵 6명, 伯爵 3명, 子爵 22명,

들은 일본에 유학 가서 자유롭게 놀러 다닐 수가 있었다. 화자가 부러워하는 것은 매국행위로 귀족이 된 자가 아니고 그들의 자식들 즉 직접 손을 더럽히지 않고 귀족이 된 사람들, 예를 들면 廉想涉「사랑과 죄」의 李海春 같은 귀족이다.41)

　　일본문학에 눈을 돌리면 白樺派42)가 이것에 해당된다. 백화파의 대표격 무샤노코지 사네아쯔(武者公路實篤)도 '자작의 아들'이다. 백화파 사람들이 다 귀족계급에 속해 있던 것은 아니고 그들의 집안이 다 갑부였던 것도 아니다. 그러나 하여튼 그들은 사회적으로 높은 지위에 있는 사람의 자식들로 귀족학교인 學習院에 다닌, '은숟가락을 물고 태어난' 사람들 즉 자기 손을 더럽힌 적이 없는 사람들이었다. "그들(인용자 주: 백화파 동인) 중 대부분이 '二代째'였음은 새삼스레 말할 것도 없지만 메이지라는 체제에 밀착해서 성공한 初代(무샤노코지家도 역시 마찬가지다)와 달리 이대째는 그런 충성의 부담에서부터 자유로웠다. (…) 그런 활달함은 역시 이대째가 아니고서는 가지지 못하는 것이었다. 그 명랑함으로 그들은 인습적인 가문과 싸웠다."43) 아나키스트 오스기 사카에(大杉榮)는 러시아 나로드니키와 백화파와의 유사점을 정확하게 간파했다. "나는『백화』를 볼 때마다 톨스토이나 크로포트킨의 소년시절을 생각한다. 톨스토이나 크로포트킨은, 백화파 사람들 같은 젊은 귀족이 한 번 더 改宗한 사람이 아니었을까?"44)

　　男爵 45명이다. (유종호,『시란 무엇인가』, 민음사, 1995, p.26 참조).
41) "그럼 왜 爵을 타셨어요?"
　　"내가 탔나요? 조상의 죄값으로 탄 것이지요.(…)."「사랑과 죄」,『염상섭 전집 2』, 민음사, 1987.
42) 백화파 사람들도 '판의 회'에 참가했다. 또 백화파의 아리시마 다케오(有島武郎)와 야나기 무네요시는 도시샤대학 영문과에 출강한 시기가 있었으며 특히 야나기는 지용이 직접 수업을 들었다는 사실을 생각하면 지용이 백화파를 의식했었을 거라고 생각하는 것도 부자연스럽지는 않을 것이다. 또 지용이 번역한 영미시인이 윌리엄 블레이크와 휘트먼인데, 야나기는 블레이크의 선구적 연구자로, 아리시마는 휘트먼의 소개자로 알려져 있다. 야나기도 아리시마도 작위는 없었지만 명문의 집안출신이다.
43) 田中保隆,「解說」,『日本近代文學大系 58 近代評論集Ⅱ』, pp.30~31.
44) 大杉榮,「座談」,『近代思想』1912년 12월호.『日本近代文學大系 58 近代評論集

그런데 백화파에 반감을 느끼는 사람도 적지 않았다. 상류계급에 속하지 않은 사람들의 눈으로 보면 백화파의 도련님들의 화려한 활동은 마치 "부잣집 자식이 아니면 예술에 손을 대서는 안된다"고 말하고 있는 것처럼 보였던 것이다.45)

정지용의 수필 「鴨川上流」에는 같은 나라에서 유학을 온 여자 친구와 함께 거닐다가 히에이잔(比叡山) 케이블카 공사 때문에 많은 조선 노동자가 일하고 있는 현장에 부딪치는 장면이 나온다. 밑바닥 출신이 아니기는 하나 정지용 역시 가난한 청년이었다. 실은 그들과 같이 힘든 노동이라도 해야 할 처지인데도 불구하고 "金단초 다섯 개"(「선취」) 단 학생복을 입고 고향에 아내가 있는데도 여자친구와 함께 산책하고 적국 일본에서 영문학을 공부하는 자신의 상황이 갑자기 의심스러워졌을 것이다. 전통적인 유교사상에 바탕을 둔 가족제도가 부과하는 무거운 책임―정지용은 열두 살 때 결혼했다―이 그를 기다리고 있는 고향을 등지고 '자작의 아들' 비슷하게 문학수업에 몰두하는 자기자신에 대한 회의가 이 시의 후반부분의 핵이라 할 수 있다.

한마디로 말하면 여기서 '자작의 아들'은 구체적인 귀족계급의 하나를 가리킨다는 것보다 제 손으로 일하지 않아도 예술에 열중할 수 있는 특권계급의 상징이라 할 수 있다. 예를 들어 휘문고보 때 선배 홍사용처럼 돈이 많아서 사고 싶은 책은 다 사고『백조』같은 훌륭한 잡지까지 내서 화려하게 활동할 수 있는 친구는, 校費生으로 겨우 학교를 다니는 지용에게는 '자작의 아들'이었을 것이다.

오오, 異國種강아지야/내 발을 빨어다오./내 발을 빨어다오.(최종연)

　Ⅱ』, 東京:角川書店, 1973, p.130에서 인용.

45) "여담이지만 나는 대두 당시의 『백화』에 대해서 어떤 울분을 금할 수 없는 부분이 있다. 그들은 입으로는 人道와 博愛를 주장하면서도 방약무인한 태도로 인해 평민을 충분히 멸시했다. /돈이 있는 귀족이 아니면 좋은 예술을 만들 수 없다!'―그들은 당시의 일부 문학청년에게 그런 생각을 심어 버렸다." 木村毅, 〈明治·大正文学と経済意識〉,『文藝東西南北』, 東京:平凡社, 1997, p.205.

이국종 강아지

　이 강아지는 물론 카페의 분위기에 잘 어울리는 외래종 고급 애완동물
일 것이다. 외래종, 서양종이라는 말을 안 쓰고 일부러 낯선 '이국종'이라
는 말을 채택한 이유가 무엇일까. 단순하게 '外'에서 온 것이 아니라 '異'
한 나라, 본질적인 무엇인가가 일본과는 다른 나라에서 왔다는 사실을 강
조하기 때문이다. 즉 이국종 강아지에는 외국에 있는 '나'자신의 외로운
모습이 투영되고 있다. 말이 안 통하는 동물이기는 하지만 같이 타향살이
를 하고 있는 것 같은 친근감을 가지고 있는 것이다. 그러니까 '내 발을
빨어다오'는 슬픔과 외로움을 위로해 달라고 강아지에게 당부하고 있는
것이다. "…다오"라는 어미가 붙어 있는 것을 보면 이것이 욕하는 말이 아
니고 반대로 동물인 강아지를 자신과 동등한 지위에까지 올리고 있음을
알 수가 있다. 블레이크의 시 "Spring"의 화자는 어린양을 보고 "내 목을
빨아다오"하고 말하는 것과 같이 「카페 · 프란스」의 화자와 강아지도 대등
한 관계에 있다.46) 또 투르게네프의 산문시 「개」와의 관련은 이미 유종
호가 지적한 바 있다.
　'이국종 강아지'=일본여급으로 보고 이 구절을 일본에 대한 저항심을
나타내고 있다는 해석47)이 나온 바 있었지만 명령조가 아니고 당부하는
어조라는 점이나 앞에서 화자가 '울금향 아가씨'에게 보인 상냥한 눈길을
생각하면 강아지를 여급으로 보는 것은 약간 무리가 있어 보인다. 아무리
화자가 일본제국수의를 싫어한다 하더라도 슬픈 사연을 가지는 불쌍한
여자에게 한풀이를 하지는 않을 것이다.48)

---

46) "Little Lamb, /Here I am;/Come and lick/My white neck;/Let me
　　 pull/Your soft wool;/Let me kiss/Your soft face;." "Spring"는 *Song of
　　 Innocence*에 수록된 블레이크의 초기작. "Spring"에서도 「카페 · 프란스」에서도
　　 화자와 동물과의 관계에 얼마간의 성적인 이미지를 읽을 수가 있다.
47) "일본 제정하에 (…) 일본 여급을 보고 '이국종 강아지야 내 발을 빨아다오'할 자유가
　　 있었습니까?." 金東錫, 「시와 자유」, 中外日報, 1946.9.11.『김동석 평론집』, 瑞音
　　 出版社, 1989에서 재인용.
48) 정지용은 뒤에 카페 여급이나 여관에서 일하는 여자들의 고달픈 삶에 대한 동정을 글

2) '판의 회'의 이국정조

'판의 회'는 메이지 말기(1908년 말경~1911)에 젊은 예술가들이, 앞에서 언급한 이와무라 도루의 수필에 묘사되어 있던 것 같은, 파리의 카페에 모이는 시인이나 화가들의 모임을 흉내내서 스미다(隅田)강을 세느강에 비겨서 강가에 있는 서양요리점이나 카페를 무대로 펼친, 反자연주의적이고 예술지상주의적 예술운동이었다. "예를 들어 파리에는 印象畵派를 탄생시켰다는 카페 '겔보아'가 있었고 거기서는 화가들과 함께 보들레르나 베를레느 등의 상징파 시인이 단골손님이었으며 그런 분위기 속에서 새로운 예술운동이 일어났다는 사실은, 도쿄를 동양의 파리로 만드는 것을 꿈꾸던, 예술의 使徒를 자칭하는 청년들에게 선망의 대상 이외에 아무 것도 아니었다. 메이지 41년 늦가을의 어느 날 『方寸』 발행처에서 그들이 기도한 운동의 단서는 바로 '도쿄를 파리로 만드는' 꿈에서 시작한 것이었다."49) 처음에는 미술잡지 『方寸』의 서양화가들과 시인 기타하라 하쿠슈, 기노시타 모쿠타로가 모여서 생긴 모임이었던 것이 『白樺』(學習院대학계), 『미타(三田)문학』(게이오〈慶應〉대학계), 『新思潮』(도쿄대학계) 등, 자연주의문학의 근거지였던 『와세다(早稻田)문학』을 달갑게 보지 않는 젊은 문학자들이 대거 참가하는 모임으로 성장했고 '자유극장'의 연극관계자도 참가했다. 그들의 대부분은 20대 중반의 젊고 기개에 찬 '보헤미안'들이었다. 당초에는 아직 도쿄에 카페가 없어 서양요리점에서 열렸는데 예술담을 주고받고 하는 Pan(牧神)의 모임은 곧 비너스와 바커스의 축제로 변모하고 2년 후에는 자연소멸해 버렸으니 그 모임 자체가 무엇을 낳은 것도 아니었지만 참가자들이 다 나중에 각 분야에서 중요한 역할을 하게 되었기 때문에 日本文學史上 잊어서는 안될 예술운동임이 틀림없다.

에 남기기도 했다. 「合宿」(1939), 「畵文行脚 13—五龍背 3」(1940).
49) 野田宇太郎(노다 우타로), 『パンの会』, 六興出版社, 1949, p.95. 영인본 「近代作家研究叢書33」, 東京: 日本図書センター, 1984에서 인용.

'판의 회'의 특색을 한 마디로 표현하면 '異國情調'다.50) 이때 '이국'이란 무엇을 뜻하는가. 하나는 유럽 특히 19세기의 파리이며 하나는 잃어버리려고 하는 에도(江戸)의 문화와 쇄국시대의 남만문화=기리시탄 문화51)였다.

그런데 '에도'가 왜 이국이었는지. "서양의 '근대' 속에 몸을 두려고 했던 그들에게는 '에도'는 이미 이국이었다."52) 남만문화에 대한 '이국정조'는 메이지 40년 여름의 실시된 『明星』新詩社의 청년시인들의 규슈여행을 계기로 널리 퍼진 것이다. 그들은 규슈 西南部地方에서 기리시탄의 유적지를 답사했는데 그것을 계기로 모쿠타로와 하쿠슈는 '남만문학'이라고 불리는 작품을 발표하기 시작했다. 즉 하쿠슈의 제일시집 『사종문』, 모쿠타로의 시집 『식후의 노래(食後の唄)』에 수록된 작품들과 희곡「南蠻寺門前」 등의 탄생이다.53) 그리고 그곳에 바로 「카페·프란스」에 나오는 이국적인 낱말들이 많이 사용되어 있는 것이다. 다음 글은 하쿠슈가 친구인 모쿠타로의 『식후의 노래』에 기고한 발문이다. "그는 여러 가지 舶來品—그것은 珍奇하고 다종다양한 에티켓, 남만의 신기한 이야기, 유리 제품, 향료, 색다른 술, 기이한 새, 사라사 같은 것들—을 우리들에게 가져다주었다."54) 이 말은 하쿠슈 자신의 『사종문』에도 그대로 적용되는 것이다.

모쿠타로는 규슈에 갈 때부터 "2, 3년 전에 괴테의 이탈리아 기행문을

---

50) 노다에 따르면, '情調'라는 말은 모쿠타로가 mood의 譯語로 만든 것으로, 그 이전에는 사선에노 없었다고 한다. 같은 책, p.5.

51) 무로마치(室町) 말기부터 들어와 나중에 사교로서 금지된 천주교에 관한 문물.

52) 같은 책, p.97.

53) '邪宗門'은 기리시탄을 뜻함과 동시에 사회의 규범을 벗어난 예술가들의 예술지상주의적 태도를 가리킨다. 가와무라 마사토시(河村政敏)는 하쿠슈가 쓴 『邪宗門』의 서문 속에 있는 "우리 近代邪宗門의 信徒들(我ら近代邪宗門の徒)"라는 표현에 관해서 "통속적인 윤리에 반역해서 惡의 美를 동경하는 세기말 탐미파 시인의 심정을, 禁制下에서도 異端邪宗의 幻法을 끊임없이 찾은 기리시탄 信徒를 빌어서 표현한 것"이라는 주석을 붙이고 있다. 『日本近代文學大系 28 北原白秋集』, 東京: 角川書店, 1970, p.55.

54) 「詩集『食後の歌』序」, 『日本近代文學大系 59 近代詩歌論集』, 東京: 角川書店, 1973.

읽고 그것에 심취했었고 그런 시각에서 규슈를 보고 말겠다는 속셈"55)이 있었다고 고백하고 있다. "우리의 사상의 중심을 형성한 것은 고티에, 플로베르 등을 거쳐 전해온 '예술을 위한 예술' 사상이었다. 이 사상적 조류에는 본고장에서도 엑조티시즘이 결합되었다. 필연적으로 우리의 경우에도 엑조티시즘이 첨가되었다. 유럽문학 그것 자체가 벌써 엑조티시즘이었지만 '남만취미'가 이것에 합류해서 조금 그 晋色을 완화시킴과 동시에 복잡하게 만들었다. 우키요에(浮世畵)56)나 도쿠가와(德川)시대의 晋曲, 연극 등이 愛好되었는데 그것은 이 경우 傳承主義도 아니고 고전주의도 아니고 국민주의도 아닌, 엑조티시즘의 一分子였다. 우키요에는 오히려 곤쿠르나 유리우스 쿠르트나 모네나 도가 등의 層을 거치고 나서야 비로소 맛볼 수가 있었다".57) 메이지 말기 예술청년들은 벌써 서양인의 눈으로 자기 나라의 역사를 보고 있었던 것이다. 그리고 「카페·프란스」의 화자는 서양인의 눈을 가진 일본인의 눈을 가진 조선청년이었던 것이다.

3) 보헤미안 제1세대와 제2세대

이상으로 고찰한 바와 같이 「카페·프란스」라는 무대에 나오는 카페, 舶來의 소도구, 등장인물들의 행동거지 등은 발표 당시 이것을 읽은 지식층 사람들에게는 낯익은 것이었다. 20년대에 일본에 유학 간 예술청년들에게 있어 종려나무와 앵무새와 대리석 테이블과 귀여운 여급이 있는 카페는 늘 가는 장소였으며 루바시카도 보헤미안 넥타이도 흔히 볼 수 있는 것이었다.

그리고 그 보헤미안들의 원형은 19세기 전반에 파리에 있던 카페에 모인 예술청년들이었으며 그것을 통속적 이미지로 만든 것은 19세기 말의

---

55) 木下杢太郎, 「明治末年の南蛮文学」, 野田宇太郎, 앞의 책, P.19에서 재인용. 노다의 말을 빌면 "규슈는 말하자면 이탈리아였다. 나가사키(長崎)나 히라도(平戶)는 로마와 휘렌체였다. 그리고 아마쿠사(天草)는 시시리아였다."
56) 에도시대의 풍속화.
57) 木下杢太郎, 「パンの会」, 野田宇太郎, 앞의 책, P.10에서 재인용.

뮈르제의 소설과 그것을 바탕으로 한 연극이나 푸치니의 오페라 「라 보엠」 등의 성공이었다. 그리고 그런 보헤미안의 전형적 이미지가 세계적으로 보급된 것은 19세기 말 파리에 머물었던 외국인들이 귀국 후 자기 나라에서 파리의 예술운동의 동향을 전해주면서 그것을 흉내낸 모임을 가지기 시작해서부터였다.

이제 「카페 · 프란스」에 나오는 보헤미안들과 '판의 회'의 보헤미안들을 대비해서 고찰해 보는 차례다. '판의 회'는 1909년부터 1911년에 걸쳐서 열렸으며 지용의 「카페 · 프란스」는 1920년대에 씌어진 작품이다.

아르놀트 하우저(Arnold Houser)는 낭만주의, 자연주의, 인상주의 시대의 보헤미안들을 구별해야 한다고 주장한다. "보헤미안이란 원래 단지 부르즈와적 생활방식에 반대하는 하나의 시위를 뜻했었다. 그들은 대부분 부유한 집 자식인 젊은 예술가와 학생들로 이루어져 있었으며, 기성 사회에 대한 반대란 대체로 젊은이다운 호기와 심술에 지나지 않았다. 고띠에, 네르발, 아르쎈느 우쎄(Arsène Houssaye), 네스또 로끄쁠랑(Nestor Roqueplan) 및 그밖의 사람들은 유복한 자기 아버지들과 다르게 살 수 밖에 없었기 때문이 아니라 다르게 살기를 원했기 때문에 부르즈와 사회를 박차고 나갔던 것이다. (…) 그들은 마치 먼 낯선 땅으로 여행을 가듯이 사회에서 추방되어 모멸을 당하는 사람들의 세계로 소풍을 나갔던 것이다".58)

하우저가 분류한 세 단게에 정확하게 대응시킬 수는 없겠지만 일본의 경우 '판의 회'의 청년들을 '보헤미안 제1세대'로 명명해도 될 것이다. 그들의 대부분은 부유계급의 자식들이었으며 힘들게 돈을 벌지 않아도 예술에 몸을 담을 수 있는 신분이었다. 나중에 몰락해서 가난에 허덕이게 되지만 하쿠슈는 규슈에서 유명한 술 양조소의 도련님이었고 모쿠타로도 舊家의 출신이며 도쿄제국대학 의학부에 다니는 학생으로 의사로서의 장

---

58) 백낙청, 염무웅 역, 아르놀트 하우저, 개정판 『문학과 예술의 사회사』 3, 창작과비평사, 1999, p.229~230.

래가 보장되어 있었다. 다카무라 고타로는 유명한 조각가이자 도쿄미술학교 교수인 다카무라 고운(高村光雲)의 맏아들이었다. 아직 20대 젊은이였던 그들은 아버지와 다르게 살기를 원했기 때문에 보헤미안 생활에 잠시 '소풍'을 나갔지만 언제든지 사회 상류층 생활로 돌아갈 기회가 열려 있었다.

눈을 한국문학사로 돌려서 그 속에 이 두 유형의 보헤미안을 찾으려면 『창조』동인들을 보헤미안 제1세대라고 일단 규정할 수가 있을 것이다. 『창조』동인들은 배후에 단단한 가정이 있는 지방의 유력자의 자식들이었다.59) 김동인이나 주요한은 실제로 도쿄유학시절에 일본의 문인들의 단골집이었던 우아한 카페에 드나들었다.60) 또『백조』파도 이와 같은 유형에 가깝다고 할 수 있을 것이다.

이것에 대해서 세대차이야 없지만 『폐허』동인들은 한국의 제2세대 보헤미안이겠다. "다음 세대의 보헤미안, 거리의 맥주집에 본부를 둔 전투적 자연주의의 보헤미안, 즉 샹플뢰리·꾸르베·나다르(G. Nadar)·뮈르제 등이 속해 있던 세대는 이와 달리 진정한 보헤미안, 즉 완전히 불안정한 생활을 하는 사람들로 이루어진 예술 프롤레타리아트, 부르즈와 사회의 한계선 바깥에 서서 호기에 찬 유희로서가 아니라 절박한 필연성으로서 부르즈와지에 대항해 싸우는 사람들로 이루어진 예술 프롤레타리아트였다. 그들의 비부르즈와적 생활방식은 그들의 확실치 못한 생존에 가장 적합한 형태이며 이미 단순한 가장이 결코 아니었다."61) 『폐허』동인들의 대부분은 생활기반을 가지지 못했으며 결혼한 사람도 혼자 하숙에 살면서 술을 마셨다.

「카페·프란스」의 화자의 상황은 물론『폐허』 쪽에 가깝다. 당시 일본

---

59) 김동인, 「문단회고」, 같은 책, p.382.
60) "카페 파우리스타에서 發賣하는 커피시롭의 병을 곁에 놓고 연하여 물에 풀어 마시면서(…)." 김동인, 「文壇15年裏面史」, 같은 책, p.401. '파우리스타'는 일본에 처음 생긴 고급 서양요리점 같은 카페들 중의 하나로, 靑踏社의 여자 문인들도 단골이었다고 한다.
61) 아르놀트 하우저, 같은 책, p.230.

에 있던 많은 유학생은 정지용처럼 경제적으로 풍요롭지 못하는 형편에 있는 프롤레타리아트 보헤미안이었다. 부잣집 자식도 역시 식민지 출신인 이상 억압된 부분이 없을 수가 없었다. 게다가 고향에 아내와 아이가 있는 학생도 많았고 그들은 가장으로서의 무거운 책임을 업고 있었다. 그런 현실에 일시적으로 눈을 감고 예술가처럼 행동해 보는 것이 그들의 보헤미안 생활이다.

그래서 "나는 자작의 아들도 아무것도 아니란다."하는 구절은 필자에게는 정지용이 바로 앞세대인 '판의 회'나 백화파, 또는 젊은 날의 김동인이나 주요한 같은 부유한 청년들과 자기 입장을 대비해서 한탄하고 있는 것처럼 보인다. 「카페·프란스」의 화자는 나라를 잃고 집도 없는 불쌍한 존재다. 지식층에 속하기는 하지만 사회적으로 높은 지위가 보장되어 있는 것도 아닌 가난한 예술 지망생, 예술 프롤레타리아트에 불과하다. 그런데도 '자작의 아들'로 상징되는 상류계급의 자식들의 화려한 방탕을 모방한다니. 자기 나라 말까지 잃어버리려고 하는 판에 일본에서 서양문화를 쫓고 있다니. 그들에게 있어 카페는 잠시 현실에 눈을 감아 보는 장소에 지나지 않았고 밖에 나가면 곧 어두운 현실이 기다리고 있었다.

존경하는 시인 하쿠슈가 주최하는 잡지 『근대풍경』에서 정지용은 주목을 받는 신인시인의 한 사람이 되어 있었지만 그는 언제까지나 일본에 머무를 수는 없었다. 휘문고보가 그에게 유학비용을 내 주었기 때문에 지용은 졸업하면 곧 교사로서 휘문고보에 부임하도록 정해져 있었다. 게다가 그는 고향에 가면 가장으로서의 책임을 다해야 했었다. 그가 문학만에 열중할 수 있는 시기는 처음부터 시한부였다. 그래서 「카페·프란스」의 화자가 고급스런 대리석 테이블에다가 지친 듯이 뺨을 대었을 때 그 차갑고 즉물적인 감촉이 냉혹한 현실을 상기시켜서 마음이 오싹해지는 것이다. 앞날이 안 보이는 「카페·프란스」의 인물들의 보헤미안 생활은, 제1세대 보헤미안을 동경해서 흉내내는, 슬프고 익살스러운 희화(caricature)일 수밖에 없었다.

투르게네프의 '손이 흰 사람'이 농민·노동자들의 편에 서려고 하면서도 그들과의 괴리를 메울 수 없는 귀족 인텔리겐차라면, 「카페·프란스」의 화자는 귀족도 아닌데 귀족의 슬픔의 포즈를 취하고 있는 식민지 청년이다. 그는 그런 내 모습이 '자작의 아들'들의 그것을 축소한 슬프고도 우스운 희화일 수밖에 없다는 사실을 잘 알고 있다. 「카페·프란스」가 달콤한 꿈과 쓴 현실에 잠겨서 꼼짝도 못하는 식민지 지식인 청년의 감정을 생생하게 전달하는 데에 성공할 수 있었던 것은 바로 시인이 이런 냉정한 시각을 잃지 않았기 때문이다.

5. 한국근대시에 나타난 최초의 도시인

1) 「슬픈 인상화」, 「황마차」 분석

한국 모더니즘시를 이야기할 때 흔히 1930년대의 작품이 거론된다. 다방, 카페, 백화점, 영화관 등 근대적 기제가 '京城'에 출현한 데다가 일본 등지에서 도회지의 생활양식이 들어 온 결과 한국에서도 제법 근대적 도시생활이 가능해진 게 30년대였기 때문이다. 하지만 도시생활을 시의 소재로 소화한다는 것은 30년대에 등장한 시인들에게도 그리 쉬운 일이 아니었다. 김기림이나 吳章煥 같이 모더니즘에 관심을 기울인 사람들도 도시를 노래한 시로서는 성공한 작품을 별로 남기지 못했고 근대에 대한 비판 또는 풍자는 피상적인 것에 머물렀다. 유독 李箱이 특이한 방법으로 도시인의 고뇌를 고백했을 뿐, 50년대에 나타난 『後半紀』동인들의 모더니즘에 이르러서는 30년대 모더니스트보다 후퇴해서 근대문명에 대한 맹목적 긍정을 표명하는 천박한 작품 밖에 남기지 못했던 것이다.

시뿐만 아니라 원래 농경중심의 사회라서 그런지 해방 전의 한국문학은 농촌적 정서를 노래하는 일에는 비교적 능숙했지만 도시의 정서를 표현하는 것은 상대적으로 서툴렀다고 할 수 있을 것이다. 예를 들어 프롤레타리아 소설이나 희곡에도 농민의 정서는 중요한 주제로 자주 등장했지만 도시 프롤레타리아트의 마음을 표현한 작품은 많지 않고 또 잘 쓴 작품도 많지 않다(그리고 그 사정은 일본도 마찬가지다).

하지만 서울이 근대도시가 되기 전에 유학생들은 타국에서 근대도시에 조우하고 있었다는 사실을 간과할 수는 없다. 1923년부터 1929년까지 교토에 유학 갔었던 정지용도 그 중의 한 사람이다. 한국근대시사에 있어서 도시가 무대가 되어 있는 작품이 20년대에는 별로 많지 않은데 그 속에서도 정지용은 20년대 중반에 도회지의 풍경을 시로 표현하고 도시에 사는 사람의 정서를 그렸다는 점에서 선구자라 할 수 있다. 명확히 대도시가 배경이 되어 있다고 볼 수 있는 작품으로서 「카페·프란스」(1926), 「황마차」(제작:1925, 발표:1927), 「슬픈 印像畵」(1926), 일본어시 「다리 위(橋の上)」(1927) 등이 있으며 도회지에서 고향을 그리워하는 도시인의 정서를 그렸다고 볼 수 있는 작품으로 「향수」(제작:1923. 3)1), 일본어시 「고아의 꿈」(1927) 등이 있다.2) 특히 「카페·프란스」,

---

1) 이 시를 썼을 때 정지용이 어디에 있었는지는 알 수가 없다. 1923년 3월이라면 휘문고보를 졸업할 시기다. 대학교가 4월초에 시작하기 때문에 적어도 3월 말경에는 교토에 가 있어야 하는데, 왠지 그의 입학일자가 5월 3일로 기록되어 있는 것을 보니까 그는 수속 때문에 도일이 늦어져서 이 시를 썼을 때는 아직 서울에 있었을 가능성도 있다. 유학 가기 전부터 타향살이의 외로움을 상상하면서 썼을 수도 있다.
2) 「카페·프란스」, 「슬픈 印像畵」 등의 初出誌는 교토 유학생들의 잡지 『學潮』1926년 6월호로 알려져 왔지만 작품의 실제 제작은 정지용이 교토에 간지가 얼마 안 되는 시기, 즉 1923, 4년경이었다고 추측된다. 이들 작품이 정지용이 휘문고보 시절에 시작한 『搖籃』지에 발표되었다는 증언을, 『요람』시절의 동료 朴八陽이 하고 있기 때문이다.

　「鄕愁」라 題한 作을 비롯해서 얼마 전에 出版된 鄭芝溶詩集中에도 「鴨川」, 「카페·프란스」, 「슬픈 印像畵」, 「슬픈 汽車」, 「風浪夢」 等은 全部 搖籃에 登載하였던 作品이오 더욱 그 詩集 第三編의 童詩 또는 民謠風의 諸作은 半數以上이 그 當時의 作이니 이 文人의 少年時節이 얼마나 文學的으로 早熟하였는지를 알 수 있으며 (…).

(박팔양, 「搖籃時代의 追憶」, 『中央』 1936년 7월호)

　「鴨川」은 "1923.7 京都 鴨川에서", 「風浪夢 1」은 "1922.3 麻浦下流玄石里"라는 제작

「황마차」, 「슬픈 인상화」는 한국근대시사에 있어서 아마 처음으로 근대적 도시가 前景化된 시 작품일 것이며 정지용 자신의 시작활동의 기점임과 동시에 한국 모더니즘시의 기점이 될 것이다. 이 세 작품은 근대도시의 여러 기제에 조우한 화자의 소외감을 생생하게 전달함으로써 근대문명을 비판하고 있다는 점에서 높은 평가를 부여할 수 있는 것들이다. 외국어가 많이 나오니까 서양추수적이라고 생각하는 것은 너무 피상적인 판단이며 이들 작품이 결코 서양 또는 근대를 무조건 찬양하는 내용이 아님은 작품을 자세히 읽으면 알 수 있다.

　「카페 · 프란스」에 대해서는 따로 자세한 작품분석을 시도했으니 여기서는 「슬픈 인상화」와 「황마차」의 작품분석을 통해 정지용이 근대에 대해서 어떤 태도를 보였는지를 검토한다.

　　　수박냄새 품어 오는
　　　첫녀름의 저녁 때⋯⋯⋯

　　　먼 海岸 쪽
　　　길옆나무에 느러 슨
　　　電燈. 電燈.
　　　헤엄처 나온듯이 깜박어리고 빛나노나.

　　　沈鬱하게 울려 오는

연도가 있지만 각각 『학조』 1927년 6월호와 『朝鮮之光』1927년 7월호에 발표되었다는 사실로 미루어 봐도 「카페 · 프란스」, 「슬픈 印象畵」도 1923,4년경에 일단은 씌어져 있었던 게 아닐까 하고 생각된다. 「鴨川」, 「카페 · 프란스」, 「슬픈 印象畵」 등은 분명 일본에서 씌어진 것이지만 『요람』지가 그들의 고보 졸업 이후에도 한동안 계속되었다는 사실을 감안하면 납득이 간다.

　그러나 各其 東西로 헤어진 後에도 우리들은 雜誌를 내어버리지는 아니하였다. 꼼꼼하게 謄寫에 부칠 時間과 氣分의 餘裕들이 없게 된 지라 原稿를 써 가지고는 그대로 冊을 매어 그야말로 原稿回覽을 하였다. 京城에서 京都로, 京都에서 東京으로 우리들의 原稿뭉텅이는 쉴 새 없이 돌아다녔다. (같은 글)

築港의 汽笛소리……汽笛소리……
異國情調로 퍼덕이는
稅關의 旗ㅅ발. 旗ㅅ발.

세멘트 깐 人道側으로 사풋 사풋 옴기는
하야한 洋裝의 點景!

그는 흘러가는 失心한 風景이여니……
부즐없이 오랑쥬 껍질 씹는 시름……

아아, 愛施利·黃!
그대는 上海로 가는구료………
                （「슬픈 인상화」 전문）

　이 시는 제목의 '인상화'라는 말대로 회화성이 강한 작품이다. 그러나 회화성만이 두드러지게 강한가 하면 그렇지도 않다. "電燈. 電燈.", "旗ㅅ발. 旗ㅅ발." 등은 시각적인 효과와 함께 말의 리듬 즉 음악적인 효과를 겨냥한 표현이다. '수박냄새'나 '오랑쥬 껍질'은 후각·미각 이미지다. 이 인상화는 靜止하고 있는 것 같으면서도 거기서 수박냄새, 바다 냄새, 오렌지 냄새가 풍기고 멀리서 기적 소리와 퍼덕이는 깃발 소리, "사풋 사풋" 경쾌하게 걷는 양장의 사람들의 발소리가 희미하게 들려 온다.
　상해로 가는 사람이 배를 탄다고 하니 이것은 아마 고베(神戶)항이나 요쿠하마(橫浜)항의 풍경일 것이다.[3] 아니면 한국의 다른 지역보다 민저 개화된 仁川의 항구풍경일 수도 있다. 인천에서도 상해로 가는 배가 나왔었으며 방학으로 귀향한 지용이 거기에 들른 가능성도 있기 때문이다. 그런데 화자가 바라보고 있는 것이 '點景'이며 '風景'이라는 것은 화자가 그곳과 거리감을 가지고 있음을 나타낸다. 이 이국적이면서 근대적인,

---

3) 주요한은 고베에서 배를 타고 나가사키(長崎)에서 상해로 가는 배로 갈아탔다(주요한, 「도쿄와 상하이」, 『새벽 I』, 한국능률협회, 1981, p.26). 상해행 배는 매일 운항되었는데 나가사키를 오후 1시에 떠나면 다음날 오후 3시에는 상해에 도착했다. 정지용이 있던 교토에서는 고베가 가깝기 때문에 고베일 가능성이 높다.

세련된 풍경 속에 화자는 들어가지 못해 거리를 두고 바라보기만 한다.

　언뜻 보기에 이 시는 가벼운 感傷을 나타낸 것처럼 보이지만 조심해서 읽어보면 화자가 서양화·근대화의 상징 같은 항구의 풍경에 대해서 의외로 강한 소외감을 느끼고 비판적인 눈길을 던지고 있음을 알게 된다. 그것을 단적으로 나타내는 구절이 "흘러가는 失心한 風景"4)이다. 여기서 '흘러가다'는 양장한 사람들의 움직임을 묘사한 말인데 풍경(=사람들의 걸어가는 모습)이 '흘러가다'라는 말은 사람들이 자기 의지보다 어떤 흐름에 따라 별 생각 없이 움직이고 있다는 것이다. 그래서 세련된 양장을 한, 겉으로는 멋진 사람들은 실은 내 자신의 마음을 잃고 '失心'하고 있는 것처럼 보인다. '失心'(=失神)의 사전적 의미는 "뇌의 순환장애로 인해 일시적으로 의식을 잃어버리는 것"이다. 어떻게 보면 한국이나 일본의 근대화란 서양문화를 수용하면서 그 부작용으로 순환장애를 일으키고 자기 자신을 잃어버리는 과정이었다고 할 수 있을 지도 모른다. 그렇게 생각하면 이 구절은 「카페·프란스」의 '옮겨다 심은 종려나무'와 비슷한 의미를 내포하고 있다고 볼 수 있다. 화자는 익숙해지지 못하는 그 풍경을 앞에 두고 '오랑쥬'의 '껍질'을 씹고 그 강한 향기의 자극으로 겨우 정신을 가다듬고 있다. 왜 감귤이 아니라 '오랑쥬'이어야 하는가. 그것은 이 단어가 프랑스로 대표되는 서양문화의 상징으로 나타나기 때문이다. 화자는 오랑쥬의 과육을 먹는 게 아니라 기껏해야 '껍질' 을 씹을 수 있을 뿐이다.

　이 작품에서 가장 강한 상징성을 느끼게 하는 시어는 '愛施利·黃'5)과 '上海'다. '愛施利·黃'이라는 이름은 무엇을 뜻하는가. '黃'은 한국인의 성일 것이며 '愛施利'는 그 사람이 여자이며 천주교 신자임을 나타내고 있다. 또 세례명을 일부러 한자로 표기함으로써 '愛施利·黃'이 한문을 읽을 줄 아는 사람이라는 것을 느끼게 한다. 한문을 읽을 줄 아는 여자라면 상당히 높은 교육을 받은 경우라 할 수 있다. 혹 이 항구가 고베나 요코하

---

4) 이 부분은 일본어시 「悲しき印像画(슬픈 인상화)」(1927.3)에서는 '失心'이라는 말은 안 쓰이고 "それは流るる失望の風景にして(그것은 흘러가는 失望의 풍경이며)"로 고쳐져 있다.

5) 일본어시 「悲しき印像画」에서는 이 이름은 '愛利施·黃(エリシ·フワン)'으로 되어 있다. 愛施利도 愛利施도 다 여자 이름으로 있을 수 있는 것이다.

마라면 그녀는 아마 공부하러 일본에 건너온 젊은 여자일 것이다. 부잣집 딸인지 아니면 종교 단체의 후원으로 유학자금을 얻었는지, 하여튼 새로운 지식을 배우려는 의욕에 불탄 신식 여성인 모양이다. 지용의 유학시절에는 교토에서 공부하는 조선인 천주교도 학생끼리 모이는 기회가 많이 있었기 때문에 그는 '愛施利·黃' 같은 신식여성을 실제로 알고 있었을 것이다. 예를 들면 「素描·1」에 나오는 '미스 R', 「봄 삼월의 작문」의 '누님' 같은 사람이다.

'愛施利·黃'은 상해로 떠난다고 한다. 젊은 여자의 몸으로 낯선 외국에 간다는 것은 상당히 강한 의지가 없으면 못할 일이다. 그것도 상해는 유럽 여러 나라와 미국의 '租界'를 중심으로 발전해 온 국제도시였으며 온갖 세련된 것과 퇴폐적인 것이 모이는 인종과 민족의 도가니 같은 곳이었다. 이 작품이 몇 년도에 제작되었는지는 모르지만 관동대지진(1923. 9.1) 이후 도쿄에서 공부했던 한국유학생들이 중국으로 가는 경우가 종종 있었다고 하니 '愛施利·黃'도 상해에 있는 대학교에서 공부하려고 하고 있는지도 모른다.

하여간 젊은 여자가 무엇인가를 하러 상해로 떠나려고 하고 있는데 화자는 아무 것도 못하고 오랑쥬 껍질을 씹고 무력감과 자책지념에 사로잡히면서 그것을 바라보고만 있다. 그래서 그가 보는 풍경은 '슬픈' 인상화인 것이다. 이렇게 읽으면 이 작품은 「카페·프란스」의 "나는 나라도 집도 없단다/大理石 테이블에 닷는 내뺌이 슬프구나!"라는 화자의 심정과 같은 마음을 그린 시라는 것을 알 수가 있다.

이 시 전체를 화자가 사랑하는 여자를 배웅하러 와서 실연한 마음을 토로한 시로 보는 것도 가능하겠다. 그렇게 본다면 '失心한 風景'은 화자의 마음의 투영이며 좋아하는 여자가 떠나니까 슬프다는 내용이 된다. 그러나 설령 그렇게 해석한다 하더라도 근대적 항구도시의 풍경에 대해서 화자가 느끼는 소외감과 '상해'의 이미지는 지우지 못할 것이다. 그렇게 보는 것이 개인적인 실연의 슬픔과 겹친 시대적 슬픔의 뜻이 오히려 강해질지도 모른다.

이제 마악 돌아 나가는 고 슨 時計집 모퉁이, 나제 는 처마 끄데 달어맨 종달새 란 놈이 都會바람 에 나이 를 먹어 죽음 연기 끼인 듯 한 소리 로 사람 흘러 나려가는 쪽 으로 그저 지줄 지줄 거립데다.

그 고달핀 드시 깜박 깜박 졸고 잇는 모양 이——가여운 잠 의 함점 이랄지요——부칠 데 업는 내 맘 에 떠 오릅니다. 씨다 듬어 주고 시픈, 씨다듬 을 밧고 시픈 마음 이올시다. 가엽슨 내 그림자는 검은 喪服 처럼 지향 업시 흘러 나려 갑니다. 촉촉이 저즌 <u>리본</u> 떨어진 浪漫風 의 帽子 미테 는 金붕어의 奔流 와 가튼 밤경치 가 흘러 나려 갑니다. 길 여페 늘어슨 어린 銀杏나무 들 은 異國斥候兵 의 거름제 로 조용 조용 히 흘러 나려 갑니다.
……슬픈 銀眼鏡 이 흐릿 하게
……밤비 는 여프 로 무지개 를 그린 다.

이따금 지나가 는 느진 電車 가 끼이이익 돌아 나가는 소리 에 내 조고만 魂 이 놀난 드시 파닥거리 나이다. 가고 시퍼 따뜻 한 화로 가 슬 차저 가고 시퍼. 조하 하는 馬太傳五章 을 읽으면서 南京콩 이나 까먹고 시퍼. 그러나 나 는 차저 돌아 갈데 가 잇슬나구요?

네거리 모퉁이 에 씩 씩 뽑아 올라 간 붉은 벽돌집 塔 에서는 거만스런 XII 時가 避雷針 에게 위엄 잇는 손가락을 치여 들엇소. 이제야 내 모가지 가 쭐뻣 떨어질 뜻 도 하구료 솔닙새 가튼 모양새 를 하고 걸어 가는 나 를 놉다란 데서 굽어 보는 것 은 아조 재미 잇슬 게지요. 마음 노코 술 술 소변 이라도 볼 가요. <u>헬메트</u> 쓴 夜警巡査 가 <u>피일림</u>처럼 쪼차 오겟지요!

네거리 모퉁이 붉은 담벼락 이 흠씩 저젓소. 슬픈 都會의 뺨 이 저젓소. 마음 은 열업시 사랑 의 落書 를 하고 잇소. 홀로 글성 글성 눈물 짓고 잇는 것은 언제 보아 도 가엽슨 <u>쏘—니야</u>의 신세를 비추 는 빨간 電燈 이 눈알 이외다. 우리들 의 그 전 날 밤 은 이다지 도 슬픈지요. 이다지도 외로운지요. 그러면 여게서 두 손 을 가슴 에 넘이 고 당신 을 기달니 고 잇스릿가?

길 이 아조 질어 터져서 뱀 눈알 가튼 것이 반작 반작 어리고 잇소. 구쓰 가 엇지나 크던 동 거러가면서 졸님 이 옵니다. 진흙 에 착 부터 버릴 뜻 하오. 철 업시 그리워 둥그스레 한 당신 의 억게 가 그리워. 거기 에 내 머리 를 대이면 언제 든지 머언 따뜻한 바다 우름 이 들려 오더니——

………아아 아모리 기달녀 도 못 오실 니 를!

기달려 도 못 오실 니 때문 에 졸니운 마음 은 幌馬車 를 불으노니. 희파람 처럼 불녀 오는 幌馬車 를 불으노니. 銀으로 만드른 슬픔 을 실른 鴛鴦새 털 깔은 幌馬車. 꼬 옥 당신 처럼 참한 幌馬車. 찰 찰찰 幌馬車 를 기달니 노니.

—— 一九二五·十一月·京都 ——

(「황마차」, 『조선지광』 1927년 6월호)

「황마차」는 근대문명 비판을 더욱 선명하게 나타낸, 놀랄 만한 작품이다. 도시에서 움직이는 근대적 여러 기제에 부딪쳐서 당황하는 자의 고뇌를 그렸다는 점, 그리고 구어체 문장을 자유자재로 구사함으로써 시인의 감정이 잘 전달되는 산문시로 성공했다는 점에서 「황마차」는 한국근대시사에서 돋보인다. 우선 불규칙하게 똑똑 끊어지는 특이한 표기법 자체가 환경에 적응 못하는 화자의 갑갑한 심리를 잘 표현하고 있다. "1925. 11. 京都'라는 부기에서 알 수 있듯이 정지용은 한반도에 머물었던 사람보다 먼저 근대화된 도시 교토에 건너가서 이전에는 몰랐던 도시인의 정서를 싫든 좋든 간에 맛보게 된 것이다.

「황마차」는 정지용이 도시샤대학에 유학 가서 2년 남짓한 세월을 지낸 무렵에 쓴 작품이다. 근대적 도시의 모습은 어디서나 비슷하지만 일단 이 시는 교토의 중심가에서 착상을 얻은 것이라고 생각할 수 있다. 화자는 거리를 산책한다. 밤은 깊어가고 거리에는 비가 내리고 있거나 혹은 비가 내린 직후나. 보자가 속속이 젖어 있는 것을 보니까 화자는 우산을 안 가지고 집을 나온 모양이다.

화자가 지나가려는 모퉁이에 있는 집이 '시계집'인 것은 결코 우연히 아니다. 시간에 대한 공포감은 이 시의 곳곳에 나타나 있다. 솟아오른 시계탑("씩 씩 뽑아 올라 간 붉은 벽돌집 塔 에서는 거만스런 XII時가 避雷針에게 위엄 잇는 손가락을 치여 들엇소.")에 대해서 화자는 "내 모가지 가 쫄뱃 떨어질" 것 같은 위협을 느끼고 있는 것이다. 왜냐. 시계로 측정가능한 均質의 시간의 개념이야말로 인간을 억압하고 통제하는 근대적 기제의 하나이기 때문이다. 현재 우리는 누구나 시계를 보면서 생활한다. 하루는 24시간으로, 한 시간은 60분으로, 1분은 60초로 나누어져 있다. 아홉 시까지 직장에 도착하기 위해 혼잡한 전철에 몸을 실어야 하고 배가 고프든 안 고프든 열 두 시부터 한 시까지가 점심시간으로 주어진다. 정해진 근무시간이 끝날 때까지는 집에 갈 수가 없고 고달픈 일과가 끝나면 또 다음 날 아침 지각하지 않기 위해서 잠자리에 들어 수면을 취해야 한다.

이런 시간감각은 먼 옛날부터 있었던 게 아니라 근대화와 함께 시작한 것이다. 서양근대시의 始祖 보들레르는 재빨리 시계에 대한 공포를 다음과 같이 표현했다. "'시계'! 불길하고 끔찍한, 무자비한 神이다./ 그 손가락이 우리들을 위협하면서 이렇게 말한다. 『잊지 마라! 떨리는 '고통'이 공포로 가득 찬 네 마음에/머지않아 박힐 것이다, 표적을 쏴 뚫는 것처럼."(「시계 L'Horloge」, 1860). 그로부터 70여 년 후 정지용은 "옵바가 가시고 나신 방안에/시계소리 서마 서마 무서워."(「무서운 시계」, 1932), "한밤에 壁時計는 不吉한 啄木鳥!/나의 腦髓를 미신바늘처럼 쫏다.//일어나 쫑알거리는 「時間」을 비틀러 죽이다./殘忍한 손아귀에 감기는 간열픈 모가지여!"(「시계를 죽임」, 1933)하고 근대적 시간에 대한 반감을 실토한다.

그래서 시계집 앞에 달아맨 새장 안의 종달새조차 '도회바람'을 맞으면 나이를 먹고 목소리가 흐려진다. 화자는 분명 그 종달새에 자신의 모습을 보고 종달새와 서로 위로하고 싶은 마음이 생기는 것이다. 밤늦게 다니는 電車6) 소리에 놀라 "내 조그만魂이", "파닥거리"는 것을 보아도 화자가 작은 새와 자기자신을 동일시하고 있음을 알 수 있다. 시각표에 시간대로 달리는 전차가 내는 금속적인 소음은 시계와 마찬가지로 화자를 위협하고 있다.

근대 이전에도 법은 있었지만 근대적 제도는 한층 더 효율적으로 사람을 감시하고 통제하는 기제를 만든다. 그래서 「황마차」의 화자는 혼자 걸

---

6) 이 '電車'는 1895(메이지 28)년에 생긴 路面電車(=市電)일 수도 있고, 오사카-교토 간을 연결하는 민간철도 게이한(京阪)電車일 수도 있다

어다니면서도 항상 "누가 나를 감시하고 있는 게 아닐까?"하는 걱정을 떨어뜨릴 수가 없다. 어린 은행나무 가로수마저가 마치 나의 모습을 偵察하는 '異國斥候兵'같이 무섭게 느껴지고 높은 시계탑이 있는 벽돌건물에서는 누가 나의 빈약한 모습을 '굽어 보'고 있는 것처럼 느낀다. "마음 노코 술 술 소변 이라도 볼 가요."는 정체 모를 무서운 감시체제에 대해서 화자가 작은 반발심을 표명한 것이다. 변소가 아닌 곳에서 소변을 보는 것은 위생사상에 어긋나는 불법행위이며 단속에 대상이기 때문이다.7) 하지만 어디선가에서 나를 감시하는 "헬메트 쓴 夜警巡査"가 무서워서 결국 그러지 못하고 만다.8)

위에서만이 아니다. 땅에도 불길한 "뱀 눈알 가튼 것이 반작 반작 어리고 잇"어서 나를 감시하고 있다고 느낄 만큼 화자의 마음은 지쳐 있다. 화자는 자신이 "솔닙새 가튼" 초라한 모양새를 하고 있다고 자각한다. "金붕어의 奔流"9)로 상징되는 화려한 도시 한 가운데에서 화자는 자신의 초라함을 느끼고 있는 것이다.

이 작품의 서두에서부터 '흘러 나려가다'라는 말이 되풀이해서 나온다. "종달새 란 놈이 (…) 사람 흘러 나려가는 쪽으로 (…)", "가엽슨 내 그림자는 검은 喪服 처럼 지향 업시 흘러 나려 갑니다.", "길 여페 늘어슨 어린 銀杏나무 들은 異國斥候兵 의 거름제 로 조용 조용 히 흘러 나려 갑니다." 근대도시에서 인간은 내 의지와 상관없이, 안 보이는 거대한 힘에

---

7) 일본에서는 1872(메이지 5)년 違式詿違條例로 인해 "변소 이외에서의 소변"이 범죄로 규정되었다.

8) 이런 순경은 실제로 그가 일상적으로 만날 수 있는 사람이었다. 역시 1920년대에 교토에서 공부했었던 李敭河는 당시 第三高等學校 학생들 사이에서 유명했던 다나카(田中) 순사에 대한 추억을 적고 있다. "그는 삼고생이라면 대수롭지 아니한 일에도 한사코 붙잡고는 호령호령 야단하는 것으로 말하자면 한 도락을 삼았었다. '너희들은 왜 밤낮 이렇게 쏘다니기만 하느냐?' 또는 '고향 부형들을 생각해서라도 좀 공부할 생각을 가져 보는 것이 어떠냐?'"(「京都紀行」, 『이양하 미수록 수필선』, 중앙일보·동양방송, 1978)

9) 정지용의 일본어시 「橋の上(다리 위)」에는 다음과 같은 구절이 있다. "はなやかな 街/金魚池のやう きらびやかな/夜の街を 通りぬけた。(화려한 거리/금붕어의 연못처럼 반짝이는/밤거리를 지나갔다.)"(『근대풍경』2권 11호, 1927.11)

밀려서 흘러 내려간다. "이들 사람들 중의 한 사람을 붙잡아 나는 그에게, 이렇게 해서 그들은 어디로 가려고 하는지 물어봤다. 그는 나에게 대답했다, 그 자신도 또 다른 사람들도 그 점에 관해서는 아무 것도 모른다고. 하지만 그들은 확실히 어디론가 가려고 하고 있다, 왜냐하면 그들은 모두 가고 싶은 견디기 어려운 욕구로 가득 차 있기 때문에."(보들레르, 「사람은 모두 시메르(噴火獸)를 업고 있다」, 『파리의 우울』). 도시 사람들은 저항할 수 없는 강한 시대의 흐름 즉 근대화의 흐름에 따라 흘러가고 있는 것이다. 「황마차」의 화자가 구두가 너무 커서 걷기가 어렵다고 느끼는 것은 아직 근대적 기제(구두=근대적 복장의 하나)에 익숙해지지 않아서 불편함을 느끼고 있음을 말해준다. 하지만 그는 흘러가야 할 것이다. 그의 그림자는 벌써 喪服처럼 힘없이 흘러가고 있지 않은가.

불편한 화자의 마음은 당연히 근대 이전의 상태를 그리워한다. "가고 시퍼 따뜻한 화로 가 슬 차저 가고 시퍼. 좋하 하는 馬太傳五章 을 읽으면서 南京콩 이나 까먹고 시퍼." 하지만 기차와 연락선으로 갈 수 있는 그의 고향은 이미 그가 가고 싶은 고향이 아니다. "고향에 고향에 돌아와도/그리던 고향은 아니러뇨."(「고향」, 1932). 화자가 가고 싶은 고향의 풍경은 식민지화와 함께 그리고 근대화와 함께 이 세상에서 사라져 버렸으며 화자도 그것을 잘 알고 있다. "그러나 나 는 차저 돌아 갈데 가 잇슬나구요?"

화자는 고향이 이미 그가 어릴 때의 고향이 아님을 알고 있다. 그래서 마음은 힘없이 낙서를 할 뿐이다. "가엽슨 쏘―니야"란, 도스토예프스키의 「죄와 벌」에 나오는 고결한 마음을 가진 창녀 소냐다. 이 소냐는 현진건의 「고향」에 나오는 '그'의 어릴 때 여자 친구처럼 혹독한 사회변동으로 인해 낙백한 가정을 돕기 위해 팔려간 수많은 슬픈 여자들의 상징으로 볼 수 있겠다. "빨간 電燈"은 물론 紅燈의 거리를 연상케 하는 말이다. 그 다음의 "우리들 의 그 전 날 밤은 이다지 도 슬픈지요. 이다지도 외로운지요."라는 말의 뜻을 놓쳐서는 안된다. 「그 전날 밤」은 투르게네프의 유명한 소설의 제목이다. 투르게네프 소설의 '그 전날 밤'이란 혁명이 일어나기 직전을 의

미한다. 그런데 「황마차」의 화자는 역사의 흐름을 거꾸로 밀어 되돌릴 수 없음을 알고 있기 때문에 슬픈 것이다. 설령 일본의 식민지침략이 끝났다 하더라도 한번 잃어버린 고향의 모습은 되찾을 수가 없을 것이다. 근대를 근대이전으로 돌아가게 하는 혁명은 있을 수 없기 때문이다.

화자는 동그스레한 어깨를 가진 '당신'을 그리워한다. 그런데 '당신'이라는 2인칭은 곧 '못 오실 니'라는 3인칭으로 바뀌어버린다. 또 이 시 전체를 보면 어미의 待遇정도가 일정하지 않고 매우 혼란스럽다. "…요" "…입니다", "…올시다", "…소", "…외다", "…릿가" 등, 上稱도 中稱도 있고 "가고 시퍼", "그리워" 등 반말도 있다. "…나이다"는 문어체이다. 이 흩어진 어미를 보면 도대체 '나'는 누구를 향해 말하고 있는지 하는 의문이 생긴다. 이것은 화자 자신이 누구더러 말하고 있는지 상대의 정체를 파악 못하고 있음을 뜻한다. 화자의 '못 오실 니'는 말하자면 근대화, 식민지화로 잃어버린 것들을 회복시켜 주는 존재를 가리키는 것이다. 화자는 그것이 오지 않는다는 것만을 알고 있다. 그것은 근대의 차가움, 네모난 형태, 뾰족해진 형태에 대해서 따뜻함, 동그스레함이라는 이미지로 파악되고 있다.

'못 오실 니'를 포기한 화자는 황마차를 부르는데 이 황마차란 무엇을 뜻하는 것일까. 황마차는 일본의 도회지에는 없었지만 러시아나 만주에는 있었다. 앞에 나온 '쏘—니야'나 '그전날밤'에서 연상하면 이것은 19세기 러시아의 전원풍경에 등장하는 마차가 아닌가 싶다.10) 은둔한 톨스토

---

10) 일본에서 1914년 톨스토이 원작 「復活」의 무대공연(이것은 일본전국만이 아니라, 만주, 대만, 한반도에서도 상연되었다)으로 인기를 얻은 극단 藝術座는 1917년에 역시 톨스토이 원작의 「살아 있는 屍體」를 상연했다. 그 연극 속에서 인기 여배우 마쯔이 스마코(松井須磨子)가 노래한 「방랑의 노래(さすらいの唄)」는 「부활」의 「카츄샤의 노래」와 마찬가지로 유행가가 되었다. "멈추어라 황마차, 쉬어라 말(馬)이야./내일의 여행길이 없는 것은 아니니까"(기타하라 하쿠슈 작사, 「방랑의 노래」). 무대연습을 보러 간 하쿠슈는 "거기서는 荒凉한 광야를, 살아 있는 시체가 된 남자와 함께 정처 없이 방랑하는 황마차의 삶이 애처롭게 전개되고 있었다"고 적고 있다(藤田圭雄 編, 『白秋愛唱歌集』, 岩波書店, 1995, p.92~96 참조). 당시 '황마차'의 이미지는, 미국의 서부극에 나오는 황마차가 아니라, 러시아의 대지를 달리는 황마차의 이

이가 시골에서 타고 다녔던 황마차, 혹은 투르게네프 소설에 나오는 황마차. 그것은 목가적이고 평화로운 것의 상징이다. 동화 이야기에나 나올 듯한 그런 황마차가 쏜살같이 날아와서 나를 한가로운 풍경 속으로 데려다주기를 화자는 갈망하고 있다. 그러나 물론 황마차도 안 올 것이다.

「황마차」의 성공에는 산문시라는 형식도 크게 작용했을 것이다. 산문시란 整然한 형식에서 오는 시의 형식미를 희생시키고 시인이 자유롭게 감정을 전달하기 위한 형식이기 때문이다. 그리고 정지용이 초기에 익힌 그런 산문시의 기법이, 십여 년 후에 「백록담」 등의 일련의 작품을 낳을 수 있게 만들어 준 것이다.

이상 검토한 바와 같이 정지용은 근대에 부딪친 도시인의 정서와 근대문명에 대한 비판을 아마 한국근대시인 가운데 처음으로 표현했다고 평가할 수 있을 것이다. 이렇게 생각하면 일본어의 「슬픈 인상화」, 「황마차」, 「카페·프랑스」 등이 실린 잡지의 이름이 『근대풍경』11)이었다는 것은 참으로 상징적이라고 할 수밖에 없다. 그는 '근대'의 '풍경' 속에 등장한 최초의 한국시인이었기 때문이다.

「황마차」가 씌어진 시점에서 9년 후, 이제 상당히 도회지다운 면모를 갖춘 '경성'에서 도회지의 아들다운 생활양식에 익숙해져 있었던 李箱조차 1936년 도쿄에 가서 그 대도시의 기제 앞에서 당황한다. "표피적인 서구적 악취"(김기림에게 보낸 편지12))에 어찔하고 "경시청에서 「길바닥에 喙(가래)을 뱉지 말라」고 광고판을 써 늘어놓았으므로 나는 춤(침)을

미지였을 것이다.

11) 정지용이 「かつふえ·ふらんす(카페·프랑스)」 등 일련의 일본어 작품을 발표한 『근대 풍경』은 산문시만을 게재하는 코너가 따로 있었고 일본어시 「幌馬車」가 실린 2권 4호(1927.4.)는 산문시 특집호였다. 시인 기타하라 하쿠슈를 숭모하는 기성, 신인 시인이 대거 투고하는 이 잡지에서 「幌馬車」는, 누구의 모방도 아닌 정지용만의 개성을 빛내고 있었다. 그래서 『근대풍경』2권 5호(1927.6)에서 야부타 요시오(藪田 義雄)가 "仲村渠, 鄭芝溶 (…) 이 두 명의 젊은 시인은 『근대풍경』이 새로 발견한 많은 시인 가운데에서 가장 빛난다고 말할 수 있다. 나는 두 사람의 장래를 기대하고 있다"고 적은 것이다.

12) 「私信 7」, 김윤식 편, 『이상 문학전집 3 수필』, 문학사상사, 1993.

배앝을 수는 없다"(「東京」13))고 그 불편함을 표명하는 이상은 19세기 즉 전근대적 생활을 그리워한다. "李太白이 노던 달아! 너도 차라리 19세기와 함께 殞命하여 버렸었던들 작히나 좋았을까"(같은 글). 그리고 자신을 "19세기와 20세기 틈사구니에 끼여 卒倒하려 드는 無賴漢"(앞의 편지) 같다고 느낀다. 하물며 20년대 초반에 근대적 도시에 조우한 유학생들의 충격은 오죽했을까. 20년대에 도시인의 마음을 그린 정지용은 한국 문학사상 선구적 모더니스트임이 틀림없다.

2) 1920년대의 타임머신 — 관부연락선

정지용 초기시에는 배경으로 바다가 등장하는 작품이 많이 있음은 金𣲖東을 위시한 주요 연구자들이 자주 지적하는 바이다.14) 유종호도 "사실 20세기 들어서도 바다가 시의 당당한 소재로 처리된 것은 1920년대 후반의 일이 아닌가 생각된다. (…) 모더니스트라 불리는 시인들에게 와서 비로소 만경창파란 규격화에서 벗어난 바다가 감각적 구체로서 그 모습을 드러내는 것이다. 『정지용 시집』에는 바다를 다룬 시편이 근 20편이나 된다. 1920년대 후반 이후 바다 시편이 괄목할 만하게 많아지는 것은 개방 이후 외국체험과 항해체험의 부산물이라는 측면이 있다"고 말하고 있다.15) 이 '바다 시편'은 무엇을 뜻하는가.

일본근대시의 경우를 생각해 봐도 신체시의 시대부터 바다는 시의 중요한 소재가 되어 왔다. 그것은 원래 섬나라 사람들이 바다를 섭할 기회가 많은 데다가 근대초기에 활발하게 소개된 프랑스 상징시에 바다가 자주 등장하기 때문이기도 했을 것이다. 프랑스 상징시에 바다가 등장하는 것은 항해술의 발달과 식민지 확대의 결과이기도 했으며 안자이 후유에(安西冬衛) 등의 일본 모더니즘시가 바닷가 도시 대련에서 시작되었다는

---

13) 같은 책.
14) 김학동, 『정지용 연구』 개정판, 민음사, 1997.
15) 『시란 무엇인가』, 민음사, 1995, p.203~204.

사실은 일본의 식민지확대정책의 부산물이기도 하다. 여하간 어느 나라의 경우에도 '바다'는 넓은 세계를 향하는 젊은이의 마음을 상징하는 것처럼 보인다.

정지용의 유학시절에 씌어진 작품 중 「甲板우」에는 "1926 여름 玄海灘에서", 「船醉 1」에는 "1926. 8 玄海灘 우에서"라는 부기가 있어 이들 작품에 관해서는 명확하게 유학시절에 그가 관부연락선을 타고 고향과 일본을 왕복했던 체험을 바탕으로 해서 씌어진 것이라 할 수 있으며 새로운 세계에 발을 디딘 젊은이의 희망에 부푼 마음과 당시 최고의 지식계급에 속하는 일본유학생으로서의 긍지를 읽을 수가 있다.

그러나 사실은 20편 가까운 '바다 시편'의 전부가 넓은 세계를 꿈꾸는 유학생의 마음을 나타내고 있는 것은 아니다. 같은 시기에 씌어진 '바다 시편'도 '1925.4'라는 제작연도가 있는 「바다 5」, '1926.1 京都'라고 적어진 「바다 1」부터 「바다 4」까지, 그리고 일본어시 「海 1」부터 「海 3」 등은 '抒情小曲'16)이라 할 만한 작품으로 바다가 배경이 되어 있기는 하지만 「甲板우」나 「선취 1」과는 질적으로 다른 작품들이다. 이들 '서정소곡'은 한결같이 짧고 가벼운 감상을 스케치한 내용으로 화자는 배를 타고 있는 게 아니라 타향의 바닷가에서 바다를 바라보면서 감상에 잠겨져 있다. "울음 우는 이는 등대도 아니고 갈메기도 아니고/어덴지 홀로 떠러진 이름 모를 스러움 하나."(「바다 4」 마지막 연) 부기의 '京都'라는 말로 미루어 보아 이것은 현해탄이 아니라 교토 북쪽의 해변에서 씌어진 것이다. 내용·형식 양면에서 이것은 「甲板우」나 「선취 1」보다도 「가모가와(鴨川)」, 「湖面」 등과 동질의 것이라 할 수 있다. 예를 하나 더 들어보면 "바독 돌의 마음과/이 내 심사는 아아무도 모르지라요."(「바다 5」, 1925.4)도 역시 화자는 바닷가에서 감상에 잠겨져 있다는 것 외에 이렇다할 내용이 없는 작품인데 이것을 「가모가와」의 "수박 냄새 품어오는 저녁 물바

---

16) 抒情小曲이라는 호칭은 기타하라 하쿠슈의 시집 『추억』의 序言에서 처음 사용되었다고 하는데, 이것은 짧고 가벼운 서정시를 말하는 말이다. 이 가련하고 매력적인 시형은 다이쇼 시대의 시인들에게 널리 유행해서 숱한 서정소곡집이 간행되었다.

람./오랑쥬 껍질 씹는 젊은 나그네의 시름."과 비교하면 그 감상의 유사성을 감지할 수 있을 것이다. 그러므로 이것들은 기쁜 마음으로 넓은 세계를 바라보는 「甲板우」나 「선취 1」과 함께 일괄해서 '바다 시편'이라고 명명하는 것보다 「가모가와」나 「호면」과 함께 일괄해서 '서정소곡' 또는 '물가 시' 정도의 말로 일괄하는 게 더 적합하다.

귀국 후 1930년에는 「바다 6」부터 「바다 9」까지가 발표되는데 이것은 유학시절에 쓴 것을 이때 발표한 것인지 귀국 후에 쓴 것인지 분간하기가 어렵다. 그 중 「바다 7」은 화자가 서는 위치가 분명치 않다. 「바다 6」(1930.5 발표), 「바다 9」(1935.12 발표)는 약간 긴 시로 화자가 바다를 눈앞에 두고 있는 게 아니라 머리 속에서 바다의 정경을 상상하고 있다. 「바다 8」(1930.9 발표)과 「갈메기」(1928.9 발표)에서 화자는 배를 타고 있지만 이 배는 관부연락선이 아니고 작은 돛배인 모양이다. 어디서 그런 배를 타 봤는지, 혹은 상상으로 씌어진 것인지도 모른다. 「해협」(1933.6 발표), 「다시 해협」(1935.8 발표), 「선취 2」[17](1941년 시집 『백록담』에 수록)는 제작연도 미상이라 유학시절에 쓴 것을 나중에 발표했는지 30년대 이후에 국내에서 여행했을 때 유학시절의 마음을 상기하면서 쓴 것인지 모른다. 이와 같이 검토해 보니까 바다를 배경으로 하면서 유학생으로서의 희망에 찬 모습이 나타나 있다고 단언할 수 있는 작품은 「甲板우」, 「선취 1」 밖에 없다. 그런데 이 두 작품에서 중요한 소

---

[17] '선취 2」는 유학시절에 쓴 것을 이때 시집에 수록한 가능성이 높다. 지용이 기행문 속에서 유학시절에는 뱃멀미 때문에 고생했다는 추억을 적고 있기 때문이다(「多島海記 2—海峽病 1」(1938). 또 이 시에서 항해시간이 '여덟시간'으로 되어 있는 것도 대체로 1920년대의 관부연락선의 항해시간과 일치한다. 관부연락선은 생긴 당초에는 1680t의 이키마루(壹岐丸)가 11시간 반쯤으로 부산—시모노세키 간을 달렸다. 정지용 당시에는 3000t급의 昌慶丸, 德壽丸, 昌德丸이 되어 있었을 것이다. 그것이 몇 시간 걸렸는지는 모르나, 1935년경부터는 7000t급의 대형여객선인 金剛丸, 興安丸 등이 7시간 반으로 달렸다는 기록으로 미루어 보아, 3000t급은 8, 9시간쯤 걸렸을 것이다.
  또 시집 『백록담』은 작품이 모자라 수필까지 수록해야 할 정도였기 때문에 예전에 썼다가 발표 못했던 작품을 수록한 가능성은 높다고 봐야 한다.

재가 되어 있는 것은 사실은 '바다'가 아니라 '배'다. 말하자면 이것은 '바다 시'라는 것보다 '船舶詩'다.

미래파 이래 비행기, 선박, 자동차 등은 모더니즘시의 중요한 詩材가 되어 왔다. 그것은 기계문명과 근대적 생활의 상징이기 때문이다. 그것은 단시간의 원거리이동을 가능케 하고 사람들을 지금까지 가보지도 못했던 새로운 세계로 데려다 주었다. "地球덩이가 동그랐타는것이 길겁구나"(「갑판우」). 특히 1920년대 관부연락선은 정지용에게는 유교윤리가 지배하는 전근대적 세계에서 근대화된 도시로 옮기기 위한 타임머신과 같은 장치였다. 그런 의미에서 「슬픈 汽車」(제작:1927.3)도 그런 이동수단의 연장선상에서 생각할 수가 있다.[18] 물론 「甲板우」나 「선취 1」은 배가 일본으로 향하고 있는지 부산으로 가고 있는지 모르고 「슬픈 기차」에서도 화자는 고향으로 가거나 고향에서 다시 교토로 가거나 하고 있는 게 아니고 그냥 여행을 가고 있는 장면일지도 모른다. 그러나 중요한 것은 그가 방학 때 고향과 교토 사이를 왕복하기 위해 배나 기차로 원거리를 이동했었다는 사실이다. 거기서 화자가 느끼는 약간의 슬픔은 정든 세계를 떠날 때의 감상과, 고향에서 그를 애타게 기다리는 식구들에게 대한 미안한 마음, 타향살이에서 오는 고독감 같은 것이다. 「선취 1」에서 화자는 "金단초 다섯 개 달은 자랑스러움"을 느끼면서 "내처 시달품"을 떨어뜨릴 수가 없고 예전에 불던 아리랑을 생각해 내려고 하는데도 못하고 자랑스러움의 상징인 '금단초 다섯 개'를 바다에 던지려고 하는 모순된 마음의 움직임을 보이고 있다.

하지만 타임머신을 타기만 하면 그는 아내와 나이 드신 양친이 고향에서 기다리고 있는 것도 잊고 세련된 벽돌건물의 校舍에서 영문학을 공부할 수가 있고 카페에서 아름다운 빛깔의 칵테일을 맛볼 수가 있고 성당에 가서 높은 교양을 지닌 여학생과 지적인 대화를 나눌 수가 있었다. 한국

---

18) '瀨戶內海'라는 말로 보아, 이것은 山陽本線을 달리는 기차다. "1927.3 日本東海道線 車中"라고 써 있지만 정확하게는 이것은 山陽本線이며, 고베를 지나면 東海道線으로 이름이 바뀐다.

에서는 젊은 남녀가 길에서 인사말을 나누는 것도 신경 쓰이는데 교토에 가면 여자 친구와 한 우산을 쓰고 다녀도 아무렇지도 않았으니 그의 가슴은 희망으로 찰 수밖에 없었다(「鴨川上流 上」). "나는 언제든지 슬프기는 슬프나마 마음만은 가벼워/나는 車窓에 기댄 대로 희파람이나 날리쟈."(「슬픈 기차」) 연애가 무엇인지도 알기 전에 早婚해야 했던 정지용에게 유학시절은 남보다 늦게 찾아온 청춘기이었다. 그래서 그런지 「甲板우」, 「선취 1」, 「슬픈 기차」에 공통적으로 나타나는 테마가 '연애'다. "젊은 마음 꼬이는 구비도는 물구비/두리 함끠 굽어보며 가비얍게 웃노니."(「甲板우」). "담배도 못 피우는, 숫닭같은 머언 사랑을/홀로 피우며 가노니, 늬긋 늬긋 흔들 흔들리면서."(「선취 1」) "나는 유리쪽에 가깝한 입김을 비추어 내가 제일 좋아하는 이름이나 그시며 가쟈."(「슬픈 기차」).

　「황마차」 등에 나오는 도시의 여러 기제와 함께 선박, 기차 등의 근대적 이동수단, 「슬픈 인상화」의 '愛施利・黃' 같은 신식여성과 자유연애, 지식계급인 일본유학생의 복잡한 심정 등 근대적 詩材를 처음 작품 속에서 前景化시켰다는 점에서 정지용은 선구적 시인이다. 그런 소재들을 구어 한국어로 표현한다는 일은 그 시대의 지식층 젊은이의 입장에서 생각하면 반드시 누가 해야 할, 반드시 있어야 할 작업이었다. 그것은 그들의 생활감정을 言語化하는 작업이었으며 한국문학을 근대에 맞게 진화시키는 작업의 일환이기도 했다.

6. 도시샤대학 영문학과와 윌리엄 블레이크

1) 도시샤대학 영문학과

　일본 교토에 있는 도시샤대학 영문학과를 졸업한 정지용은 휘문고보(중학) 영어 교사, 잡지편집, 신문사 주간 등을 거쳐 1945년부터 3년간 梨花女子大學校[1] 교수가 되어 국어, 영시, 라틴어를 가르쳤다. 그러나 그는 영문학 연구자로서의 업적을 인정받고 대학교수가 된 것은 아니었을 것이다. 지용의 譯詩로서는 종교시를 제외하면 영국의 시인 겸 화가 윌리엄 블레이크(William Blake, 1757~1827)의 시 다섯 편과 미국시인 월트 휘트먼(Walt Whitman, 1819~92)의 시 열 두 편이 있을 뿐이다. 이 중 블레이크에 관해서는 정지용의 대학 졸업논문이 "The Imagination in the Poetry of William Blake"이었으니 정지용 문학의 전모를 밝히기 위해서는 비교고찰을 안 할 수가 없겠지만 정지용과 블레이크의 관계를 정면으로 논한 논문은 아직까지 없는 것 같다.

　김학동은 유학 시절의 정지용에 대해서 "한편 이 무렵 정지용은 윌리엄 블레이크의 시에 심취하고 있었던 사실을 알 수 있다"고 쓴 바 있다.[2] 그러나 그것은 "그의 졸업논문이 「블레이크의 시에 있어서 상상력」의 문제를 다룬 것으로 그렇게 짐작된다"는 단순한 근거에 입각해서 내려진 결론에 지나지 않는다.[3] 하지만 정지용이 『新人文學』 1936년 8월호 「문인과의 자유만담집, 정지용 씨와의 만담기」에서 "윌리엄 블레이크의 시는 전공학과니까 할 수 없이 많이 읽었"다고 고백하고 있는 것을 보면 석연치 않게 느껴진다. "할 수 없이" 읽은 것을 '심취'라고 말할 수 있을까.

　여기서는 정지용이 왜 블레이크를 졸업논문 테마로 선택했는지, 그가 블레이크 시에서 무엇을 받아들였는지에 대해서 정지용이 영문학을 수학한 도시샤대학에 관한 연구를 포함해서 고찰해 보려고 한다.

　지용은 1923(다이쇼 12)년 4월에 도시샤대학 예과에 입학하고 1929(쇼와 4)년에 같은 대학 영문과를 졸업했는데 뒤에 소설가가 될 金末峰도 1924년에 교토에 가서 도시샤대학 바로 옆에 있는 도시샤여학교 전문학부 영문학과에 입학, 1927년에 졸업하고 있다.[4]

---

1) 전문학교를 1946년에 대학교로 개칭.
2) 『정지용 연구』(개정판), 민음사, 1997. p.156.
3) 같은 책, p.156~157.
4) 정하은 편, 『김말봉의 문학과 사회』, 종로서적, 1986. 이 책에서는 김말봉이 '同志社'를 졸업한 것으로 되어 있지만 당시 고등여학교를 졸업한 여자는 그대로 대학에 들어

정지용이 왜 도시샤대학에 갔는지는 알려지지 않고 있다. 그러나 제 I 부 제2장에서 언급한 것처럼 도쿠토미 로카, 가가와 도요히코 소설이 『요람』지 멤버들의 애독서였다면 지용은 교토에 가기 전부터 기독교에 관심을 가지고 있었으며 도시샤대학을 택한 것도 그것과 관련이 있었을 거라고 추측된다. 먼저 가가와 도요히코라는 사람은 소설가라기 보다는 빈민굴에서 활동한 전도자이자 사회사업가로서 알려져 있으며 1920년에 출판돼서 폭발적인 베스트셀러가 된 『死線을 넘어서』는 자전적 성격의 장편소설이다. 주인공은 기독교계 학교인 메이지가쿠인(明治學院)에 다니다가 고민 끝에 빈민굴의 전도자가 되기를 결심한다. 또 도쿠토미 로카의 자전적 소설「추억의 기(思出の記)」(1901)에서는 주인공이 기독교계 학교인 간세이가쿠인(關西學院)에 입학하는데 배를 타고 고베(神戶)에 도착한 주인공인 시골청년이 학교의 훌륭함에 경악하는 장면이 인상적이다. 이들 소설의 주인공들이 인생에 대해서, 사회에 대해서, 성경에 대해서 학우들과 열띤 토론을 하는 모습은 『요람』지 멤버들의 가슴을 뜨겁게 했을 것이다. 한가지 덧붙인다면 도쿠토미 로카가 실제로 다닌 학교는 도시샤였다. 연애사건으로 퇴학을 당한 로카는 도시샤의 이름을 소설 속에서 사용하기가 어려워서 무대를 다른 학교로 설정한 것이 아닐까 싶은데 작품에는 도시샤에서의 경험을 많이 살렸을 것이다.

지용의 장남 鄭求寬 씨에 따르면 유학경비는 졸업 후 모교에서 교편을 잡는다는 조건으로 휘문고보가 대 주었다고 한다. 휘문고보 쪽에서 지용에게 우수한 영어교사가 되어주기를 바랬었다면 그는 다른 외국어를 전공하고 싶은 마음이 있어도 영문과에 갈 수밖에 없었을 것이다.

도시샤는 기독교정신에 입각한 학교이기는 하지만 특정한 기독교 단

갈 수는 없었다. 도시샤대학 영문학과의 경우 도시샤여학교 전문학부 영문학과를 마친 사람에 대해서는 도시샤대학 영문학과 입학을 허가했었지만 김말봉이 4년만에 '同志社'를 졸업하고 있는 사실로 미루어 보아, 이것은 도시샤여학교 전문학부만을 졸업한 것에 틀림없다. 異河潤도 「해외문학 시대」라는 글 속에서 "김말봉이 同志社女專 출신"이라고 쓴 바 있다(『한국문단이면사』, 깊은샘, 1983, p.169). 도시샤여학교는 뒤에 도시샤여자전문학교로 이름을 고쳤다. 현재의 도시샤여자대학이다.

체에 의해 운영되는 소위 미션스쿨은 아니다.5) 학교의 기초를 만든 것
은 新敎系 組合派(the Congregational Church)의 아메리칸 보드
(American Board of Commissioners for Foreign Missions)였지만
후에 도시샤는 아메리칸 보드와의 관계를 끊었다.

정지용이 재학했었을 때는 1920(다이쇼 9)년에 취임한 제8대 총장
에비나 단죠(海老名彈正)6)가 도시샤교회7) 명예목사를 겸임했었고 도시
샤 宗敎主任으로 삿포로(札幌)독립교회 목사이던 다케자키(竹崎八十雄),
미국에서 온 바트레트(Samuel C. Bartlett)가 在任했었다. 예배에서는
에비나, 다케자키, 바트레트가 교대로 설교했는데 일요일에는 채플에 자
리가 모자랄 정도의 성황을 보였다고 한다. 그러나 에비나의 기독교 사상
은 기독교에다가 천황주의를 접목한 '일본적 기독교'였으니 정지용이 에
비나 총장이 좋아서 도시샤에 갔다고 생각하기는 어렵다. 그것보다 도시
샤대학 영문과가 영어를 잘 가르친다고 평판이 높았던 점(도시샤대학 영
문학과는 간사이 지방의 사립대학 영문학과 가운데 가장 이름이 높다),
그가 동경했던 古都 교토8)에 있었다는 점, 학풍이 비교적 자유로웠던
점9) 등은 마음에 들었을 것이다.

정지용이 교토에 간 다이쇼 말기는 도시샤대학 영문과가 가장 교수부
족에 허덕이고 있었던 시기다. 그때 영문과에서 강의했던 교수에 대해서

---

5) 『同志社 90年史』(同志社社史史料編集所, 非賣品, 1965) 참조. 이하, 도시샤대학에
　관한 기록은 주로 이 책에서 찾았다.
6) 1956∼1937, 목사, 교육가. 일본조합기독교회의 지도자. 진보적이고 자유주의적 신
　앙을 강조했다. 그의 사상은 신문, 잡지를 통해서 청년층에 큰 영향을 미쳤다. 1920
　년부터 8년간 도시샤대학 총장.
7) 대학교 캠퍼스 안에 있는 도시샤교회는 일반 교회와 같은 방식으로 운영되는 독립한
　교회로, 일본조합기독교회에 가맹했었다.
8) "숙녀 한 분과 신사 여러분! 그립고 보고싶고 하던 京都 平安 古都에 오고 보니 듣고
　배우고 하였던 바와 틀림없습니다.(. . .)", 「愁誰語 Ⅲ-5」.
9) "학부는 학년제를 폐지해서 과목제로 하고, 필수과목을 줄여서 선택과목과 隨意과목을
　늘려서 학생들의 자유연구 정신이 왕성하게 발휘되도록 학과과정을 편성한 점은, 당
　시 도시샤대학의 큰 특색이었다." 『同志社90年史』, p.104.

잠깐 살펴보겠다. 제3고등학교 교수 야마모토 슈지(山本修二)는 오랫동안 도시샤에 출강해서 19세기 영문학을 강의했다. 예과교수 시바야마 겐조(柴山健三)는 발음학를 가르쳤다. 1928년 후나하시 유(舟橋雄) 교수가 부임해서부터 도시샤 영문과는 다시 활기를 되찾았다. 그는 현대영미문학, 미국문학, 성경문학, 초서(Chaucer), 단테 등을 강의했다.

그런데 정지용은 블레이크 시를 왜 "할 수 없이 많이" 읽어야 했었는가. 학생들에게 블레이크 시를 많이 읽게 하는 교수가 있어서 그랬을 것이다. 그렇게 생각하면서 도시샤대학 영문과의 역사를 살펴보는 과정에서 우리는 너무나 의외로운, 그러나 아주 낯익은 이름에 부딪친다. 그 이름은 야나기 무네요시(柳宗悅).10)

여기서 우리는 '조선의 美'의 발견자로 널리 알려진 야나기 무네요시의, 간과되기 쉬운 또 하나의 얼굴을 상기해야 한다. 그것은 바로 야나기 무네요시의 영문학 연구가로서의 측면이다.

> 고등학교 시절부터, 야나기는 에머슨에 매혹되어 있었다. 에머슨의 에세이에 있는 자연관은 그를 매료했다. 에머슨 다음에 소로, 휘트먼에게 친해지다가 같은 또래의 영국인 버너드 리치11)에게서 이야기를 듣고 윌리엄 블레이크를 열심히 읽기 시작했다.
>
> 블레이크를 읽는다는 것은 당시의 일본 영문학계에 있어서는 고독한 노력이요 그 난해한 시구를 내 직관을 의지하면서 해독하는 작업이었다.
>
> 그가 스물 다섯 살 때 쓴 大著『윌리엄 블레이크』는, 일본인에게 前人未踏의 책이었을 뿐만이 아니라 본고장인 영국에서도 아직 평가가 정해지지 않았던 이 시인에 대한, 세계적으로도 보기 드문 비평이었다고 할 수 있다.
>
> (쯔루미 슌수케 鶴見俊輔12))

---

10) 1889~1961, 종교철학자, 미학자, 民藝運動 지도자. 學習院을 거쳐 도쿄대학 철학과 졸업. 문학과 미술의 잡지『白樺』의 창간동인.

11) Bernard Learch, 1887~1979, 영국 도예가. 영국에 체재했던 시인·조각가 다카무라 고타로의 영향을 받고 일본에 흥미를 가졌다고 한다. 도일해서 도예를 배웠고, 잡지『白樺』의 삽화, 표지 그림을 그리기도 했다. 야나기와 함께 민예운동을 펼친 것으로 유명함.

12)『近代日本思想大系 24 柳宗悅集』(筑摩書房, 1975)에 붙인 해설, p.429~430.

야나기는 주가쿠 분쇼(壽岳文章)13)와 함께 1931년부터 2년 동안『블레이크와 휘트먼』이라는 월간잡지를 간행할 만큼 블레이크와 휘트먼에 열중한 사람이었으며 도시샤에서 휘트먼과 블레이크에 대해서 강의했다. 그런데 후일 정지용이 번역한 영어시가 바로 블레이크와 휘트먼 작품이었다. 아마 영시를 번역하는 데 즈음해서 정지용이 가장 자신 있게 할 수 있었던 것이 학생시절에 자세한 강의를 들은 블레이크와 휘트먼 작품이었던 게 아닐까 싶다. 해방 후에 번역한 휘트먼 시에 관해서는 그가 그 작품을 좋아해서 번역한 게 아니라 해방 후 문학자가 사회현실을 제대로 분석하지 못하고 현실에 개입하지도 못하는 것에 대해 통절히 반성하고 사회참여의 방법을 배우기 위해 휘트먼 작품을 번역해 봤다는 사정도 있었다.14)

앞의 인용문에 있듯이 야나기는 1914년에『윌리엄 블레이크—그의 생애와 제작 및 그 사상』이라는 연구서를 출판한다. 출판사는 잡지『白樺』를 냈던 洛陽堂인데 블레이크나 휘트먼을 일본에 널리 소개한 것은 白樺派였다는 것은 잘 알려진 사실이다.15) 일본에서 거의 아무도 연구해 본 적이 없었던 신비의 시인 윌리엄 블레이크에 대해서 영문학 전공도 아닌 스물 다섯 살의 젊은이가 쓴 이 선구적 연구는 영문학계에 큰 화제를 일으켰다. 1915년 야나기는 첫 번째 조선여행의 길을 떠난다. 그리고 1918년에 그 유명한 「조선인을 생각한다」라는 글을『요미우리(讀賣)신문』에 기고하고 그 다음해에 그것이『동아일보』에 譯載된다. 그 후의 그

---

13) 1900~1992. 영문학자. 블레이크 관계의 자서로『윌리엄 블레이크 書誌』(1929),『블레이크』(1934) 등이 있음.

14) "휘트먼 시 몇 편을 내가 반드시 신이 나서 번역한 것이 아니라 휘트먼 당시의 휘트먼의 시적 심경을 8·15 이후에 나도 이해할 수 있어서 눈물겨운 사정으로 번역한 것이다"(「머리에 몇 마디만」,『산문』, 1948).
또 휘트먼 연구가이자『휘트먼 시집』의 번역자인 소설가 아리시마 다케오(有島武郎)가 도시샤대학에서 강의(1918~21년경)한 적이 있는데, 그는 정지용이 입학한 해인 1923년 6월에 자살했다.

15) 야나기도 아리시마도『白樺』동인이다. 그리고 야나기에게 블레이크를 소개한 리치도『白樺』의 표지나 삽화를 그렸다. 영국 체재 중 리치를 만나 리치가 일본에 갈 계기를 만든 시인·조각가 다카무라 고타로도『白樺』의 멤버이었다.

의 활동은 잘 알려진 바와 같다.

야나기 무네요시의 연보를 보면 그는 1924년에 교토로 거처를 옮기고 1925년에 도시샤여자전문학교[16) 교수가 되었다고 기록되어 있다. 그리고 1926년부터 1929년까지 도시샤대학 영문과에도 출강한 것으로 되어 있다. 그러나『도시샤 90年史』에는 야나기 무네요시가 다이쇼 말기(다이쇼는 1926년에 끝남)에 학부 영문과에서 휘트먼과 블레이크를 강독했다는 기록이 있으니 아마도 1924, 5년경부터 출강했었던 모양인데, 이것은 공교롭게도 정지용이 도시샤대학에서 공부했던 시기와 거의 일치한다. 이런 사실을 감안할 때 졸업논문으로 블레이크를 연구한 정지용이 일본의 선구적 블레이크 연구가 야나기 교수의 강의를 듣지 않았을 리가 없다.

그것을 뒷받침해 주는 자료가 김윤식에 의해 공개된 정지용 도시샤대학 영문학과 시절의 성적표다.[17) 그 속에 "제1과정(제1학년)[18)/영문학(柳 교수)60"라는 부분이 있는데 이 '柳 교수'가 바로 야나기 무네요시다. 정지용은 어떤 때는 96, 97점이라는 좋은 성적을 받기도 했지만 야나기 교수의 과목에서는 별로 잘 하지 못했던 모양이다.

조선의 민중예술에 관심이 깊었던 야나기 무네요시가 시인 지망생인 조선인학생 '데이 시요' 군을 어떤 눈으로 보고 있었는지 또 정지용이 야나기 교수를 어떻게 생각했었는지 그것에 관해서는 남겨진 글이 없어서 수수께끼로 남을 수밖에 없다. 정지용은 그때 유학생 중의 한 사람에 지나지 않았으니 야나기 교수가 그에게 특별한 관심을 안 보였다고 해도 당연한 일이다. 한편 정지용 쪽에서는 "할 수 없이" 블레이크를 읽었다고 했으니 만큼 적어도 야나기 교수의 강의를 열렬하게 좋아했었던 것은 아닐 것이다.

정지용이 일본어시「馬·1」,「馬·2」[19)를 발표한『同志社文學』[20)이

---

16) 校名이 1930년에 도시샤여자전문학교로 개칭되었지만 정확히 말하면 야나기의 재직 당시에는 아직 도시샤여학교 전문부다.

17) 김윤식,『근대시와 인식』, 시와시학사, 1991, p.307.

18) 제1과정은 예과 3년을 거친 후 영문학과에 진학한 첫째 해라는 뜻이다.

라는 잡지에 야나기 무네요시도 글을 싣고 있는데(같은 호) 그것을 보면 당시 일본에서 블레이크 연구가 어떤 상황이었는지 알 수가 있다.

　　지금은 역사의 시대인지도 불구하고 이상하게도 내가 사랑하는 많은 시인들은 부당한 망각 속에 오랫동안 방치된다. 그 위대한 시인 William Blake의 운명을 돌이켜보면 기이한 느낌이 든다. 얼마나 오랫동안 고국 사람들조차 그를 등한시해 왔는가. 그러나 이제 모든 것이 결정됐다. 사후 백 년이 된 오늘 그의 저작의 완전한 수록과 많은 書誌와, 그리고 그의 전기는 상세하게 추구되었다. 실로 최근 대여섯 년은 Blake시대이라고 할만한 양상을 보였다. 당연히 이루어져야 할 일이 이루어졌다는 감회를 금할 수가 없다.21)

　　여기서 정지용이 졸업논문 테마로 블레이크를 선택한 이유를 생각해 보겠다. 현재 일본 영문학계에서 블레이크는 인기 있는 연구 테마가 아니며, 그 사정은 한국에서도 마찬가지일 것이다. 그래서 지금의 감각으로 상상하면 일부러 그 난해한 블레이크를 테마로 졸업논문을 쓴 지용은 대단히 블레이크 시를 좋아했었겠다고 착각하기 쉽지만 사실은 그 당시 블레이크로 졸업논문을 쓴다는 것은 아주 흔한 일이었을 것이다. 정지용이 논문으로 시인연구를 하려고 했을 때 수업에서 많이 배웠고 자료도 많이 나와 있는 블레이크는, 그가 열렬하게 좋아하는 시인은 아니어도 비교적 손을 대기 쉬웠던 게 아닐까 싶다. 아니면 시를 연구하고 싶다고 그가 말했을 때 교수가 블레이크를 하라고 권한 것인지도 모른다.

2) 블레이크의 영향

블레이크란 어떤 사람이었는가. 윌리엄 블레이크가 70년의 생애를 보

---

19) 이것은 현재 『전집』에 「말 2」, 「말 3」이라는 제목으로 수록되어 있는 시에 해당한다. 그러나 일본어시와 한국어시에는 약간의 차이가 있다. 한국어시 「말 1」에 해당하는 일본어시는 발견되지 않고 있다.
20) 제3호, 同志社文學會 편, 1928년 10월.
21) 「詩僧 Robert Southwell に就いて」. 밑줄은 인용자.

낸 것은 미국에서는 독립이, 프랑스에서는 혁명이, 영국에서는 산업혁명이 일어나려고 하는 격동의 시대였다. 양말 제조업을 했던 아버지는 스웨덴의 신비사상가 스웨덴보르이를 신봉했었고 윌리엄도 어릴 때부터 그 영향을 많이 받았다. 그는 열 살 때부터 그림을 배우기 시작하고 열 네 살에 影版師 바자이어의 제자가 되었다가 王立美術院에서 그림을 배운 후 삽화를 조판하는 일로 생계를 꾸리게 된다. 1783년에 처녀시집 *Poetical Sketches*를 출판할 때에는 어떤 사람에게서 경제적 원조를 받았지만 어느 날 그는 꿈에 나타난 죽은 동생 로버트에게서 동판을 蝕刻해서 활자인쇄의 비용을 내지 않고 詩畫集을 만드는 법을 배웠고 다음 시집부터는 그 彩飾印刷法으로 책을 만들어서 출판했다.

18세기 유럽은 '理性의 시대'였다. 르네상스에 대한 반동으로 기독교에서도 성경을 합리적으로 해석하고 묵시나 기적을 부정하는 '자연종교'가 퍼졌다. 그것은 세계를 신의 창조물로 인정하기는 하지만 有神論처럼 신을 세계의 신격적 지배자로 보는 게 아니고 일단 창조된 세계는 신의 지배를 떠나서 세계 그 자체의 법칙에 따라 움직인다고 생각하는 사상이다. 기독교의 가르침 중에서 이성으로 진리라고 증명되는 것만을 인정하는 이런 理神論을, 블레이크는 평생 싫어했다. 이신론에 반발한 블레이크는 자신의 사상을 하나의 체계 즉 새로운 신화로 만들어서 시에 담는 고독한 작업에 몰두하게 된다.

블레이크의 사상과 예술의 핵심은 '상상'(Imagination)이었다. 블레이크가 생각하는 '상상'이란, 萬象의 정신을 삼시하는 것이고 물체 또는 현상의 내면적 의의를 읽는 것이다. 블레이크는 "한 알의 모래에 세계를 본다"(「純粹의 前兆」). 블레이크 시에 있어서 보편과 個我, 신과 인간을 연결하는 기본원리가 바로 '상상'이며 '詩靈'이다. *Song of Innocence*에는 벌써 그 원리가 나타나 있다. 후기에 제작된 많은 '豫言詩書'에는 그가 독특한 성격을 부여해서 창조한 persona들이 등장하는 긴 서사시(소위 '블레이크 신화') 같은 작품이 많다.

그는 나름대로의 신화를 만드는 일에 몰두했지만 그의 시는 사회에서 완전히 유리된 세계를 그린 게 아니라 당시의 사회나 교회에 대한 분노를 나타낸 부분도 꽤 많다. 그러나 그는 역시 현실자체를 해부하는 것보다 현실 밑에 숨어 있는 정신을 보려고 하는 시인이었다.

블레이크는 당시의 화단이나 문단에서 대접을 받지 못했지만 19세기 말에 재평가되기 시작했다. 블레이크의 '상상'은 근대 상징주의의 선구라고 할 수가 있으며 후대의 많은 사람에게 영향을 미쳤다.

정지용의 졸업논문 "The Imagination in the Poetry of William Blake"는 지금도 도시샤대학 문학부 사무실에 보관되어 있다.22) 章 구분이 전혀 없는 이 논문의 내용은 블레이크 시에 있어서 상상이라는 개념이 어떤 것인지, 그 개념이 어떻게 발전해 나갔는지에 대해서 祖述한 것이다. 이 논문은 정정덕에 의해서 번역·발표되었지만 그 내용으로 봐서 적어도 야나기 등의 선행연구를 크게 벗어나는 독창성이 있을 것 같지는 않다.23) 성적표에서 졸업논문 점수가 60점으로 되어 있는 것을 봐도 이 논문이 좋은 평가를 받지 못했음을 알 수 있다. 제7장에서도 논하겠지만 이 무렵 정지용은 종교활동을 열심히 하는 나머지 학교공부를 게을리하고 있었던 게 아닐까 싶다.

졸업논문에서 정지용은 블레이크의 사상에 대해서 설명했을 뿐, 그것이 후대에 어떤 영향을 미쳤는지에 관해서는 언급하지 않았고 블레이크 사상의 위대성에 대한 평가도 거의 하지 않고 있다. 블레이크 시에 대한 찬양은 고사하고 블레이크 시는 그의 그림만도 못하다고 냉담한 어조로 말하고 있다. "그러나 불행히도, 시인으로서의 그의 작품은 화가로서의 그의 작품보다 더 열등하다. 화가로서의 그는 그의 시에서 재생산할 수 없는 그의 자신의 창조물에 형태와 아우트라인을 이뤄내야만 했다."(정정

---

22) 필자가 직접 도시샤대학을 방문해 봤지만, 복사를 못했다. 가로 21cm, 세로 33cm 정도의 종이에다 필기체로, 주를 포함해서 스물 한 장에 걸쳐서 쓴 것으로, 전문이 영어다. '英·三 鄭芝溶'이라는 서명이 있고, 'Tei Shi Yo'라고도 씌어져 있다. '英·三'은 '英文科 第3課程', 즉 영문학과 3년째라는 뜻이다.

23) 정정덕, 「정지용의 졸업논문 번역」, 한양어문연구 13집, 한양대학교 한양어문연구회, 1995.

덕 역). 이런 사실을 생각하면 정지용이 블레이크 시를 열렬하게 좋아했었다고는 역시 말하기가 어렵다. 그것은 아마도 이미 천주교 신앙에 기울고 있었던 정지용으로서는 블레이크의 독특한 신비사상에 거부감을 느꼈기 때문이라고 생각된다. 하지만 볼레이크의 영향도 초기작에는 어느 정도 인정할 수 있다. 그것에 대해서는 뒤에 논하겠다.

정지용이 번역한 다섯 편의 블레이크 시24)는 아래와 같다.

제목	게재지	원시 제목	블레이크의 원시 수록시집
小曲1	『大潮』1호, 1930.3	Song	*Poetical Sketches*
小曲2	『大潮』1호, 1930.3	Song	*Poetical Sketches*
봄	『大潮』1호, 1930.3	Spring	*Song of Innocence*
봄에게	『시문학』2호, 1930.5	To Spring	*Poetical Sketches*
초밤별에게	『시문학』2호, 1930.5	To the Evening Star	*Poetical Sketches*

일견해서 알 수 있듯이 다 블레이크 초기의 아름다운 서정시다. *Song of Experience* 이후의 블레이크 시에는 노여움, 슬픔, 불신, 절망의 이미지가 많이 나오지만 앞에 든 다섯 편은 그런 부정적 이미지가 전혀 안 나타나는, 한결같이 귀엽고 아름답고 밝은 이미지로 넘치는 작품이다. 이들 시에 등장하는 것은 시냇가, 호수, 바람, 노래, 작은 새, 별, 나무, 꽃, 양 등의 목가적 분위기를 지닌 자연물과 추억, 사랑, 하모니, 행복 같은 추상이다. 다섯 편 중 두 편의 세목에는 '봄'이라는 단어가 들어 있다.

졸업논문에서 블레이크의 전 생애에 걸쳐서 그 난해한 사상을 논한 정지용이, 왜 시를 번역할 때는 이렇게도 목가적인 초기시만을 골랐을까. 물론 정지용이 이들 시를 좋아했기 때문에 골랐겠지만 그 이외에도 다음과 같은 이유를 생각할 수가 있다. 첫째, *Song of Experience* 이후에 시는 대체로 난해하고 긴 시가 많아 번역하기가 어려웠다. 둘째, 밝고 아름다운 시가 그 잡지에 잘 어울린다고 생각했다. 특히 게재지가 3월호

---

24) 이 다섯편은 모두 1938년의 『해외서정시집』에 재수록되었다.

(『대조』)와 5월호(『시문학』)인 것을 감안하면 봄에 나오는 잡지에 봄의 이미지로 씌어진 시를 싣는 게 좋겠다고 생각하는 것은 극히 자연스러운 일이다.

이 역시 중에서 「小曲 1」을 원시와 대조하면서 구체적으로 검토해 보겠다.25)

    "Song"
Memory, hither come,
And tune your merry notes:
And, while upon the wind
Your music floats,
I′ll pore upon the stream
Where sighing lovers dream,
And fish for fancies as they pass
Within the watery glass.

I′ll drink of the clear stream,
And hear the linnet26)′s song;
And there I′ll lie and dream
The day along:
And when night comes, I′ll go
To places fit for woe,
Walking along the darken′d valley
With silent Melancholy.

    「小曲 1」
니치쟌는 생각이야 이리로 오라
네 아릿다운 줄을 골으라.
바람우에 네 음악이 떠돌 동안——

---

25) 해석에 관해서는 산구 마코토(山宮允), 『ブレイク詩選』, 東京: 硏究社, 1948, 壽岳文章, 『ブレイク詩集』, 東京: 彌生書房, 1968 등을 참조했다.
26) finch. 참새과의 작은 새.

탄식하는 님들 꿈에 어리는
시내ㅅ물을 내 익닉히 굽어보며
흘으는 거울 속
시처가는 부즐업슨 심사를 낙그리.
새맑은 물 마시며
리니트의 노래를 들으리.
그곳에 누어 한종일 꿈에 잠기다,
밤이 오면
슬허하기에 안윽한 곳 차저 가리.
고요한 시름 딸어
검은 골작사이를 걸으면서.

이 역시를 보면

'memory(추억, 기억)'   → '니치쟌는(잊혀지지 않는) 생각'
'lovers(연인들, 애인들)'   → '님들'
'fancies(환상) '   → '부즐업슨(부질없는) 심사'
'Melancoly(우울)'   → '시름'
'to place fit for woe'   → '슬허(퍼)하기에 안윽한 곳'

이라는 식으로 보통 맨 먼저 머리에 떠오르는 한자어를 쓰지 않고 순한국어로 번역하고 있는 부분이 눈에 띈다. 이것은 이 번역이 단순한 직역이 아니라는 사실을 말해 주고 있다. 원시의 서정적 분위기를 존중해서 한자어의 딱딱함을 피한 것이다.

하지만 '네 아릿다운 줄을 골으라.'는 엉뚱한 오역이나. 'tune'은 '노래하다'라는 뜻의 동사며 'note'는 고어 또는 시어로 '노래, 선율, 곡조' 등의 뜻이 있다. 즉 이 부분('And tune your merry notes:')은 '즐거운 네 노래를 불러라'라는 뜻이다. 아마 정지용은 'note'를 'knot(매듭)'과 착각해서 이렇게 뜻이 안 통하는 말을 쓴 게 아닐까 싶다. 이 구절은 이 시가 『해외서정시집』(1938)에 수록되었을 때도 마지막 부분이 '…골르라'가 되었을 뿐, 오역은 고쳐지지 않았다.

뚜렷한 오역이 있다는 것은 정지용이 이것을 번역할 때 다른 번역문을 참고하지 않았다는 것을 의미한다. 앞에서 말한 바와 같이 1930년경에는 일본에서 블레이크를 연구하는 사람이 많았으니 번역시집이나 연구서를 참조하는 것은 불가능하지는 않았을 것이다. 그런데도 정지용은 그런 수고를 생략했다. 아니면 잡지 출간에 맞추어서 바쁘게 번역해야 했었는지도 모른다. 여하간 필자가 보기에는 정지용의 번역작업은, 휘트먼 작품도 포함에서, 그리 꼼꼼히 한 것 같지는 않다 (『해외서정시집』에 실린 휘트먼 시 번역에는 줄이 빠진 부분도 있어 조잡한 느낌을 준다).

정지용의 「카페·프란스」에는 블레이크 시의 이미지가 투영된 부분이 두 군데 있다. "The Sick Rose"(*Song of Experience*)의 "O Rose, thou art sick;/The invisible worm/That flies in the night/In the howling storm;(오 장미, 너는 병들었구나/고함 치르는 폭풍우 속에서/밤에 날아다니는/안 보이는 벌레가)라는 구절을 「카페·프란스」의 "또 한놈의 心臟은 벌레 먹은 薔薇"와 관련성은 이미 선행연구자들이 지적해 왔다. 블레이크의 앞의 시는 일본에서는 소설가 사토 하루오의 「병든 장미」(1917)라는 소설 때문에 널리 알려져 있었다.

또 하나는 "Little Lamb/Here I am/Come and lick/My white neck(어린 양아/이리로 오렴,/할터라/내 하이얀 목을―지용 역, "Spring", *Song of Innocence*)"이라는 부분과 「카페·프란스」의 "오오, 異國種강아지야/내발을 빨아다오./내발을 빨아다오."의 관련에 대해서는 이미 제4장에서 지적했다.

또 블레이크의 "Little Lamb who made thee/Dost thou know who made thee(어린 양아, 누가 너를 만들었지?/누가 너를 만들었는지 알고 있나?―"The Lamb", *Song of Innocence*)라는 시구와 비슷한 부분이 정지용의 시에도 있다. "말아,/누가 났나? 늬를. 늬는 몰라."(「말 3」).27)

---

27) 「말 3」은 제작연도 미상으로 되어 있지만, 이것에 해당하는 일본어시 「馬·2」가

그런데 정지용 시에 동물이 등장할 경우 그것은 대개 인간과 대등한 관계에 있다. 그리고 동물도 화자(인간)도 고향 또는 부모를 떠나 외롭게 사는 처지에 있어 그들은 서로 위로하면서 산다. 이제부터 「말 1, 2, 3」을 대상으로 그 사실을 검토해 보겠다.

> 말아, 다락 같은 말아,/너는 즘잔도 하다 마는/너는 웨그리 슬퍼 뵈니?/
> 말아, 사람편인 말아, 검정 콩 푸렁 콩을 주마.//이말은 누가 난줄도 모르고/
> 밤이면 먼데 달을 보며 잔다.(「말 1」, 전문)

말은 어미 얼굴도 모르고 "사람편"에 몸을 두면서 산다. 사실 말도 어릴 때부터 동료와 떨어져 혼자 자라면 내가 말이라는 자각을 가지지 못한 채 평생 살게 될 것이다. 일본 땅에서 영어를 배움으로써 조선인으로서의 아이덴티티가 흔들리고 있는 시인의 마음이 말의 마음에 겹친다. 화자는 자기자신과 말을 동일시하고 있다.

「말 2」에서는 인간과 말의 대등한 관계는 한층 더 뚜렷하다.

> 오동나무 그늘에서 그리운 양 졸리운 양한 내 형제 말님을 젖어 갔지./
> 「형제여, 좋은 아침이오.」

화자와 말은 '형제'간이며, 말은 '말님'이라는 경칭으로 불린다.[28]
또 블레이크의 "The Fly"와 「말 3」도 비교할 만하다.

1928년 『도시샤문학 3』에 발표되었고, 그것의 말미에 "ことしかいた(올해 썼다)"는 부기가 있는 것으로 미루어 보아, 1928년에 씌어졌다고 추측된다.

28) 동물에 '님'을 붙이는 어법은 한국어로서는 보기 드물지만 南宮璧이 이것을 사용한 예가 있다. "말님, /나는 당신이 웃는 것을 본일이 업습니다./(…)말님, 당신의 運命은 다만 그것뿐임니가./(…)/당신의 運命을 生覺할때,/恒常 당신도 사람이 될때가잇고,/사람도 당신이 될 때가 잇지안으면 안이되겟다고 생각합니다"(「馬」, 『新生活』, 1922년 7월호. 이것은 남궁벽이 원래 일어로 쓴 시인데, 그의 사후 번역돼서 잡지에 실린 것이다). 이 작품도 블레이크나 마리 로랭상 작품과의 연관을 생각할 수 있을 것이다.

Am not I/A fly like thee?/Or art not thou/A man like me?
(나는/너와 같은 파리가 아닐까?/너는/나와 같은 인간이 아닐까?
—"The Fly")

늬는 시골 듬에서/사람스런 숨소리를 숨기고 살고/내사 대처 함복판에서/
말스런 숨소리를 숨기고 다 잘았다./시골로나 대처로나 가나 오나/량친 몬보
아 스럽더라. (「말 3」)

블레이크 시에 있어서는 화자가 인간에서 파리로 격하되고 파리가 인
간으로 격상된다. 마찬가지로 정지용 시에서는 화자가 말스럽고 말이 사
람스럽다. 그리고 양자 다 양친을 보지 못하는 슬픈 처지다.

이것 이외에도 「백녹담」에 나오는 말이나 소에 관해서 이와 같은 말을
할 수 있다. 또 「카페·프란스」의 앵무새, 「이른봄 아침」의 새새끼도 역시
화자와 대등한 관계로 대화를 나누는 친구라는 것은 쉽게 알 수 있다.

결론적으로 정지용 시에서 동물들은 대체로

1. 고향과의 격리, 또는 어버이의 부재
2. 인간(화자)과의 대등한 관계

라는 이미지와 함께 등장한다. 이 중 인간(화자)과의 대등한 관계라는
이미지는 블레이크 시에 나오는 인간과 동물의 대등의식이 반영되어 있
다고 볼 수 있으며 블레이크의 영향은 이와 같이 블레이크 초기작과 정지
용 초기작 사이에 관찰된다.

7. 정지용의 가톨리시즘

정지용은 교토 유학시절에 가톨릭을 믿게 되었다. 앞에서 말했듯이 지
용은 고보시절부터 기독교에 관심이 있었을 거라고 추측되지만 그가 개신

교가 아닌 천주교를 택하게 된 이유는 따로 찾아야 한다. 도시샤대학은 기독교 정신에 기반을 둔 학교였으며 당시의 총장 에비나 단죠는 학생들 사이에서도 대단한 인기를 누리고 있었지만1) 에비나의 기독교는 천황주의를 접목한 '일본적 기독교'였기 때문에 정지용이 에비나 총장의 설교를 듣고 감명을 받았다고 생각하기는 어렵다. 또 도시샤는 천주교가 아니기 때문에 도시샤대학과 정지용의 천주교 신앙은 연관성이 없다고 봐야 한다.

정지용이 남긴 글로 미루어 보아 그는 그보다 약간 나이 많은 조선인 여자친구의 권유로 성당에 다니게 된 모양이다. 1933년 『가톨릭 청년』 창간호에 실린 「素描·1」2)은 소설 같은 필치로 씌어져 있어 사실 그대로 묘사한 것이라고 믿는 근거도 없지만 등장인물이나 상황으로 봐서 주인공이자 화자인 '나'가 정지용 자신을 모델로 한 인물이라고 보는 것은 타당하겠다.

이것에 비해서 「소묘·2」의 주인공 P는 정지용 자신과의 거리가 좀더 멀다. 주인공 P는 靑山學院 대학부에 다니는 것으로 되어 있는데 '靑山學院'은 도쿄에 실재하는 대학이라 P의 상황은 교토에서 공부했던 정지용의 그것과 다르기 때문에 「소묘·2」에 관해서는 주인공의 모습에 정지용 자신의 이미지가 투영되어 있기는 하지만 일단 수필이 아니라 소설로서 씌어진 것이라 단정할 수 있다. 「소묘·2」의 무대가 되어 있는 'K市'는 '남대문'이라는 지명으로 봐서 교토시(京都市)가 아니라 '京城市'이다. 따

---

1) "한번은 海老名總長이 理事側과 不和한 일이 있어서 辭任하게 되었습니다. 學生團은 結束하고 蹶起하였습니다. 스트라이크로 事態가 重大하게 되었습니다. /「海老名總長을 留任시켜라!」「海老名總長을 支持하라!」「海老名總長을 爲하여 우리는 一戰을 不辭한다」/이러한 極越한 포스터가 無數히 테이블에 揭示板에 入口에 受付에 外壁에 붙어 있고 혹 運動場으로 굴러 돌아다니기도 하였습니다. 포스터마다 海老名總長의 얼굴이 偉大하게 그려져 있고 붉은 잉크로 관주를 여러 개 주고 하였습니다."(「愁誰語 4」)

2) 『가톨릭 청년』의 목차를 보면 「素描·1」, 「素描·2」에는 제목 밑에 "(掌編)"이라는 말이 붙어 있다. 가와바타 야스나리(川端康成)의 '손바닥의 소설'이 아주 짧고 서정적인 소설이었다는 사실로 미루어 보아 일단 이 글은 소설을 쓰려고 했던 것이라 볼 수 있다. 「素描·3」 이후에는 '掌編'이라는 말이 붙어 있지 않지만 「素描·3」은 분명히 픽션이며, 「素描·4」, 「素描·5」는 별다른 줄거리가 없어 수필로 씌어진 듯하다.

라서 여기에 나오는 성당은 鍾峴(현:明洞)大聖堂이라 생각된다. 「소묘・
3」은 등장인물들이 타는 '圓탁'[3] 즉 택시의 차종이 「소묘・2」와 같은 시
보레인 점으로 봐서 「소묘・2」의 후편이라 생각하면 된다.

「소묘・1」은 정지용이 소설로서 쓴 건지 수필로 쓴 건지 확실하게 결
정할 수는 없지만 그가 교토에서 성당에 다니기 시작했을 때의 경험을 바
탕으로 쓴 것임은 의심할 여지가 없다. 여기서 주인공은 난생 처음 보는
프랑스인 신부와 성당 건물의 위용에 감동하고 또 긴장하고 있다.

> "신부님, 저하고 한나라에서 온 분이십니다."
> "신자시오?"
> "아직은 … 아니세요."
> 말 모르는 포로처럼 나는 가슴에 달린 단초를 돌리고 있었다.
>
> (「소묘・1」 마지막 부분)

역사적 사실에 비추어 보면 이 성당은 도시샤대학과도 그리 멀지 않은 곳
에 있는 가와라마치(河原町)교회(별명:聖프랑시스코 사비엘 天主堂[4]))이며
프랑스인 신부는 1922년부터 1931년까지 이 교회에 主任司祭로 봉직했
던 뒤튀神父(Y. B. Duthu, 1965~1932)다.[5] 당시의 성당은 1890년

---

3) 민음사판 전집에서는 '圓락'으로 오식되어 있지만, 이것은 '圓탁(えんタク)'이다. 圓탁은
  시내를 1엔의 균일요금으로 달리는 택시를 가리키는 말로 쇼와초기의 유행어였기 때
  문에 등장인물들은 "圓탁을 줏는다(えんタクを拾う)"라는 일본어 직역적인 표현을 즐기고
  있는 것이다. 圓탁은 도쿄, 오사카에 있었던 것인데, 기록은 '京城'에도 이 요금제도가
  있었음을 전해주고 있다. 당시로서는 상당히 사치스러운 교통수단이었을 것이다.
  "1928년 서울 시내일원의 택시 요금은 4인을 기준으로 하여 1圓균일이었고 한사람
  추가에 20錢을 가산하였다. 즉 구간 균일제 요금방법이 채택되었다." 서울특별시사 편
  찬위원회 편저, 『서울 600년사 4』, 1981에서 인용.
4) St. Francisco Xavier(1506~52)는 일본에 처음 천주교를 전도한 스페인인 예수회
  선교사. 가와라마치교회에서는 개축하기 위해 1967년에 성당 철거작업이 시작됐지만
  귀중한 건축물이기 때문에 아이치(愛知)현에 있는 야외박물관 메이지무라(明治村)에
  이전하기로 결정되어 지금도 그곳에서 보존되어 있다. 移築에 즈음해서 철근콘크리트
  건축으로 바꼈지만 내부는 옛날 모습 그대로라고 한다.
5) 당시 가와라마치 교회에는 뒤튀 신부 이외에 젊은 주피어 신부, 아노쥬 신부와, 일본

에 완공된 고딕양식의 호화스러운 건축물이었다. 프랑스인 신부 비리온이 본국에서 設計原案을 받고 파피노 신부의 지휘 아래 일본인 목수가 건설한 것이다. 흰색 건물의 안으로 들어가면 스테인드글라스를 통과한 햇살이 聖人像을 무지개 빛으로 물들여 성스러운 분위기를 연출해준다. 「소묘·1」에서는 프랑스인 신부의 푸른 눈을 "천국이 바로 비취는 순수한 렌즈"라고 형용하고 성당 건물에 대해서는 "날 듯한 고딕聖堂은 오늘도 높구나! 기폭을 떼인 마스트 같은 첨탑! 어루만질 수 없고 폭 안길 수도 없는 '巨大'한 향수여!"하고 감탄하고 있다.

정지용이 언제 천주교도가 되었는지에 관해서 지금까지 논의가 있어 왔지만 필자는 2000년 7월 31일, 교토 가와라마치교회를 찾아가 정지용의 세례기록을 확인했다.6) 'No. 2894'라는 번호가 붙은 세례기록은 라틴어와 서투른 한자로 되어 있고 마지막에 뒤튀 신부의 서명이 있는 것으로 보아 뒤튀 신부가 직접 적은 것이라 생각된다. 그 기록에 의하면 그는 1928년 7월 22일 聖프랑시스코 사비엘 천주당(가와라마치교회)에서 요셉 히사노 신노스케(전도사 久野信之助)를 代父로 해서 뒤튀 신부에 의해 세례를 받았다. 이름은 'Tei Shio, 鄭芝溶', 출생지는 Corea 忠北沃川邑內下桂里, 양친의 이름으로 鄭泰國, 美河, 세례명으로서 프랑시스코의 라틴어형으로 보이는 이름이 적어져 있다.

다음은 정지용이 『근대풍경』 제2권 제4호(1927.4)에 일본어로 발표한 글을 번역한 것이다.

인 전도사 히사노 신노스케가 있었다. 宣教百年史編集委員會編, 『河原町カトリック教会—宣教百年の歩み』(河原町カトリック教会発行, 1982)에는 뒤튀 신부의 사진이 나와 있어 「素描1」에 "보기조케 갈러지는 밤빗 수염"이라는 묘사 그대로의 턱수염을 가진 신부의 모습을 볼 수 있다(p.29).

6) 원래 이런 종류의 기록은 프라이버시를 보호하기 위해 외부 사람들이 열람을 허가하지 않는 게 관례가 되어 있다. 그것을 열람할 수가 있었던 것은 가톨릭 京都同敎區 本部 事務局局長 모리타 나오키(森田直樹) 神父의 이해와 협력 덕택이다. 여기서 감사의 뜻을 표한다. 또 모리타 신부는 라틴어로 되어 있을 뿐만 아니라 독특한 필적으로 적어져 있는 이 기록을 판독하는데에도 협력해 주었다.

누님은 내 신앙이 깊지 않다고 비난한다.

공작새가 날개를 펴는 듯한 내 詩情을, impolite한 행동을 비난한다. 심각함과 사려와 품위가 요구될 때마다 가벼운 피가 위로 흘러 올라가는 것을 느낀다.

누님. 나는 철학이나 종교나 품행 이전—적어도 야만한 상태. 보라색 시대에 있는 것입니다. 우리는 신중함을 취하기 전에 먼저 어떻게 하면 空氣 속에서 자유로울 수 있는지, 어쩌다가 먹게 되는 비프스테이크의 고기조각이 얼마나 불만스러운 것인지가 문제입니다.

까닥하면 탈선해서 演說이 되어 버릴 때마다 누님은 기도를 강요한다. 그 이마의 대리석 빛 긴장과, 신기하게 성스럽고 낭랑한 기도의 목소리가 더욱 더 나를 작은 악마로 만들어간다.

하느님. 누님. 나는 결코 나쁜 사람이 아닙니다.

(「봄 三月의 作文」 마지막 부분)

자유분방한 시인 기질의 젊은이가 '누님'의 질타격려를 받으면서 신자가 되어 가는 과정이 잘 나타나 있다. 지용의 유학과 같은 시기 김말봉이 도시샤대학 바로 옆에 있는 도시샤여학교 전문학부 영문과에 재학하고 있었고 정지용과 아는 사이였지만 김말봉은 천주교가 아니기 때문에 이 '누님'은 다른 사람이라고 생각된다.

여기서 잠깐 당시 일본에 있었던 조선인 천주교도의 활동에 대해서 살펴보겠다. 천주교 機關紙 『별』7)은 1927년 4월에 창간되고 『가톨닉 청년』 창간을 기해서 끝난 월간 신문으로 발행소는 京城敎區 天主敎 靑年聯合會, 발행인은 朴準鎬, 인쇄인은 프랑스인 폴 빌모(M. P. Paul Villemot)로 되어 있다. 이 신문의 기사 중에서 일본에 재류하는 신자의 움직임을 뽑으면 1927년 11월 10일자에 도쿄에서 朝鮮敎友會가 창립되었다는 기사가 있고 1928년 3월 10일자는 在東京朝鮮公敎信友會가 在日本朝鮮公敎信友會로 개편되고 같은 해 12월 10일자 신문에는 신우회 교토지부의 창립이 기념사진과 함께 보도되어 있다.8) 해당 기사를 전문

---

7) 『별』紙의 자료를 제공해 준 인하대 강사 이희환 씨에게 감사한다. 이희환, 「정지용과 천주교」, 『인하어문연구』 4호, 1999.11 참조. 『별』지 영인본은 1986년 4월에 한국 교회사연구소에서 발행되었다.

인용해 본다.

> 거11월에 경도시 하원정(京都市河原町) 성당 내에서 재일본조선공교신우
> 회 경도지부 창립총회가 개최되어 규칙통과와 임원 신정이 있었다는데 당일
> 출석원이 30여명이었으며 이외에도 많이 입회한 모양이라더라. /會長 本堂
> 神父/總務 金奇漢/書記 鄭芝溶/會計兼通信部 崔秀福/傳教部 金仁石 任慶善
> 金玉培/幹事 李相玉 朴世敬.

같은 내용의 기사가 일본의 『카トリック新聞(가톨릭 신문)』1929년 1월
1일자에도 나와 있다(원문 일본어).

> 信友會京都支部 創立總會—작년 11월 10일 교토시 가와라마치(河原町)
> 천주당에서 재일본조선공교신우회 경도지부 창립총회가 개최되어 출석회원
> 30여명의 성황을 이루고 화기애애한 분위기 속에서 규칙통과 및 다음과 같
> 이 임원선거가 행해졌다./支部會長 뒤튀神父/總務 金奇漢/庶務部長 鄭芝溶/
> 會計部長 崔李福/傳教部員 金仁石 任慶善 金玉培/幹事 李相玉 朴世敬.

신부의 이름이 나오고 정지용이 서기가 아니라 서무부장으로 되어 있
고 崔秀福이 崔李福으로 되어 있는 등 약간의 차이는 있다. 하여튼 이것
으로 1928년 11월 당시 정지용은 교토에 있는 조선인 유학생 신자 가운
데에서도 임원으로 선출될 만큼 독실한 신자로 인정받고 있었음을 알 수
가 있다. 그리고 정지용보다 먼저 천주교 신앙을 가지고 있었고 그를 성
당에 데려가서 질타격려해 준 '누님' 또는 「소묘·1」의 '미스 R'의 모델도
아마 이 임원 중의 한 사람일 것이다.

'누님'은 같은 시기에 쓴 시에도 등장한다. "누나, 검은 이밤이 다 희도
록/참한 뮤—쓰처럼 쥬므시압."(「엽서에 쓴 글」, 1927.3 京都)「슬픈 汽
車」(1927.3 日本東海道線車中)에서는 화자와 같이 기차 여행을 하는 '마
담 R'이 화자를 위해 잠재기 노래를 부른다. "누나다운 입술을 오늘이야

---

8) 신우회 교토지부에 관한 자료는 교토 가와라마치교회에는 남아 있지 않다고 한다. 성
  당을 개축할 때 처분해 버린 모양이다.

실컷 절하며 갑노라."라는 구절을 보면 마담 R은 화자보다 연상의 여자다. 이들 두 편의 시와 「봄 삼월의 작문」이 다 1927년 3월에 씌어졌다는 것을 생각하면 시에 나오는 '누님'의 모델은 「봄 삼월의 작문」의 '누님', 「素描·1」의 '미스 R'의 모델과 같은 인물이라고 생각해도 될 것이다.

김윤식은 수필 「鴨川上流」에 등장하는 여자 친구를 김말봉이라고 추측한 바 있는데9) 이 말에는 그런 대로 근거가 있다. 김기진, 柳致環 등이, 정지용과 김말봉이 유학시절에 친한 사이였다는 증언을 하고 있기 때문이다.

> 납치돼간 시인 정지용은 1926년 여름에 朝鮮之光社를 김말봉과 동행해서 찾아왔을 때 우연히 나도 지나다가 들렀기 때문에 만났었는데, 그때 그는 학생복을 입었었다. (김기진)10)

> 지용은 그 째랑째랑 울리는 금속성의 목청이 시를 낭독하면 더욱 애조를 띠고 떨렸었다. 길을 가다가도 보면 지용은 무슨 생각에 잠겼는지 혼자서 가만한 소리로 시구를 곧잘 외웠었다. 내가 부산에서 간혹 서울엘 가면 그때 부산에 있은 지금은 物故한 여류작가 K여사(김말봉, 인용자)의 소식을 지용은 자주 물었다. 그 K여사에 대한 이야기를 지용이 한 적이 있는데 학생시절 같은 京都에서 유학하던 K가 한번은 방학으로 돌아와 있는 지용을 지용의 고향인 옥천 꾀골로 찾아온 다음날 아침 부엌에 들어왔다 지용부인한테 걷어차인 강아지가 몹시 요란스럽게 울어대게 되어 지용 엄친께서 子婦를 조용히 불러 손님이 와 있는데 그럴까부냐고 나무라셨다는 것이었다. 지용이 이러한 이야기를 한 것은 혼자서 가만히 시를 외우는 심정과 같은 순간의 때였던지 모른다. (유치환)11)

지용이 『조선지광』에 64호(1927.2)부터 시를 발표하고 있는 것으로 미루어보아 1926년 여름 방학 때 김말봉과 같이 귀국해서 『조선지광』 편집부에 원고를 전달하러 또는 인사차 들린 모양이다. 그렇다면 "1926

---

9) 김윤식, 『근대시와 인식』, p.311.
10) 「『白潮』同人과 從軍作家團」, 『현대문학』, 1963년 9월호.
11) 「睿智를 잃은 슬픔」, 『현대문학』, 1963년 9월호.

여름 玄海灘에서"라는 부기가 있는 「甲板우」의 '그대'의 모델을 김말봉이라고 단정해도 될 것이다.

김말봉은 1901년생이라 1902년생인 지용보다는 연상의 누나이기는 하지만 그녀는 어릴 때부터 기독교 학교에 다니고 후에 장로파 교회에서 한국 최초의 여자 장로가 된 사람으로 알려져 있으니 그녀가 교토시절에 천주교를 믿고 있었다는 증거가 나타나지 않는 한 김말봉과 앞의 '누님'은 다른 인물이라고 봐야 한다. 또 혹시 김말봉이 '누님'이라면 재일본 조선 공교신우회 교토지부의 임원이 되었어야 할텐데 앞의 신문기사에 그녀의 이름(김말봉의 본명은 末鳳)이 없는 것도 그녀와 '누님'이 다른 인물임을 말해주고 있다. 정지용 글에 '누님'이 나타나는 것은 1927년 3월이며 이것은 마침 김말봉이 도시샤여학교를 졸업해서 귀국할 시기에 해당된다. 1927년 3월 정지용은 신앙이 부족하다고 '누님'한테 야단맞으면서 성당에 다니고 있었다. 그가 세례를 받는 것은 그 다음해 7월이다. 연애라고 할 만한 사이는 아니었겠지만 예술의 여신 뮤즈(「엽서에 쓴 글」)에 비길 정도라면 적어도 정지용이 '누님'을 사모했었다고 해도 될 것이다.

훗날 그는 "사춘기에 연애 대신 시를 썼다. 그것이 시집이 돼서 잘 팔렸"(「산문」, 1948)다고 쓴 바 있다. 고향에 아내를 두고 있었던 그는 김말봉이나 '누님'을 향해 솔직한 감정을 토로하지 못하고 그 대신 시를 썼던 것인지도 모른다. 유부남이었던 그에게 그것은 너무나 늦게 찾아온 '사춘기'였다. 여하튼 1928년 7월 22일 정지용은 방지거(方濟各, 프랑시스코의 중국식 발음)라는 세례명을 가지는 천주교도가 되었다.

여기서 정지용이 어떻게 천주교에 입교했는지에 관한 異說을 소개하겠다. 鄭義泓의 박사논문에 나오는 吳基善 신부의 증언이다. 오 신부는 『카톨릭 청년』지를 지용과 함께 편집했던 동료인데 그의 말에 따르면,

> 정지용이 『카톨릭 청년』지에서 같이 일할 때 자기는 기독교와 거리가 먼 철저한 유교집안에 태어났으나 同志社大學에 입학하면서 마음의 허전함을 달래기 위하여 改新教를 믿게 되었다고 털어놓았다는 것이다. 그러나 유학시

절 그가 존경하던 이태규 박사가 개신교는 카톨릭에서 분파한 異端敎이니 천주교를 믿으라고 설득하는 바람에 1928년 6월경에 개종했다는 말을 자주 했다는 것이다.[12]

李泰圭 박사(1902~92)는 정지용과 같은 1902년생으로 1924년부터 1931년까지 교토(京都)제국대학에서 수학하고 1931년에 한국인으로 최초의 이학박사학위를 받았을 뿐만 아니라 교토제대 교수로 임명되어서 당시 굉장한 화제를 모은 인물이다. 해방 후에는 서울대 초대 문리과대학장에 취임했다. 화학 및 물리학 분야에서는 세계적으로 인정된 학자이다.[13] 하지만 그가 교토에서 정지용을 만났을 때는 아직 둘 다 학생신분이었다.

이태규 박사는 교토시절에 천주교를 믿게 되었다고 하는데 오기선 신부의 말대로 정지용은 정말 이태규의 설득으로 천주교도가 되었는가. 그것을 논박할 만한 증언을 이태규 박사의 傳記『어느 과학자의 이야기』[14]에서 찾을 수 있다. 거기서 정지용에 관한 기술을 인용해 보겠다.

> (…)카톨릭 신자가 된 것은 시인인 정지용의 권유로 이루어진 것이다. (…)이 무렵 이태규는 조선인 유학생 모임을 통해서 정지용을 알게 되었고 식민지 백성으로서의 정신적 갈등을 신앙생활을 통해 극복하려 하였으므로 쉽게 카톨릭에 빠져들 수 있었던 것이다(p.52).

> 정지용은 이 박사가 카톨릭에 입문하여 영세를 받을 때 대부였으므로 (…)(p.63)

이 전기에 의하면 거꾸로 정지용이 이태규를 천주교에 인도한 것으로 되어 있다. 또 재미있는 것은 교토에서 연구에만 몰두하는 이태규에게 정지용이 중매를 서서 장가보내 주었다는 사실이다. 귀국해서 휘문고보 교

---

12) 정의홍, 『정지용 시의 연구』, 동국대 박사논문, 1992, pp.25~26.
13) 이태규 박사는 한나라당 이회창 총재의 백부이기도 하다.
14) 김용덕 편, 동아, 1990.

사로 있던 정지용은 1932년에 연구 밖에 모르는 친구에게 편지를 보내고 좋은 신부감이 있으니 장가가라고 권했다. 신부 朴仁根 여사도 교토 유학생 출신의 독실한 천주교신자였으며 지용의 부인과도 친하게 지내는 사이였다고 한다. 이태규는 '대부' 정지용을 신뢰했었기 때문에 지용의 말에 따라 결혼하기로 했는데 지용은 친구를 위해 부모를 찾아가서 허락을 받아주고 혼인준비를 하느라고 분주했다.15) 그리고 두 사람은 박사가 만년에 "다시 태어나도 같은 사람과 결혼하고 싶다"는 말을 할 정도로 좋은 부부가 되었다.

앞에서 말했듯이 정지용은 이태규 박사를 천주교에 인도하고 대부가 되어주었다. 이태규 박사의 전기가 출판된 것은 1990년의 일인데 그때 박사는 米壽의 나이에도 불구하고 매일 연구실에 다니는 생활을 계속하고 있었고 "미수를 시작으로 하여 더욱 연구에 정진하려고 다짐한다"는 서문을 스스로 써서 붙일 만큼 육체적·정신적 건강을 유지하고 있었다는 사실을 감안하면, 그리고 정지용의 중매로 결혼한 부인도 살아 있었다는 사실을 생각하면 이태규 전기의 신빙성은 매우 높다고 봐야 한다. 아무리 시간이 지나도 자신이 누구 영향을 받고 천주교를 믿게 되었는지는 확실히 기억했었을 것이다. 오기선 신부는 이태규 박사가 천주교 입교 후에 후배나 제자를 천주교에 인도한 경우가 있었기 때문에 오랜 기억 속에서 착각을 한 것이 아닐까 싶다. 오기선 신부의 증언에 있는, 정지용이 개신교에서 천주교로 '개종'했다는 말은 정확하지는 않겠지만 고보시절부터 시용이 기독교에 대해 얼마간의 관심을 가지고 있었던 것은 사실일 것이다.

지용의 도시샤대학 영문과 시절의 성적표를 보면 한 가지 의문이 떠오른다. 그것은 그의 입학날짜가 "1923.5.3", 졸업날짜가 "1929.6.30"으로 되어 있다는 점이다.16) 당시 학교는 보통 4월초에 입학해서 3월말에

---

15) 같은 책, pp.60~66.
16) 김윤식, 『근대시와 인식』, p.307.

졸업하기로 되어 있었을 것이다. 입학이 한 달이 늦은 것은 도항 또는 입학을 위한 수속이 까다로워서 그랬던 게 아닐까 추측할 수 있지만 졸업이 3개월이나 늦은 것의 이유는 찾지 못한다. 이에 관해서 교토제국대학에서 공부하던 鄭蘆風의 다음 회상은 그 이유를 시사해 준다. "昨春에 반드시 同志社大學 영문과를 나왔어야 할 芝溶 君이 그實 기독교 중에도 구교인 聖敎에 귀의하여 거의 변인되다 싶은 종교신자가 되었"으며 지용의 신앙은 "보통사람의 그것과는 동떨어진 것으로 可謂 열광적이어서 학교 졸업시험 같은 것에 무관심일뿐에 그치지 아니하고 주일날이면 학생들의 모이는 교회에 와서는 신교가 나쁘다는 열렬한 聲討的 원고를 들고 성교 옹호를 하느라고 論戰 講演 卓을 주목으로 왕왕 치는 일이 결코 적지 않다는 것"이라는 소문을 들었다고 한다.17) 즉 당시 교토에서 공부하는 조선인유학생들 사이에 돈 소문에 따르면 정지용은 종교활동에 열중한 나머지 졸업이 늦어졌다는 것이다.『중외일보』1928년 7월 4일자에 정지용은 최근에 읽은 책으로서 *The Holy Bible, The Imitation of Christ, Darwinism and Catholic thought,*「カトリック思想史(가톨릭 사상사)」,「公敎要理」의 다섯 권을 적고 있다. 이 글을 보면 세례를 받기 직전에 해당되는 이 시기 지용이 영문학 공부에도 한국문단의 동향에도 별로 관심을 안 가지고 오로지 가톨릭 교리 배우기에 열중했었다는 사실을 알 수가 있다.18)

---

17) 鄭蘆風,「詩壇懷想」,『동아일보』1930.1.16~18.

18) 이 기사의 존재를 알려준 인하대 국문과 대학원생 심명숙에 감사한다.『중외일보』1928년 6월 25일자부터 8월 8일자까지 서른 여덟 번에 걸쳐「文壇諸家의 見解」라는 기사가 연일 연재되고 마흔 네 명의 문인이 회답을 쓰고 있다. 기사 제목 밑에 "1. 當面의 重大課題, 2. 創作의 題材問題, 3. 大衆獲得의 問題, 4.推薦書籍"이라는 항목이 있어 이 네 가지가 편집자가 문인들에게 요구하는 내용임을 알 수가 있다. 이것에 대해서 정지용은 연재의 열 번째(1928.7.4)에 극히 간단한 회답을 기고했는데 전문을 인용하면 다음과 같다.

　"文壇, 作家, 作品에 關한 問題는 別로 생각하는 바가 없어서 무엇이라 말할 수 없습니다. /이즘 보아오는 책 다섯 권—The Holy Bible./The Imitation of Christ./ Darwinism and Catholic thought./「カトリック思想史(가톨릭 사상사)」./「公敎要理」."

　마리아에게 受胎告知를 하는 천사 가브리엘의 聖畵[19]를 1935년 10월에 간행된『정지용시집』의 표지에 쓴 것에서도 알 수 있듯이 귀국 후에도 그의 신앙은 쇠하지 않았으며 정지용이 열성적으로 활동하는 신자였다는 사실은 여러 사람과 자료가 증언하고 있다. 盧基南 대주교는 1946년 10월 천주교회가 창간한 京鄕新聞의 초대 주필로 정지용을 기용한 것은 그가 "열렬한 가톨릭 신자로서 내가 종현성당 보좌신부로 있을 때부터 종현성당에 자주 드나들어 잘 아는 사이였"기 때문이라고 쓰고 있다.[20]『별』1930년 7월 10일자 기사에 의하면 정지용은 천주교 종현청년회의 총무직을 맡았으며 1931년 2월 10일자의 기사는 종현청년회 정기총회에서 그가 찬양대의 한 사람으로 표창되었다는 사실을 전해주고 있다. 그 뒤 해방 후에도 그는 독실한 교인으로서 적극적인 활동을 계속했다.

　위에서 언급한『별』이나『가톨닉 청년』에 그는 '정지용', '지용'이라는 이름 이외에도 '방지거'라는 이름으로 작품이나 종교시의 번역을 발표하고 있다. 여기서 정지용이 창작한 종교시를 정리해 보면『별』에는「성부활주일」(1931.4.10자),「뉘우침」(1932.8.10자, 후에 개작해서「은혜」라는 제목으로『가톨닉 청년』에 발표)과 종교시의 번역을 실었고『가톨닉 청년』에는「임종」,「은혜」,「갈릴레아 바다」(이상 1933.9 발표),「다른한울」,「또 하나 다른 태양」(이상 1934.2 발표),「불사조」,「나무」(이상 1934.3 발표),「승리자 金안드레아」[21](1934.9 발표)를 발표했다. 그 이외에 종교적 색채를 읽을 수도 있지만 종교시라고 단정할 수 없는 작품으로「그의 반」(『시문학』1931년 10월호)과「바람」(『東方評論』1932년 4월호) 등이 있으며『가톨닉 청년』1947년 4월호부터 6월호에 걸쳐서는 열 다섯 편의 종교시 번역이 게재된 바 있다. 또 그는「그리스도를 본받음」이라는 번역문을『가톨닉 청년』에 연재하고 있다. 민음사판 전집에

---

19) 안젤리코(Angelico, Fra Giovanni de Fiesole, 중세 이탈리아의 화가, 1387~1455)의 그림이 아닐까 싶다.
20) 노기남,『明洞聖堂』, 中央日報社, 1984, p.152.
21) '金안드레아'는 1846년 丙午敎難으로 순교한 金大建神父.

서는 '성경번역'으로 소개하고 있지만 이것은 토마스 아 켐피스(Thomas a Kempis=Thomas Hammerken)의 *De Imitatione Christi*라는 저작의 일부를 번역한 것이다. 앞에서 언급한 영어판(*The Imitation of Christ*)에서 重譯한 것이라 생각된다.[22]

그의 가톨릭 시편 중 「성부활주일」과 「勝利者 金안드레아」는 요청을 받고 억지로 쓴 작품이 아닐까 하는 느낌을 준다. 왜냐하면 전자는 부활제에 맞추어서 『별』에 실은 것이며 후자는 『가톨릭 청년』'福者 안드레아 김 신부 특집호'(1934년 9월호)에 실은 것이기 때문이다. 이들 시편은 산문적이고 긴장감이 없는 문체로 씌어져 있어 시인의 개성이나 신선한 이미지는 찾아볼 수 없다.

하지만 그 이외의 가톨릭 시편도 높은 평가를 부여하기 어려운 작품들이다. 20년대에는 가치체계가 붕괴한 시대의 혼란스러운 근대인의 자아를 잘 그려낸 시인이, 30년대 전반의 종교시편에서는 절대적이고 영원불변의 진리를 믿고 종교의 힘으로 구제 받으려고 하는 태도를 보이고 있기 때문이다. 말하자면 근대시인으로서의 첫걸음을 디딘 시인은 이 시기에 잠시 종교 쪽으로 회피한 것이다. 일체의 가치가 상대적인 것으로 전락해 버림으로 의지할 대상을 잃어서 헤매는 근대인의 고뇌를 "나는 찾어 돌아갈데가 있을나구요?"(「황마차」)하고 대변함으로써 읽는 이의 공감을 샀던 그가, 종교시편에서는 독자들에게 안 보이는 '다른 하늘'이나 '또 하나 다른 太陽'을 우러러보면서 혼자 안도의 숨을 쉬고 있는 것이다. 정지용 초기작품에 감명을 받은 독자로서는 뭔가 시인에게 배신당한 것 같은 기분이 된다.

「또 하나 다른 태양」을 예로 들면 "온 고을이 밧들만 한/薔薇 한가지가 솟아난다"는 말은 확실히 독창적이고 강한 시각 이미지를 준다. 하지만 이것은 그가 「향수」에서 구사한 "흙에서 자란 내마음/파아란 하늘 빛이

---

22) 토마스 아 켐피스는 1379년 내지 1380년에 독일에 태어난 사람이며 De Imitatione Christi는 제1권부터 제4권까지 있는데 정지용의 번역은 수도생활에 관한 교훈을 내용을 한 제1권의 1장부터 18장까지로 중단되어 있다. 원래 제1권은 25장까지 있다.

그립어/함부로 쏜 활살을 찾으려/풀섶 이슬에 함추름 휘적시든 곳," 등의
날개돋친 상상력이 날아다니는 듯한 자유로운 표현과 달리 '거대한 장미'
는 '이 세상에서 얻는 榮華'를 의미하는 알레고리와 같은 단순하고 융통성
이 없는 비유에 지나지 않는다. '또 하나 다른 태양'의 뜻의 경직성도 그
것과 한가지다. 2연에서 화자는 "나는 나의 나히와 별과 바람에도 疲勞웁
다."고 괴로워하지만 4연에 와서 "실상 나는 또하나 다른 太陽으로 살었
다."고 고백하고 마지막 연에서 "오오, 나의 幸福은 나의 聖母마리아!" 하
고 신앙으로 인해 평안을 얻은 기쁨을 구가한다. 그러나 화자가 어떤 갈
등을 거처 구제되었는지가 전혀 전달되지 않아 화자의 괴로움도 기쁨도
관념적인 유희로 밖에 보이지 않는다.

　다른 종교시의 경우도 바람, 꽃, 별 등 틀에 박힌 유형적 이미지가 자
주 등장하고 空疎한 인상을 면하기 어렵다. 그가 같은 시기 같은 『가톨닉
청년』에 「시계를 죽임」이나 「귀로」 등 종교색이 없는 작품도 발표하고
또 李箱 등 가톨릭과는 아무 관계도 없는 시인의 작품을 게재하고 있는
것을 보면 정지용 종교시의 경직성은 발표지의 성격에서 오는 제약 때문
만이 아니라 주로 정지용 개인의 문제라 생각된다. 그는 신앙고백적인 종
교시에다가 현실사회에서 살아가는 자의 생생한 감정을 담을 방법을 찾
지 못했던 것이다. 20년대 초기시에서 그는 현실적 사회문제를 직접 묘
사하지 않는 작품에 있어서도 사회적 문제를 개인화되고 내면화된 근대
인의 고뇌라는 형태로 표현함으로써 현실을 그렸었다고 할 수가 있다. 초
기시만이 아니고 시집 『백록담』에 수록된 작품에서도 같은 방법으로 현
실을 그렸다고 할 수 있다. 하지만 종교시편에서 시인은 현실을 완전히
외면하고 오로지 '다른 하늘'을 우러러볼 뿐이다.

　그의 종교시 창작은 1931년에 시작되고 1934년에는 거의 끝났다. 주
된 발표지인 『가톨닉 청년』은 그 후에도 계속 발간되었으니 정지용의 종
교시가 34년에 끝난 이유는 시인의 내면에 있다고 봐야 한다. 아마 시인
자신이 현실도피적이고 관념적인 종교시에 싫증이 난 게 아닐까 싶다.

　그러나 정지용의 가톨릭 시편은 아마 한국근대시로서는 처음 종교적 테

마를 취급한 작품이라는 점에서 평가할 수 있다. 또 우주의 질서를 가톨릭
이라는 정연한 체계로 이해한다는 것은 암울한 시대에 시인의 정신적 건
강을 유지하는 데에 많은 도움을 주었을 것이며 서양문명의 하나인 가톨
릭을 믿는다는 것은 서양에 대한 절망이나 적의를 가질 계기를 없애고 서
양제국의 식민지상태에서 아시아를 해방한다는 '대동아전쟁'의 허무한 이
론에 현혹 당해서 친일로 흘러가는 것을 막아주는 역할을 했을 것이다.

그런데 태평양전쟁과 해방기의 동란을 천주교신앙으로 인해 겨우 견디
어온 지용이, 뜻밖에도 1950년경에 棄敎했다는 유치환의 증언을 보면
읽는이는 놀라지 않을 수가 없다.

> 지용과의 마지막은 6·25동란 발발 바로 한달 전인 5월 하순 때였다. 그
> 때 지용은 靑谿 鄭鍾汝의 그림으로『경향신문』(?)에다 기행문23)을 실리면
> 서 남해 쪽을 회유하던 중이었는데 그 길에 내 고향인 통영(지금의 충무시)
> 에 들러 내 집에서 일주일 남짓을 저녁이면 술판을 벌려 놓곤 즐겁게 어울려
> 선 보냈었다. 지용이 독실한 카톨릭신자로서 두 아들을 신부로까지 만들려던
> 일을 알고 있던 나로서 지용이 천주교를 철저하게 미워하고 그것을 동댕이친
> 사실을 그때 그의 입에서 듣고 놀랐었다. 그 원인은 천주교의 어떤 계율은
> 지극히 소중한 면의 인간성까지를 가혹하게 말살하려 함에 분개한데 있는 것
> 같았다. 그의 이야기 가운데는 德源修道院엔가에 가서 수도하던 아들이 너무
> 나 집에 그리워선 밤에 그곳을 뛰쳐나와 걸어 왔더란 사연도 있었는데 남달
> 리 다감다정한 지용으로서는 그 일이 너무나도 애처롭고 가련한 게 사무쳤던
> 모양이었다. 나는 지용을 생각할 때마다 그가 카톨릭교에 대한 신심을 파기
> 한 심정의 타격이 미루어져 먼저 마음 아파지곤 한다. (유치환, 앞의 글)

하지만 유치환의 추억에는 얼마간의 착오가 있다. 먼저, 장남 정구관
씨의 증언에 따르면 신부가 되려고 했던 아들은 차남 求翼 한 명뿐이며
그것도 아버지 명령으로 그렇게 한 것이 아니라 자원해서 신학교로 간 것
이라 한다. 구익이 들어간 '德源修道院'이란, 1920년대에 함경남도에 세
워진 덕원 성 베네딕토(芬道)수도원이다. 그곳에서는 "14~15명의 독일

---

23)『국도신문』에 연재된 기행문「南海五月點綴」(1950.5.7~6.28).

인 성직자와 한국인 신부·修士·修女·雜役夫 등 모두 1백여명"이 생활하고 있었는데 넓은 대지에 수도원, 신학교 이외에도 인쇄소, 병원, 빵공장, 포도주 양조장 등의 근대적 시설이 갖추어져 있었다.24) 로마 가톨릭계 성당에 다니던 구익이 베네딕트파 신학교에 들어가게 된 이유는 아마 일제말기 종교탄압으로 인해 다른 신학교가 문을 닫았기 때문이라 생각된다.

정구관 씨는 동생이 수도원에서 돌아온 것은 수도원 생활이 싫어서가 아니라 공산당이 쳐들어왔기 때문이었다고 술회하고 있으며 기록은 그 말을 뒷받침해 주고 있다. 기록에 따르면 1949년 5월 9일 수십명의 政治保衛部員을 실은 트럭이 덕원수도원에 도착했다. 그들은 신부들을 체포하고 수도원을 점거했다. 5월 11일에는 "남아 있는 한국인 신학생들과 수사·수녀들은 신학교 안에 전부 수용되었다. 이때부터 신학교는 옥사로 변한 것이다. 最年少者 12세로부터 最年長者 60세가 넘는 老修士까지 모두 99명이었던 이들은 1주일동안 갇힌 후 모두 이곳에서 추방되었다. 그들은 默珠·십자가·聖牌 등은 물론 聖物·修道服·神父服, 심지어는 서적까지도 모두 빼앗기고 개인 옷 몇 가지만을 가져가도록 허용됐다".25) 그렇다면 설령 1950년에 정지용이 천주교에 대한 불평을 유치환에게 말했다는 것이 사실이라고 가정해도 차남이 신학교를 그만둔 이유는 위와 같은 사정으로 추방되었기 때문일 것이며 그 긴급한 상황을 생각하면 "밤에 그곳을 뛰쳐나와 걸어 왔"다는 것도 충분히 이해된다. 또 혹시 시용이 정식으로 천주교와의 관계를 끊었었다나면 그가 '월북'했나는 의혹이 거론된 시점에서 천주교 쪽에서 정지용은 이미 천주교신자가 아니라고 분명히 밝혔을 것이다. 하지만 정지용과 친하게 지내던 노기남 대주교가, 자신과 정지용의 좌익적 경향과의 관계를 부정한 글 속에서도, 정지용이 신자를 그만두었다는 이야기는 없다.26) 정지용은 적어도 정식으로

---

24) 崔奭祐, 『韓國天主敎會의 歷史』, 韓國敎會史硏究所, 1982, p.383.

25) 최석우, 앞의 책, pp.384~385. 이 수도원은 그후 金日成農科大學으로 사용되었다고 한다. 덕원수도원의 수난에 관해서는 金昌文·鄭幸善 편, 『한국 가톨릭—어제와 오늘』(가톨릭코리아社, 1963)에 자세한 기록이 있다.

신앙을 버린 적은 없었을 것이다.

그러나 유치환의 증언을 완전히 허위라고 판단할 만한 근거도 또한 없다. 유치환을 찾아갔을 때 정지용은 이미 경향신문사도 이화여자대학교도 사직해서 초당에 은둔했었으며 문단적 교우도 별로 없었기 때문에 다른 친지의 증언을 찾기가 어렵지만, 가족이나 교인 앞에서는 말하지 못하는 천주교에 대한 불만을, 취한 김에 마음 편한 친구에게 이야기했을 가능성은 있을 것이다.27)

---

26) "(…) 사원들 가운데는 좌익 사상을 가진 사람이 있어 좌익을 지지하는 기사가 기재된 때도 없지 않았다. 그래서 한 때는 『경향신문』이 좌익신문이라는 공격을 받은 때도 있었고, 심지어는 내가 좌익이라는 어처구니없는 인신 공격을 받은 때도 있었다. (…) 이 중에는 초대 주필로 기용했던 시인 정지용이 좌익 사상에 빠져 있어 여러 가지 말썽을 빚었고 끝내는 월북을 하여 난처했던 적도 있었다. (…) 그에게 1년 남짓 신문 제작의 책임을 맡긴 것이 내가 좌익이라는 억측을 낳게 했던 것 같다." 노기남, 같은 책, pp.151~152.

27) 1950년경 정지용이 문단적인 교우관계가 별로 없었다는 사실은 「소설가 이태준 군 조국의 '서울'로 돌아오라」(1950.1)에서 이태준이 서울에서 자취를 감춘 지가 5년이나 되는데도 전혀 모르고 있었다고 쓰고 있는 것을 봐도 알 수가 있다. 박용구의 증언에 따르면 이 무렵 지용이 사귀던 친구로서는 박용구 이외에는 金練萬(『문장』지 경영자), 吉鎭燮(화가), 薛貞植, 金東錫 정도였다고 한다(박용구, 같은 글).

Ⅲ. 시집 『백록담』과 그 이후
(1930년대 후반~1950년)

1. '문단' 제도의 성립과 『문장』

1925년부터 34년경까지는 프롤레타리아문학의 전성기로 프롤레타리아문학이 아니면 인정받지 못하는 것 같은 분위기가 그 이외의 작가, 시인들을 괴롭히고 있었다. 그런 풍조에 반발해서 결성된 그룹이 '九人會'인데 정지용은 1933년의 결성당시부터 구인회에 참가하고 있었으니 여기서 잠시 이 모임의 성격을 살펴봐야겠다.

카프(KAPF)가 일본의 나프(NAPF)를 본뜨고 결성된 것처럼 구인회도 모델이 되는 단체가 일본에 있었다. 1929년 말 '예술파의 십자군'을 표방하면서 탄생한 '十三人클럽'의 내실은 작가들이 잡담을 나누는 모임에 불과했지만 익년 1930년 4월에는 新潮社라는 출판사를 배경으로 한 '신흥예술파클럽'라는 단체로 발전했다. 프롤레타리아문학의 작가를 제외한 신진작가 30명이 대거 참가한 이 단체는, 비록 특별한 활동은 안 했다고 하더라도 "反마르크스주의문학부대의 결성"(히라노 켄 平野謙)을 겨

냥해서 만들어진 것임은 틀림없다. 하지만 이 모임에 참가한 사람들에게
공통되는 사상이 있었던 것은 아니었기 때문에 결국『예술파 바라이어
티』라는 앤솔로지 하나만을 내고 끝나고 말았다.

　한국에서 구인회가 결성된 것은 1933년 여름이다. 카프 제1차 검거
(1931)와 朴英熙의 탈퇴(1932)로 쇠퇴할 기미를 보이고 있기는 했었지
만 프롤레타리아문학이 아직 상당한 영향력을 간직하고 있었을 때였다.
구인회 결성 멤버의 한 사람이었던 趙容萬의 증언1)에 따라 정리하면, 十
三人클럽에 자극을 받고 反카프의 문학단체를 만들려고 도모한 사람은
소설가 李鍾鳴과 영화감독 金幽影이었다. 회원 인선에 즈음해서 그들이
먼저 생각한 것은 카프진영의 비난공격에 대비한다는 뜻에서 주요 신문
사 학예부 관계자들을 한 사람씩 참가시키는 일이었다. 그 결과『동아일
보』객원 李無影,『조선일보』기자 김기림,『중앙일보』부장 이태준과,
이종명과 친분이 있었던『매일신보』기자 조용만이 뽑혔다. 이종명, 김유
영, 조용만은 이상의 여섯 명 이외에 李孝石과 정지용을 참가시켜야 한다
고 생각했다. 또 이종명은 프로문학 진영과 논쟁을 벌인 염상섭을 리더격
으로 모시고 싶어했지만 염상섭 본인이 거절하고 이태준도 염상섭 영입
에 난색을 보였기 때문에 그의 참가는 실현되지 않았다. 이어서 조용만이
유치진을 추천해서 회원은 모두 아홉 명이 되었고 모임 이름은 구인회로
결정되었다.

　그러나 유치진은 한번만 모임에 참석한 후 곧 탈퇴하겠다는 의지를 밝
히고 모임을 탄생시킨 이종명, 김유영은 이태준에게 리더십을 뺏긴 게 마
음에 안 들어 역시 탈퇴해 버렸다. 전부터 구인회에 참가하고 싶어했던
이상, 박태원의 참가로 모임은 다시 활기를 띠었으나 처음부터 소극적이
었던 이효석의 탈퇴와 동시에 조용만도 그만두었다. 그래서 金裕貞, 金煥
泰, 박팔양이 새로운 회원으로 참가하게 되었는데 가장 열심히 활동했던
이상이 도일한 1936년경, 구인회도 자연소멸하고 말았다.

---

1) 조용만, 「九人會 이야기」, 『30년대의 문화예술인들』, 범양사출판사, 1978, pp.123~
　139.

이와 같은 개괄에서 알 수 있듯이 구인회에는 反카프 이외의 특별한 주장은 애초부터 없었다. 또 제2차 검거(1934)를 계기로 카프가 해체되었기 때문에 카프에 대한 대립의식을 가질 필요는 없어졌다. 이 모임의 反카프적 성격은 이종명과 김유영의 탈퇴와 함께 완전히 상실되었다고 봐도 될 것이다. 요컨대 결성당시를 제외하고는 이 모임은 문인들의 친목회 정도의 성격밖에 없었다. 모더니즘의 이론가로 지목되는 김기림 자신이 구인회는 "문단의식을 가지고 했다느니보다는"그냥 중국요리를 맛있게 먹으면서 歡談하는 모임이었다고 회상하고 있는 것을 봐도 그들이 모더니즘운동을 일으키려고 한 것이 아니었음을 알 수가 있다.2) 또 당초 염상섭 영입이 검토되었고 후에 김유정 같은 작가가 참가했다는 사실은 구인회가 反리얼리즘의 성격을 띤 모임이 아니었음을 말해준다. 백철이 구인회를 '無意志派'라고 규정하고 1935년 7월에 열린 어떤 좌담회의 자리에서 韓仁澤이 "구인회는 상호친목이라는 막연한 의미에서 모였으나 各個의 사상이 다른 만큼 不遠間 분열될 것"3)이라고 예언한 것은 당시에도 구인회가 뚜렷한 주장이 없는 단체로 보이고 있었음을 증명하는 말이다. 실질적으로는 잡지 한 권을 내고 끝난 이 모임이, 그런데도 당시 굉장한 화제를 모으고 후일 문학사에서 중요한 자리를 차지하게 된 것은 참가한 회원들이 중요한 문학자였기 때문이요 카프 해산 후에는 문학자의 단체가 별로 없었기 때문이다.

비록 카프가 나프를, 구인회가 十三人클럽을 모방해서 만들어졌다 하더라도 도쿄문단의 움직임과 비슷한 한국문단의 움직임이 꼭 한국문인들의 도쿄문단에 대한 맹목적 追隨에서 나온 것이라고 볼 수는 없다. 양자가 공통적으로 겪어야 했었던 유사한 환경이, 필연적으로 유사한 문학적 상황을 만들어낸 부분이 상당히 있기 때문이다. 지배하는 민족에 속해 있었다 해도 일본 문인들도 당국에서 여러 모로 압박을 받아 글쓰기가 불편

---

2) 片石村, 「文壇不參記」, 『문장』 1940년 2월호, pp.18~19.
3) 「조선문학 건설을 위한 문예좌담회(1935.7.16)」, 『新東亞』 1935년 9월호.

한 상황이었고 전쟁협력을 강요당하는 일본문인들의 고민은, 친일행위를 강요당하는 한국문인들의 고민과 통하는 데가 있었을 것이다.

프롤레타리아문학이 힘을 잃었을 때부터 수년간, 불편한 환경 속에서도 문학활동이 활기를 되찾아 일시적인 성황을 보였다는 점은 한일 양국 문단에 공통적으로 보이는 현상이다. 일본에서는 1933년부터 중일전쟁이 시작된 1937년까지는 '문예부흥기'라고 불리는데 평론가 히라노 켄은 저서『쇼와문학사』4)에서 '쇼와 10년 전후'(쇼와 10년은 1935년)에 많은 지면을 할애해서 이 시기에 주목했다. 한국에서는 1934년(카프 제2차 검거가 있은 해)부터 대체로 비슷한 상황에 들어갔다고 볼 수 있을 것이다. 언론의 자유가 없는 곳에서 문인들은 전통적인 것으로 '회귀'하는 경향을 보였다. 그들은 역사나 옛날 설화, 고전문학에서 제재를 찾아 작품을 썼다. 프롤레타리아문학 전성시대에는 주류가 되지 못했던 서정시가 문예전문지를 화려하게 장식했다. 일본에서는 다이쇼시대의 私小說 작가가 다시 각광을 받았다. 전향한 작가도 사소설을 쓰고 한국에서도 그와 비슷한 '신변소설'이 활발하게 제작되었다. 마치 제철이 아닌데 만발이 되고 만 꽃 같은 일본의 '문예부흥기'와 거의 같은 시기는 한국에서도 '찬란한 35년대'5)였다.

이제부터 한일양국에서 패럴렐(parallel)하게 관찰되는 이러한 현상에 대해서 고찰할 것이다. 특히 한국에 있어서는 이 시기에 문단제도가 확고한 것으로 굳어졌으며 그것에 관해서는『문장』지가 큰 역할을 했다. 아울러 그것에 정지용이 어떤 역할을 다했는지도 고찰해야 한다.

근대초기일본에 있어서 '문단'이라는 말은 지금의 '논단' 같은 뜻으로 사용되었다. 그것이 지금과 같은 뜻으로 사용되기 시작한 것은, 바꿔 말하면 '문단'이 생긴 것은 메이지 20년대 이후의 일이다. 간단하게 말하면 그것은 메이지정부의 藩閥政治에서 소외되고 관직에 오르지 못하는 지식층 청년들이 새로운 삶을 탐구하기 위해 만든 폐쇄적인 공간이라 할 수 있다.

---

4) 平野謙,『昭和文學史』, 東京:筑摩書房, 1963.
5) 金炳翼,『韓國文壇史』, 一志社, 1973.

사회에서 무시당하고 방치되었다는 사실 자체가 닫혀진 하나의 別世界를 작가들에게 만들어주고, 그곳에서 예술을 자유롭게 탐구하고 주변에 남아 있는 봉건시대의 遺習과는 隔絶된 새로운 윤리로 사는 것을 그들에게 허용했으며 그 결과 메이지·다이쇼의 소설가는—특히 자연주의 이후—한편으로는 사회와의 격절이라는 대가를 치르면서도 또 한편으로 동시대의 세계의 가장 앞선 사상에 보조를 맞추고 그것에서 예술을 낳기를 생활을 걸어서 바랬는데 이러한 관념적 생활태도를 가능케 하기 위해 —동양의 섬나라 사회의, 그것도 그 한 구석에 살면서도 머리 속에는 늘 세계의 최신사조가 흐르고 있게 만들기 위해—문단이라는 특수한 사회가 필요했던 것입니다.

(나카무라 미쯔오 中村光夫)6)

메이지 20년대에 생긴 '문단'이 가장 화려했던 시기가 다이쇼시대이지만 그 화려함 뒤에는 고토쿠 슈스이(幸德秋水) 등의 '대역사건'이 어두운 그림자를 드리우고 있다. 정치적 압박이 심해졌을 때 사람들은 사상을 직접적으로 이야기하는 대신 문학의 울타리 안으로 도피했다. 그 현상이 1930년대 중반에 다시 나타난 것이다. 그래서 쇼와의 '문예부흥기'의 특징의 하나가 다이쇼작가의 부활이었다.

30년대 후반의 한국문단의 상황도 이와 비슷한 이야기가 가능하다. 카프의 교조성에서 해방되었을 때 불편한 상황 속에서도 전통적인 것, 서정적인 것을 추구하는 작품이 활발하게 창작되어 이같은 문학이 일시적인 성황을 보인 것은 사실이다. 그리고 이 시기에 『문장』지 등의 신인추천제도로 인해 '문단'은 확고한 제도가 되었다. 누구나 글을 써서 동인지 등에 발표하면 문인 행세를 할 수 있고 "지금 우리나라에서는 별 것이 다 소설을 쓰려고 한다"고 김동인(『창조』 5호)이 한탄한 20년대 초와 달리, 『문장』지 시절의 '문단'은 권위 있는 심사위원의 심사를 거쳐야 들어갈 수 있는 폐쇄공간이었던 것이다. 그것의 맹원이 되는 것은 명예스러운 일이라 사람들은 다투어 '등단'하려고 애를 쓴다. 세 번 추천 받으면 기성작가(시인)로서 대접하겠다는 『문장』의 추천제도는 1차 2차 3차 시험을 통과해

---

6) 「序」, 『日本の近代小説』, 岩波書店, 1954, p.4.

서 겨우 관리로 등용되는 과거제도를 연상케 한다. 이러한 '등단'제도는 일본문단에서조차 유례를 찾기 힘들만큼 경직된 방식이다.7)

하여튼 이 시기 문인의 수가 급증해서 작품이 쏟아져 나왔고 『문장』의 신인추천제도가 생겼다. 이런 사실들은 폐쇄공간으로서의 한국문단을 만드는데 이바지했을 것이다. 정치적인 압박은 사상을 자유롭게 이야기하는 것을 막았기 때문에 사람들은 일반사회에서 '문단'을 독립시켜서 그 울타리 안에서 내 생각을 문학적으로 표현하기를 원했다. 그 비교적 안전하고 쾌적한 울타리 안으로 들어가고 싶은 신인의 추천응모작품이 쇄도했다. 이때 '문단'이 완성된 것이다.

그런데 문단제도가 성립한 데에는 그 이외의 요인도 여러 가지로 작용했을 것이다. 여기서 30년대 중반의 한국에서 상황을 살펴보고 그 요인을 생각해 보겠다.

첫 번째 요인은 앞에서 말한 것처럼 프롤레타리아문학의 영향이 불식되어 그 동안 억압되어 있었던 서정성, 전통성, 예술성 등을 追求하는 문학을 당당하게 발표할 수 있게 되었다는 점.

두 번째는 30년대 초반부터 많은 잡지가 창간되고 문예잡지가 아닌 잡지도 문예란을 만들었기 때문에 문학의 독자수가 비약적으로 증가하고 문학에 관심이 있는 독자, 문학자를 지망하는 독자가 많아졌다는 점. 물론 이것에는 학교제도의 보급이 큰 역할을 했을 것이다.

세 번째는 '경성'이 도시화되어 유학을 가지 않아도 근대적 생활이 가능해졌다는 점. 사람들은 근대인의 생활감정을 그린 새로운 문학을 갈망하고 또 그런 문학작품을 많은 독자가 실감 있게 받아들일 수가 있었다.

---

7) 金東里는 1933년에서 36년경을 '범문단 형성기'라 표현하면서 문단이 형성되기 시작한 원인은 각 신문사가 시행하는 신춘문예의 성황에 있다고 보고 있다. 또 그는 잡지의 추천제가 지금 하는 것과 같은 성질의 것이 된 시기를 '1939년 이후'라고 말한다. 신문과 잡지의 이런 제도의 정착은 '문단'의 성격을 결정하는 것이었다. (「그 무렵의 문단 신세대」, 『김동리 전집 8 나를 찾아서』, 민음사, 1997, pp.190~191). 단, 『문장』지의 이런 추천제는 1940년 9월호부터는 기성작가 한 명의 추천이 있으면 된다는 방식으로 바뀌었다.

네 번째 요인에는 정지용도 깊이 관여했다. 그것은 1921년 말에 탄생한 조선어연구회 등의 노력으로 인해 근대적 한국어가 정비되어 『문장』이 창간될 무렵에는 한국어의 구어 문장체가 일단 완성되어 있었다는 점이다. 한글 맞춤법 통일안은 1933년 10월에 발표되고 1936년 10월에는 「사정된 조선어 표준말 모음」이 발표되고 어떤 것이 한국어 표준말인지의 윤곽이 드러났다. 또 崔鉉培는 문법을 정리해서 1937년에 『우리말본』을 냈다. 민족주의적 국어학자들의 이런 업적 덕분에 비로소 한국어가 근대적 언어로서의 '표준'을 갖출 수가 있었고 사람들은 한국어 문장으로 자기 생각이나 감정을 더욱 자유롭게 표현할 수 있게 되었다. 그런고로 『문장』지 신인작품 모집 광고에는 "철자나 띄어쓰기를 정확히 하라"는 요청이 들어갈 수가 있었고 이태준이 「문장강화」로 올바른 한국어 문장을 제시할 수 있었던 것이다.

그러나 국어학자도 아닌 정지용은 구어 문장체의 완성에 무슨 기여를 했단 말인가. 동시대의 뛰어난 평론가 최재서의 말을 빌려보겠다.

> 정지용 씨의 시의 인기는 오늘에 있어서도 대단하다. 더욱이 앞으로 시를 쓰려는 사람들이 의례히 정지용 시집을 공부하는 것을 우리는 알고 있다. 그리고 그들은 이구동성으로 그의 조선말을 歎賞한다. 그리고 그 시의 언어적 우수성이라는 것은 두 가지 요소를 포함하고 있다. 하나는 그가 우리들이 잘 모르는 순수한 조선말의 어휘를 많이 알고 있다는 점, (그는 말을 많이 알고 있을 뿐만 아니라 보통한 말의 어원에 대해서도 놀랄만한 지식을 갖고 있다) 또 하나는 그의 손에 들어갈 때 조선말은 참으로 놀랄만한 능력을 발휘한다는 두 가지 요소가 그의 시적 措辭의 매력을 구성하고 있다. 그리고 이 둘째 요소는 그의 시의 생명이다시피 되어 있다. 사실 그의 시를 읽은 사람이면 조선말에도 이렇게 풍부한 혹은 미묘한 표현력이 있었던가, 한번은 의심하고 놀랄 것이다.[8]

위의 인용에서 알 수 있듯이 『우리말본』이 문법 교과서였다면 『정지용

---

8) 「文學・作家・知性」, 『崔載瑞評論集』, 靑雲出版社, 1961. 初出은 『동아일보』 1937. 8.20.

시집』은 1930년대 후반 이후의 시인 지망생들이 시적언어를 공부하기 위한 교과서와도 같은 것이었다. 국어학자들의 노력만으로는 시를 짓는 데는 아직 부족했다. 매몰되어 있었던 순수 한국어를 발굴하거나 말을 변형시켜서 새로운 말을 만들거나 하는 시인의 노력이 사람들의 섬세한 감정까지 남김없이 표현할 수 있게 만든 것이다. 그래서 『정지용 시집』이 나왔을 때 사람들은 열광적으로 맞이하고 그 후에도 이 시집이 오랫동안 절대적인 영향력을 미쳐 온 것이다. 그렇다면 정지용은 예술언어, 시적언어의 완성자라고 규정해도 과대평가는 아닐 것이다.

일본어시에 관한 고찰에서 언급했지만 20년대의 젊은이들은 외국어 및 외국문학의 영향 없이 근대적 문학작품을 창작하는 것은 거의 불가능했을 것이다. 하지만 30년대 후반 한국어는 상당히 정비되어 있었고 문학청년들은 시적언어의 교과서인 『정지용 시집』을 손에 들고 있었다. 외국의 영향 없이도 일단 근대시를 창작할 수 있게 된 것은 아마 이 시기가 아닐까 한다. 사람들은 시를 지을 수 있는 아름다운 말을 자기 나라에서 발견해서 狂喜했다. '민족문학'에 이만한 공헌을 한 시집이 그 이전에, 그리고 그 후에도 나온 적이 있었던가.

2. 시집 『백록담』

1) 「문장」 시절의 산문시 분석

시집 『백록담』에 수록된 시는 크게 두 가지 유형으로 분류된다. 행갈이를 별로 또는 전혀 안 하는 산문시 형식의 작품과 그 이외의 작품이다. 산문시로서는 「슬픈 우상」, 「삽사리」, 「溫井」, 「장수산 1」, 「장수산 2」, 「백록담」, 「禮裝」, 「나븨」, 「호랑나븨」, 「진달래」가 있고, 그 밖에 『문장』지에 발표되면서도 『백록담』에 수록되지 않은 「盜掘」이 있다. 산문시 이외의 작품으로서는 「流線哀傷」, 「파라솔(明眸)」, 「瀑布」, 「玉流洞」, 「小

曲(明水臺진달래)」, 「毘盧峯 2」, 「九城洞」, 「春雪」, 「天主堂」, 「조찬」, 「비」, 「忍冬茶」, 「붉은 손」, 「꽃과 벗」 등이 있는데 같은 시기에 제작되었는데도 이 두 가지 유형의 작품은 형식과 내용 양면에서 큰 격차를 보이고 있다.1)

산문시가 아닌 작품은 말을 아끼고 자연의 풍경을 가볍게 스케치한 것 같은 작품이 주류를 이루어 있으며 20년대 작품에 비하면 감상적인 표현이나 장식을 훨씬 적게 쓰고 있다. 이들 작품은 약간 쓸쓸한 느낌을 주기는 하지만 기본적으로 밝고 차분한 어조에 지배되고 있다. 짧은 시를 하나 예로 들면 "골작에는 흔히/流星이 묻힌다. //黃昏에/누뤼가 소란히 싸히기도 하고,//꽃도/귀향 사는곳,//절터ㅅ드렀는데/바람도 모히지 않고//山그림자 설핏하면/사슴이 일어나 등을 넘어간다."(「九城洞」, 1938. 8) 와 같은 조용한 어조의 작품이다.

「파라솔(明眸)」, 「붉은 손」, 「꽃과 벗」처럼 사람을 테마로 한 작품도 대상이 되는 사람에 대한 따뜻한 눈길이 느껴진다. "검은 버선에 흰 볼을 받아 신고/山과일 처럼 얼어 붉은 손, /길 눈을 헤쳐/돌 틈에 트인 물을 따내다."(「붉은 손」) "높이 구름위에 올라, /나룻이 잡힌 벗이 도로혀/안해 같이 여쁘기에,/눈 뜨고 지키기 싫지 않았다."(「꽃과 벗」) 이 유형의 작품에는 어두운 시대상이나 그 속에서 고뇌하는 시인의 모습은 잘 드러나지는 않으며 마치 먹물로 그려진 동양화를 보는 듯한 한가한 인상을 주는 이들 작품 속에서 이렇다 할 사건은 일어나지 않는다.

시집 『백록담』에서 가장 주목해야 할 것은 위와 같은 작품보다, 교토 시절의 「황마차」, 「고아의 꿈」 이후 두절되었다가 이 시기 갑자기 쏟아져 나온 산문시편들일 것이다. 『백록담』에 수록된 산문시의 대부분은 긴장감·불안감에 가득 차 있어 억압받는 자의 마음을 전달함으로써 간접적인 사회비판이 되어 있다. 특히 슬프다, 괴롭다 등의 감정적인 표현을 피하고 아이러니까지 섞인 냉정한 묘사로 인해 착잡한 심리를 표현하는 모더

---

1) 「船醉 2」과 「별 2」는 제작연도 미상으로 내용으로 봐서 20년대에 쓴 것을 이때 시집에 수록한 가능성도 높기 때문에 여기서는 고찰대상에서 제외한다.

니즘의 솜씨는 숙련의 경지에 달하고 있다. 또「슬픈 우상」,「삽사리」,
「도굴」,「호랑나븨」 등 관능적 이미지가 두드러지게 나타나는 작품이 많은
것도 이 시기의 특징이라 할 수 있다. 이 장에서는「백록담」,「삽사리」,
「도굴」,「예장」,「나븨」,「호랑나븨」의 작품분석을 시도하고 마지막으로
정지용이 이 시기에 와서 산문시라는 형식에 집착하게 된 이유를 고찰할
것이다.

시집『백록담』에 수록된 작품에 관해서는 흔히 동양정신이나 동양적
문인취미와 관련시켜서 논하는 논자가 대부분인 듯하다. 하지만 고어나
한자어의 古風衣裳을 입은 작품일지라도 거기에 담겨져 있는 내용은 꼭
동양적인 것만이 아니라는 사실은 세밀한 작품분석을 통해 밝혀낼 수 있
다. 예를 들어 시집『백록담』의 작품 중의 하나로 시집 제목이 되기도 한
시「백록담」의 경우에는 강한 기독교적 이미지에 지배되어 있다. 여기서
는 이 작품의 기호학적 분석을 통해 1930년대 중반의 가톨릭 시편에 직
접적으로 표현되었던 정지용의 신앙심이, 갈 곳을 잃고 헤맨 끝에 도달한
귀결점으로서의 '자연'에 대해서 고찰해 보려고 한다.

1

　絶頂에 가까울수록 뻑국채 꽃키가 점점 消耗된다. 한마루 오르면 허리가
슬어지고 다시 한마루 우에서 모가지가 없고 나종에는 얼골만 갸웃 내다본
다. 花紋처럼 版박힌다. 바람이 차기가 咸鏡道끝과 맞서는 데서 뻑국채 키는
아소 없어지고노 八月한철엔 흩어신 星辰서림 爛漫하다. 山그림자 어둑어둑
하면 그러지 않어도 뻑국채 꽃밭에서 별들이 켜든다. 제자리에서 별이 옮긴
다. 나는 여긔서 기진했다.

2

　巖古蘭, 丸藥 같이 어여쁜 열매로 목을 축이고 살어 일어섰다.

3

　白樺 옆에서 白樺가 髑髏가 되기까지 산다. 내가 죽어 白樺처럼 흴것이

숭없지 않다.

4

鬼神도 쓸쓸하여 살지 않는 한모롱이, 도체비꽃이 낮에도 혼자 무서워 파랗게 질린다.

5

바야흐로 海拔六千呎에서 마소가 사람을 대수롭게 아니녀기고 산다. 말이 말끼리 소가 소끼리, 망아지가 어미소를 송아지가 어미말을 따르다가 이내 헤여진다.

6

첫새끼를 낳노라고 암소가 몹시 혼이 났다. 얼결에 山길 百里를 돌아 西歸浦로 달어났다. 물도 마르기 전에 어미를 여힌 송아지는 움매— 움매— 울었다. 말을 보고도 登山客을 보고도 마고 매여달렸다. 우리 새끼들도 毛色이 다른 어미한틔 맡길것을 나는 울었다.

7

風蘭이 풍기는 香氣, 꾀꼬리 서로 부르는 소리, 濟州회파람새 회파람부는 소리, 돌에 물이 따로 굴으는 소리, 먼 데서 바다가 구길 때 쇠— 쇠— 솔소리, 물푸레 동백 떡갈나무속에서 나는 길을 잘못 들었다가 다시 측넌출 긔여간 휜돌바기 고부랑길로 나섰다. 문득 마조친 아롱점말이 避하지 않는다.

8

고비 고사리 더덕순 도라지꽃 취 삭갓나물 대풀 石茸 별과 같은 방울을 달은 高山植物을 색이며 醉하며 자며 한다. 白鹿潭 조찰한 물을 그리여 山脈 우에서 짓는 行列이 구름보다 莊嚴하다. 소나기 놋낫 맞으며 무지개에 말리우며 궁둥이에 꽃물 익여 붙인채로 살이 붓는다.

9

가재도 긔지 않는 白鹿潭 푸른 물에 하눌이 돈다. 不具에 가깝도록 고단한 나의 다리를 돌아 소가 갔다. 좇겨온 실구름 一抹에도 白鹿潭은 흐리운다. 나의 얼골에 한나잘 포긴 白鹿潭은 쓸쓸하다. 나는 깨다 졸다 祈禱조차 잊었더니라.

(「백록담」 전문)

우선 '백록담'이라는 제목자체가 강한 상징성을 띠고 있다. 온몸의 털이 흰 사슴은 흔히 볼 수 있는 것은 아니기 때문에 '白鹿'이라는 낱말은 그것만으로도 거기에 엉키는 전설의 존재를 느끼게 하고 신화적 이미지를 풍기는데, 실제로 백록담은 여러 가지 전설을 가지고 있다. 아득한 옛날부터 한라산은 神仙이 놀던 산이었고 신선들은 흰 사슴을 타고 정상에 있는 백록담에 가서 맑은 물을 사슴에게 먹였었기 때문에 백록담이라는 이름이 붙었다고도 하고 신선들이 '白鹿酒'를 마시면서 놀았기 때문에 '백록담'으로 불리게 되었다고도 한다.2) 어쨌든 간에 흰 사슴이 성스러운 이미지의 동물임은 틀림없다. 그래서 제목을 보는 순간에 읽는 이는 이승과는 다른 세계로 들어가도록 마음의 준비를 하게 된다. 이 점을 염두에 두고 읽어가겠다.

먼저 1연에서는 산을 올라갈수록 뻐꾹채 꽃키가 '消耗'되는데 이것은 화자가 표층적인 의미에서는 등산으로 인한 육체적 피로 때문에, 심층적

---

2) '백록담'의 이름의 유래에 관한 또 다른 전설을 두 가지 소개한다.
하나는, "옛날 백록담에는 매년 복(伏)날이면 선녀들이 하늘에서 내려와 먹을 감았다. 이를 알게 된 한라산 신선은 산 북쪽 밑에 있는 방선문으로 내려가 선녀들이 빨리 먹을 감고 하늘로 올라가기를 기다리곤 하였는데, 어느 복날 미처 방선문으로 내려가지 못한 신선은 선녀들이 옷 벗는 모습을 보고야 말았다. 그 황홀한 모습에 빠져 정신을 잃고서 있는 신선을 본 선녀들은 기겁하면서 하늘에 올라가 옥황상제에게 이를 일러바쳤다. 이 이야기를 들은 옥황상제가 격노하여 그 신선을 하얀 사슴으로 변하게 만들었고, 사슴이 된 한라산 신선은 그 후 매년 복날이면 백록담에 나타나 슬피 울부짖곤 했다는 것이다. 백록담이라는 이름도 이곳이 그 '흰 사슴이 나타나는 못'이라는 뜻'에서 지어졌다는 것이다.
또 하나는 "백록담은 원래 사람의 출입이 금지되는 지역이었는데, 어떤 사냥꾼이 길을 잃고 헤매다가 한라산 정상에 다다르게 되었다. 그 때 문득 물을 먹고 있는 흰 사슴이 눈에 띄어서 화살을 쏘았더니 화살은 하늘로 솟아올라 잠자고 있던 산신령의 엉덩이에 꽂혔다. 산신령이 화가 나서 손으로 산봉우리를 힘껏 내리치자 봉우리는 서쪽으로 튀어나갔고 산은 움푹 패이게 됐었고 그 자리에 물이 솟아 지금의 백록담이 되었다"는 것이다.

의미에서는 어려운 생활환경과 사회상황으로 인한 정신적 피로로 인간으로서의 육체가 마멸되고 사라지려고 하고 있는 것처럼 느끼고 있다는 것이다. 꽃을 묘사하는데 허리, 모가지, 얼굴 등 인간의 육체부위를 나타내는 낱말을 사용하는 것은 화자가 이미 꽃에 감정이입해서 꽃과 일체화되어 있는 증거다. 산꼭대기에서 뻐꾹채 키는 완전히 없어진다. 즉 화자의 육체가 상징적인 뜻으로 죽는다("나는 여긔서 기진했다"). 그리고 뻐국채 꽃은 밤하늘의 별로 변모한다. 이승의 육체는 죽고 천상의 영혼으로 부활한 것이다. 그래서 '巖古蘭(시로미)3)의 열매가 화자를 소생시키는 천상의 알약이 되는 것이다. 화자가 상징적인 죽음을 통과한다는 것은 3연의 "白樺 옆에서 白樺가 髑髏가 되기까지 산다. 내가 죽어 白樺처럼 흴것이 숭없지 않다(흉업지 않다)."나 4연의 "鬼神도 쓸쓸하여 살지 않는 한모롱이, 도체비꽃4)이 낮에도 혼자 무서워 파랗게 질린다."라는 죽음의 이미지를 봐도 알 수가 있다. 화자가 백록담에서라면 죽어서 백화처럼 되는 것도 흉하지 않다고 느끼는 것은 그 죽음이 천상에서의 부활에 이어짐을 알고 있기 때문이다.

"海拔六千呎(피트)"5)의 산정은 이승에 속하는 세계가 아니다. "마소가 사람을 대수롭지 아니여기고 산다", 즉 사람과 동물을 구별하는 경계가 없다. 말과 소의 구별도 없어져서 "망아지가 어미소를 송아지가 어미말을 따르"기도 하고 어미를 잃은 갓난 송아지는 말이나 등산객을 보고 매달린다. 우연히 마주친 아롱점말도 화자를 무서워하지 않는다. 말하자면 이것은 인간과 동물이 대등한 자격으로 사이 좋게 공생하는 낙원의 모습이다. 여기서는 인간도 동물의 일종에 지나지 않는다. 화자는 어미를 잃은 송아

---

3) 이것은 '巖高蘭'의 오자인 듯하다. 정지용의 기행문 「多島海記6 歸去來」에서는 '巖高蘭'으로 되어 있다.

4) '제주도에는 '도체비낭'이라고 불리는 식물은 있다. 범의귓과의 낙엽관목으로 7, 8월에 흰색과 하늘색의 꽃을 피우는 山水菊이 그것이다. 시인은 이 산수국의 꽃을 '도체비꽃'이라고 표현한 게 아닐까 싶다.

5) '呎'은 'feet'라는 단위를 나타내기 위해 일본에서 만든 한자로 원래 중국에는 없었던 글자다. '呎'이라고 써서 읽을 때는 보통 'フィート(피트)'라고 발음한다. '尺'과는 구별해서 쓴다. 1foot(feet)=30.48cm.

지를 보고 송아지의 슬픔에 감정이입을 하면서 자신의 자식들을 생각하기 때문에 '우리 새끼들'이라는 표현이 나오는 것이다.

뻐꾹채, 암고란, 백화, 그리고 7연에 나오는 온갖 자연물의 향기와 소리, 8연에 나오는 온갖 고산식물의 나열적 묘사는 해발 6000피트의 백록담이 지상과는 다른 세계임을 새삼스레 강조한다. 낮은 지대에서는 구경하기 어려운 식물이 많기 때문이다. 특히 7, 8월의 짧은 기간에 일제히 꽃을 피우고 이른바 자연의 '꽃밭'을 형성하는 고산식물은 맑고 시원한 공기나 강물과 함께 백록담을 낙원으로 만드는 중요한 요소의 하나가 되어 있다. "별과 같은 방울을 달은 高山植物"의 향기나 맛을 보면서 걷는 동안에 화자는 차차 도취해서 자아를 잃어버린다. "깨다 졸다"한다는 것은 상징적인 죽음과 부활을 되풀이하는 것으로 화자는 지상세계의 시름을 잊어버리고 淨化되고 낙원에 알맞은 존재로서 재생하는 것이다. "白鹿潭 조찰한 물을 그리며 山脈우에서 짓는 行列"은 등산객들이 백록담의 깨끗한 물을 향해 걸어가고 있는 것을 표현한 것인데 이것은 마치 기독교에서 말하는 '목마른 자'가 '生命水'를 구하러 가는 정경처럼 느껴진다. 그렇게 생각하면 암고란 등의 고산식물의 열매는 '생명나무'이며6) 화자가 맞는 소나기는 신심을 깨끗이 하고 예스의 제자로 다시 태어나는 세례의 의식과도 같다. 소나기가 그친 후에 나타나는 무지개는 노아의 홍수가 끝났을 때의 축복의 무지개다.

그러나 화자의 마음은 그리 밝아 보이지는 않는다. 잠시 후 다시 혹독한 지상의 현실 속으로 돌아가야 함을 화자가 잊지 못하고 있는 것이다. '一抹'은 보통 '일말의 불안'이라는 식으로 부정적 뉘앙스를 띤 정신상태와 같이 쓰이는 말인데 그것을 굳이 한 점의 구름을 표현하는 데에 적용해서 "실구름 一抹에도 白鹿潭은 흐리운다"고 하는 것은 백록담의 맑은 물에 비친 푸른 하늘이 한 점의 구름에 갑자기 흐리는 것처럼 낙원에 와서 밝

---

6) "또 저가 수정같이 맑은 생명수의 강을 내게 보이니, 하나님과 및 어린 양의 보좌로부터 나서 길 가운데로 흐르더라. 강 좌우에 생명나무가 있어 열 두 가지 실과를 맺히되 달마다 그 실과를 맺히고, 그 나무 잎사귀들은 만국을 소성하기 위하여 있더라"(「요한계시록」, 22:1-2, 『성경전서』, 대한성서공회, 1961).

아진 화자의 마음이 가끔가다 지나가는 나쁜 예감에 자주 흐리는 불안상
태에 있기 때문이다. 화자의 의식은 흐려지기만 하고 이제 화자는 백록담
과 일체화된다. 화자는 가재도 기지 않는 백록담처럼 고독하고 백록담은
화자처럼 쓸쓸하다. 救濟는 언제 오는지 알 길도 없고 화자는 절망해서
기도하는 것조차 잊어버린다.

 "『白鹿潭』을 내놓은 시절이 내가 가장 정신이나 육체로 피폐한 때다.
(…) 친일도 배일도 못한 나는 山水에 숨지 못하고 들에서 호미도 잡지
못하였다"(「조선시의 반성」, 1948)는 시인 자신의 말에 있듯이 「백록담」
은 당시의 답답한 상황이 잘 반영되어 있다. 친일을 강요하는 압력이 조
선총독부에서만 오는 게 아니라 문인협회의 "조선인 文士輩" 에게서도 협
박과 곤욕을 당한다는 것은 시인에게 있어 정말 견디기 힘든 일이었다.
그러나 비록 적극적인 저항활동은 안 했다 하더라도 정지용의 '친일행위'
는 기껏해야 「異土」7)라는 애매한 시를 하나『국민문학』에 발표하는 정
도에 그쳤다. 그리고 이 시기 일부 한국인 문인들, 그것도 최재서 같은
명석한 두뇌의 소유자까지가 꼭 私的인 욕심 때문만이 아니고 '대동아전
쟁'의 정당성을 믿고 적극적인 전쟁협력에 기울었다는 사실을 생각하면
뚜렷한 친일행위를 한 적이 없는 정지용은, 유명인사로서 훌륭하게 버티
었다고 평가해도 될 것이다.

 확고한 정치적 입장을 안 가지는 정지용이 '대동아전쟁'의 이데올로그
들에게 현혹 당하지 않고 견디어 낼 수 있었던 데에는 그가 가톨리시즘이
라는 체계적 이론의 틀을 堅持해서 현실을 파악할 수 있었던 것이 큰 요

---

7) 「異土」는『국민문학』쪽에서 전쟁협력시를 써 달라는 요청을 받고 마지못해 쓴 작품인
   것 같다. "詩壇도 이번에는 전쟁중심으로 통제해 봤다"(「편집후기」, 『국민문학』1942
   년 2월호, 원문 일본어). 하지만 "이 중에서도 정지용 씨의, 諺文으로 쓴 「이토」를 높이
   평가하고 싶다. 그것은 씨 일류의 言語美가 극도로 발휘되어 있기 때문만이 아니다.
   걸핏하면 懷鄕病的 感傷癖에 빠지기 쉬운 언문시를 이 경지에까지 높였기 때문이다.
   조선시가 대동아전쟁을 이렇게까지 잘 소화했다고 생각하면 감개무량하다"는 편집후기
   의 평가에도 불구하고, 「이토」의 '전쟁협력'은 "싸움은 이겨야만 법이요"라는 힘이 없는
   표현으로 그친, 극히 애매한 것이었다. 이 작품만 보면, 누가 누구에게 이겨야 하는지
   전혀 드러나지 않는다.

인이 되었을 거라는 것은 쉽게 짐작할 수가 있다.

하지만 그런데도 시집『백록담』에서는 신앙이 직접적으로 표현되지 않았다. 이것에는 당시의 천주교회, 그것도 경성교구가 솔선해서 '국민정신총력운동' '국민총력운동'에 협력했었다는 사실이 작용하고 있지 않을까 싶다.8) 그는 마음 속에서는 신앙을 버릴 수는 없었지만 예전부터 같이 교회활동을 해 온 친구들이 친일행위에 가담하고 성당에는 일장기가 게양되는 환경에서 현실의 천주교회에 대한 심리적 거리감을 가지게 되었을 것이다. 이제 성당도 그의 피난처가 아니었다. 그것을 대신해 주는 것이 백록담으로 대표되는 자연물 특히 산속이었다. 백록담은 그가 일시적이나마 휴식을 취할 수 있는 피난처, 낙원의 꿈을 보여주는 장소였던 것이다.

그날밤 그대의 밤을 지키든 삽사리 괴임즉도 하이 짙은 울 가시사립 굳이 닫히었거니 덧문이오 미닫이오 안의 또 촉불 고요히 돌아 환히 새우었거니 눈이 치로 싸힌 고삿길 인기척도 아니하였거니 무엇에 후젓허든 맘 못뇌히길래 그리 짖었드라니 어름알로 잔돌사이 뚫로라 죄죄대든 개울 물소리 긔여들세라 큰봉을 돌아 둥그레 둥긋이 넘쳐오든 이윽달도 선뜻 나려 설세라 이저리 서대든것이러냐 삽사리 그리 굴음즉도 하이 내사 그대ㄹ 새레 그대것엔들 다흘법도 하리 삽사리 짖다 이내 허울한 나룻 도사리고 그대 벗으신 공은 신이마 위하며 자드니라.

(「삽사리」 전문)

지용의 시「삽사리」를 해석하기 전에 이 삽사리처럼 이유 모르는 불안에 떨며 달을 보고 짖어대는 개가 등장하는 다른 시집을 검토해 두겠다. 정지용이 좋아한다고 말한 바 있는 시인 하기와라 사쿠타로의 첫 시집『달에 짖는다』(1917)와 둘째시집『青猫』(1923)가 그것이다.

도둑개가, /썩은 埠頭의 달을 보고 짖어대고 있다. /(…)/나는 어째서, /

---

8) 尹善子,「日帝戰時下 總動員體制와 朝鮮天主教會」,『역사학보』157집, 역사학회, 1998년 3월호, pp.107~134.

언제나 이런 꼴일까, /개여, /창백한 불행의 개여.

(「슬픈 月夜」)

아아 오늘도 달이 뜨고,/지새는 달이 하늘에 뜨고,/그 종이燈籠 같은 희
미한 빛 속에서/기형의 白犬이 짖고 있다./동틀녘에,/적적한 도로 쪽에서/짖
는 개야.

(「새벽」)

아아 어디까지나 어디까지나/이 낯선 개가 나를 따라온다, /더러운 땅바
닥을 기어다니고, /내 뒤에서 뒷다리를 질질 끄는 병든 개다. /멀리, 오랫동
안, 슬픈 듯이 무서워하면서, /쓸쓸한 하늘의 달을 보고 멀리 하얗게 짖는
'불행'의 개의 그림자다.

(「낯선 개」)

동물은 공포에 떨고/무엇인가의 夢魔에 시달려/슬프게 파래서 짖고 있습
니다. /노워아아르, 도워아아르, 야와아9)/(…)/ "개는 앓고 있나요? 어머
니." / "아뇨, 애야/개는 굶주리고 있는 거예요."

(「遺傳」)

절망적으로 고독하고 무엇인가에 생리적인 공포를 느끼는 마음은 사쿠
타로 개인의 성질에 기인하는 것이지만 한편으로는 절대적인 삶의 지침
을 잃고 껍질에서 기어 나온 조갯살처럼 떨리는 근대인의 내면심리이기
도 하다. 그런 근대적 정서를 감각적으로 표현한 『달에 짖는다』는 하쿠슈
의 구어자유시보다 한층 더 자유로운 언어가 구사되었으며 이 시집으로
인해 일본의 구어자유시는 완전히 성숙했다는 평가를 받았다.

「삽사리」의 개는 집 주변에 아무 이상이 없는데도 몹시 불안해하고 있
다. 그것을 본 화자는 삽사리의 마음을 헤아려 보고 개가 개울 물소리가
집에 들어오지 않을까, 달이 내려오지 않을까 걱정이 돼서 안절부절못했
을 거라고 상상해 본 다음에 "삽사리 그리 굴음즉도 하이"하고 삽사리의

---

9) 개가 슬프게 짖는 소리의 감각적 표현.

마음에 공감의 뜻을 표한다. 이렇게 근거 없는 불안에 공감을 나타낸다는 것은 상식적으로 생각하면 이해 못하는 일이다. 하지만 일견 모순이 되는 이런 서술을 별로 부자연스럽지 않게 읽을 수가 있는 것은 화자가 삽사리에 일체화되어 있기 때문이다. 화자는 항거할 수 없는 엄청나게 큰 힘이 밀려오고 있음을 알고 있는 것이다.

화자는 '그대'를 지켜주고 싶지만 '그대'는커녕 '그대'의 소유물에조차 다가갈 용기가 도저히 안 난다. 삽사리가 '그대'의 신을 지키면서 자는 모습을 보고 화자는 가벼운 질투를 느끼고 있다. 여기서 '그대'에 대한 접근은 금지되어 있고 그것 때문에 동경이 倒錯的인 페티시즘으로 나타나 있다는 점은 특기할 만하다. 항거할 수 없는 큰 힘에 대한 공포와, 다가가고 싶은데 다가가지 못하는 안타까움이 이 작품을 지배하는 감정이다. 1938년에 씌어진 이 작품은 외적 압박이 혹독한 시대상을 느끼게 하며 거기서 꼬이는 근대적 자아의 괴로움을 도착적으로 표현하고 있다. 근대적 심리를 고도로 성숙한 표현으로 그려낸 작품이라 할 수 있으며 그런 심리의 표현은 간접적으로는 사회비판이 될 수 있는 것이다.

百日致誠끝에 山蔘은 이내 나서지 않았다 자작나무 화투ㅅ불에 확근 비추우자 도라지 더덕 취쌌 틈에서 山蔘순은 몸짓을 흔들었다 심캐기10) 늙은이는 葉草11) 순쓰래기12) 피여 물은채 돌을 벼고 그날밤에사 山蔘이 담속 불거진 가슴팍이에 앙징스럽게 后娶감어리처럼 唐紅치마를 두르고 안기는 꿈을 꾸고 잤다13) 모태ㅅ불14) 이운 듯 다시 살아난다 警官의 한쪽 찌그린 눈과 빠안한 빈 불 사이에 銃겐앙이 쪼속 있다 별도 없이 깁은 밤에 火藥불이

---

10) 민음사판 전집에서는 '삼캐기'로 오식되어 있지만 『문장』지에서는 '심캐기'로 되어 있다. '심'은 인삼의 옛말이다.

11) 잎담배.

12) '순써리'의 뜻인 듯하다. 순써리는 담배의 순을 말려서 썬 값싼 담배를 말한다.

13) 민음사판 전집에서는 이 부분이 "꿈을 꾸고 났다"로 되어 있어 뜻이 잘 안 통하는데, 『문장』지 영인본을 보면 "다" 앞의 글자는 활자가 깨져서 판독하기가 어렵다. 정지용은 "잤다"로 쓴 게 아닐까 싶다. 본 논문에서는 일단 "잤다"로 읽기로 한다.

14) 민음사판 전집에서는 '모래ㅅ불'로 오식되어 있지만 『문장』지에서는 '모태ㅅ불'로 되어 있다. 모태불은 화톳불, 모닥불과 같은 뜻이다.

唐紅 물감처럼 곻았다 다람쥐가 도로로 말려 달어났다.
(「도굴」 전문, 『문장』 1941년 1월호)

'도굴'이라는 제목이 제시하듯 여기에 나오는 심마니 노인은 금지된 구역에 들어가 산삼을 찾고 있다. 여기서 다가가지 못할 동경의 대상이 바로 산삼인데 산삼은 노인의 꿈속에 재취의 신부의 모습으로 나타난다. 이 작품도 도착적인 에로티시즘을 느끼게 한다. 금단의 과실인 산삼을, '그대'의 물건에조차 다가가지 못하는 「삽사리」의 화자와 달리, 심마니는 적극적으로 찾고 있다. 하지만 적극적으로 금단을 범하려는 만큼 위험하기도 하다. 단속 경찰관이 노인을 향해 조준을 맞추고 지금 막 방아쇠를 당기려고 하고 있다. 달콤한 꿈에서 깨어난 노인은 아무것도 모르고 다람쥐만이 참사를 예감해서 달아난다.

『문장』 22호(1941.1) 113쪽에는 '新作/鄭芝溶詩集'이라는 제목 밑에 시 열 편의 제목이 적어져 있다. 말하자면 이 페이지가 잡지 속에 낀 작은 시집의 표지인 셈인데, 주목해야 할 것은 '신작/정지용 시집'이라는 큰 활자와 열 편의 시의 제목 사이에 펜으로 그린 정지용의 초상화와 함께, 정지용의 친필로 보이는 '도굴'이라는 글씨가 크게 인쇄되어 있다는 사실이다. 즉 '도굴'은 한 편의 산문시의 제목임과 동시에 이 잡지에 발표된 열 편의 작품 전체를 위한 제목이 되어 있는 것이다. 바꿔 말하면 『문장』 22호에 게재된 '정지용 시집'의 제목이 바로 '도굴'이다. 그만큼 시인은 「도굴」이라는 작품에 애착이 있었던 것이다. 그런데도 시집 『백록담』에는 이 작품이 수록되지 않았다.

그 이유는 알려지지 않고 있지만 이 시가 감정을 극단적으로 억제한 문체 속에서도 억압하는 권력에 대한 반발심이 명확히 우러나오는 작품이라는 것은 누구나 감지할 수가 있을 것이다. 산삼은 누가 심은 것도 아닌 천연의 산물이라 심마니 노인이 젊었을 때는 그것을 찾는 일이 '도굴'이 아니었을지도 모른다. '百日致誠'이라는 말이 제시하듯이 산삼은 山神이 내려주는 신성한 물건이다. 하지만 금지하는 자가 나타나면 옛날부터 내려온 심캐기 작업도 범죄로 규정된다. 백일간이나 산을 헤맸는데 산삼을 찾지 못하고 예쁜 신부의 모습을 한 산삼을 꿈에서만 만나는 심마니 노인은 누가 봐도 안쓰럽고 노인을 향해 총을 쏘려는 경관은 누가 봐도 잔혹하다. 그 잔혹함을 규탄하는 말 한 마디 없이 화약불의 붉은 색깔이나 도망치는 다람쥐의 묘사로 냉정하게 부각시키는 솜씨는 정지용이 익혀 온 모더니즘적 기법이 최대한으로 발휘된 것이라 할 수 있으며 정지용 작품 중에서도 「도굴」은 최고수준의 성숙함을 보인 작품이라 평가할 수 있다.

시인 자신이 상당히 마음에 들었으리라고 추측되는 이 작품이 시집 『백록담』에서 빠진 이유를 미루어 보는 것은 어려운 일이 아니다. 그것은 검열에 걸려서 삭제되었는지 검열을 받기 전에 미리 뺐는지는 모르지만 이 작품의 反권력적 성격 때문일 것이다. 그렇다면 우리는 『백록담』에서 빠졌기 때문에 이 작품을 경시해서는 안 되고 반대로 『백록담』에서 빠졌기 때문에 이 작품을 더욱 중시해야 할 것이다.

> 모오닝코오트에 禮裝을 가추고 大萬物相에 들어간 한 壯年紳士가 있었다
> 舊萬物 우에서 알로 나려뛰었다 웃저고리는 나려 가다가 중간 솔가지에 걸리
> 여 벗겨진채 와이셔쓰 바람에 넥타이가 다칠세라 납족이 업드렸다 한겨울
> 내— 흰손바닥 같은 눈이 나려와 덮어 주곤 주곤 하였다 壯年이 생각하기를
> 「숨도아이에 쉬지 않어야 춥지 않으리라」고 주검다운 儀式을 가추어 三冬
> 내— 俯伏하였다 눈도 희기가 겹겹히 禮裝 같이 봄이 짙어서 사라지다.
>
> (「예장」 전문)

이 작품은 서사적 구조를 가지고 있기는 하지만 이것을 읽고 여기에 등장하는 신사가 실재인물이라고 생각하는 사람은 없을 것이다. 시인 개인의 감정표출을 찾을 수 없다는 점에서 이 작품은 「장수산」, 「나비」 등과는 판이한 성격을 지니고 있으며 그 만큼 내용이 고도의 상징성을 띠고 있다고 볼 수밖에 없는 것이다.

이 시에 나타난 아이러니는 주목할 만하다. '壯年紳士'가 이제 높은 산에서 뛰어내려서 자살하려는 극적인 상황인데도 그는 왠지 정식 예장인

모닝코트를 입고 있으며 죽는 순간까지 넥타이 걱정을 한다. 신사는 외견의 훌륭함만 찾고 그것보다 소중해야 할 내 몸과 목숨의 중요함을 인식하지 못하고 있는 것이다. 또 신사는 죽어가면서도 추위를 안 느끼기 위해서는 숨을 쉬지 말아야겠다고 생각한다. 여기서도 사는 것보다 추위를 안 느끼는 것이 중요시되는 본말전도를 보이고 있다. 즉 이 작품은 세속적인 가치관의 공식에 사로잡혀 경직된 정신은 당연히 비극적 결말을 맞아야 한다는 것과 그런 경직된 정신을 가진 사람들이 목숨을 희생시켜서 지키는 가치관이라는 것은 悠久한 자연 속에서는 아무 의미도 없음을 이 작품은 희화적으로 말하고 있다.

신사는 내 목숨보다 외견상의 단정함을 더 중요시한다. 이것은 여러 가지로 해석되겠지만 예를 들어 이것을 아름다운 이념을 위해 즉 '나라를 위해'라든가 '대동아의 평화를 위해'라든가 하는 고매한 기치 아래 목숨을 버리는 인간들의 어리석은 모습을 그린 것이라고 보는 것도 충분히 가능하다. 아름다운 이념을 위한 죽음이 이 작품에서는 조금도 미화되지 않고 비판의 대상이 되어 있다는 점에 주목해야 한다.

> 畵具를 메고 山을 疊疊 들어간 후 이내 踪跡이 杳然하다 丹楓이 이울고 峯마다 찡그리고 눈이 날고 嶺우에 賣店은 덧문 속문이 닫히고 三冬내— 열리지 않았다 해를 넘어 봄이 짙도록 눈이 처마와 키가 같었다 大幅 캔바스 우에는 木花송이 같은 한떨기 지난해 흰 구름이 새로 미끄러지고 瀑布소리 차즘 푸른 하눌 되돌아서 오건만 구두와 안ㅅ신이 나란히 노힌채 戀愛가 비린내를 풍기기 시작했다 그날밤 집집 들창마다 夕刊에 비린내가 끼치였다 博多 胎生 수수한 寡婦 흰얼골 이사 淮陽 高城사람들 끼리에도 익었건만 賣店 바깥 主人 된 畵家는 이름조차 없고 松花가루 노랗고 뻑 뻑국 고비 고사리 고부라지고 호랑나븨 쌍을 지여 훨 훨 靑山을 넘고.

(「호랑나븨」 전문)

이야기의 주인공은 둘 다 외로운 처지에 있다. '博多(하카타)'는 일본 규슈 후쿠오카(福岡)현에 있는 지명이라 이 과부는 일본여자라고 볼 수 있다.15) 하카타 태생의 과부는 남편이 죽었는지 헤어졌는지 하여튼 결혼

생활도 행복하지 못했던 모양이다. 그녀는 혼자 낯선 땅 그것도 깊은 산 속에 와서 조그만 매점을 하면서 살고 있다. 동네 사람과도 인사쯤은 나누는 사이가 돼서 그런 대로 생활에 익숙해지긴 했다. 단풍이 아름다운 가을의 어느 날 산의 풍경을 스케치하러 온 화가가 이 과부와 눈이 맞아 매점에 눌러 살게 되었지만 이른 겨울에 두 사람의 모습은 자취를 감추었다. 둘이서 어디 갔나 보다, 마을에서는 그런 소문이 돌았다. 눈이 녹고 뻐꾸기 울고 봄나물이 날 무렵 매점에서 뭔가 썩은 것 같은 냄새가 풍기는 것을 이상하게 여긴 마을 사람들이 닫혀 있는 매점 안에 두 사람의 부패한 사체가 있는 것을 발견했다. 요청을 받고 달려온 警察醫는 사후 약 3개월이라는 진단서를 썼다. 과부의 친척을 찾을 길도 없고 화가에 일러

---

15) 鄭求寬 씨가 부친에게서 들은 이야기에 따르면 여기에 나오는 과부는 실재인물을 모델로 하고 있는 듯하다. 당시 금강산 비로봉에 등산가는 사람은 주로 문인이나 화가 같은 사람들이었다. 등산객들의 유일한 휴식처는 산 속에 있는 매점이었는데 그 가게는 왠지 지적인 인상을 주는 일본여자가 혼자 경영하고 있었다. 등산객들은 비로봉에 갈 때마다 그녀에게서 음료수 등을 사고 몇 마디 인사를 주고받았을 것이다. 그런데 지용이 어느 날 가보니까 매점 문이 닫혀 있었고, 오는 길에 호랑나비 한 쌍이 날아가는 것을 보았다고 한다. '博多 胎生'이라는 표현은 꼭 일본인을 가리킨다고 단정할 수는 없지만 여기서는 과부를 일단 일본여자로 보기로 한다.
또 이 과부의 이미지를 만드는 데 영향을 주었을 지도 모르는 또 다른 인물이 기행문 「畵文行脚12 五龍背3」(『동아일보』1940.2.15)에 나온다. 吉鎭燮 화백과 정지용은 오룡배에 도착했지만 가고 싶었던 호텔은 예약이 없어서 못 가고 할 수 없이 '保養館'이라는 별로 인기 없어 보이는 온천여관에 묵게 된다. 여관의 일본인 女給(종업원)은 쓸요한 물선노 "일일히 가져오라고 해야만 가져온다는 식으로 별로 친절하지 않다. 기분이 안 좋아서 술을 있는 대로 가져오라고 야단을 쳐봤지만 시인은 문득 여급의 눈가에 눈물자극 같은 것이 있는 것을 알았다. "성 났나?" "아아니요!" 시인은 그녀의 신세에 동정하기 시작한다. "사투리가 福岡이나 博多 근처에서 온 모양인데 몸이 가늘고 얼굴이 파리하여 心性이 꼬장꼬장한 편이겠으나 好感을 주는 것이 아니요 옷도 滿洲추위에 빛갈이 맞지 않는 봄옷이나 가을옷 같고 듬식 듬식 놓인 불그죽죽한 冬栢꽃 문의가 훨석 쓸쓸하여 보인다. 어찌보면 純直하여 보이는 점도 없지 않다. 이런데 있는 女子가 손님이 거는 弄談이라거나 戱謔에 함부로 몸짓을 흩으린다든가 생긋 웃는다든가 하여서는 自己의 體身을 保護하기 어려울 것이리라고 同情하는 解釋을 갖기도 한다." 여기에 나오는 여급 '기미꼬'는 미혼이었겠지만 태어난 고향인 하카타를 떠나 혼자 낯설고 추운 곳에 와서 일한다는 점에서는 「호랑나븨」의 과부와 비슷하다.

서는 이름조차 모른다. 마을 사람들의 손으로 극히 간소한 장례식이 치러졌다. 그때 한 쌍의 호랑나비가 푸른 산을 넘어 날아갔다.

이 정사사건이 설령 실제로 일어난 사건이라 하더라도 '비린내'라는 표현은 또 다른 정사사건 즉 작가 아리시마 다케오의 사건을 연상케 만든다. 아리시마는 정지용이 도시샤대학에 입학한 1923년의 6월, 가루이자와(輕井澤)에 있는 별장에서 애인인 女記者와 함께 사체로 발견됐다. "구더기가 끓는 사체로서 발견될 겁니다"라는 유서의 말 그대로 둘은 이미 부란한 상태였다. 너무나 센세이셔널한 이 사건은 사회적으로 큰 화제가 되고 "후회하지 않겠습니다"라는 유서의 일절이 노래로 만들어져서 유행할 정도였다고 한다. 물론 유명작가의 심상치 않은 죽음이 문단에 큰 영향을 미쳤음은 말할 나위도 없다. 아리시마의 죽음이 정지용에게 충격을 주었을 거라고 말할 수 있는 이유는 그뿐이 아니라 아리시마가 1921년경까지 도시샤대학 영문과에 출강했었기 때문이다. 정지용의 선배들은 아리시마의 강의를 직접 들었을 것이며 아리시마의 자살은 학생들 사이에 큰 동요를 일으켰을 것이다. "戀愛가 비린내를 풍기기 시작했다 그날 밤 집집 들창마다 夕刊에 비린내가 끼치였다"라는 구절은 아리시마의 센세이셔널한 사건의 이미지가 투영되어 있을 것이다.

「호랑나븨」의 '寡婦'는 남편 없는 여자라서 원칙적으로 애인이 생겨도 상관없을 것이다. 하물며 이 여자는 시부모와 같이 있는 것도 아니고 애가 있는 것 같지도 않다. 그런데도 둘이 정사하는 것을 보니까 화가가 유부남이었던 모양이다. 즉 「삽사리」의 화자나 「도굴」의 심마니는 금지된 대상을 얻지 못해 안타까워하고 있었지만 「호랑나븨」의 과부와 화가는 금단의 과실을 먹어 버리고 그 결과 죽음에 이른 것이다. '비린내'라는 즉물적 표현은 이 작품에 있어 죽음이 아름답게 장식되지 않았음을 말해주고 잇다.

시기지16) 않은 일이 서둘러 하고싶기에 暖爐에 싱싱한 물푸레 갈어 지피

---

16) '시기다'는 '시키다'의 옛말.

고 燈皮 호 호 닦어 끼우어 심지 튀기니 불꽃이 새록 돋다 미리 떼고 걸고보니 칼렌다 이튿날 날자가 미리 붉다 이제 차즘 밝고 넘을 다람쥐 등솔기 같이 구브레 벋어나갈 連峯 山脈길 우에 아슬한 가을 하늘이여 秒針 소리 유달리 뚝닥 거리는 落葉 벗은 山莊 밤 窓유리까지에 구름이 드뉘니 후 두 두 두 落水 짓는 소리 크기 손바닥만한 어인 나븨가 따악 붙어 드려다 본다 가엽서라 열리지 않는 窓 주먹쥐어 징징 치니 날을 氣息도 없이 네 壁이 도로혀 날개와 떤다 海拔 五千呎 우에 떠도는 한조각 비맞은 幻想 呼吸하노라 서툴리 붙어있는 이 自在畵 한幅은 활 활 불피여 담기여 있는 이상스런 季節이 몹시 부러웁다 날개가 찢여진채 검은 눈을 잔나비처럼 뜨지나 않을가 무섭어라 구름이 다시 유리에 바위처럼 부서지며 별도 휩쓸려 나려가 山아래 어닌 마을 우에 총총하뇨 白樺숲 희부옇게 어정거리는 絶頂 부유스름하기 黃昏같은 밤.

(「나븨」 전문)

　　「나븨」의 계절은 가을이지만 해발 5000피트의 산정의 밤은 춥고 어둡다. 그래서 화자는 장작을 지피고 램프의 燈皮를 닦아서 산장 안에 밝고 따뜻한 봄을 연출해 낸다. 그것은 물론 가짜 계절이다. 「유리창 1」, 「유리창 2」에서 그랬듯이 여기서도 유리창은 이쪽 세상과 저쪽 세상이 다른 세계임을 나타내는 역할을 하고 있다. 그런데 나비 한 마리가 그 가짜 봄을 그리워해서 창유리에 앉는다. 화자는 가짜 계절에 속은 나비가 불쌍하기도 하고 나비에 대해서 미안하기도 하니까 창문을 때려서 쫓아버리려고 하지만 나비는 날아가지 않는다. 화자는 밖의 현실의 혹독함을 잘 알고 있으면서도 애오라지 잠시나마 안식을 취하고 난로와 램프의 힘으로 따뜻함을 만드는 것이다. 주위와 어둠을 피하고 싶은 것은 나비도 마찬가진데 창문은 열리지 않아 나비는 그 따뜻함 속으로 들어갈 수가 없다. 화자는 가짜 봄을 그리워하는 나비가 화자자신의 모습을 보는 것 같아 안타깝다. "날개가 찢여진채 검은 눈을 잔나비처럼 뜨지나 않을가 무섭어라"라고 하는 것은 화자가 나 혼자 안전하고 쾌적한 곳에 도피하고 싶은 마음을 나비가 나무라고 있는 것 같지 느끼고 있음을 나타내고 있다. 나비와 잔나비(원숭이)는 글자 하나의 차이지만 크고 동그란 잔나비의 눈동자는 사람의 그것과 비슷해서 화자의 마음속까지 꿰뚫어 볼 것이다. 화자는 자신의 도피적 행동을 스스로 부끄러워하고 있다. 자작나무가 어둠 속에서 어정거리는 것처럼 느끼는 것도 화자의 불안심리의 시적 상징화다.

창유리는 하나의 화폭이며 하늘과 구름을 배경으로 하고 나비도 거기에 그려진 그림의 일부에 지나지 않는다. 구름이 날려와서 유리에 부딪치는 것처럼 보여도 나비가 얼어 죽어도 화자는 그것을 한 폭의 그림을 보는 것처럼 바라볼 뿐, 능동적인 행동을 취하려고는 하지 않는다. 그리고 그것에 대해서 자책감을 느끼고 있다.

산문시「백록담」의 백록담과 마찬가지로 「나븨」의 따뜻한 산장은 역시 일시적인 피난처에 불과하다. 이 작품은 "친일도 배일도 못"하고 "山水에 숨지 못하고 들에서 호미도 잡지 못하였"던 시절의 산물이라, 친일행위를 강요당하는 지식인의 괴로움과 적극적인 반항을 못하는 것의 심리적 굴절이 상징적인 서정시 속에서 우러나온다.

2) 산문시라는 형식

1920년대 중반의 「황마차」(제작:1925.11), 「고아의 꿈」(1927.2) 이후 「승리자 金안드레아」(1934.9)를 예외로 하면 거의 끊어져 있던 정지용의 산문시 제작이 1930년대 후반에 와서 갑자기 분출하는 것은 무슨 까닭일까. 위에서 검토했듯이 『백록담』 시절의 산문시는 그 외의 밝고 차분한 인상을 주는 작품과 달리, 침략전쟁이 진행되는 현실 속에서 적극적으로 싸우지 못하는 식민지 지식인의 고뇌를 생생하게 전해준다. 즉 『백록담』은 시 형식에 따라 담긴 내용에 현격한 차이가 있는 것이다. 그렇다면 '산문시'라는 형식이 가지는 의미에 대해서 우리는 다시 생각할 필요가 있을 것이다.

"새로운 시는 우리를 총알처럼 먼 곳으로 데려다 주고 밝게 해 주든지 아니면 우리의 심장 속에 노여움을 가져다주든지 어느 한쪽의 기능을 구비해야 한다"고 주장한 기타가와 후유히코는 1930년대에 '신산문시운동'을 전개하게 된다. "'단시운동'에서 '신산문시운동'으로의 발전, ―이것은 틀림없이 발전이었다. 왜냐하면 그것은 압축하고 純化한 短詩의 詩技를 가지고 현실을 追究하려고 하는 일이었기 때문이다. 그 기법으로서 어지간한 행갈이를 안하는 산문형을 채용했다".17) 기타가와에게 있어 산문시란 시의 음악성을 희생시키고 내용 즉 현실에 대한 추구에 중점을 두기 위한 시 형식이었던 것이다. 말하자면 시니피앙보다 시니피에를 중요시하는 형식이라 할 수 있다. 기타가와의 영향은 특히 1930년대에 『시와 시론』을 통해 널리 퍼지고 많은 시인들이 산문시를 썼다.18)

『시와 시론』의 현실유리적 경향에 불만을 품은 기타가와 등은 『시와 시론』을 떠나 새로 『시·현실』이라는 잡지를 창간하게 된다. 강한 사회 비판성을 띤 기타가와의 작품을 하나 인용해 본다.

> 軍國의 鐵道는 얼어붙은 砂漠 속에 無數한 이빨을, 못이 난 무수한 이빨을 심고 갔다. 돌연히 都市가 한 덩어리 出現한다. 새도 날지 않는, 얼어붙은 灰色의 이 砂漠 속에. 나방 유충 같은 軌道敷設列車를 둘러싸고 都市의 構成要素가 하나씩 모여든다. 쓰레기터처럼. 예를 들어 눈이 진무르고 다리가 벌써 차가워진 賣淫婦. 一連의 列車 안의 堅固한 階級의 variation. (…) 이어서 軍國은 이 한 줄기의 상처를 磨滅시키면서 거대한 팔을 뻗는 것이다.
>
> 壞滅에.
>
> (「壞滅의 鐵道」, 『시와 시론』 1929년 6월호)

정지용 작품에 혹 일본 모더니즘시의 영향이 있다면 그것은 『백록담』 시절의 산문시에 가장 두드러지게 나타난다고 볼 수 있으며 그의 경우 다른 시보다는 산문시가 현실비판적 요소를 많이 가지고 있다고 할 수 있을 것이다. 하지만 정지용 산문시에도 위에 인용한 기타가와 작품 같이 직접

---

17) 北川冬彦, 「現代詩における私の實驗」, 『現代詩の實驗』, 東京:寶文館, 1952, p.35.

18) 물론 일본의 산문시가 다 『시와 시론』을 통해서 나온 것은 아니다. 예를 들어 기타하라 하쿠슈는 『근대풍경』에 산문시만의 란을 만들만큼 이 형식에 흥미를 가졌고 거기서 출발한 다케나카 이쿠, 곤도 아즈마, 요시다 잇스이 등은 후에 『시와 시론』에 참가해서 중요한 역할을 한다.

적이고 강력한 비판은 안 나타난다. 지용의 산문시는 오히려 좀더 사회성을 상징적으로 또는 간접적으로 나타낸 시인들의 서정적인 작품에 가까울 것이다. 예를 들어 본다.

　사슴은 麻繩으로 뿔을 묶이고 어두운 헛간 속에 監禁되어 있었다. 아무것도 안 보이는 곳에서, 푸르고 맑은 눈을 해서 그는 말끔히 風雅한 모습으로 앉아 있었다. 감자가 하나 뒹굴고 있었다.

　밖에서는 벚꽃잎이 떨어지고 산 쪽에서 自轉車가 그것을 한 줄기 치고 갔다. 등을 보이면서 少女는 덤불을 바라보고 있었다. 겉옷 어깨에 검은 리본을 달고.

(미요시 다쯔지 三好達治, 「마을」, 『測量船』, 1930)

　책상 위에서 램프의 위치를 가까이해 보고는 다시 멀리한다. 벽에 비친 내 그림자가 길어지고 또 짧아진다. 그림자 속에서 아까부터 붉은 나방 한 마리가 움직이려고도 하지 않는다. 마치 내 心臟을 물어 찢고 있는 것만 같다. 램프를 껐더니 내 動悸가 왜치는 소리가 들린다. 어둠 속에서 확실히, 무엇인가에 극심하게 敗北하는 소리가 들린다.

(다케나카 이쿠, 「붉은 나방」)

　찌그러진 太陽이 지붕들 저쪽에 또 떨어졌다.
　마른 다락방 바닥에, 마닐라로프에 묶여서 少女가 監禁되어 있었다. 밤마다 支那人이 와서 신발을 신은 채 少女를 犯하고 갔다. 그러한 蹂躪 아래 그녀는 汪洋한 강을 지붕들 저쪽에 想像함으로써 검은 慰勞 속에 가냘픈 가슴을 간신히 견디고 있었다―

　강은 實際로 그러한 지붕들 저쪽을 汪洋히 흐르고 있었다.

(안자이 후유에, 「河口」, 『軍艦茉莉』, 1929)

　일본시인들의 대다수는 식민지의 시인들과 마찬가지로 쓰고 싶은 것을 마음대로 쓰지 못하고 걸핏하면 '非國民'으로 몰리는 세상에서 답답한 마음을 감출 수가 없었다. 그럴 때 시인에게 있어 산문시는 사회에 대한 직접·간접적인 비판이나 고뇌하는 자아의 표출을 통해서 사회현실을 작품에 반영하기 위해 채용된 형식이었다고 할 수 있을 것이다.

앞에서 봤듯이 정지용 산문시의 경우 기타가와 작품 같은 직접적인 사회비판은 안 보인다. 하지만 그것은 과연 지용이 사회현실을 외면하고 도피했었다는 것을 의미하는가. 예술지상주의자 소리를 잘 듣는 정지용도 바깥 세상에 대한 관심이 필요 없다고 생각했던 것은 아니다. 1937년에 열린 좌담회에서 그는 다음과 같은 발언을 한 바 있다. "하여간 소설이나 극문학 같은 데에 있어서는 大成을 하려면 아무래도 身邊雜記 같은 것을 그리는 것보다는 사회적 관심이나 민족적 사실에 대해서 큰 관심을 가져야겠지요. 따라서 정치나 경제나 모든 사회적 사실에 대해서 관심이라는 것보다는 패션(情熱)을 가지는 것은 문학의 德일 듯합니다." "사회적 관심을 身邊化해야겠지요. 가령 하이네를 보더라도 그 사회적 관심이 얼마나 신변화하였습니까?".19) 앞의 발언은 소설과 극문학에 관한 것이지만 뒤의 발언 속에서 하이네를 예로 들고 있는 것을 보니까 그는 시에도 사회적 관심을 반영시켜야 한다고 생각했던 모양이다. 다만 그의 방법은 사회현실을 직접적으로 표현하는 것보다 그것을 '신변화'하는 것 즉 시적 화자의 문제로 축소해서 보이는 것이었다.

시대적 상황을 등장인물 개인의 사상이나 행동으로 압축해서 제시하는 것은 모든 문학 장르에 공통적으로 사용되는 방법이겠지만 시라는 형식에 사회성을 담으려고 할 때 가장 적합한 수단이라고 할 수 있다. 긴 서사시는 별로 안 씌어지고 그렇다고 짧은 시 속에서 사회제도의 모순까지 묘사하면서 감동을 준다는 것은 극히 어렵기 때문이다. 시의 특성을 생각하면 사회비판을 설명적으로 쓰는 것보다 그 사회에서 살아가는 화자의 감정을 섬세하게 그리는 것이 훨씬 실감 있게 느껴질 것이다. 또 검열이 한층 더 엄격해진 30년대 후반에는 어차피 직접적인 비판은 발표 못했으니 상징적 표현을 쓸 수밖에 없었던 것이다.

---

19) 「文學問題座談會」, 『조선일보』 1937.1.1.

　『문장』지가 창간된 1939년에는 일본문단의 때아닌 '文藝復興期'도 이미 종언을 고하고 시로서는 전쟁협력시와 자연을 노래하는 서정시만이 범람하고 있었다. 30년대 말부터는 문학작품에 대한 압력이 한층 더 심해진다. 특히 정지용처럼 이름나고 주목을 받는 시인이 사회비판을 담은 작품을 발표하기란 거의 불가능한 일이었을 것이다. 그럴 때 사회현실을 작품에 담고 발표하는 데에 남은 방법은 단 하나—상징적인 작품으로 韜晦하는 것이었다. 1937년에 『상어』라는 시집을 낸 일본시인 가네코 미쯔하루는 다음과 같이 술회하고 있다. "『상어』는 禁制의 書였지만 두껍게 僞裝했기 때문에 검열관도 여간해서는 알아차리지 못했다. 열쇠 하나만 주면 모든 서랍이 쉽게 열려 내용이 다 밝혀져 버리는데 다행히 그렇게 귀찮은 열쇠 찾기를 하는 한가한 인물이 당국에는 없었던 모양이다. 여하튼 국가는 非常時였던 것이다. 들키면 비참한 결과가 된다. (…) 정부측에서 보면 이런 작품을 쓰는 나는 말살에 값할 인간인 까닭이다".20)

　사람들은 『백록담』의 현실도피적 경향을 지적하고 비난할지도 모른다. 하지만 그 혹독한 시대상, 작품의 완성도, 비록 간접적이고 상징적이기는 하지만 확실히 담겨져 있는 현실비판성을 생각하면 우리는 더 이상의 것을 시인에게 요구할 수가 없는 게 아닐까. 金東錫은 정지용을 논한 글 속에서 "내 손으로 내 목을 매달 듯 조선말을 말살하려던 작가와 평론가가 있는 이 땅에서 한평생 조선시를 붙들고 늘어질 수 있었다는 데는 지용 아니면 어려운 무엇이 있다. 碧初나 爲堂이나 安在鴻 씨나 李克魯 씨도 깨끗한 듯하되 결국은 입을 다물고 있던 것이 아니면 완고덩어리라는 것을 중앙문화협회에서 출판한 『해방기념시집』이 웅변으로 말하고 있지 아니한가./일본제국주의의 강압 밑에서 가장 순수한 行動人이 누구였나 하는 것은 좀 더 두고 보기로 하고 정지용 씨의 시는 가장 순수한 정신이었다"고 친일에 기울지 않고 자기 나라 말을 지킨 지용의 공적을 인정하고 있다.21) 상징적인 뜻을 이해 못해 작품 표면에 뚜렷한 사상성이 안 나타

---

20) 金子光晴, 앞의 책, p.189.
21) 「시를 위한 시—정지용론」(1946.3), 『金東錫評論集』, 靑雲出版社, 1961, p.49에서

나 있는 것을 시인의 '한계'로 보고 작품가치를 격하시킨다면 그것은 오히려 읽는 이의 태만이며 '한계'라 할 수밖에 없을 것이다.

3. 갈 곳이 없는 '회귀'

제Ⅲ부 제1장에서 말했듯이 문단을 석권했던 프롤레타리아문학운동이 종결한 후 서구적인 것보다 동양적인 것 혹은 자기 민족의 것을 찾으려는 복고적인 풍조가 한국에서도 일본에서도 나타났다. 문학자들은 고전문학이나 고전예술을 연구하고 예스러운 말을 작품 속에 부활시키고 역사나 민담을 소재로 한 작품을 썼다. 대체로 1930년대 중반 경에 시작되었다고 볼 수 있는 이러한 풍조는 동양회귀, 고전회귀, 일본에 있어서는 일본회귀라는 호칭으로 불렸다. 또 이 시기의 문학에는 동양적 자연미를 노래하는 '자연회귀' 현상도 눈에 띈다.

일본에 '동양회귀'적 풍조가 나타난 원인은 그리 단순하지가 않다. 제일 의적으로는 아시아를 구미열강의 식민지 지배에서 해방시킨다는 '대동아 전쟁'의 명목 아래 침략전쟁이 진행되는 와중에서 서양추종적인 내용의 글이 점점 발표자리를 잃어 가는 속에서도 '일본적인 것' 또는 '동양적인 것'을 표현하는 글은 비교적 자유롭게 쓰고 발표할 수 있었기 때문이라고 볼 수 있을 것이다. "支那事變 이래 우리나라 고전의 정신은 顯揚되고 외래문물에 대한 굴종은 엄격히 금지되어 왔다. 고전에 의한 一齊掃射가 이루어지고 있다. 영미의 풍조도 유물주의도 점점 퇴각한 것처럼 보인다. 대동아 전쟁의 발발이, 적어도 그때까지의 혼미에 대해 하나의 결단을 가져다주었다는 사실은 의심할 수가 없다"(가메이 가쯔이치로 龜井勝一郎).1) '일본회귀'적 경향을 대표하는 문예잡지가 『日本浪曼派』(1935.3~1938.

인용.
1) 「現代精神に關する覺書」(1942), 河上徹太郎 他, 『近代の超克』, 東京:富山房, 1979, p.5.

8)인데, 고전의 탐구를 통해서 민족의 전통을 되찾는다는 『일본낭만파』 동인들의 고매한 이상이, 주군을 위한 죽음의 아름다움을 노래함으로써 결과적으로 '聖戰'을 긍정하는 논리로서의 역할을 했다는 사실이 단적으로 나타내고 있듯이 '동양(또는 일본)회귀'는 일본 파시즘에 가담하는 결과가 될 위험성을 지니고 있는 것이었다.

그러나 당시의 많은 지식인들이 동양으로, 고전으로 향한 것은 꼭 위에서 말한 것 같은 정치적 압력 때문만이 아니었다. 메이지유신 이래 일본 지식인들이 바쁘게 추진해 온 근대화가 이 무렵에는 벌써 막다른 골에 빠져 있어서 사람들이 서구문명을 추구하는 일에 회의를 품기 시작하고 있었던 것이다. "일본근대의 停滯란, 메이지유신 이후 서구근대를 본뜨고 급속히 추진되어 온 일본의 근대화(자본주의화·중앙집권화·공업화·합리주의화·도시화 등을 포함해서)가 日露戰爭 종결 후 다이쇼 중반쯤에 이르러 대체로 한계에 달하고 여러 국면에서 파탄을 보이기 시작했다는 것을 말한다. 그것은 예를 들면 자본가 대 노동자의 대립의 격화이며, 지방의 피폐이며, 농업의 쇠퇴이며, 민중의 전통적 에토스의 압살이었다". (마쯔모토 겡이치 松本健一).2) 어떤 문학사는 '일본회귀'적 경향에 박차를 가한 요인을 "천황제 중심의 국체관념이 절대화되고 '비상시'의식이 침투됨에 따라 우익측의 5·15사건(1932), 2·26사건(1936)과 그 支柱가 된 이노우에 닛쇼(井上日召), 다치바나 고자부로(橘孝三郎), 기타 잇키(北一輝) 등의 '쇼와유신'사상, 좌익측의, 예를 들어 사회대중당 강령의 우경화와 大政翼讚會에의 합류(1940), 또는 철학에 있어서의 천황제 국가를 합리화하는 것 같은 다나베 하지메(田邊元)의 '種'의 논리나 동아신질서론·대동아공영권 비전(vision)의 전개 등이 민족적 위기감을 증폭시키고 아시아의 맹주의식에 뒷받침된 '일본으로의 회귀'적 심정이 급속히 강해졌다"고 설명하고 있다.3)

한국에 있어서의 '동양회귀'는 어떤 때는 '국책'에 추종하는 친일적 행

---

2) 「解題」, 『近代の超克』, p. i .
3) 紅野敏郎 他 編, 『昭和の文學—近代文學史3』, 東京:有斐閣, 1972, pp.159~160.

위이며 어떤 때는 현실에 등을 돌려서 자연이나 고전의 세계로 몰입하는 도피적 태도이었지만 한편으로 그것이 민족주의에 바탕을 둔 저항정신의 발로인 경우도 있었다. '일본적인 것'에 대한 '한국고유의 것'의 강조는 민족의 긍지를 고양시키는 결과가 되기 때문이다. 겉으로는 비슷비슷한 '동양회귀'이지만 식민지 지식인들이 동양적인 것으로 향하는 심정에는 여러 가지 요소를 생각해야 할 것이다.

정지용도 역시 이와 같이 '동양회귀'의 큰 파도에는 휩쓸리지 않을 수가 없었다. 동양적 문인취미에 크게 기울였던 이태준과 嘉藍 李秉岐와 함께 『문장』지를 이끌어 가게 되었기 때문이다. 특히 시조부흥운동의 중심인물 이병기에게서는 많은 영향을 받았을 것이다. 물론 정지용은 어려서부터 한문의 교양을 깊이 몸에 익힌 사람이라 꼭 30년대의 사회상황 때문에 그렇게 되었다고는 할 수 없겠지만 이 시기 『문장』에 발표한 「장수산 1」, 「장수산 2」, 「인동차」 등의 작품은 『詩經』의 "伐木丁丁"이라는 어구를 그대로 사용하는 등 漢詩에나 나올 것 같은 枯淡한 동양적 문인취미에 물들여 있는 것처럼 보인다.

하지만 위에 든 작품의 동양적 문인취미를 근거 삼아 1930년대 후반부터 정지용이 동양으로 '회귀'했다고 말할 수 있을까. 위에 든 작품을 보면 그렇다고 수긍할 수 있을 것 같지만 이 시기에 집중적으로 나타난 산문시의 대부분은, 형식과 내용 양면에서 이 물음에 '아니다'하는 대답을 해 주고 있다. 고어나 擬古的 종결어미가 많이 사용되는 것은 「장수산 1」, 「장수산 2」, 「삽사리」, 「溫井」 등 몇 편에 불과하고 나머지 산문시는 문체노 극히 현대적이다. 한시에서의 인용, 고어, 의고적 종결어미 등이 사용되는 경우에도 그것들은 단지 잠깐 입어 본 '古風衣裳'에 지나지 않았던 것이 아닌가 싶다. 확실히 그것은 객지에서 답답한 좌절의 나날을 보낸 杜甫 같은 동양문인의 심경을 상기시키고 역사의 무게와 깊이를 작품에 첨가하는 역할을 하고 있다. 그러나 억압된 시인이 자신을 당나라 시인에게 비겨서 자연 속에 파묻혔다 해도 그것은 일시적인 위로에 불과하고 그가 거기에 안주할 곳을 찾은 것은 아니었을 것이다. 일시적으로 자연 속에 몸을 두고 안식을 얻었다 해도 작품 속의 화자나 등장인물의 마음은 "쫓겨온 실구름 一抹'에도 쉽게 흐려버리는 백록담처럼 불안정하기 때문이다.

시집 『백록담』의 산문시에 이르러 정지용의 모더니즘은 절정에 달했다. 앞에서 비교했듯이 『백록담』의 산문시는 일본 모더니스트시인들이 1920년대 후반부터 30년대 초반에 걸쳐 왕성하게 제작한 산문시와 많은 공통점을 가지고 있다. 어조는 대체로 냉철하고 담담하다. 화자 또는 등장인물의 마음은, 검은 운명의 파도가 나를 덮치려고 하고 있는데도 속수무책으로 눈을 크게 뜨고 숨을 죽여 기다리기만 하는 것 같은 불안감에 가득 차 있다. 이들 작품을 보면 시인이 동양적 문인취미에 만족했었다고는 도저히 생각할 수가 없다. 또 당시 지식인들이 '동양회귀'로 향한 동기 중에 하나가 서양문명에 대한 불신감이었던 것에 비해 1928년 7월 22일에 세례를 받았을 때부터 해방 후까지 가톨릭(catholic=普遍) 신앙을 유지한 정지용에게는 서양문화에 대해서 근본적인 불신감을 느낄 만한 결정적 계기가 없었을 거라고 추측된다.

대조하기 위해 여기서 다시 기타하라 하쿠슈를 불러내서 하쿠슈의 '동양회귀'에 대해서 살펴보겠다. 1910년대 중반 하쿠슈는 화려한 수사로 장식된 초기의 남만취미를 버리고 동양적 枯淡의 경지에 잠기기 시작했다. 그것은 '聖戰'을 찬미하는 민족의식으로 이어지고 하쿠슈는 1930년대 중반부터 많은 전쟁협력시를 산출하게 된다. 그런데 하쿠슈의 사람됨됨이가 어린애 같이 순진하다는 것은 많은 사람들이 증언하고 있는 바로, 그는 권력에 아부해서 이익을 챙기려는 사심은 가진 사람은 결코 아니었다.4) 그는 특히 예술에 간섭하려는 군부에 대해서 강한 증오와 적개심을 가지고 있었다. 그런 하쿠슈가 어째서 침략전쟁에 협력하게 되었는가.

歌人 미야 슈지(宮柊二)는 하쿠슈에 관한 좌담회에서 "이데(idée)가

---

4) 김소운은 길가에서 구걸하는 거지의 돈벌이가 시원치 않은 것을 목격한 하쿠슈가, 갑자기 옷을 벗고 춤을 추어서 거지를 위해 사람을 모아주었다는 일화를 적고 있다. 이 이야기가 사실인지의 여부는 중요하지 않다. 중요한 것은 주변 사람들을 하여금 "과연, 그 사람이라면 그런 짓을 할 지도 모른다"고 믿게 하는 성품을 하쿠슈가 가지고 있었다는 사실이다.

없는 시인이 귀착하는 바는 결국 '나는 일본인이다' 하는 사실밖에 없고 그것은 하나의 필연적인 과정이 아닌가, 그렇게 생각합니다"하고 발언하고 있다.5) 하쿠슈는 아시아를 서양제국에서 해방한다는 대동아전쟁의 이념을 믿고 그것이 민족의식과 결부되어 고대일본으로의 회귀를 촉구한 모양이다. 하쿠슈만이 아니라 예전의 모더니즘시인, 프롤레타리아시인, 민중파시인들이 너도나도 대거 전쟁협력시 제작에 손을 대었는데 많은 전쟁협력시는 7·5조의 문어체로 쓰여지고 고대 또는 중세의 어휘를 사용했다. 전통적인 운율은 공동체의식을 환기시키고 그때까지 줄곧 사회의 이단자였던 시인들은 국민 대다수의 지지를 얻는 행복에 도취했다.

요시모토 다카아키(吉本隆明)는 "戰時에 浮動的 庶民通念 이외의 입장에서 전쟁시·애국시를 쓴 시인이 있다면 다카무라 고타로와 『四季』파 시인들을 들어야 한다"고 하면서 "다카무라 고타로의 경우 그것은 가장 전형적으로 일본적 근대성과 서민성이 종합된 성격이 자아의식에 고집하면서, 필연적으로 전쟁긍정으로 이어지는 경로에 다름이 아니었다. 『사계』파의 경우에는 그 시 개념 속에 있는 자연관이, 풍토, 지역, 사회구조, 역사, 정치형태 등의 요소를 종합해서 형성된 일본 恒常民의 자연관을 불러일으킬 만한 유사성을 지니고 있었다. 그래서 필연적으로 전통적 감성을 파냄으로써, 절대주의적 천황제가 추진하는 전쟁을 긍정하고 찬미하고 선전하게 된 것이라고 할 수 있다"고 설명한 바 있다.6) 望鄕의 마음을 고어로 표현하고 침략전쟁을 일본고대신화에 비겨서 장중한 가락으로 노래하는 하쿠슈를 사람들은 '국민시인'이라 불렀다. 젊은 날에 동경의 대상이었던 스승의 이러한 행동을 정지용이 어떤 눈으로 지켜봤는지 그는 그것에 대해서 한 마디의 글도 남기지 않았다.

다카다 미즈호(高田瑞穂)는 '일본회귀'를 메이지型과 다이쇼型의 두 가지로 나누어서 고찰한다. "메이지 일본의 지식인이란, 和魂洋才의 사람이었다. 이전에는 和魂漢才의 사람이었던 것처럼. 시인에 한정해서 생각해

---

5) 좌담회 「北原白秋の再評價」, 『現代詩手帖』 1986년 10월호.
6) 「詩人の戰爭責任」, 『吉本隆明全著作集13』, 東京:勁草書房, 1969, pp.468~469.

도 틀림없이 그랬을 것이다. 半封建的 근대에 살았던 그들에게는 和魂은
늘 내재해 왔다. 따라서 서구의 詩心을 체득하는 데에 있어서는 그것이
방해가 되었을지 모르지만 '일본으로의 회귀'에 즈음해서는 새삼 전통을
재확인할 필요는 없었다. 돌아가려고 하면 언제든지, 자연스레 마음의 집
으로 돌아갈 수가 있었던 것이다. (…) 外發的 개화 속에 자라서 시단에
등장한 자의 일본회귀가 대체로 자연스러운 경과였던 것도 당연한 일이
었다"7)고 하면서 하쿠슈의 일본회귀를 메이지형으로 규정하고 있다.

   그것에 대해서 하기와라 사쿠타로의 일본회귀는 다이쇼형이다. 보들레
르의 영향을 짙게 지닌 작품을 발표해서 일본어 구어자유시를 완성한 시
인으로 지목되어 온 사쿠타로도 1930년대에는 문어체로 회귀한다. 하지
만 "돌을 던져 뱀을 죽이는 것처럼/하나의 輪廻를 斷絶하고/意志없는 寂
廖를 끊어뜨려라"(「漂泊者의 노래」, 1931)고 외치는 사쿠타로에 있어 어
려운 한자어나 딱딱한 문어체는 극심한 노여움이나 절박감을 표현하기
위한 수단에 불과했으며 그는 동양적 문인취미에 안주할 자리를 찾은 것
은 결코 아니었다.

   "조금 전까지만 해도 서양은 우리들의 고향이었다. (…) 하지만 지금은 幻
燈으로 봤던 그 꿈의 거리가 현실의 도쿄에 출현하고 우리들은 그 네온사인
속을 방황하고 있다. 그런데도 옛날보다 즐겁다는 느낌은 전혀 없는 것이다."

   "메이지 이래 일본은 거의 초인적 노력을 해서 결사적으로 서구문명을 배
웠다. (…)
   일본인의 西洋崇拜熱은 서양에 예속하기 위한 노력이 아니라 거꾸로 서양
에 대항하고 서양과 싸우기 위한 노력이었다. 그리고 드디어 支那를 무찌르
고 러시아와 싸우고, 오늘날 사실상 세계열강에 꼈다. 이제 우리는 적어도
국방의 自衛에 있어서는 배울 만한 것은 스스로 배웠다. 그래서 사람들은 오
랫동안의 서양심취에서 처음 깨어나 겨우 자기 문화에 대해 반성하기 시작했
다. 말하자면 우리는 과거 약 70년에 걸친 '국가적 비상시'의 外遊에서 겨우
해방되고 자신의 家鄕에 귀성할 수 있게 된 것이다.

---

7)『日本近代詩史』, 早稻田大學出版部, 1980, pp.202~203.

그런데 우리는 너무나 오랫동안 외유하고 있었다. 그리고 지금 가향에 돌아와, 이제 옛날 모습은 없어지고 처마가 썩고 마당이 황폐해지고 일본적인 것들은 흔적도 없이 모두 사라진 것을 보고 놀란다. 우리는 예전의 기억을 더듬거리면서 이렇게 황폐해진 땅의 구석구석에서, 전에 있었던 '일본적인 것'의 실체를 찾으려고 정처도 없이 초라하게 徘徊하는, 참으로 슬픈 漂泊者의 무리인 것이다."

"우리는 서양적인 지성을 거쳐 일본적인 것의 탐구로 돌아왔다. 그 巡歷의 나날은 춥고 슬펐다. 왜냐하면 서양적인 인텔리전스는 대중적으로도 문단적으로도 이 나라 풍토에 뿌리를 내리지 않았으니까. 우리들은 이단자로서의 대우를 받고 에트랑제로서 생활해 왔다. 그런데 지금 일본적인 것에 대한 비판과 관심을 가지는 사람들의 대부분은 신기하게도 다 이 '이단자'와 에트랑제의 무리다. 어떤 자는 피상적으로 생각해서 이 현상을 인텔리의 패배라 하고 싸움에서 우리들이 '비겁한 퇴각'을 한 것이라고 선언한다. 그렇지만 우리들은 아직 한번도 퇴각한 적은 없다. 오히려 우리들은 적의 포위망을 뚫고 무턱대고 돌진했다. 그리고 겨우 탈출에 성공했을 때 허무의 空漠한 평야에 나온 것이다. 지금 이곳에는 어떤 그림자도 없다. 구름과 하늘 그리고 지상에 비친 자신의 그림자와 굶주린 고독의 마음이 있을 뿐이다.
서양적인 지성은 마침내 이 나라에 있어 패배해야 할 것인가. 드디어 그 마지막 날에 우리는 '허무'와 충돌해야 하는 것일까. 아니다. 아니다. 우리들은 감히 그 니힐을 유린하자. 오히려 서양적인 지성 때문에 우리들은 新일본을 창설할 사명을 느낀다. (…) 우리는 지금 다시 서양에서 배운 지성으로 의해 일본의 잃어진 청춘을 회복하고 옛날의 당나라를 대신하는 일본의 세계적 新文化를 건설하려는 의지를 가지고 있는 것이다."
(하기와라 사쿠타로, 「일본으로의 회귀—나 혼자 하는 노래」, 1937[8]))

하쿠슈에 있어 '일본'이란 상처 입은 자아를 부드럽게 감싸주는 그리운 고향이었지만 사쿠타로에 있어서의 그것은 虛妄에 지나지 않았다. "비록 현실의 일본이 없고 모든 일본적인 것이 허망이었다 하더라도 그래도 아직 우리는 이데(idée)로서의 일본을 소유해야 하는 것이다"(사쿠타로,

---

8) 「日本への回帰」, 『昭和文學全集4』, 東京:小學館, 1989, pp.372~374.

「漂泊者의 문학」9))하고 悲壯한 결의를 보이는 것처럼 그의 일본회귀는 돌아갈 고향이 없음을 알면서 이루어지는 아이러니컬한 것이었다. 고바야시 히데오(小林秀雄)는 "(…) 중요한 것은 우리는 이제 서양의 영향을 받는 것에 익숙해져서 그것이 서양의 영향인지 아닌지 잘 모르는 지경에 와 있다는 사실이다. (…) 우리는 태어난 나라의 성격적인 것을 잃고 개성적인 것을 잃었다. 더 이상 무엇을 빼앗길 우려가 있는가. (…) 이런 시대에 공연히 일본정신이라든가 동양정신이라든가 말하는 것은 부질없는 짓이다. 어디를 찾아봐도 그런 것은 찾지 못할 것이다. (…)"(「고향을 잃은 문학」10), 1933)하고 잘라 말했다. 상실된 고향은 회복 불가능하다.

하쿠슈와 사쿠타로의 연령차는 불과 한 살 밖에 안 되었지만 두 사람의 일본회귀 양상이 큰 차이를 보이는 것은 하쿠슈가 조숙하고 일본고전의 교양을 풍부하게 갖추고 있었던 것에 비해 사쿠타로의 그것이 비교적 빈약했었던 것에 그 원인의 일단을 찾을 수 있을 것이다. 사쿠타로 작품에 한자나 문법의 오용이 많다는 것은 잘 알려진 사실이지만 교양의 불충분함은 그로 하여금 전통적인 7·5조의 리듬을 떠나 자유스러운 구어체 작품을 재빨리 창작하게 만들어준 요인이기도 했다. 히나쯔 고노스케(日夏耿之介, 시인·영문학자)는 "무식한 게 그 놈의 강점이다"하고 사쿠타로를 평했다.

지용의 '동양회귀'는 사쿠타로의 유형에 가깝다고 볼 수 있다. 그가 漢詩的 세계, 동양적 고담의 경지에 잠시 잠겼다 해도 그것은 그가 돌아갈 고향이 아니었다. 하쿠슈 등 일본의 메이지형 시인들은 고어를 쓰고 7·5의 운율에 회귀할 수 있었지만 정지용에게는 돌아갈 만한 운율이 없었고 『문장』시절의 지용은 오히려 산문시라는 형식에 집착을 보였던 것이다. 朴龍喆과의 대담에서 그는 "대체 東京文壇에는 신체시의 시기가 있고, 그 다음에 자유시가 생겨서 나중에는 민중시의 무엇이니 하는 일종의

---

9) 같은 책, p.369.
10) 小林秀雄, 「故郷を失った文学」, 柄谷行人 編, 『近代日本の批評Ⅰ』, 東京:講談社, 1997, pp.27~28에서 재인용.

혼돈시대를 나타냈지마는 우리는 신체시의 시대가 없었습니다", "물론 외국에 비하면 우리도 고대가요나 시조가 있다고 하더라도 그것이 줄기차게 전통이 되지를 못한 것은 사실이지요"(「시문학에 대하야」, 1938)라는 발언을 해서 한국근대시를 전통과 일단 단절된 것으로 보고 있음을 표명하고 있다. 또 박용철의 "시가 앞으로 동양취미를 취할 것인가? 서양취미를 취할 것인가?"라는 질문에 대해서는 "우리는 그렇게 깊이 생각할 것이 없다고 생각합니다"하고 대답하고 있어 1930년대 후반에 와서도 정지용이 특별히 동양회귀를 지향하고 있던 것은 아님을 알 수 있다.

도시가 근대화되면 또 사람도 일단 근대적 자아—'내면'을 가지게 되면, 다시는 그 이전으로 되돌아갈 수는 없다. 그것은 不可逆的 과정이다. 파리에 건너간 친구 조택원에게서 온 편지의 "시는 동양에 있읍데다"라는 일절을 보고 정지용은 "그럴까 하고 하루는 비를 맞아가며 양철집 초가집 벽돌집 建陽숫집 골목으로 한나절 돌아다니다가 돌아와서 답장을 써 부쳤다. …시는 동양에도 없읍데…라고"(「참신한 동양인」, 1938). 정지용은 고향이 이미 상실되었다는 사실을, 아무 것도 없는 곳에서 출발해야 한다는 것을 잘 의식하고 있었다. 고어나 방언의 발굴과 사용은 어휘를 풍부하게 만들고 생각이나 감정을 더욱 섬세하게 표현하기 위한 수단이지, 동양으로 회귀하는 것을 목적으로 한 것은 아니었다. 그는 일찍이 「황마차」에서 이미 그것을 예감하고 있었다. "가고 시퍼 따듯 한 화로 가슬 차저 가고 시퍼. (…) 그러나 나 는 차저 돌아 갈데 가 잇슬나구요?" 시인은 돌아갈 곳이 없음을 애초부터 알고 있었던 것이다.

4. 시와 현실

"자꾸들 현실 현실 하는데 이건 현실에 사로잡힌 것 같습니다그려. 개가 죽은 것도 현실이고 孔子가 춤을 추었대도 현실인데 뭘 그렇게 어렵게들만 생각합니까. 현실비판은 眞理인데 文學人이란 理想人이요 享樂人입니다. 조선문학이란 조선말로 씌어진 것입니다. 거기에 조선적인 音, 色, 喜, 哀樂,

모든 것이 씌어집니다. 그러면 그만이지 일찍이 사실주의에서 실패를 하고도 또 현실(…)"

(좌담회 「明日의 朝鮮文學 下」, 『동아일보』 1938.1.3)

"純正文學의 悠久한 길을 걷는 무리가 있을지니 鮮明한 理論家도 나옴직하다./이들은 不肖하나마 天生鶴羽의 風格을 갖춘지라 가냘픈 行裝으로나마 각기 驥行千里하리라. /磁針의 方向은 太古로부터 一定하다. (…)//純粹하게! 보다 더 純粹하게!/異邦人이여 부질없이 騷亂치 말지어다."
　("신년의 조선문단은 여하한 방향으로 나아가겠습니까?"라는 설문에 대한 답, 「내가 感銘 깊게 읽은 作品과 朝鮮文壇과 文人에 對하여—文士諸氏 執筆」, 『조선중앙일보』 1933.1.1)

　해방 전의 이러한 태도와 달리 해방 직후 정지용은 정치적 발언을 서슴지 않았다. 횡행하는 친일파와 모리배를 규탄하고 '인민'이라는 낱말을 즐겨 쓰고 좌익시인의 작품에 공감을 표하는가 하면, 유물사관을 옹호하고 그것이 기독교정신이나 민족주의와도 모순이 안됨을 역설한다. "먼저 천황제 타도를 일본공산당계열과 朴烈 씨의 제안대로 실시해야만 일본정치가 일본인민에 돌아갈 수 있으며 따라서 80만 재일조선동포도 세계인민의 이익을 공동 享受할 수 있을 것이니, 對馬島 回收와 高句麗版圖 大滿洲 遼東 칠백리 회수와 아울러 못지 않게 민족 만년의 낙토가 처처에 있으리라"(「東京大震災餘話」), "혁명을 거부하고 친일 民叛徒 숙청을 할 도리 있거든 하여 보소"(「民族叛逆者 숙청에 대하여」) 등의 발언은 해방 전의 그의 수필이나 시에서는 상상도 못할 만큼 강한 어조를 나타내고 있다. 또 1945년 12월 8일 김구, 김규식 등 임시정부 요인들의 귀국을 기념해서 명동성당에서 감사의 미사가 있었을 때 대강당에서 열린 환영회에서 그는 자작시 「그대들 돌아오시니」를 낭독했다고 한다. 모순투성이의 언행이지만 그것을 모순이 안 된다고 믿을 만큼 그의 정치사상은 소박한 것이었다.
　이와 같이 해방 후의 정지용은 얼마간의 '左傾'경향을 나타내고 있는 것처럼 보인다. 그는 "유물사관을 공부한 적이 없"다고 하면서도 "생산과 노동—즉 물질생활에 유물사관이 성립된 것은 物理와 化學部內에 物理學史가 있음과 같이 지극히 당연한 것"(「『평화일보』기자와의 일문일답」)이라고 말하고 예술과 정치를 분리시키려는 사람들을 '反動'으로 규정한다(「산문」, 1948.10). 1946년 10월의 『경향신문』 창간당시 문화부 차장으로 임명된 金東里의 증언에 따르면 정지용의 좌경은 『경향신문』 주필 시절(1946.10~1947.8)에 급속히 심해졌다고 한다.[1] 시와 현실과의 관계에 대한 이 극단적인 그의 태도변경을 어떻게 해석해야 할 것인가. 이것이 여기서 주어진 과제다.

해방 후 정지용의 심경은 참으로 참담한 것이었다. 해방 전 『문장』지가 폐간될 때까지는 혹독한 검열 아래에서 그래도 그는 훌륭한 작품을 써서 발표했는데 막상 광복을 맞이하고 나니까 어찌된 일인지 시를 쓸 능력이 다 고갈해 버린 것처럼 도무지 시를 쓰지 못하게 되었기 때문이다. 해방 후에 정지용이 발표한 시는 몇 편밖에 알려져 있지 않지만 광복의 기쁨을 드높이 노래해야 했을 「애국의 노래」, 「그대들 돌아오시니」 등은 상투적인 말을 늘어놓기만 하고 시인의 예리한 언어감각은 아무데도 찾아볼 수 없는 비참한 수준의 작품이었으며 누구보다도 시인 자신이 그 비참함을 비통하게 느꼈을 것이다.

그래서 그는 도처에서 창작능력을 상실한 시인의 고민을 토로하고 있다. "지용이 시를 못쓴다고 가엾이 여겨 주는 사람은 人情이 고운 사람이라 이런 친구야는 술이 생기면 조용 조용히 안주 삼이 올 수기 있다"(「신문」, 1948.4~5). "시를 써 내놓지 못하고 시를 논의하는 것이 퍽 부끄러운 노릇이다"(「조선시의 반성」, 1948.10). "才操도 탕진하고 용기도

---

1) "이 신문은 내가 기대했던 것과 좀 다른 노선을 걷기 시작했다. 정치면은 그런 대로 우익에 가까웠으나 문화면은 분명히 좌익에 기울어져 있었다. 뿐만 아니라 정지용(주필) 자신이 신문을 시작하기 이전보다 완연히 그쪽으로 기울어져 버린 것이다. 따라서 나와는 거리가 먼 신문이 되어 버렸다. 나는 일체 신문사에 가지 않았다."(김동리, 「횡보 선생의 추억」, 『고독과 인생』, 백만사, 1977, pp.249~250. 김윤식, 『해방공간문단의 내면풍경』, 민음사, 1996, p.97에서 재인용).

傷失하고 8·15 이후에 나는 부당하게도 늙어간다./누가 있어서 '너는 一片의 精誠까지도 잃었느냐?' 질타한다면 少許 抗論이 없이 앉음을 고쳐 무릎을 꿇으리라"(「윤동주 시집 序」). 김동석은 그런 지용을 향해 힘을 내라고 성원을 보내고 있다. "시집 『백록담』에 집어넣은 산문은 무엇을 의미하는 것이냐. '시'만 가지고 『백록담』을 채울 수 없던 지용—이 늙어 빠진 지용아 그대의 詩魂을 짓밟어 죽이려던 강도 일본제국주의의 목은 잘려졌으니 다시 勇을 내어 젊어지라"(「시를 위한 시—정지용론」).2)

하지만 해방 후 볼 만한 시를 쓰지 못했던 것은 정지용 이외에 시인에게도 공통되는 문제점이었다. 「조선시의 반성」에서 그는 몇 명 문인들이 해방 직후에 쓴 시를 예로 들면서 그것들이 다 매너리즘에 빠져 볼품이 없게 되어 있다고 말한다. "약간의 이조 봉건시대 유한계급의 纖弱한 어휘와 다소 운율적인 단문이나 2차대전 직전의 불란서 풍의 경쾌한 機智的인 시풍의 模倣癖이 거리적거리는 이외에 보잘 것이 없다", "8·15 직후부터 과연 詩歌 類似의 것이 지면마다 흥성스럽게 濫粧되었으나 이들 '해방'의 노래가 대개 일정한 정치노선을 파악하기 전에 사상성이 빈곤하고 민족해방 大道의 確乎한 이념을 준비하지 못한 재래 문단인의 단순한 習氣的 문장수법에서 제작되었던 것이므로 막연한 祝祭日的 흥분, 과장, 혼돈 無定見의 放歌 이외에 취할 것이 없었던 것이다."

자유를 얻게 된 시인들이 볼 만한 시를 쓰지 못하는 원인을, 그는 해방 전부터 시인들이 '知的探究'를 게을리 했었기 때문이라고 보고 있다. "행동과 실천에 있어서 무력하였던 것을 이제 추궁할 바가 아닐지 몰라도 다만 지적 추구에 있어서도 완전히 廢兵으로 除隊되었던 것이니 8·15 이후 지면과 발표의 자유를 얻어 나오는 시인들의 소위 '작품'을 보면 알 수 있다", "그로 보면 일제 최후 發惡期에 들어서 그들은 과연 고고 초연한 隱士였는지는 몰라도 지적 탐구에 있어서도 완전히 게으른 棄權者임에 틀림없었던 것이다", "40년간 조선 신문학은 약소민족문학으로서 현상타개의 자랑할 만한 업적을 볼 수 없는 것은 그것이 일제의 민족문화 탄압

---

2) 『김동석 평론집』, 瑞音出版社, 1989.

정책에서뿐만 아니라 조선 문학예술인 자체의 지적 부담에 책임성과 비판의식이 박약한 것이었다".(「조선시의 반성」)

깊은 회의의 늪에 빠진 그는 자기 자신을 포함한 해방 전의 조선시의 업적을 맹렬하게 비판하기도 한다. "해방 덕에 이제는 최대한도로 조선인 노릇을 해야만 하는 것이겠는데 어떻게 8·15 이전 같이 왜소 龜縮한 문학을 고집할 수 있는 것이냐?", "사춘기에 연애 대신 시를 썼다. 그것이 시집이 되어 잘 팔렸을 뿐이다. 이 나이를 해 가지고 연애 대신 시를 쓸 수야 없다. /사춘기를 훨석 지나서부터는 일본놈이 무서워서 산으로 바다로 회피하여 시를 썼다./그런 것이 지금 와서 순수시인 소리를 듣게 된 내력이다./그러니까 나의 영향을 다소 받아온 젊은 사람들이 있다면 좋지 않은 영향이니 버리는 것이 좋을까 한다".(「산문」)

참담한 마음으로 그가 찾아낸 한국민족문학의 갈 길은 현실을 분석하고 작품에 반영시킴으로써 문학으로 사회현실에 개입하는 일이었다. 서두에서 거론한 것 같은 정지용의 '좌경'은 이러한 반성 끝에 생긴 결과물이었던 것이다. "시와 예술만은 정치에서 초탈시킨다든지 혹은 그의 우위에 둔다는 예술지상주의자가 예술의 전진을 거부하고 행동이 전진할 수 없는 것이고 보면 그의 비극적인 고식적 안전지대가 반드시 문화와 역사의 반동진영이 아닐 수 없게 되는 것이다", "과학과 정치와 경제와 역사와 민족의 추진 비약기에 있어서 문화의 前衛인 시와 문학이 일체를 포기하고 일체를 획득하는 혁명적 성능을 최고도로 발휘할 운명적 과업을 위하여 무엇보나노 예술적 이념과 삼삭의 정예 지널해지는 것은 자라리 자연 발생적인 현상이다"(같은 글). 실로 놀랄 만한 轉身이다. 이제 "민족문학의 노선과 민족의 정치노선이 서로 이탈될 수 없다"(같은 글)고 확신하게 된 왕년의 '순수시인'은, '순수예술'을 표방하는 신진평론가 조연현에 대립해서 유물사관을 옹호하게 된다.

'논쟁'이라는 이름을 붙일 만한 실속도 없는 조연현과의 싸움은 『평화일보』 창간호(1948.2.8)에 실린 정지용의 인터뷰 기사에서부터 발단된 듯하다. "연구심이 없는 문학청년들이 자칭 '순수예술'이라고 악지를 쓰며

유물사관에 格鬪를 신청하는 것은 마치 신앙을 거부하는 정치청년들이 교회를 위하여 십자군을 자원하는 것과 같이 언제 배반 탈주할지 보증할 수 없는 기괴한 외인부대일까 합니다", "'순수한 유물사관 위에 순수한 예술관'. 하등의 모순이 없습니다"(「『평화일보』 기자와의 일문일답」). 여기서 그가 말하는 '순수예술'을 표방하는 '연구심이 없는 문학청년들'이란 말할 나위도 없이 조연현, 김동리 등을 중심으로 1946년에 창립된 청년문학가협회(청문협)의 맹원들을 가리킨다. 이 발언에 시비를 걸어서 조연현이 『평화일보』 1948년 2월 18일자에 쓴 글이 「手工藝術의 운명—정지용의 위기」[3]다. 이것은 논리적으로 씌어진 반론이 아니라 정지용에 대한 저열한 인신공격만으로 되어 있는 글이다. 정지용을 언어감각만으로 시를 쓴, 두뇌도 심장도 없는 '수공예술'의 시인으로 규정하고 순수시인이었던 그가 어울리지도 않게 문학가동맹에 가담하고 유물사관을 긍정하는 발언을 하고 있는 것을 빈정댈 뿐, 내용은 자세히 볼 가치도 없다.

이것에 대한 정지용의 반응은 "워낙 서정시에도 소질이 박약한 청년이 순수예술이라고 自號하여 不純하게도 조숙한 청년이 고뇌 참담하게 늙어가는 어른을 걸어 신문을 빌어 욕을 해야만 하는 것이 순수한 것이냐?(「산문」)"하는 힘이 없는 반발이었다. '불순하게도 조숙한 청년' 조연현이 원래 시인지망생이었는데도 시인으로서는 인정받지 못한 채 순수예술을 내건 평론가로 화려하게 등장한 것을 빗대면서 자신을 '고뇌 참담하게 늙어 가는 어른'이라고 인정하고 있는 것이다. 또 「조선시의 반성」의 종결 부분에서는 "8·15 이래 조선 인민투쟁문학이 일부 소시민 문학지원자에게까지 密告 中傷을 당한 데서야 이 이상 寬厚해야 하는 것이 문학의 덕이 될 수 없다"면서 청문협 사람들을 아마추어 취급하고 있다.

이와 같이 보잘것없는 '논쟁'이지만 이때부터 불과 수년 뒤 남한에서 좌익진영이 힘을 잃었을 때 정치와 예술을 분리시켜야 한다고 주장했던 조연현 등이 노골적으로 권력과 유착해서 문단의 헤게모니를 잡았다는

---

3) 조연현, 『문학과 사상』, 세계문학사, 1949. 신문발표당시의 제목은 「수공업예술의 말로」.

역사적 사실을 생각하면 그들을 순수예술에 있어서의 "언제 배반 탈주할 지 보증할 수 없는 기괴한 외인부대"라고 평해서 그 불순함을 경고한 정지용의 직감은 정곡을 찌른 말이었던 셈이다.

그런데 「手工藝術의 운명—정지용의 위기」에서 정지용을 감각만의 시인 즉 '수공예술'의 시인이라고 규정한 조연현의 시각은 정지용 작품평가에 관해서 후배평론가들에게 적지 않아 영향을 미친 모양이다. 그런 후배의 한 사람이 『현대문학』지에서 추천을 받아 평론가로 데뷔한 김윤식이다. 정지용을 가리켜 "氏의 시편이 가진 가치와 미는 수공예술이 가진 가치와 미였"다고 평한 조연현의 글부터 40년 후, 정지용 작품이 해금된 시점에서 김윤식은 정지용 작품을 "삶과 분리"된 것으로 보고 "기교적 인공적 귀족적"4)이라고 말하고 "(…) 이양하가 (정지용 작품에 대해서, 인용자) 감탄한 것은 平安朝 千年 옛 도읍지 京都의 京人形의 감각 그것의 세련미인지도 모를 일이다"(같은 글)하고 말한다. 그는 정지용 작품을 교토의 특산품인 섬세하고 세련된 예술적 인형 즉 '수공예술'에 비기고 있는 것이다. 유명한 평론가이자 국문학자인 김윤식이 해금과 동시에 내린 이러한 평가는 정지용 작품에 '감각은 뛰어나지만 내용 없는 시'라는 이미지를 정착시키는 데 큰 영향을 미쳤다.

정지용은 해방직후에 결성된 조선문학건설본부(문건)의 중심적 인물의 한 사람이 된 것으로 알려져 있다. 문건은 뒤에 좌파적 경향이 짙어지지만, 당초에는 조선프로문학동맹(동맹)과 같은 강경한 좌익단체와 달리, 프로문학의 인민문학으로의 해소를 목표로 삼고 非카프계열의 인사를 지도부로 영입하면서 범문단적 조직으로 출발한 단체였다. 곧이어 문건과 동맹이 통합되어 조선문학가동맹이 성립했을 때도 정지용의 이름은 그대로 남아 있었으며 1946년 2월 조선문학가동맹이 주최한 작가대회에서 그는 아동분과위장 및 중앙위원으로 추대되었다. 하지만 그는 그 대회에는 결석했으며 문학가동맹에서의 활동도 알려지지 않고 있다. 문학가동

---

4) 김윤식, 『근대시와 인식』, p.375. 初出은 『현대문학』 1988년 1월호.

맹은 통합된 후에도 카프계와 非카프계의 내부적 대립이 끊이지 않았으니 정지용이 적극적인 참여를 안 했던 이유도 알만하며 김학동의 견해처럼 그의 참가는 "본의 아니게"5) 이루어진 것인지도 모른다.

　지용이 유물사관에 대한 깊은 지식을 피력한 적은 없었으니 "유물사관을 공부한 적이 없"다는 그의 말도 반드시 겸손에서 나온 것은 아닐 듯하다. 요컨대 그의 '좌경'은 해방후의 사회를 제대로 분석하지도 표현하지도 못하는 시인으로서의 반성에서 나온 것이었다. 그는 문학자도 사회현실을 분석하는 비판적 안목을 가져야 하고 문학도 사회를 개선하기 위한 힘이 되어야 한다고 생각하게 되었고 사회현실을 분석하기 위해 유물사관이 도움이 될 거라고 생각한 것이다. 그는 또한 유물사관은 有神論, 민주주의, 민족주의의 어느 것과도 모순되지 않는다고 믿었다.6) 그의 정치사상은 그토록 소박하고 온건한 것이었다.

---

5) 『정지용 연구』 개정판, 민음사, 1997, p.203.
6) 이런 사고방식의 배경에 지용이 고보시절 애독한 가가와 도요히코 등의 저작의 영향을 보는 것도 가능하겠다. 「死線을 넘어서」의 주인공은 檢事의 심문에 대해 "제 主義는 基督敎社會主義입니다"하고 대답한다. 賀川豊彦, 『死線を越えて』, キリスト敎新聞社, 1975, p.226.

Ⅳ. 결론 : 정지용이 '최초의 모더니스트'인 이유

　종래의 문학사에서는 정지용을 뛰어난 언어 감각을 보였지만 사회성이 별로 없는 시인으로서, 그가 후대에 미친 영향에 비하면 비교적 가볍게 취급하는 경우가 많았다. 하지만 정지용은 시작활동을 시작했을 당초부터 문학에 사회성이 있어야 한다고 생각했었다. 다만 그것을 직접 나타내는 것보다 개인적 차원으로 전환시켜서 시적으로 표현하는 게 적절하다고 믿었던 것이다.

　그 사실은 『조선일보』 1937년 1월 1일자에 게재된 「문학문제좌담회」에서의 다음과 같은 발언에서 확인할 수가 있다. "하여간 소설이나 극문학 같은 데 있어서는 大成을 하려면 아무래도 身邊雜事 같은 것을 그리는 것보다는 사회적 관심이나 민족적 사실에 대해서 큰 관심을 가져야겠지요. 따라서 정치나 경제나 모든 사회적 사실에 대해서 관심이라는 것보다도 패션(정열)을 가지는 것은 문학의 德일 듯합니다." 그가 같은 자리에서 한 "사회적 관심을 신변화해야겠지요. 가령 하이네를 보더라도 그 사회적 관심이 얼마나 신변화하였습니까?"라는 발언을 보면 그가 시 창작에 있어서도 사회적 관심이 필요하다고 생각하고 있었음을 알 수 있다.

그리고 그것은 직접적으로 표현하는 게 아니라 '신변화' 즉 개인적인 차원의 문제로 소화해서 시적으로 표현해야 하는 것이다. 그것은 날로 심해지는 검열을 피하는 방법이기도 하지만 1927년의 "사랑도 민중도 국제문제도 피리로 불었으면 합니다."(「편지 하나」)라는 발언을 보면 그가 애처부터 가지고 있었던 신념이었다고 봐도 될 것이다.

『문장』시절 그는 적어도 적극적인 친일시를 쓰지는 않았고 그렇다고 해서 오로지 자연의 아름다움만을 노래한 것도 아니었다. '일본낭만파'처럼 멸망의 아름다움을 노래한 것도 아니었다. 정지용과 같은 유명인사가 친일행위를 거절한다는 것만 해도 특히 1930년대 후반 이후에는 쉬운 일이 아니었다. 이것을 아무도 주목하지 않는 무명의 문학청년이 친일을 안 했다는 것과 같은 차원에서 생각해서는 안 된다. 1920년대에 적극적인 저항정신을 나타내던 시인들도 이 시기에는 다 약간씩 친일행위에 가담하거나 그렇지 않으면 침묵을 지켰다. 정지용에게 뚜렷한 친일작품이 없었다면 그가 그런 대로 저항했었다고 평가해도 될 것이다. 그 자신도 「조선시의 반성」(1948.10)이라는 글 속에서 "일제 경찰을 고사하고 문인협회에 모였던 조선인 文士輩에게 협박과 곤욕을 받았던 것이니 끝까지 버티어보려고 한 것은 그래도 소수 비정치성의 예술파뿐이요, 프롤레타리아 예술파는 그 이전에 탄압으로 潛跡하여버린 것이니 당시의 비정치성 예술파를 자본주의의 무슨 보호나 받아온 것처럼 비난한 것은 심히 부당한 일이었다"고 해서 불만을 표하고 있다. 모두가 게트르(각반)를 감고 '국민복'을 입고 다니던 시절 지용이 한복차림에 고집했었다는 사실을 봐도 그가 의외로 강인한 애국심의 소유자였음을 알 수가 있다.

그는 일견 非정치적으로 보이는 시를 쓰고 거기에 자신의 고뇌를 담아서 발표하는 행위가 자기 나라 말을 지키고 또 소극적이나마 현실을 비판할 수 있는, 그에게 남겨진 단 하나의 길이라 믿었다. 그래서 해방전의 정지용 작품에 사회현실을 직접적으로 표현한 경우가 별로 보이지 않는다 해도 그것이 곧 그가 현실을 외면했었다는 증거가 되지는 않는다. 여태까지 감각 밖에 없는 시로 간주되어 온 작품도 선입견을 버리고 작품자체를 보면 어떤 때는 강한 사회성을 읽을 수가 있으며 나름대로의 방법으로 현실과 고투하는 자아를 찾을 수가 있다.

자국어의 표현력을 풍부하게 만들고 그 아름다움을 추구한다는 것은 그에게 있어 민족의 긍지를 지키는 일이었다. "不朽의 시가 있어서 그것을 말하고 외우고 즐길 수 있는 겨레는 이방인에 대하여 항시 자랑거리니, 겨레는 자랑에서 화합한다. 그 겨레가 가진 聖典이 바로 시로 쓰여졌다."(「시의 옹호」, 1939)

그런데 확실히 그 이전에는 존재해본 적이 없었던 새로운 언어를 창출해서 근대인의 정서를 일본어로 표현한 하쿠슈나 사쿠타로에 관해서 생각해 보면, 사쿠타로 앞에는 하쿠슈가 있었고 하쿠슈 앞에는 간바라 아리아케(蒲原有明)가 문어체나마 이미 뛰어난 상징시를 쓴 바 있었으며 또 젊은 날의 하쿠슈에게는 이시카와 다쿠보쿠(石川啄木), 미키 로후(三木露風) 등 재능 풍부한 라이벌이 있었다. 자유시가 생기기 전에 시마자키 도손(島崎藤村) 등의 낭만적이고 세련된 신체시가 일세를 풍미한 시기도 있었다. 그러나 정지용이 20년대 초반에 벌써 완성도 높은 시를 썼다는 사실을 생각하면 그에 앞선 한국근대시의 업적은 너무나 빈약했다. 한국에 참고할 만한 앞세대가 별로 없었다면 정지용이 일본 근대시를 완성시킨 하쿠슈나 사쿠타로의 시를 읽게 되는 것은 당연한 일이다.

1920년대 전반에 일본의 근대적 여러 기제 속에 들어간 지용으로서는 새로운 언어를 창출할 필요가 있었다. 낡은 언어로는 근대도시에 사는 자의 생활감정을 표현할 수가 없었기 때문이다. 그래서 그가 스승 하쿠슈에게서 배운 것은 작품상의 기법만이 아니라 시인으로서의 삶 전체 즉 새로운 언어를 개척하는 單獨者의 자세라고 할 만한 것이었다. 이런 의미에서 지용에게 외국문학의 '영향'은 피할 수 없는 것이었으며 영향을 받았다는 사실자체를 부정하거나 부정적으로 평가할 이유는 아무데도 없다.

그는 근대인의 감정을 구어한국어에 담을 길을 거의 혼자서 개척해야 했다. 그게 얼마나 험한 길이었을까. 그는 근대인의 정서를 한국어로 표현할 수 있게 한국어를 연마했다. 어떤 때는 외국어의 표현을 빌려 쓰기도 했지만 무엇보다 한국어 고유의 리듬이나 어휘를 발굴하고 또는 창조함으로써 근대적 시적 언어를 완성한 것이다. 『정지용 시집』이 간행되었을 때 사람들이 몹시 기뻐하고 그 작품에 도취한 것은 그때까지 표현 못했던 자기들의 정서를 지용이 한국어로 표현해서 보여주었기 때문이다. 지용의 감각적이고 섬세한 표현을 읽고 감동했을 때 사람들은 자신들의 내면에 그런 섬세한 감각이 있다는 것을 처음 발견하고 놀란 것이다. 또 도시의 여러 기제와 도시인의 정서를 그렸다는 점에서 1920년대 한국시단에서 정지용의 존재는 독보적이다.

정지용 작품에 이르러서 처음 한국인은 자기 감정의 구석구석까지 섬세하게 표현할 수 있는 수단을 얻었다. 즉 외국어의 도움을 받지 않아도 되게 된 것이다. 민족이라는 것이 선험적으로 존재하는 게 아님은 이미 상식으로 되어 있지만 민족의 개념을 확고히 해서 민족의식을 가지기 위해서는 민족고유의 언어라는 것이 큰 역할을 할 것이다. 낡아빠진 어휘나 표현방법 밖에 없으면 근대에 사는 사람으로서는 새로운 생활감정이나 사상을 표현 못해 불만을 품을 수밖에 없다. 자국어가 충분한 표현능력을 갖추지 못한다고 느껴진다면 사람들은 자국 문화에 대한 긍지를 가지지 못하고 언제까지나 외국문화를 부러워하기만 할 것이다. 자기들의 감정, 정서, 사상을 충분히 표현할 수 있는 언어를 획득했을 때 비로소 '우리말'에 대한 애착이 생기고 민족의 아이덴티티도 완성된다. 그렇다면 조선어학회나 『우리말본』 등의 업적과 함께 정지용 작품도 민족의식 형성에 한 역할을 했다고 볼 수 있지 않을까.

하지만 일단 자기들의 사상이나 감정을 자유롭게 표현할 수 있을 만큼 언어가 성숙해지면 사람들은 마치 먼 옛날부터 그런 언어를 자유롭게 구사해 온 것 같은 착각에 빠진다. 그리고 언어를 연마하고 풍부하게 만들어 준 선구자의 노력은 잊어버리고 만다. 그래서 해방전의 시를 생각할 때 연구자들은 사상이 노출된 '저항시'를 찬양하려고 하지만 우리는 1935년 『정지용 시집』이 처음 나왔을 때 사람들이 발한 경악의 목소리의 뜻을 되새기면서 고독한 개척자의 업적을 좀더 높이 평가할 필요가 있을 것이다.

하쿠슈 작품을 근대문명을 감각적으로만 받아들인 개인적 예술이라고 비난한 무라노 시로는, 후에 자신의 생각에 차차 회의를 가지기 시작한다. 그 비판1)을 쓴 약 10년 후 그는 좌담회에서 다음과 같은 발언을 하게 된다. "지금까지 하쿠슈에 관해서는 사상이 없다는 말이 자주 나왔었습니다만 시인의 사상이란 도대체 무엇인가 하는 문제를 생각하면 단순하게 논리가 시 속에 나타나 있는지 나타나 있지 않는지 하는 것만으로는 해결되지 않는다는 것을 깨달았습니다", "혹 작품상 나타난 이데올로기쉬한 논리만을 거론해서 논한다면 예술주의적인 단독자로서의 예술은 성립 못합니다. 그것은 이상한 게 아닐까 하고 생각하기 시작한 거지요. 즉 그 때까지의 상징시를 새로운 감각 속으로, 그것을 언어로 인해 개방했다는 사실이, 그 언어에 중요한 의미가 있는 게 아니냐. 시인이 '사상'이라고 말할 때는 모든 것이 언어의 문제로 집약될 겁니다", "(오오카 마코토가 미요시 다쯔지의 시에 대해서) 논리적인 것은 표면에 드러나 있지 않지만 사상은 전부 언어 속에 들어 있다는 내용의 말을 한 바 있습니다. 이것은 하쿠슈에 대해서도 말할 수 있다고 생각합니다", "나는 시에 있어 '사상'이라는 말을 쓸 경우 언어 자체가 가장 근원적인 사상의 존재양식이라고 생각합니다", "시에서 논리를 말한다는 것은 꽤 차원이 낮은 짓이거든요. (논리가) 언어 속에 다 내포되어 버리는 차원이 더 高次元이지요. 그런 방향으로 가야 한다고 생각합니다."2) 다른 누구도 아닌, 무라노 시로의 입에서 하쿠슈의 예술지상주의적 작품을 옹호하는 이런 말이 나왔다는 사실은 참으로 의미심장하다. 무라노는 1930년대에 강한 사회비판성을 보인 작품을 발표한 많지 않은 모더니스트시인의 한 사람이었기 때문이다.

"사상이 언어 자체에 들어 있다"는 무라노의 말을 부연하면 하쿠슈가

---

1) 제Ⅱ부 제3장 참조.
2) 좌담회 「北原白秋の再評價」.

그 이전에는 아무도 표현할 줄 몰랐던 육체적 감각을 처음으로 언어로 표현했다는 것, 그것 자체가 하쿠슈의 사상이라는 것이다. 사람들은 자기들의 내면에 그런 감각이나 정서가 있다는 것을 하쿠슈 작품으로 인해 처음 발견했다. 아니면 하쿠슈가 그런 내면을 창조했다고 해도 된다. 하쿠슈의 탐미주의는 자연주의 소설에 대한 반발이 크게 작용해서 생긴 것인데, 그의 감각적 언어는 가난한 文士의 생활을 그대로 묘사하는 사소설의 리얼리즘과는 다른 또 하나의 리얼리즘, 말하자면 정신의 리얼리즘, 내면의 리얼리즘이라고 할 만한 것이었다. 하쿠슈는 다음과 같이 말한다. "나는 또한 상징예술을 최고의 것으로 생각하지만 리얼리즘의 骨法은 오랫동안 단카道에서 刻苦해 왔다./나는 또 소위 예술주의자와도 다른 나 자신을 알고 있다. 인상파의 시에도 충분한 동감은 가지고 있다. 나도 이 두 개의 융합을 항상 잊지는 않는다. 어떤 의미에서는 오히려 國士로 자처하는 사람이 나라고 생각한다."3) 야노 호진도 앞의 글4) 속에서 『사종문』에 관해 "즉 우리는 하쿠슈 시에서 처음으로 자신의 육체를 건반으로 해서 연주되는 새로운 음악을 들을 수가 있다"고 평하고 있다.

마지막으로 고찰은 가장 근원적인 곳으로 돌아간다. 인간에게 있어 시란 무엇인가 하는 문제다. 근대적 예술언어를 완성시킨다는 것은 단지 문학의 영역에서만 생각할 것이 아니라 인간에게 있어 훨씬 더 깊은 의미를 가지고 있을 것이다. 프로이트는 "내적 심리 과정이 차차로 지각의 대상이 되기 시작한 것은 추상적인 사유 언어가 발달한 덕이 일이었다. 말하자면 언어적 표현의 감각적 잔재가 내적인 과정과 상호 관련되기까지, 내적 심리 과정은 지각의 대상의 되지 못했다"5)고 말하고 있다. 그렇다면 감각적 언어표현은 근대적 자아를 만드는 데에 불가결한 것이라고 할 수 있을지도 모른다.

---

3) 「朝を呼ぶ」, 『근대풍경』 1927.1.
4) 제Ⅱ부 제3장 참조.
5) 이윤기 역, 지그문트 프로이트, 「토템과 터부」, 『프로이트 전집 16—종교의 기원』, 열린책들, 1997, p.300.

오오카 마코토도 역시 사람은 감각적 언어가 없으면 생각하는 것 자체가 어렵다고 말한다.

> 감각이 우리에게 가져다주는 것은 思考의 가장 기본적인 소재와 여건이다. 사람들은 '思考의 정확함'이라는 말을 쓰지만 思考의 정확함이란 도대체 어디에 있는 것일까. 그것은 初源的인 의미에서도 최후적 의미에서도, 언어라는 감각적 소재를 사용하는 모색 속에 밖에 찾을 수가 없는 것이다. 흔히 사람들은 五官이야 말로 思考의 냉철한 진행을 방해하고 관념의 結品을 혼란스럽게 만드는 원인이라고 막연히 믿고 있는 듯하다. 하지만 思考는 우리의 뇌리에 형성되는 이미지의 전개 그것 자체이다. 따라서 思考를 정확히 더듬어 확인한다는 것은 특히 이 內的 視覺에 충실하다는 것을 뜻한다. 思考는 감각의 도움으로 인해 정확해지고 살이 붙는 것이지, 감각을 떠난 곳에서는 결코 정확할 수는 없는 것이다.6)

감각적 표현이라는 것이 사람으로 하여금 추상적 사고를 할 수 있게 만든다고 생각하면 근대인 또는 도시인의 생활감정이나 식민지 지식인의 고뇌를 처음 남김 없이 표현했기 때문만이 아니라 근대인의 심리를 표현할 수 있는 언어를 창출했다는 사실만으로도 시인 정지용은 한국문학이 근대에 들어갈 결정적인 계기를 마련한 시인이라고 말할 수 있을 것이다. 그렇게 생각하면 민족문학 최대의 공로자는 정지용일지도 모른다. 보들레르 이후의 서양문학이 la littérature moderne이라는 뜻에서, 즉 문학조류의 하나로서의 협의의 모더니즘을 도입했을 뿐만이 아니라 문학의 근대화에 있어서 결정적인 역할을 했다는 뜻에서 정지용은 김기림의 말대로 '최초의 모더니스트'라 할 수 있다.

---

6) 大岡信, 「立原道造論」, 『抒情の批判』, 東京:晶文社, 1961, pp.134~135.

참고문헌

1. 기본자료

단행본

『鄭芝溶詩集』, 詩文學社, 1935
『白鹿潭』, 文章社, 1941
『文學讀本』, 博文出版社, 1948
『散文(附:譯詩)』, 同志社, 1949
『鄭芝溶全集 1·2』, 民音社, 1988
崔載瑞 編, 『海外抒情詩集』, 人文社, 1938

잡지·신문

『근대풍경』, 『同志社文學』, 『文章』, 『가톨닉靑年』, 『별 』, 『國民文學』, 『朝鮮日報』
『東亞日報』, 『朝鮮中央日報』, 『中外日報』, 『新人文學』, 『新東亞』, 『三千里』

2. 국내문헌

단행본

金起林, 『金起林全集 2 詩論』, 尋雪堂, 1988
金東里, 『金東里全集 8 나를 찾아서』, 민음사, 1997
金東錫, 『金東錫評論集』, 瑞音出版社, 1989
金炳翼, 『韓國文壇史』, 一志社, 1973
金素雲, 『하늘 끝에 살아도』, 同和出版公社, 1977
金時泰, 『現代詩와 傳統』, 成文閣, 1978
金 億, 『岸曙 金億全集 2-1』, 韓國文化社, 1987
김용덕, 『어느 科學者의 이야기』, 東亞, 1990
金容誠, 『韓國現代文學史探訪』, 玄岩社, 1984
金容稷, 『韓國現代詩史 1』, 韓國文研, 1996
―――, 『韓國現代詩研究』, 一志社, 1974
―――, 『韓國現代詩 解釋·批判』, 詩와詩學社, 1991
金允植, 『韓國文學의 論理』, 一志社, 1974

――――, 『韓國近代作家論攷』, 一志社, 1974

――――, 『韓國現代詩論批判』, 一志社, 1975

――――, 『近代詩와 認識』, 詩와詩學社, 1991

――――, 『解放空間文壇의 內面風景』, 民音社, 1996

金允植 編, 『李箱文學全集 3』, 文學思想社, 1993

金允植, 김현, 『韓國文學史』, 民音社, 1976

金在根, 『이미지즘 研究』, 正音社, 1973

金宗吉, 『詩論』, 探求堂, 1965

金昌文·鄭宰善 편, 『한국 가톨릭―어제와 오늘』, 가톨릭코리아社, 1963

金春洙, 『金春洙全集 2 詩論』, 文章社, 1982

金治弘 編, 『金東仁 評論全集』, 三英社, 1984

金澤東, 『鄭芝溶 研究』개정판, 民音社, 1997

金煥泰, 『金煥泰全集』, 現代文學社, 1972

盧基南, 『明洞聖堂』, 中央日報社, 1984

文德守, 『韓國 모더니즘 詩 研究』, 詩文學社, 1981

朴八陽, 『太陽을 등진 거리』, 未來社, 1991

白 鐵, 『新文學思潮史』, 新丘文化社, 1968

서울特別市史 編纂委員會 編著, 『서울 600年史 4』, 1981

徐廷柱, 『徐廷柱文學全集 4』, 一志社, 1972

梁汪容, 『鄭芝溶 詩 研究』, 三知社, 1988

廉想燮, 『廉想燮全集 2 』, 民音社, 1987

柳宗鎬, 『詩란 무엇인가』, 民音社, 1995

李敭河, 『李敭河 未收錄 隨筆選』, 中央日報·東洋放送, 1978

이원순, 『韓國天主敎會史』, 探求堂, 1970

李 活, 『鄭芝溶, 金起林의 世界』, 明文堂, 1991

林 和, 『文學의 論理』, 瑞音出版社, 1989

張道俊, 『鄭芝溶 詩 研究』, 太學社, 1994

정하은, 『金末峰의 文學과 社會』, 鐘路書籍, 1986

朱耀翰, 『새벽 I 』, 韓國能率協會, 1981

趙演鉉, 『文學과 思想』, 世界文學社, 1949

――――, 『韓國現代文學史』, 成文閣, 1972

趙容萬, 『九人會 만들 무렵』, 정음사, 1984

――――, 『30年代의 文化藝術人들』, 범양사출판사, 1978

崔奭祐, 『韓國天主教會의 歷史』, 韓國教會史研究所, 1982
崔元植, 『生産的 對話를 爲하여』, 創作과批評社, 1997
崔載瑞, 『文學과 知性』, 人文社, 1938
──────, 『崔載瑞評論集』, 青雲出版社, 1961
黃錫禹, 『自然頌』, 朝鮮詩壇社, 1929
洪廷善 編, 『金八峰文學全集 Ⅱ』, 文學과知性社, 1988
洪曉民, 『韓國文壇裏面史』, 깊은샘, 1983
『성경전서』, 대한성서공회, 1961

잡지게재문헌
金起林, 「모더니즘의 歷史的 位置」, 『人文評論』1939년 10월호
金容稷, 「『文章』과 鄭芝溶」, 『現代詩』1994년 8월호
金八峰, 「「白潮」同人과 從軍作家團」, 『現代文學』1963년 9월호
金華山, 「惡魔道─엇던따따이스트의日記拔萃」, 『朝鮮文壇』1927년 2월호
南宮璧, 「별의앞흠과 其他」, 『新生活』1922년 7월호
馬光洙, 「鄭芝溶의 시 '溫井'과 '삽사리'에 대하여」, 『人文科學』51집, 延世大學校 人文
         科學研究所, 1984. 6
朴容九, 「毒舌 속의 童心·鄭芝溶」, 『東亞春秋』1963년 4월호
朴八陽, 「搖籃時代의 追憶」, 『中央』1936년 7월호
三枝壽勝, 「鄭芝溶의 詩「鄕愁」에 나타난 낱말에 대한 考察」, 『詩와詩學』1997 여름호
熊木勉, 「鄭芝溶과『근대풍경』」, 『崇實語文』9집, 1992. 5
柳致環, 「睿智를 잃은 슬픔」, 『現代文學』, 1963년 9월호
尹善子, 「日帝戰時下 總動員體制와 朝鮮天主教會」, 『歷史學報』157집, 역사학회, 1998. 3
이희환, 「젊은 날 鄭芝溶의 宗教的 발자취」, 『文學思想』1998년 12월호
──────, 「鄭芝溶과 天主教」, 『仁荷語文研究』4, 仁荷大仁荷語文研究會, 1999.11
朱耀翰, 「創造時代의 文壇」, 『自由文學』1956년 6월호
──────, 「노래를 지으려는 이에게」, 『朝鮮文壇』1924년 10월호
정정덕, 「鄭芝溶의 卒業論文 飜譯」, 『漢陽語文研究』13集, 漢陽大學校 漢陽語文研究
         會, 1995
崔元植, 「서울·東京·New York」, 『문학동네』1998년 8월호
호테이 토시히로, 「鄭芝溶과 同人誌『街』에 대하여」, 서울 『冠岳語文研究』21집.
         1996.12
鴻農映二, 「鄭芝溶과 日本詩壇」, 『現代文學』, 1988년 9월호

학위논문

이기서, 「1930년대 韓國詩의 意識構造 研究」, 高麗大 博士論文, 1983
元明洙, 「韓國모더니즘詩에 나타난 疎外意識과 不安意識 研究」, 中央大 博士論文,
     1985
김 훈, 「鄭芝溶 詩의 分析的 研究」, 서울大 博士論文, 1990
노병곤, 「鄭芝溶 詩 研究」, 漢陽大 博士論文, 1992
鄭義泓, 「鄭芝溶 詩의 研究」, 東國大 博士論文, 1992
신 진, 「鄭芝溶 詩의 象徵性 研究」, 成均館大 博士論文, 1992
최승호, 「1930年代 後半期 詩의 傳統指向的 美意識 研究」, 서울大 博士論文, 1994
김신정, 「鄭芝溶 詩 研究」, 延世大 博士論文, 1998
閔丙起, 「鄭芝溶論」, 高麗大 碩士論文, 1980

3. 국외문헌

淺見淵, 『昭和文壇側面史』, 東京:講談社, 1996
安西冬衛, 『軍艦茉莉』, 東京:厚生閣書店, 1929
磯崎康彦・吉田千鶴子, 『東京美術學校の歷史』, 東京:日本文敎出版, 1977
伊藤整 譯, クロポトキン, 『ロシヤ文學講話 上』, 東京:改造社, 1938
今橋映子, 『異都憧憬—日本人のパリ』, 東京:柏書房, 1993
岩村透, 『巴里の美術學生』, 1903
野田宇太郎, 『近代作家研究叢書33 パンの會』, 東京:日本圖書センター, 1984
大岡信, 『抒情の批判』, 東京:晶文社, 1961
———, 『蕩兒の家系』, 東京:思潮社, 1969
———, 『昭和詩史』, 東京:思潮社, 1980
賀川豊彦, 『死線を越えて』, キリスト敎新聞社, 1975
金子光晴, 『詩人』, 東京:講談社, 1954
柄谷行人, 『日本近代文學の起源』, 東京:,講談社, 1988
柄谷行人 編, 『近代日本の批評—明治・大正篇』, 東京:,講談社, 1992
柄谷行人 編, 『近代日本の批評Ⅰ—昭和篇 上』, 東京:,講談社, 1997
柄谷行人 編, 『近代日本の批評Ⅱ—昭和篇 下』, 東京:,講談社, 1997
河上徹太郎 他, 『近代の超克』, 東京:富山房, 1979
北川冬彦, 「現代詩における私の實驗」, 『現代詩の實驗』, 寶文館, 1952
北原白秋, 『思ひ出』, 東京:東雲社, 1911

―――――, 『白秋全集』 全40卷, 東京:岩波書店, 1984-88

―――――, 『白秋詩抄』, 東京:岩波書店, 1933

―――――, 『日本の詩歌 9 北原白秋』, 東京:中央公論社, 1968

―――――, 『日本近代文學大系 28 北原白秋集』, 東京:角川書店, 1970

―――――, 『まざあ・ぐうす』, 東京:角川書店, 1995

北原白秋 他, 『現代日本文學大系26 北原白秋・石川啄木集』, 東京:筑摩書房, 1981

城戶朱理 編・譯, 『海外詩文庫 パウンド詩集』, 東京:思潮社, 1998

木俣修 編, 『白秋研究2』, 東京:新典書房, 1955

木俣修 編, 『北原白秋詩集』, 東京:旺文社, 1978

金素雲, 『朝鮮童謠選』, 東京:岩波書店, 1933

木村毅, 『文藝東西南北』, 東京:平凡社, 1997

現代詩誌總覽編集委員會編, 『現代詩誌總覽 3』, 東京:日外アソシエーツ, 19970

紅野敏郎 他 編, 『昭和の文學―近代文學史3』, 東京:有斐閣, 1972

齋藤磯雄, 「荷風とボードレール」, 『現代日本文學全集23 永井荷風 1』, 東京:筑摩書
        房, 1969의 「月報20」

笹澤美明 他, 『現代詩の歩み』, 東京:寶文館, 1952

山宮允, 『ブレイク詩選』, 東京: 研究社, 1948

壽岳文章, 『ブレイク詩集』, 東京: 彌生書房, 1968

宣教百年史編集委員會 編, 『河原町カトリック敎會―宣教百年の歩み』, 河原町カト
        リック敎會, 1982

相馬黑光, 『默移』, 東京:女性時代社, 1939

高田瑞穗, 『日本近代詩史』, 早稻田大學出版部, 1980

田中千代 編, 『服飾事典』, 東京:服飾畵報社, 1957

同志社社史史料編集所, 『同志社 90年史』, 1965

德富蘆花 他, 『筑摩現代文學大系5 德富蘆花・木下尙江・岩野泡鳴集』, 東京:筑摩書
        房, 1977.

―――――――, 『現代日本文學大系9 德富蘆花・木下尙江集』, 東京:筑摩書房, 1971

中村光夫, 『日本の近代小說』, 東京:岩波書店, 1954

新倉俊一 編・譯, 『エズラ・パウンド詩集』, 東京:角川書店, 1976

新倉俊一 編・譯, 『エズラ・パウンド詩集』, 東京:小澤書店, 1993

日本近代文學館 編, 『日本近代文學大事典 4』, 講談社, 1978

昇曙夢, 『ロシヤ文藝思潮』, 東京:壯文社, 1948

萩原朔太郎, 「日本への回歸」, 『昭和文學全集 4』, 東京:小學館, 1989

──────，『萩原朔太郎詩集』，東京：角川書店，1956

畑島喜久生，『北原白秋再發見』，大阪：リトル・ガリヴァー社，1997

林芙美子，「放浪期」，『現代日本文學大系69』，東京：筑摩書房，1969

平野謙，『昭和文學史』，東京：筑摩書房，1963

藤田圭雄 編，『白秋愛唱歌集』，東京：岩波書店，1995

プッチーニ，『ボエーム』，東京：音樂之友社，1987

吉川幸次郎・三好達治，『新唐詩選』，東京：岩波書店，1952

堀口大學，『月下の一群』，東京：講談社，1996

前川祐一譯，アーサー・シモンズ，『象徵主義の文學運動』，東京：富山房，1993

村野四郎，『現代詩のこころ』，東京：社會思想社，1966

──────，『村野四郎詩集』，東京：旺文社，1973

柳宗悅，『ウィリアム・ブレーク』，東京：洛陽堂，1914

──────，『近代日本思想大系 24 柳宗悅集』，東京：筑摩書房，1975

與謝野寬 他，『現代日本文學大系25』，東京：筑摩書房，1971

吉田精一，『吉田精一著作集13─近代詩Ⅱ』，東京：櫻楓社，1981

吉本隆明，『吉本隆明全著作集13』，東京：勁草書房，1969

與田準一 編，『日本童謠集』，東京：岩波書店，1957

『現代詩手帖』特集：エズラ・パウンド，東京：思潮社，1998.9

座談會「日本モダニズムとは何か」，『現代詩手帖』1986년 10월호，東京：思潮社

『文藝讀本 北原白秋』，東京：河出書房新社，1978

季刊誌『詩と詩論』，1928년 9월호～1932년 1월호，東京：厚生閣書店

『日本近代文學大系 55 近代短歌集』，東京：角川書店，1973

『日本近代文學大系 58 近代評論集Ⅱ』，東京：角川書店，1973

『日本近代文學大系 59 近代詩歌論集』，東京：角川書店，1973

박교인 역，『크로포트킨自敍傳─어느 革命家의 回想』，한겨레，1985

백낙청, 염무웅 역, 아르놀트 하우저, 『文學과 藝術의 社會史 4』改訂版, 創作과批評
　　　社, 1999

이윤기 역, 지그문트 프로이트, 「토템과 터부」, 『프로이트全集 16─宗敎의 起源』, 열
　　　린책들, 1997

李徹 역, 『뚜루게네프全集 5』, 尙書閣, 1974

전영애 역, 라이너 마리아 릴케, 『말테의 手記』, 서울大學校出版部, 1997

William Blake: Selected Poetry, Penguin books, 1988

Kenner, Hugh, "Imagism", The Pound Era, University of California Press,

1971
Kayman, Martin A., The Modernism of Ezra Pound—the science of poetry, Macmillan, 1986
Sutton, Walter ed., EZRA POUND—A collection of critical essays, Prentice-Hall, Inc., 1963

정지용 연보

1902(1세)

鄭芝溶은 음력 5월 15일 忠北 沃川郡 沃川面 下桂里 40番地에서 부친 延日 鄭氏 泰國과 모친 河東 鄭氏 美河의 장남으로 태어났다. 양친은 원래 水北里(일명 꾀꼬리)에서 살다가 한약방을 열기 위해 하계리로 이사한 것이다. 수북리는 松江 鄭澈의 후예들이 모여 사는 연일 정씨의 집성촌이었으며 지용은 송강의 제23대 후손이 된다. 조상은 농업에 종사했었을 거라고 추측되지만 지용의 부친은 젊을 때 만주, 러시아 등지를 방랑하고 천주교와 한의학을 배우고 고향에 돌아와 용한 한의사로서 활약했다. 그가 만든 고약은 인근에서 모르는 이가 없을 정도로 잘 팔렸기 때문에 당시의 살림은 넉넉했다. 그러나 지용이 어릴 때 일어난 물난리로 재산을 잃은 후 부친은 인생을 悲觀해서 신앙을 버리고 생활이 어지러워졌다. 그 결과 지용의 모친이 집을 나가고 지용은 작은 어머니(부친의 첩) 슬하에서 자랐다. 지용의 생모에게는 다른 자녀가 없었으며 이복동생 華溶은 어려서 죽었다. 그래서 단 하나의 동생인 이북누이동생 桂溶을 지용은 무척 귀여워했다.

1910(9세)

4월 6일 忠北 沃川公立普通學校(현 竹香初等學校) 입학. 학적부에는 입학하기 전에 私塾敎育을 받았다고 기록되어 있다. 학교성적이 특별히 좋은 것은 아니었으나 글을 잘 썼기 때문에 '神童'이라 불렸다.

1913(12세)

尤庵 宋時烈의 후손인 恩津 宋氏 在淑과 결혼. 그러나 부인이 실제로 시댁에 살게 된 것은 지용이 고보를 졸업할 무렵이 아닐까 추측된다.

1914(13세)

3월 보통학교 졸업. 그 후 고보 입학 때까지 서울에 있는 처가 친척집에서 한학의 개인교수를 받았다.

1918(17세)

4월 2일 私立 徽文高等普通學校 입학. 성적은 우수했으나 학비조달이 어려워서 퇴학. 은행 給仕로 일단 취직했지만 어느 날 담임선생님을 찾아가 공부를 계속하고 싶다고 울면서 호소한 결과, 校主의 배려로 校費生으로 다시 학교를 다니게 되었다. 같은 학교의 선배로 露雀 洪思容, 月灘 朴鍾和, 永郎 金允植, 후배로 李泰俊 등이 있었다.

1919(18세)

학교에서 일어난 문제에 관여해서 한때 정학을 당했다가 곧 복학된 것으로 추측된다. 12월 소설「三人」을 『曙光』에 발표.

1921(20세)

이 무렵 친구들과 함께 등사판으로 『搖籃』이라는 잡지를 내기 시작했는데 이 잡지는 지용이 교토에 간 후에도 회람잡지로서 계속되었다. 朴八陽은 1935년에 출간된 『鄭芝溶詩集』에 수록된 「鴨川」, 「카페·프란스」, 「슬픈 印像畵」, 「슬픈 汽車」, 「風浪夢」 등의 작품과 "童詩 또는 民謠風의 諸作은 半數以上"을 『요람』지에서 봤다고 적고 있다. 또 지용은 휘문고보 文友會가 내는 잡지『휘문』 편집에도 참가했다.

1922(21세)

3월 휘문고보 4년제를 졸업, 학제 개편으로 같은 학교가 5년제가 되었기 때문에 계속해서 5학년에 진급했을 거라고 추측된다. 「風浪夢」을 씀.

1923(22세)

3월 휘문고보 5년제를 졸업한 듯하다. 대표작 「鄕愁」를 씀.
5월 3일 일본 교도(京都)에 있는 私立 도시샤(同志社)대학 예과 입학. 돌아와서 모교의 교사가 된다는 조건으로 휘문고보가 유학비용을 내 준 것이다. 도시샤대학은 소위 미션스쿨은 아니지만 기독교정신에 입각한 학교로 당시의 총장 에비나 단죠(海老名彈正)는 일본적 기독교를 주장하는 목사였다.
7월 「鴨川(가모가와)」를 씀.

1924(23세)

시 「석류」, '민요풍 시편' 등을 씀.
民藝運動으로 유명한 야나기 무네요시(柳宗悅)는 1924,5년경부터 도시샤대학 영문과에 출강해서 휘트먼, 블레이크 등을 강의했었다. 야나기의 선구적 연구로 인해 당시의 일본 영문학계에서는 블레이크 연구가 성황을 보이고 있었다. 또 뒤에 소설가가 될 金末峰은 1924년부터 1927년까지 도시샤여학교 전문부에 다녔다. 그 이외에도 이 시기 교토에서 공부하는 조선인학생이 상당수 있었으며 그들은 가끔 모여서 서로 이야기를 나누기도 하고 『學潮』라는 잡지를 내기도 했다.

1925(24세)

도시샤대학의 일본인 학생들의 동인지 『街(거리)』에 참가, 일본어시 「新羅の柘榴」, 「まひる」, 「草の上」를 발표. 「샛밝안 機關車」, 「바다」, 「幌馬車」 등을 씀.

1926년(25세)

4월 도시샤대학 영문학과에 진학.
『學潮』, 『新民』, 『文藝時代』 등에 시를 발표. 일본시인 기타하라 하쿠슈(北原白秋)가 주재하는 잡지 『近代風景』에 일본어시 「かっふえ・ふらんす(카페 프란스)」를 투고, 기성시인과 같은 크기의 활자로 게재되었다. 그가 교토에서 제작한 일본어시는 총27편이 알려져 있다. 「甲板우」, 「바다」, 「湖面」, 「이른 봄 아침」, 「船醉」 등을 씀.

1927(26세)

『학조』, 『新民』, 『문예시대』, 『조선지광』, 『근대풍경』 등에 활발하게 작품을 발표. 「슬픈 汽車」, 「엽서에 쓴 글」, 「五月消息」, 「發熱」, 「갈매기」, 「말」 등을 씀. 「발열」의 제작이 "27.6 沃川에서"로 되어 있는 사실로 미루어 보아, 적어도 이때까지 첫 번째 애기가 태어났었을 거라고 추측된다. (지용의 장남 鄭求寬은 어려서 홍역에 걸려 폐렴이 돼서 죽은 누나 이야기를 부친에게서 들은 적이 있다고 한다. 「발열」의 애기는 「유리창」에 나오는 애기와 동일인물이라 추측된다. 지용이 자녀를 몇 명 낳았는지 정확히 알 수는 없지만 편의상 이 연보에서는 長成한 아들인 求寬, 求翼, 求寅을 각각 장남, 차남, 삼남으로, 딸 求園을 장녀로 부르기로 한다).

1928(27세)

『조선지광』, 『근대풍경』, 『同志社文學』에 총 4편의 작품을 발표. 전년에 비해 작품수가 눈에 띄게 줄어든 것은 이 무렵 그의 주된 관심사가 천주교였기 때문이라 생각된다.

7월 교토 가와라마치(河原町)교회에서 프랑스인 뒤튀(Y. B. Duthu)신부의 손으로 천주교의 영세를 받았다. 代父는 일본인 전도사 요셉 히사노 신노스케(久野信之助). 지용의 세례명은 프란시스코이지만 그는 프란시스코의 중국식 표기 '方濟各(방지거)'를 즐겨 썼다. 이후 지용은 해방 후까지 독실한 천주교도로서 활동했다. 뒤튀신부는 「素描 1」에 나오는 신부의 모델.

11월 천주교를 믿는 조선인 유학생들의 모임 在日本朝鮮公敎信友會 교토支部가 창립되어 지용은 서기를 맡았다. 또 지용이 고향에 가서 부친 泰國에게 천주교를 믿자고 했더니 부친은 사실은 자신도 예전에는 천주교를 믿었었다고 고백했다고 한다. 부친은 아들이 타향에서 천주교신자가 된 數奇한 운명에 놀라 다시 신앙을 갖게 되었고 지용의 모친도 집에 돌아왔다.

음력 2월 장남 구관 출생. 지용은 "문학은 배고픈 직업"이라고 해서 자식들이 성장한 후에도 문학책 읽기를 금지하고 집에서 문학 이야기는 일절 안 했다. 단, 한문은 자식들에게 직접 가르쳤으며 특히『詩經』을 좋아해서 늘 읊조렸다. "너는 어머니를 잘 모셔라"고 해서 지용은 구관을 상업학교로 보냈다.

1929(28세)

6월 30일 도시샤대학 영문학과를 졸업. 졸업논문은 "The Imagination in the Poetry of William Blake." 지용은 종교활동에 열중하는 나머지 졸업이 늦어졌다는 소문이 유학생들 사이에 돌았다.

9월 휘문고등보통학교 영어교사로 부임. 부인, 장남과 함께 서울 종로구 효자동으로 이사. 12월 「琉璃窓」을 씀.

1930(29세)

3월『詩文學』동인이 되어 교토시절에 쓴 시를 발표.『大潮』에 블레이크 시 번역을,『조선지광』등에 창작시를 발표.

천주교 鍾峴靑年會에서 총무직을 맡았다.

1931(30세)

계속해서 종현청년회 총무로 활동, 천주교 機關紙『별』편집에 참가, 자작 및 번역한 종교적 시편을 발표. 이후『京鄕新聞』을 제외하고는 천주교계 신문·잡지에서의 편집은 無報酬의 봉사로 이루어진 것이다. 「유리창」을『신생』에 발표. 종교적 시편을 몇 편 제작하지만 창작은 활발하지 않으며 이 해에『시문학』에 발표한 창작시 4편 중 3편까지가 교토시절의 작품이다.
12월 차남 구익 출생. 구익은 뒤에 신부가 되기를 결심해서 수도원에 들어가
게 된다.

1932(31세)

「故鄕」, 「蘭草」 등 10편을 『文藝月刊』 등에 발표.

1933(32세)

5월 『별』紙가 폐간되고 6월 『가톨닉靑年』誌 창간과 함께 그 편집에 참가. 같
은 잡지에 「海峽의 午前二時」, 「毘盧峰」, 「歸路」 등의 작품과 산문 「소묘 1~
5」를 발표, 번역 「그리스도를 본바듬」을 연재. 같은 잡지에 李箱, 金起林 등
의 작품을 소개하기도 했다.
7월 삼남 구인 출생.
8월 九人會 결성에 참가.

1934(33세)

계속해서 『가톨닉靑年』 등에 종교적 시편을 발표.
서울 종로구 재동 45의 4에 집을 사서 이사. 월세가 아닌 집은 이것이 처음.
12월 장녀 구원 출생.

1935(34세)

10월 詩文學社에서 『鄭芝溶詩集』 간행. 「紅疫」, 「다시 海峽」 등을 발표.

1936(35세)

3월 九人會 동인지 『詩와 小說』 창간(창간호로 끝남), 「流線哀傷」을 발표. 수
필 「愁誰語」를 조선일보에 연재.

1937(36세)

서대문구 북아현동 1의 64호에 이사. 「愁誰語」를 조선일보에 연재. 「玉流洞」
을 『朝光』에 발표.

1938(37세)

천주교계 잡지『京鄕雜誌』편집에 참가. 4월, 휘문고보가 휘문중학교로 개칭.
8월, 金永郎, 金玄鳩와 함께 여행하면서 신문에 기행문을 연재.「多島海記」
(조선일보),「南遊 第1信~第6信」(동아일보). 시「슬픈 偶像」,「삽사리」,「溫
井」,「毘盧峰」,「九城洞」등을 발표. 산문 집필도 활발.

1939(38세)

5월 부친 泰國 사망.
8월『文章』지 창간, 시 부문 심사위원으로 재능 있는 신인을 발굴.
「長壽山1·2」,「白鹿潭」등 7편의 시 이외에 시론, 평론 등을 집필.

1940(39세)

吉鎭燮 화백과 함께 평안도, 만주 등지를 여행하면서「畫文行脚」을 동아일보
에 연재.

1941(40세)

1월,『문장』22호에「신작 정지용시집」으로「朝餐」,「盜掘」등 10편의 시를
발표.
9월 문장사에서 시집『백록담』간행.

1942(41세)

「窓」을『春秋』에,「異土」를『國民文學』에 발표. 이 무렵부터 해방까지 문단적
활동이 없어짐.

1944(43세)

富川郡 素砂邑 素砂里로 疏開. 소사에서는 천주교 공소 설립에 힘을 썼다.

1945(44세)

해방과 함께 휘문중학교를 사임.
10월 梨花女子專門學校 교수로 부임, 文科科長이 되었다. 한국어, 영시, 라틴
어를 강의.
12월 김구, 김규식 등 임시정부요인들의 귀국을 기념해서 명동성당에서 감사의

미사와 환영회가 열려 그 자리에서 지용은 「그대를 돌아오시니」를 낭독했다.

1946(45세)

서울 성북구 돈암동 산11번지로 이사.

2월 문학가동맹 작가대회에서 아동분과위장 및 중앙위원으로 추대되지만 지용은 대회에 불참.

5월 建設出版社에서 『정지용시집』 재판 간행. 모친 정미하 사망.

6월 乙酉文化社에서 『지용詩選』 간행.

8월 이화여전이 이화여자대학으로 개칭. 계속해서 동교 교수.

10월 천주교 계열의 신문인 『京鄕新聞』 창간과 함께 주간으로 취임. 지용과 친하게 지내던 金東里의 소개로 廉尙燮을 편집국장으로 영입.

「愛國의 노래」, 「그대들 돌아오시니」를 발표.

1947(46세)

8월 경향신문사 사임. 이화여대 교수로 복직.

서울대에 출강해서 현대문학강좌에서 『詩經』을 강의. 재미있는 강의로 인기가 높아 교실에 못 들어가는 학생들은 창문 밖에서 청강했다. 휘트먼 시의 번역과 산문을 발표.

1948(47세)

2월 이화여대 사임. 녹번리(현, 서울 은평구 녹번동)의 초당으로 이사. 이때도 자식들에게 『시경』, 唐詩 등을 가르쳤다. 이 시기 일가의 생계는 구관이 사업을 해서 지탱했다. 博文出版社에서 산문집 『文學讀本』 간행. 尹東柱 시집의 서문, 「조선시의 반성」 등을 발표.

1949(48세)

3월 同志社에서 『散文』 간행. 휘트먼 시 번역도 수록되었다.

함경남도 德源修道院에서 생활했었던 차남 구익이 1949년 5월 수도원이 공산당에 점거되어 집에 돌아왔다.

1950(49세)

3월 동명출판사에서 『백록담』 3판 간행.

5, 6월 『國都新聞』에 기행문 「南海五月點綴」을 연재. 그림은 靑谿 鄭鍾汝. 통영에서는 柳致環 집에 일주일 체재.

「曲馬團」, 「四四調五首」 발표.

지용의 친구인 음악평론가 朴容九에 따르면 이 무렵 지용이 친하게 지내던 사람으로서는 박용구 이외에 金練萬, 길진섭, 薛貞植, 金東錫 등이 있었다.

6·25 전쟁 때 설정식 등과 함께 정치보위부에 자수형식으로 출두했다고 한다. 그후의 행방은 불명.

현재 장남 구관은 경기도 의정부시에, 장녀 구원은 서울에, 삼남 구인은 북한 량강도에 살고 있으며 차남 구익은 6·25 때부터 행방불명.

저자 소개

사나다 히로코(眞田博子)

일본 오사카 태생
오사카부립대학에서 시인 오테 다쿠지(大手拓次) 연구로 석사학위를 받은 다음
신문사 근무 등을 거쳐 연세대학교 한국어학당에서 한국어를 배우고 97년 3월
인하대학교 국어국문학과 대학원에 입학 2001년 2월 문학박사학위를 받았다
전공 : 한국현대문학, 비교문학
(現) 인하대학교 한국학연구소 연구원

【논문】

「'노개'가 '시'가 될 때까지—동시의 기원에 얽힌 여러 문제들」
「한국의 다다—모던이라고 불린 안티모던」
「황석우 연구」 등

最初의 모더니스트 鄭芝溶

◆ 인쇄 2002년 1월 22일 ◆ 발행 2002년 1월 29일
◆ 저자 사나다 히로코(眞田博子) ◆ 발행인 이대현
◆ 편집 이은희 · 김민영 · 정봉구 ◆ 표지디자인 장재호
◆ 발행처 역락출판사 / 서울 성동구 성수2가 3동 277-17
          성수아카데미타워 319호(우 133-123)
◆ TEL 대표 · 영업 3409-2058 편집부 3409-2060 팩스 3409-2059
◆ 전자우편 yk3888@kornet.net / youkrack@hanmail.net
◆ 등록 1999년 4월 19일 제2-2803호
◆ 정가 12,000원
◆ ISBN 89-5556-144-X-93810
   * 잘못된 책은 교환해 드립니다.